Alexander Sergejewitsch

Hélène
oder
Das Geheimnis der
Falschen Mona Lisa

Erotischer Künstlerroman

Eine Liebesgeschichte

um ein verschollenes Gemälde

Bibliographische Informationen der Deutschen Nationalbibliothek:
Die Deutsche Nationalbibliothek verzeichnet diese Publikation
in der Deutschen Nationalbibliographie, detaillierte bibliographische
Daten sind im Internet über http://www.dnb.de abrufbar

© *2018 Alexander Sergejewitsch*
Covergestaltung und Satz: Alexander Sergejewitsch

Herstellung und Verlag
BoD – Books on Demand, Norderstedt

2. Auflage (= überarbeitete 1. Auflage)
ISBN 978-3-74608-195-3

Titelfoto: © *George Mayer, Russische Föderation, Lizenz über Fotolia Bildagentur*
Abgebildetes Fotomodell steht in keinerlei Zusammenhang mit dem Inhalt dieses Romans
Lizenzfoto dient lediglich Cover-Gestaltungs-Zwecken

Jede Ähnlichkeit mit lebenden Personen
gleichen Namens dürfte zufällig sein
Geographische, historische u. kulturgeschichtliche Irrtümer vorbehalten

Prolog

DRAMATIS PERSONAE

MADEMOISELLE/MADAME HÉLÈNE
(Vladimirskaja aus Fleisch u. Blut, Botticelli-Venus)

MADAME ROMANOVA
Parfümerie-Inhaberin
Chefin von Mademoiselle/Madame Hélène

ADÉLAÏDE DELACROIX
Freundin der Hélène aus Santo Domingo
Schönheits-Opérateuse

ALESSANDRO DE KANDINSKY
früherer Freund von Mademoiselle Hélène

ANASTASIA
vermeintliche Frau von Alessandro de Kandinsky

PROFESSOR BÉRNARD
Direktor des Louvre, Professor an der Sorbonne,
Geliebter u. späterer Ehemann der Hélène
(Louvre-King, Sorbonne-Boss)

NATHALIE
geschiedene Frau von Professor Bérnard

MADEMOISELLE MADELEINE
Haushälterin von Professor Bérnard

MADEMOISELLE BRÜGGE
Studentin an der Sorbonne,
Schülerin von Professor Bérnard
(Caravaggio-Vögelchen, Thonet-Stuhl-Mädchen)

CRISTINA
frühere Kommilitonin von Professor Bérnard

KÜHLE BLONDE AUS DEM HOHEN NORDEN
frühere Kommilitonin von Professor Bérnard

Alexander Sergejewitsch

INSPEKTOR LE TROU
Kommissar der Pariser Präfektur

DR. FALCNONI
Kunsthändler aus Chicago

PROFESSOR VAKULENKO
emeritierter Professor der Kunstakademie Jekaterinenburg
FRAU PROFESSOR VAKULENK0

PROFESSOR STROGANOVICH
Russischer Porträtist aus Moskva
FRAU PROFESSOR STROGANOVICHA

PROFESSOR DE LA BARCA
Hispanistik-Professor an der Sorbonne

PROFESSOR LE DUC
Mitglied der Académie Française

CLAUDIO DA PALERMO
sizilianischer Maler
Kopist

DIAVOLO DA SIENA
Bildhauer

KAISERHOF-CHEF
Hotelier vom Kaiserhof auf dem Feenberg in Allemagne*

MONSTER *vom Leben enttäuschter Masken-Fantast & Bewohner eines Unterwelt-Bunkers*
SCHWARZE NONNE *Monster-Gehilfin ohne Namen*
EIN WÄCHTER/ZWEI SCHERGEN *Monster-Gehilfen ohne Namen*

HERR DER ZEDERN *ominöse Stimme aus dem Jenseits*
FRANÇOIS-RENÉ DE CHATEAUBRIAND (1768 bis 1848) *Politiker & Schriftsteller*
MADAME CARTIER *Boulangerie-Inhaberin*
MARQUIS *Phantom ohne Namen, weswegen* NATHALIE, PROFESSOR BÉRNARD´S *frühere Frau,*
ihn verließ

Venusberg bei Bonn, Name geht zurück auf »Feen« (Moor)

8

Hélène oder Das Geheimnis der Falschen Mona Lisa

Vorwort

Der vorliegende Roman ist die Fortsetzungsgeschichte meines Buches »*Rückenakt einer aus dem Wasser steigenden Nymphe*« innerhalb der Trilogie »*Malerei und Musenkraft*«. Für den Leser ist es nicht zwingend erforderlich, das erste Buch gelesen zu haben, erhellt aber manches Detail wie überhaupt die Ausgangssituation der neuen als auch die Erzählung an sich. Dieselbe zu verfassen, war gehegte Absicht, doch geht die Verfassung nicht auf das mathematische Kalkül einer literarischen Rechenaufgabe zurück, genauso wenig wie das erste Buch, sondern auf spontane Eingebung. War der erste Roman im Unbewussten des Autors bereits angelegt, bedurfte es lediglich des Ausgrabens und Niederschreibens. Dieses Mal sollte es nicht anders sein. »*Hélène oder Das Geheimnis der Falschen Mona Lisa*« flog mir zu, ohne darauf durch Vernünftelei Einfluss zu nehmen. Einzig und alleine in mich selbst hineinzuhorchen, war mein Dienst am Altar des Gottes der Dichter, um dieses Werk zu Papier bringen zu können. Eine Art *Écriture automatique*, nachträglich der Kontrolle unterzogen, i. e. Prüfung auf Chronologie, Logik und so fort. Insofern betrachte ich mich nicht als Urheber im poetischen Belange, gleichwohl als Verwalter der Schrift, da ich lediglich aufschrieb, was meine Musen mir, ihrem Sekretär, auftrugen, in Worte zu formen.

Wieder ist es ein Traum, den ich träumte und der mir die Gewissheit gab, dass es soweit sei. Da wusste ich, der Zeitpunkt, auf den ich gewartet hatte, war gekommen. Keine Stunde wollte ich verlieren, ließ wieder alles stehen und liegen, um mich ausschließlich dieser Stimme auszuliefern, welche mir die Darsteller kundtat, die in diesem schwarz-romantischen Theater auftreten, und die Bühnenbilder dazu lieferte. Natürlich verfolgte mich auch dieses Mal wieder die Angst, meine Souffleusinnen kündigten mir ihre Zusammenarbeit auf, ließen mich mittendrin im Regen stehen und ich nicht wüsste, wie die Geschichte zu Ende zu führen sei. Doch je mehr ich in dem mir *a priori* ausgehändigten Buch blätterte, das heißt, je tiefer ich eindrang in die von fremder Hand entworfene Welt von Dialog, Aktion und Bild, je mehr Vertrauen fasste ich zu meinen Souffleusinnen, dass sie mich nicht alleine ließen, solange ich nicht alles aufgeschrieben hatte.

Für den Leser mag dieser Roman Fiktion sein, für den Autor bleibt er Wirklichkeit, denn die Welt der Geister ist keine erfundene, sondern wahrhaftig. Vorstellung ist bloße Rückseite der Kulisse, welche wir Leben nennen.

Elfen, Kobolde und Könige leben.

Nicht von ungefähr zählen auch Figuren wie *Don Quijote*, der *Notre-Dame-Glöckner* oder *Kapitän Ahab* etc. zur Weltliteratur.

Alexander Sergejewitsch

Hélène oder Das Geheimnis der Falschen Mona Lisa

Vorgeschichte

Millenniumswende — Der *Sizilianische* Maler *Bernardo von Palermo* porträtiert seine Geliebte, die *Russische* Schauspielerin *Natalia Domina*, in zweifacher Hinsicht: Das eine Mal als Ganz-Figur mit »*Kleinem Schwarzen*«, *Charleston*-Schleier-Feder-Hütchen und Stiefeln sowie einem Strauß roter *Baccara*-Rosen. Dieses Bild ist in folgender Geschichte »*Falsche Mona Lisa*« tituliert. Das andere Mal porträtiert er seine Geliebte in dem Gemälde »*Rückenakt einer aus dem Wasser steigenden Nymphe*«, wo sie als Nymphe einem See entsteigt, während der Maler selbst sich als männlichen Akt wiedergibt, wenn er — *Apollo von Belvedere* ähnelnd — mit über der Schulter geworfener Toga seine Geliebte am Ufer empfängt. Vorbild oder Modell-Requisit für diese Toga ist ein Mantel, den der Maler zu Lebzeiten von einer Karten-Legerin (*Puschkin-Hexe*) bekommen hat, mit der Ermahnung, das Kleidungsstück niemals verlieren zu dürfen, ansonsten drohe ihm und seiner *Natalia* großes Unglück. Der mysteriöse Mantel entpuppt sich als der Umhang, den *Alexander Puschkin* bei seinem tödlichen Duell getragen habe. Prompt wird dem Künstler derselbe gestohlen, worauf er, seine Geliebte und ein *Russischer Avantgardist*, *Alexander von Kandinsky*, von einem *Doktor Falconi*, leidenschaftlicher Kunstsammler als auch Kunsthändler aus *New York*, guillotiniert werden. Mit diesem Mord rächt sich *Doktor Falconi* für »entgangene Freuden«, weil ihm der Maler das von ihm begehrte »*Rückenakt*«-Gemälde vorenthalten hatte.

Stattdessen nimmt der *Louvre* den »*Rückenakt*« in seine Sammlung auf. Irgendwann findet gleichfalls die »*Falsche Mona Lisa*« Eingang in das *Pariser* Museum sowie der *Puschkin*-Mantel, der allerdings einem Raub zum Opfer fällt. Seitdem ist das *Pariser* Kommissariat unter Leitung von Inspektor *Le Trou* auf der Suche nach dem Kleidungsstück. Und die »*Falsche Mona Lisa*«, die schon einmal gestohlen wurde und wieder beschafft werden konnte, ist ein zweites Mal »*entführt*« worden.

Hélène oder Das Geheimnis der Falschen Mona Lisa

Рим был построен не за один день!

Rome n'a pas été construite en un jour!

Roma non fu costruita in un giorno!

No se ganó zamora en una hora!

Rome was not built in one day!

Danksagung

Inspiriert haben mich vor allem VICTOR HUGO'S Roman *Der Glöckner von Notre-Dame* (Wilhelm Goldmann Verlag GmbH *München* o. Jahrgang); FRIEDRICH SIEBURG'S Biographie *Chateaubriand* (Deutsche Verlags-Anstalt *Stuttgart* 1963); H. G. WELLS' Erzählung *Die Zeitmaschine* (Ullstein Verlag *Berlin* 1988); CHARLES-HENRI-JEAN DEWISME'S, mit bürgerlichem Namen HENRI VERNES, Abenteuerbücher *Bob Morane*; die Satire JONATHAN SWIFT'S im Allgemeinen und die Verfilmungen der Kriminalgeschichten EDGAR WALLACE'S. Den Autoren gilt mein Dank.

Eine Hilfe waren mir auch KURT WEHLTE'S *Ölmalerei* (Otto Maier Verlag *Ravensburg* 1938); MARCEL X. BOULESTIN'S *Almanach der feinen Küche* (Claassen Verlag *Hamburg* 1952); LUDWIG GOLDSCHEIDER'S *Michelangelo. Gemälde, Skulpturen, Architekturen* (Phaidon-Verlag *Köln* 1956); FRITZ BAUMGART *DuMont's kleines Sachlexikon der Architektur* (DuMont

Buchverlag *Köln* 1978); MAURIZIO MARINI´S *Caravaggio – Werkverzeichnis* (Ullstein Verlag *Frankfurt a. M./Berlin* 1980); WALTER SCHULTEN´S *Die Heilige Stiege und Wallfahrtsstätte auf dem Kreuzberg in Bonn* (Rheinischer Verein für Denkmalpflege und Landschaftsschutz *Köln* 1986); ANDREAS FEININGER´S *Grosse Fotolehre* (Heyne Verlag München 1987); FRANCESCO PAPAFAFA´S (*Hrsg.*) *Die Sixtinische Kapelle* (Scala *Florenz* 1988); JOHN GASH´S *Caravaggio* (Bloomsbury Books *London* 1988); LORRAINE HARRISON´S *Pferde – In Kunst, Fotografie und Literatur* (Benedikt Taschen Verlag *Köln* 2000); TAMSIN PICKERAL´S *Enzyklopädie der Pferde und Ponys* (Krone Verlag *Leichlingen* 2004) sowie die *Parthenon-Reportage* von ANGELO MORENETTI (2013).

Bis auf das architektonische Fantasten-Ensemle unter dem *Quartier Latin* existieren alle Orte in der Tat. Dazu zählen Landschaften, Bauwerke, Städte, Straßen, Plätze, Gärten, Parks, Cafés etc.

Fußnoten mögen Kulturgeschichtliches erhellen. Sie sind am jeweiligen Seitenende aufgeführt, um lästiges Nachblättern in einem Anhange des Romans zu ersparen.

Für das Interesse an meiner Trilogie »*Malerei und Musenkraft*« bedanke ich mich bei allen meinen Leserinnen und Lesern.

Alexander Sergejewitsch 2018

14

Hélène oder Das Geheimnis der Falschen Mona Lisa

Und von der sechsten Stunde an ward eine Finsternis über das ganze Land bis zu der

neunten Stunde. Und um die neunte Stunde schrie Jesus laut und sprach (. . .)

»Mein Gott, mein Gott, warum hast du mich verlassen?«

(Matthäus [27, 45f.])

Alexander Sergejewitsch

Hélène oder Das Geheimnis der Falschen Mona Lisa

Am Ende des Tunnels sah ich weißes Licht. Eine Blendung. Ein Pferd wieherte.

Hufe schlugen. Es war der Morgen des Herrn, der dort kam, in weißer Kutte, über

den steinernen Boden gekrochen. Kerzen brannten. Meine Altäre und meine Pferde

hatten mich nicht verlassen. Zu den Altären betete ich, mit den Pferden redete ich, mit

den Menschen brach ich, da mit Menschen kein Reden ist. Dann lief ich hinüber zu

Bosch's Gemäldegarten. Doch es waren weder Hölle, Himmel noch Erde, welches ich

sah. Ich sah das Paradies. Dann sah ich Kapitelle, umwunden von Bestien, Teufels-

masken und Sternenstundengebeten. Die Glocken waren verklungen für immer, es

gab sie nicht mehr. Kein Rückenakt einer Nymphe, welche aus dem Wasser steigt.

Nein, es waren Tausende von Nymphen, Tausende von Rücken, Tausende von

Wassern. Tausende von Akten der Menschlichkeit und Zärtlichkeit,

denn Zeit ward gegangen.

Alexander Sergejewitsch

Hélène oder Das Geheimnis der Falschen Mona Lisa

Prolog

Dreihundert Jahre nach der Millenniumswende

Sehr verehrtes Publikum!

Sehr verehrte Leserinnen und Leser!

Liebe Neulinge und Lieblinge des schwarzen Theaters!

*I*ch melde mich zurück aus dem Land der tausend Stufen und Treppen, der verlassenen Kinder, der unglücklich Verliebten, der verlorenen Sterne, der Hoffnungslosen, der Entrechteten der Liebe und der zu Ewigkeit Verdammten!

Zunächst bitte ich Sie um Erbarmen für meine Niedertracht, Ihnen meine letzte Schrift überhaupt aufgetischt zu haben! Aber hat sich jene Geschichte wahrhaftig so zugetragen, wie ich Sie Ihnen geschildert hatte! Ich kann nur berichten von dem, was sich tatsächlich ereignet, und nicht von dem, was in irgendwelchen Fantasien sich niederschlägt. Keine Traum-Tänzereien, weder Knochenfraß noch Schmetterlingsblut in den toten Kästen verfluchter Zoologen sind es, über was ich erzähle. Nein, nackte Wahrheiten, von denen ich Kunde tue!

Alexander Sergejewitsch

Jawohl, »nackt« habe ich gesagt! Glauben Sie mir, das Nackte ist weniger des Berichtens wert, Sie sind im Bilde? Sie mögen Damen und Herren von kräftigem Blute sein, von Fülle, Macht des Fleisches, das zu geben und zu nehmen versteht, das mag sein und wird selbstverständlich Ihre Lesegier befriedigen, doch wenn ich ehrlich bin, sind es eben weniger diese nackten Wahrheiten als solche, sondern vielmehr deren platonische Weisheiten, die darin verborgen sind! Kurz, das Nackte ist das Wesentliche! Die Idee!

Sie wissen auch, dass ich aus dem Reich der anderen Sterne bin, wo niemals eine Sonne untergeht, da keine vorhanden! Sie wissen, dass einst ich Maler war und meine Knechtschaft vor Leinwänden und entblößten Weibern zubringen musste, bevor ich, nachdem man mich gemordet, in den Fluten von Öl, Terpentin und Damast ertrank, so wie die vielen Städte, um deren Wiederaufbau man seit dreihundert Jahren sich bemüht. Sankt Petersburg, die schönste aller Perlen! New York, das alte Leidenskind! Tokyo, das Schlitzaugennest, deren Bewohner aber sympathisch! Und vor allem Brügge, ja Brügge! Dieses schillernde Fossil des Herren künstlerischer Gnade! Ein Mädchen von dort lernte ich kennen, sie ist eine meiner Schülerinnen gewesen. Sie müssen wissen, verehrtes Publikum, zum Professor der Ästhetik bin ich mutiert. Na ja, wir trieben es! Lesen Sie selbst wie zugetragen alles sich hat, mit mir, dem Unglücksraben! Vom Fleische nahm ich wieder einmal viel! Den Wein ließ ich nicht stehen, bevorzugte allerdings den Likör der Schlehe! Begegnete dem Herrn der Zedern, der toten Katze von Monsieur Chateaubriand, schönen Kindern an der ehrwürdigen Alma Mater von Paris, meiner Sorbonne, wirklich bonne! Machte Bekanntschaft mit der Machine de Marly.*

---

*ehemaliges hydraulisches Pumpwerk in Marly-le-Roi (1684) westlich von Paris an der Seine, welches das Wasser lieferte für die Wasserspiele von Versailles

Hélène oder Das Geheimnis der Falschen Mona Lisa

Und überhaupt hat das hohe Haus meine »Mona Lisa« aufgenommen, einst in Le Châble jemand an sich gerissen, nun in Paris, wird immer wieder gern entführt!

Aber lesen Sie! Lesen Sie! Sonst bekomme ich noch Ärger mit dem Grafen, wenn ich zu viel des Guten bereits an dieser Stelle nehme, und mit dem Grafen ist nun wahrlich nicht zu spaßen!

Zwar ist mein krankes Herz von Unsterblichkeit regiert, aber auch ein krankes Herz kann noch kränker gemacht werden, wenn es sich nicht fügt dem Willen des Grafen! Und der Graf kennt kein Erbarmen!

Ich wünsche Ihnen, verehrte Damen, ganz besonders Ihnen, mein eigen Herzensblut, ganz besondere Freude, doch lesen Sie nicht zu viel des Guten, damit kein Herzschlag Sie ereile in finst'rer Nacht bei der Lektüre vor lauter Spukgeschichten-Fieber!

Und Ihnen, meinen Herren, wünsche ich natürlich ebenso viel Lesegenuss, denn vieles können Sie lernen von dem, was ich zu erzählen habe. Von der Frauenzimmer perfider Kuppellust, von der Weiber gierigem Fleische, von der jungen Mädchen schönen Brüsten, von des Schamanentumes schönster Geweihe, kurz von Lust und Betten und Liebesverzehr! Ja, krankem Liebesverzehr, von welchem ich noch heut' befallen seit sie zurückgekehrt, meine Hélène, meine Vladimirskaja*, mein Botticelli-Engel mit den schwarzen Stiefelettelchen mit den goldenen Schnällchen! Mit den blauen Kulleraugen! Mit dem zweiten hinreißenden Kinn, in das ich nach wie vor vernarrt bin wie man nur in irgendwas vernarrt sein kann! Seit ich sie sah, meinen Stern in meiner hoffnungslosen Finsternis, in meinem Kerker, gemauert aus den Steinen von Kunst und Philosophie, von Alchemie und Astronomie, des Hexen-Lateins und gül-

---

**Marien-Ikone mit Christkind von Vladimir (um 1200), heute in der Tretjakow-Galerie in Moskva, bedeutendste Russisch-Orthodoxe Ikone*

21

denen Freudenschimmers, wenn die Sonne hinter dem irdischen Horizont verschwindet! Aber lasst Euch sagen, ich bin ein ganz normaler Mensch, brauche nicht der Hilfe der Seelen-Klempnerei! Ich gehe aus am helllichten Tage wie jeder andere Gentleman, tafle fürstlich an Tischen geschlechtlicher Lust, wo meine Gespielinnen sitzen und welche es kaum erwarten dann können, mit mir das Lager aufzusuchen, wo wir es dann treiben, bis die Planeten weinen! Doch ist es nicht so sehr das Lager, das ich suche mit meinen Opfern, als vielmehr der Strände heißer Lust im Mondenschein, der Möbel historischer Baumeskraft und selbstverständlich nicht zu vergessen, die Peitsche und die Maske! Voila!

Bernardo von Palermo

Hélène oder Das Geheimnis der Falschen Mona Lisa

Warum hast du mich verlassen? (Gründonnerstag)

*P*rofessor *Bérnard* saß noch am Schreibtische in seiner Attika-wohnung am *Quai des Orfèvres* auf der *Île de la Cité*. Die schweren blutroten Brokatvorhänge hatte *Mademoiselle Madeleine*, seine Haushälterin, am frühen Abend zugezogen, zu sehr war die Sonne in sein Arbeitszimmer gestiegen. Vertieft hatte er sich ein weiteres Mal in die Kunst *Michelangelo Merisi´s*, genauer gesagt in *Merisi´s* »*Enthauptung Johannes des Täufers*«. Wer waren *Johannes der Täufer* und derjenige, der dieses Wunder aus Öl und Firnis geschaffen hatte? Diese beiden Fragen kreisten in seinem Gelehrtenkopfe wie Mühlräder in Bächen voller Tränen.

Kerzen brannten auf dem Eichentisch und bestrahlten eine verkleinerte Kopie der »*Rosenkranzmadonna*« des Malers aus *Caravaggio*. Die Wände barsten von Büchern über Malerei, Skulptur und Architektur, aber ebenso über Kirchengeschichte und Philosophie. Auf den Parkettbohlen lagen hochflorige Perserteppiche und in einer Ecke stand ein Hausaltar, wo eine Marienikone der *Vladimirskaja* aus dem fünfzehnten Jahrhundert thronte.

Jeden Morgen, noch bevor der *Professor* sein Frühstück nahm, das ihm *Madeleine* mit Sorgfalt zubereitete, entzündete er ein Licht, kniete nieder und betete. In den letzten Monaten galten seine Gebete ausschließlich *Hélène*. Manchmal schluchzte er leise in sich hinein, so ergriffen von der Sehnsucht nach ihr, seiner großen Liebe, die er seit langem vermisste. Und dass ihn die Jungfrau erhören möge. Immer wieder legte er dann ein und dasselbe Gelübde ab. Der *Heiligen Maria* versprach er, niemals mehr die schweren Liköre zu trinken, wenn er nur ein einziges Mal seine *Hélène* wiedersehen dürfe. Der Schlehenlikör, von dem ihm *Madeleine* jeden Abend ein paar Karaffen bringen musste, hatte schon arg seiner Gesundheit zugesetzt, und er wusste, falls er so weiter machte, seine Jahre gezählt sein würden. Tiefe Furchen hatten sich eingegraben in sein ansonsten noch von Jugend umwehtes Gesicht. Unter seinen Augen eroberten sich Sorgensäcke Raum um Raum, so sehr blutete sein Herz, seit *Hélène*. Und er liebte sie nach wie vor heiß und inniglich, verzehrte sich nach ihr, jeden Tag und jede Nacht, gleich einem ewigen Feuer, das nicht zu sättigen ist. Meinen doch die für gewöhnlich sind, die Zeit heile die Wunden, was aber in Wahrheit nicht mehr ist als Hoffnung machendes Narkotikum, um gequälte Seelen zu trösten. In dieser Falle war es genau umgekehrt. Je mehr die Zeit verstrich, ohne *Hélène*, je mehr schwoll sein krankes Herz, ein Kummerkasten aus Fleisch und Blut. Gerade dann, wenn sie vor seinem geistigen Auge erschien, wie sie vor ihm stehe, mit ihrer Löwenmähne, ihren Puppenaugen und ihrem zierlichen kleinen zweiten Kinn, in das er so vernarrt war, weil es einem anatomischen Affront gleichkam, übermannte es ihn und er sein Gesicht in seine Handteller vergraben und immer wieder mit gebrochener Stimme rufen musste: *Warum?* Vorwürfe begann er sich darauf zu machen, was er denn falsch gemacht hätte und weshalb er nicht von den Weinen habe die Finger lassen können, als sie noch ein Paar waren. Er machte sich Vorwürfe, große Vorwürfe gar. Vorwürfe, die so groß waren, dass darunter das halbe Menschengeschlecht hätte begraben werden können, wenn es geboten gewesen wäre. *Warum?* Dieses Pronomen war für ihn unentzifferbares Mantra geworden, das er vor sich her repetierte, sobald eine Bö der Erinnerung ihn ergriff. Bisweilen ließ er sich dann in seinen geliebten *Louis-Quatorze*-Sessel* fallen und weinte wie ein Schlosshund. Ja, *Maria* beschwor er jeden Morgen aufs Neue, dass sie ihn schirme mit ihrem Mantel und ihn befreie von den Ketten, die diese *Große Liebe* ihm angelegt hatte. Innerlich sah er sich selbst am Pranger stehen und *Hélène* schlug auf ihn ein mit der Gewalt eines Bären, für Sünden, von denen er nicht wusste, welche sie waren. Welches Sakrileg sollte er begangen haben, welches Messer geschliffen und welche Büchse geöffnet, aus der die Schlangen nun krochen, weshalb er vor seiner Ikone kniete und um Erbarmen flehte. Abermals suchte sich dann eine verzweifelte Sehnsucht seinen Weg aus einem mundlos gewordenen Mund: *Warum*? Warum hatte sie damals die Brutstätte seines Geistes, diesen Parnass verlassen, wo er mit ihr gewandelt war unter Sternen? Wo sie doch haben die Posaunen *Jerichos* gehört, und gesehen, wie diese Stadt des Lasters in Schutt und Asche versank? Seine und ihre Vergangenheit. Denn auch *ihr* Leben war in abschüssigen Bahnen verlaufen, bevor *er* ihr über den Weg lief. Ihr Leben war von Einsamkeit gezeichnet gewesen, ihre existentielle Last schwer wie der Stein, mit welchem sie *Christi* Grab verschlossen, damit er drei Tage und drei Nächte später auferstehe, so wie *Jona* im Bauche des Fisches zubrachte. Begreifen tat er nichts, die Axiome seiner Lehre verhallten in Leere, obgleich er Bibliotheken ausgelesen und Tausende von Schülern unterrichtet hatte. Obwohl *Professor*, war er doch, was seine Lie-

---

Französischer Barock-Kunststil während der Regierungs-Zeit des Sonnenkönigs Ludwig ^{XIV}
(2. Hälfte 17. Jhd.)

be zu *Hélène* anlangte, nur Novize im Orden der Unwissenheit. Wie sehr wusste er die *Paulinischen* Korintherzeilen zu schätzen, nämlich wenn er weissagen könne und alle Geheimnisse und alle Erkenntnis wüsste und allen Glauben hätte, so dass er Berge versetzte, aber der Liebe nicht, wäre er nichts!

Wahrlich, ohne *Hélène* war er nichts!

Aber jetzt rief Mitternacht, als der *Professor* ein letztes Glas Schlehenlikör hinuntergoss, die Kerzen niederblies und das nur durch einen *Maurischen* Hufeisen-Bogen getrennte Schlafgemach suchte, um zur Ruhe zu kommen.

Schnell fallen die müden Lider über seine müden Augen. Auf die *Île de la Cité* wirft sich das Tuch friedlicher Blässe. Stille kehrt ein in des *Professors* Attika-Geschoss. Tiefer und tiefer gleitet er hinab in einen Bottich aus Bildern.

*E*r wandert durch ein Gebirge, hinan einen Berg. Wolkenverhangen der Himmel, mild die Luft und über allem liegt ein starker von Nadelholz geschwängerter Geruch. Sein Weg führt durch hohen Zedernwald, der bisweilen aufbricht, um mit Ebenen zu wechseln, die bestanden sind von Schobern, Gehöften und Koppeln von Pferden. Ab und an vernimmt er das Plätschern eines Baches, das aber wieder verschwindet, um anderswo aufs Neue zur Geltung zu kommen. Die Wolken ziehen nun dichter und Schwaden schwarzen Rauchs treiben über ihn hinweg. Schneller schwingt er seine Füße. Höher und höher steigt er, als die Wand des Waldes sich öffnet und den Blick freigibt auf Berge. Berge, wo Burgen krönen, sehen zu ihm hinüber. Doch ist alles ein Kaleidoskop aus Schattenriss und Scherenschnitt. Wind

Hélène oder Das Geheimnis der Falschen Mona Lisa

kommt auf, von wo er schaut auf eine verwunschene Welt geträumter Mythen. Tief im Tale kämpft ein Fluss sich durch sein Bett steiler Felsen. Heftiger bläst nun der Wind und bringt sein Haarwerk in Wallung.

Angelegt hat er sein Geschirr aus Rotwildleder. Ein breiter Gurt, innen Fleischseite, außen Fell, führt vom Halsring hinab seinen Rücken, durchzieht seine Scham, wo eine Kapsel sein Geschlechtsteil behütet, um wieder hinaufzuführen über seine Brust.

Nun spürt er elektrische Blitze der Lust durch sich zucken. Die nackte Haut bäumt sich auf zu prickelnden Pickeln, wird ergriffen von einem begierigen Zittern, als der Wind Sturm gebiert und seine Blöße bezwingt, was ihn gefangen nimmt in libidinöser Umarmung. Da öffnet der Himmel, und Regen stürzt in Bächen hernieder. Er reißt sich das Rotwild vom Leib, sprengt die lederne Trompete seines hart gewordenen Phallus und wälzt sich wie ein wildes Tier in glitschigem Morast, rollt über nasse Schwämme von Moos und kommt vor einem Baumstumpf zum Liegen. Hier erbricht sich sein ganzer sexueller Schmerz, schreit er wie ein neu geborenes Kind mit Leibeskräften sein Begehren hinaus in die prasselnde Salve, um sich mit Mutter Erde zu vereinigen.*

Schwarz wird ihm vor Augen und dann sieht er Platon in der Höhle, und er sieht Menschen, die ausschauen wie Vieh, die brennende Fackeln tragen, und vor diesen Fackeln tragen weitere Viehmenschen Statuen und Vasen, die als Schatten die Wand der Höhle bebildern. Andere Viehmenschen knien vor diesen Schatten nieder und beten.

---

*vgl. religiöse Kulte Mesopotamiens, wo König (Himmel, Regen, Stier) mit Priesterin (Erde) Heilige Vereinigung vollzieht (um der Fruchtbarkeit willen, gute Ernte etc.), im Zikkurat

Der Regen peitscht ohne Unterlass und der Sturm heult in den Kronen und Stämmen.

Dann ergießt er sich in der Erde und feiert Hochzeit mit dem Himmel. Das Brausen legt sich und Frieden kehrt ein in seine Seele.

Nebel hängt nach wie vor über allem.

Ein Falke zieht seine Bahn.

Irgendwann kommt er zu sich, legt sein Rotwild wieder an und setzt seine Wanderung fort.

Der Weg ist beschwerlich. Immer wieder übermannt ihn ein Keuchen, seine Beine rebellieren bisweilen. Doch ganz nach oben will er, wo — wie seine innere Stimme ihm sagt — etwas Außerordentliches sei. Das Gestade oben hat sich nun vollends zugezogen und Regen kommt abermals auf. Völlig durchnässt stapft er einen schmalen Pfad in die Höh. Der Wind bläht erneut sein Laken, das flattert in Kälte. Irgendwann wird es lichter, die Zedern weichen zur Seite. Über ihm weiter Himmel, unter dem düstere Wolken fliehen, während der Regen weiterhin auf ihn einpeitscht. Da erblickt er die Ruine einer Burg. Vögel kreisen über dem Gemäuer und rauben seinen Verstand. Keine Menschenseele. Ausschließlich Schattenrisstheater und das Heulen der Lüfte in seinen Ohren. Froh ist er, schließlich Schutz zu finden. Er betritt die von Flechten übersäten Stufen einer Treppe und gelangt in eine zerfallene Halle. Die Wände aus Bruchstein, hie und da eine Schießscharte. Pfahles Licht dringt durch irgendeine Öffnung und er bewegt sich weiter, vorbei an zerbrochenen Brettern und morschen Balken, schimmel- und pilzüberwuchert. Erreicht einen Turm, und findet sich wieder auf einer Wendeltreppe, die er nun besteigt. Erreicht dann ein Zimmer mit offenem Kamin und gekuppeltem Fenster, wirft einen Blick nach draußen. Schaut auf Zedernwälder und Berge und Burgen, die er gesehen hatte, bevor er nackt durch den

Hélène oder Das Geheimnis der Falschen Mona Lisa

Morast gewälzt war und anschließend in der Erde ergoss. Dieser Blick war kein Blick! Es war mehr als ein Blick! Es war ein auferstandenes Märchen, eines, das schöner war als alle Märchen, die jemals gemalt worden waren. Hier oben, weitab jeglicher Zivilisation, ganz alleine, nur mit sich selbst, nichtsdestoweniger diese architektonische Ode einst bewohnt gewesen sein musste. Wände behangen mit vermoderten Tapisserien aus dickem Leinen, in Rot, Gelb und Blau, goldbestickt, so dass man eindrang in die Chromatik tiefen religiösen Glaubens. Hier oben spürt er einen noch nicht völlig ausgeatmeten Atem vergangener Jahrhunderte, als ihm bewusst wird, was Zeit sei. Etwas bloß Empfundenes, das nicht existiere außer in den mechanischen Kästen von Uhren. Zeit sei ein Hirngespinst für Ungläubige, für Ketzer einer Religion, die er Ewigkeit tauft. Er blickt zurück auf sein Leben, erinnert sich seiner Kindheit, als er spielte in den Gärten von Château de Combourg, er sich in die Kammer des großen Dichters und Staatsmannes François-René Chateaubriand schlich, wo man das Gerippe einer toten Katze hinter Glas bewahrt. Das Zimmer war stets verschlossen wie das Zimmer Blaubarts, wo der Satansritter seine gemordeten Frauen verbarg. Aber irgendwie hatte er es mit seinem kindlichen Instinkt immer wieder geschafft, an den Schlüssel zu kommen, die Türe zu öffnen und auf Zehenspitzen zu der Vitrine zu spazieren, in der dieser Katzenkadaver lag und ihn dann in den Bann zog. Sein Herz hatte aufgehört zu schlagen, sein Atem stockte und aus seinem Munde rann epileptischer Speichel. Der Anblick dieses Gerippes erfasste alle seine Sinne und nahm ihn jedes Mal mit in eine andere Welt, wenn er mit weit aufgerissenen Augen davor verharrte.

Er befand sich in der Cheops-Pyramide, in Luxor, im Totentempel der Hatschepsut, begegnete Pharaonen, Mumien und Särgen.

Und jetzt, als er dasteht, sein Blick durch das gekuppelte Fenster, gerichtet auf die Zedernwälder mit dem dunklen Himmel dahinter, kehrt alles dies wieder. Seine traumlosen Träume, seine furchtlose Furcht, sein herzloses Herz. Er hält inne, wendet seine Augen fort von dem Panorama und schaut nach drinnen, wo an einer Wand ein Gemälde hängt. Das Porträt eines Mannes mit langem schwarzem Haar und Schnurrbart, daneben geschrieben in Frakturschrift »LES HELMETS«. Obgleich das Bild sehr alt sein muss, leuchten seine Farben ganz frisch, als wenn es der Porträtist gerade erst vollendet hätte. Dieses rätselhafte Gemälde bewundernd, erklingt plötzlich eine Stimme aus dem Jenseits:

„Fürchte dich nicht, Rotwildjäger, Lanzenschwinger und Königsdiener!"

Er dreht und erkennt die Silhouette desjenigen, dessen Kopf auf diesem Bilde festgehalten ist.

„Ihr kennt mich nicht, aber ich kenne Euch, und bald werdet Ihr mich kennenlernen!"

Dann geht der geheimnisvolle Fremde auf das Gemälde zu, verschiebt es in die Senkrechte, als mit einem Male aus »LES HELMETS« »LES CÈDRES« wird.

„Ich bin der Herr der Zedern! Ich komme wieder!" sind seine letzten Worte und ist darauf fort.

Nun geht er wieder ans Fenster und schaut ein weiteres Mal hinaus, als die Zedernwälder verschwunden und nur noch der reißende Fluss auszumachen sind, der Falke aber noch immer über der Szene schwebt, als wolle er Ausschau halten nach Feinden, Wache halten für ihn, den Rotwildjäger.

Hélène oder Das Geheimnis der Falschen Mona Lisa

In Hitze gebadet erwacht der *Professor*. Es ist *dreiviertel drei*. Er wirft die Bettdecke beiseite, schlüpft in seine Pantoffeln und geht ins Bad, dort seinen Kopf unter Wasser hält und wieder zu sich kommt. Es musste der Schlehenlikör gewesen sein, der ihn hatte verschlungen im Schlafe, mitgenommen in seinen Rachen. Aber erinnern kann er sich an nichts. Er weiß nur, etwas Unheimliches war es, worüber er gestolpert und weshalb er nun die Sanitärzelle sucht, um das Fieberwasser von seinem Gesichte zu waschen. Dann legt er sich und schläft wieder ein.

Um sechs steht er auf, schlurft aus seinem Gemach und macht sich erneut frisch. Dann geht er zu seiner *Vladimirskaja*, entzündet wie üblich eine Kerze und kniet nieder. Es dauert nicht lange, als *Madeleine* mit dem Frühstück erscheint.

Heute ist der Tag der *Kreuzigung*.

Wiedersehen mit Hélène (Auferstehung)

*E*r nimmt ihre Hand, presst sein Gesicht an das ihre und bettelt und schwört:

„Wann darf ich dich anrufen? Ich möchte dich wiedersehen. Du fehlst mir so sehr! Ach, wie sehr du mir fehlst!"

Dann rannen heiße Tränen.

Mund an Mund.

Lippe an Lippe.

„Rufe morgen an!"

Dann verschwand er.

Es ist das Fest der *Auferstehung*.

Hier in *Paris*, an der *Seine*.

Er blutete wie ein angeschossener Hirsch und sie war seine Jägerin.

Professor Bérnard schlug einen inneren Purzelbaum nach dem anderen, nahm zwei *saltos mortales* auf einmal. Sie, seine *Hélène*, seine Göttin aus Poesie und Licht, seine *Madonna*, hatte ihn erhört nach all den vielen Jahren der Verschmähung, der herzzerfressenden Sehnsucht nach seiner *Santa Maria*, ohne sie, ohne sie er nicht mehr leben gewollt hatte.

Denn auch *Nathalie* hatte ihn irgendwann verlassen, für immer, wegen eines gewissen *Marquis*.

Hélène war seine Galeere. Er ihr Sklave, der im Schweiße seines Angesichts sie zu den Sternen ruderte, wenn sie es verlangte! Und sie verlangte es! Sie verlangte viel! Mehr als ein Mann seines Kalibers auszuhalten vermochte. Und Kaliber hatte er! Denn sie hatte ihn gedrängt, ihr Kreuz nach *Golgatha* zu tragen, den Berg hinauf, dort oben, wo sie ihn dann nagelte an das Holz des Lebens, nach dem er so sehr begehrte. Denn *Professor Bérnard* war auch Dichter so wie *Doktor Schiwago* einst, bevor dieser auf der Straße der Freiheit zusammenbrach und verstarb. Und als Dichter verlangte er zu leiden und falls notwendig zu sterben. Und in ihr, seiner *Hélène*, hatte er seinen Scharfrichter gesehen, dessen Schwertes Hieb er mit Wollust entgegennähme.

Hélène arbeitete in der Parfümiere von *Madame Romanova* am *Place Victor-Hugo*, sechzehntes Arrondissement, wo er sie wiedergesehen, als Wasser aus seinen Augen geronnen war vor Glück.

Hélène oder Das Geheimnis der Falschen Mona Lisa

Tags darauf rief er sie an und verabredete sich mit ihr im *Café de Flore*, 172 Boulevard Saint-Germain*, ganz in der Nähe der *Sorbonne*. Vorher hatte er noch ein Hauptseminar abhalten müssen über *Michelangelo Buonarroti* und dessen seherische Gabe, im rohen Blocke seine Figuren zu entdecken.

Als *Hélène* erschien — wie früher, als sie noch ein Paar waren, stets wenige Minuten später, nach *Französischer* Uhr — traf ihn der Schlag des Leibhaftigen. Fast wäre ihm der Löffel aus der Hand gefallen, mit dem er gerade seinen *Double Express* umzurühren begehrte, in den er jede Menge Zucker versenkt hatte. Sie war schön wie eine Göttin. Sie *war* eine Göttin! Für das, was *Hélène's* Attraktivität ausmachte, sorgte ihre Natürlichkeit. Kein *Make-up*, keinen Lippenstift, geschweige einen Tuschkasten, brauchte sie, um die Männerwelt in Angriffslust zu versetzen. Dem Bette entstieg sie gleich der *Botticellinischen Venus* und stahl auch noch der so kleinsten Bagatelle ihre Schau. Sie war ein Paradiesisches Oppidum, eine Weide für Poeten. Zu Füßen hatte er ihr vom ersten Augenblicke gelegen, als sie ihm vor etlichen Jahren in der *Villa Cahn*, unten am Rheine in *Allemagne*, über den Weg gelaufen kam. Nicht nur ihre von dem Allmächtigen geschenkte Anatomie, sondern auch ihre *Schöne Seele* waren es, die aus *Hélène* einen strahlenden Diamanten machten.

Schwarz trug sie, sein Zauberengel mit den blauen Augen. *Kleines Schwarzes, Charleston*-Feder-Hütchen mit Schleier und Stiefeln. Die gekonnte Lebend-Kopie der »*Mona Lisa*« des *Bernardo von Palermo*.

**legendäres Pariser Café im Quartier Saint-Germain-des-Prés (Picasso, Giacometti, Apollinaire etc.)*

33

Der paralysierte *Professor* aus dem Bistro-Stuhle sich riss und seiner *Mona Lisa* die Hand küsste, indessen hinter seinem Rücken er einen Strauß Baccararosen hervorzückte.

„Ach, *Bérnard*, wie sehr du mich liebst! Nimm keine Rücksicht auf mich! Ich bin nicht gut zu dir!"

Mit großen leuchtenden Kullerblicken nahm sie das rote Bouquet entgegen und küsste seine Lippen. Dann nahmen beide Platz an dem reizenden Tisch draußen auf Eck, wo *Bérnards Café* kalt zu werden drohte.

„*Un café pour Madame, s'il vous plaît!*"

„Möchtest du eine *Crêpe Suzette*, *Hélène?*"

„Ja, *chérie!*"

„*Et deux crêpes Suzette*, Monsieur!*"

„*Bien!*"

„Was soll das heißen »*Du seist nicht gut zu mir*«, *Hélène?*"

„Ach, dass ich solange habe nichts von mir hören lassen."

„Ach, das ist man ja gewohnt von dir. Alle Welt kennt dich nicht anders! »*Mademoiselle Hélène*«? »*Mademoiselle Hélène*«? Wo ist sie hin? Wann kommt sie zurück? Das ist doch nichts Neues, *Hélène!* Aber mussten es gleich sieben geschlagene Jahre sein, dass du wie vom Erdboden verschluckt warst und ich bald *Inspektor Le Trou* angerufen hätte, um herauszufinden, wo *Mademoiselle* Unerfahrenheit in Sachen Liebe sich aufhielte und du nur wenige Straßenblöcke weiter wohnst? Du weißt, dass ich kein

---

*Französische flambierte Crêpe mit Orangen-Likör-Sauce (Crêpe Susanna), Anspielung auf »Susanna im Bade« (altbiblische Erzählung, vgl. Eiche u. Zeder in dieser Geschichte) und Friedrich Hölderlin's (1770 bis 1843) große Liebe Susette Gontard (1769 bis 1802), aus dem Hebräischen übersetzt »Lilie«, heraldisches Symbol u. a. im Französischen Wappen

Kind von Traurigkeit bin und manches in meinem Leben habe wegstecken müssen, doch als du davon gelaufen bist und dich überhaupt nicht mehr gemeldet hattest, fiel es mir schwer, überhaupt meine Vorlesungen noch zu halten. Der Dekan bestellte mich ein, was denn los sei und so weiter. Ich hatte dann ein paar Wochen Urlaub genommen. Ich wollte einfach raus aus *Paris*, ganz für mich alleine sein. Denn dass du dich sang- und klanglos dünn gemacht hattest, ohne mir sagen, warum, ja, ich meine warum, das berühmte »*Warum*«, da bin ich zusammengebrochen, ich meine innerlich, seelisch. Ich musste raus, raus aus *Paris*! Wie oft hatte ich dich angerufen, versucht dich zu erreichen? Aber, wie gesagt, vom Erdboden verschluckt! Ich begriff das einfach alles nicht! Wo wir uns doch stets so gut verstanden haben. Warum hattest du mir das angetan, *Hélène*?"

Die Abendsonne verschwand hinter einer Wolke, und es sah nach Regen aus. Die ersten Automobile schalteten ihre Lichter ein und eine Windbö brachte das Tischtuch ins Flattern.

„Ach, *Bérnard*!"

„»*Ach, Bérnard*«! »*Ach, Bérnard*«! Wenn ich das schon höre! Wenigstens hättest du mir Rede und Antwort stehen können, gerade weil *ich* es bin, und ich bin nicht irgendwer, das weißt du! Und ferner weißt du genauso gut wie ich, dass ich dich liebe! Immer wieder hatte ich meine Liebe dir beteuert. Damals die große Ausstellung im *Musée d'Orsay*, da bist du nicht mitgekommen, obgleich ich dich inständig gebeten hatte, mich zu begleiten. Du weißt schon, *Bernardo von Palermo*, dessen »*Rückenakt einer aus dem Wasser steigenden Nymphe*« sich der *Louvre* glücklich schätzt, ein Gemälde solch mythologischer Wucht sein eigen nennen zu dürfen, ganz abgesehen von seiner Neo-Interpretation der »*Mona Lisa*«. Du weißt, ich habe mich mit diesem *Sizilianer* viele Jahre auseinandergesetzt, veröffentlicht, veröffentlicht und nochmals veröffentlicht. Mein Buch »*Was wäre Sizilien ohne Bernardo von Palermo?*« ist ein Bestseller. Und du hattest mich nicht begleitet, ich verstand die Welt nicht mehr! Verzeih, *chérie*, ich wollte mich nicht streiten. Ich bin ja froh, dass ich dich überhaupt noch einmal sehen darf!"

Eine Wolke an dem ansonsten ansehnlichen Himmel wanderte weiter, und dann fiel ein Strahl auf *Hélène's* hübsches Gesicht und halb traurig, halb in Frohmut versunken, lächelte sie ihn an:

„Lass uns ein andermal darüber reden, *Bérnard*. Mir ist nicht danach, jetzt, wo wir uns nach so vielen Jahren wiedersehen. Ich freue mich, *Bérnard*, und ich bin aufrichtig glücklich, mit dir ausgehen zu dürfen. Kein böses Blut will ich lecken, in solch einem schönen Augenblick, hier im *Flore*, im Windschatten der *Notre Dame*. Wusstest du, dass *Hugo* seine *Esmeralda** gekannt hat? Was heißt *seine Esmeralda*? Natürlich die *Esmeralda* seiner glockenschwingenden Bestie. *Quasimodo* ist *Hugo* und *Esmeralda* war *Hugo's Große Liebe*, wenn du verstehst, was ich meine."

„Natürlich verstehe ich, was du meinst, *Hélène*! Bedeutende Werke der Weltliteratur haben stets einen wahren Kern, ansonsten wären sie nicht für die Ewigkeit geschaffen. Genauso, wie du es bist, in meinen Poemen. Du bist die *Schöne* und ich das *Biest*!"

---

*Smaragd

Hélène oder Das Geheimnis der Falschen Mona Lisa

Dann zog seine Angebetete eine Rose aus dem Bouquet, machte sie ihrem Gelehrten zum Geschenk und drückte ihm einen Kuss auf die Stirn. *Quasimodo* war auferstanden von den Toten und zog wie ein Besessener an den Seilen. *Notre Dame* hatte unseren Gelehrten erhört. Der Wind trug die Klänge hinüber an sein Ohr. Zumindest meinte der *Professor*, die Klöppel-Schläge ganz deutlich zu vernehmen, und mit einem Male vergaß er alles, was geschehen war, er vergaß die lange Zeit des Wartens auf *Hélène*, die Zeit des Alleinseins, die Zeit der Einsamkeit, wenn er am Ufer der *Seine* entlang gewandert war, ganz versunken. Nicht einmal das Zwitschern eines Vogels hätte ihn da herausholen können, aus seinem Gebet mit sich und seinen Engeln, aus seinen Beichten zu seiner *Madonna*. Nichts auf der Welt!

In der Regel lief er in einer solchen Stimmung, einer Gemütsverfassung, gespeist von Melancholie und Sehnsucht, über den *Pont Alexandre III** und weinte. Und in der Regel fieselte es dann. Nieselduschen süßer Betroffenheit suchten ihn heim, überfielen ihn und tauchten ihn in ein Bad stiller Leidenschaft. Jetzt, in diesem Moment, als sie vor ihm saß, seine Elfe aus Fleisch und Blut, begann er zu begreifen, ja, erst jetzt begann er zu begreifen, welch ein Wunderwerk, welch eine *Platonische* Seele, welch´ *Anmut und Würde* der *Herr* mit ihr erschaffen hatte.

„Komm´ erzähl´, *Bérnard*! Was hast du getrieben all die Jahre, wo wir uns nicht gesehen haben?“

**Pariser Brücke im Neo-Barock des 19. Jhd. über die Seine (Weltausstellung 1900) in Erinnerung an Zar Alexander III (1848 bis 1894), der mit dem Französischen Präsidenten Sadi Carnot (1837 bis 1894) ein Russisch-Französisches Verteidigungsbündnis (1894) in die Wege geleitet hatte*

„Viel unterwegs war ich und Gaststipendiat der *Villa Massimo**, wo ich über *Michelangelo's* Leben schrieb:*»Michelangelo im Brennspiegel des Rinascimento«*. Mein zweites Buch, das mich hoch katapultierte. Immer wieder besuchte ich die *Sixtinische Kapelle*, um über die Fresken etwas herauszufinden, was mir meine These bestätigen sollte. Und sie taten es! In *Florenz* war ich viel . . . und-und-und . . . "

„Ach, du weißt, dass mich das wenig interessiert. Du weißt, was ich hören möchte, nicht wahr? Warum drückst du dich um die Wahrheit? Warum spielst du Katze und Brei mit mir?"

„Du hast ja recht, *Hélène*! Ich weiß, was dich bewegt. Na ja, du meinst . . . ä-ä-ä . . . meine Studentinnen?"

„Ganz genau, *»deine Studentinnen«*!"

„Wenn ich ehrlich bin, halte ich nicht viel von Affären mit Zöglingen, obgleich an der *Sorbonne* das kein Verbrechen ist. Wie überhaupt das nicht geahndet wird an welcher Hochschule auch immer, wenigstens soweit mir bekannt ist. *Nathalie*, das weißt du auch, hatte ich in *Petersburg* an der Akademie kennengelernt und mich Hals über Kopf in sie verliebt. Und was ist daraus geworden? Irgendwann lernte sie diesen sonderbaren *Marquis* kennen, ein wirklich enigmatischer Kerl, ich weiß nicht einmal, wie er heißt, hatte ihn auch kein einziges Mal zu Gesicht bekommen, bis sie einfach auf und davon ist, durchgebrannt eben. Und dann, nachdem sie sich herabgelassen hatte, mit mir wieder zu sprechen, kam die Scheidung. Offen gestanden, sie war nur auf mein Geld aus! Frauen prostitu-

---

bedeutende deutsche Stipendiaten-Villa in Rom für bildende Künstler, Musiker u. Schriftsteller, erbaut 1910-14

ieren sich, das liegt in eurer Natur! Und das ganze Papperlapapp von Emanzipation *et cette activiste*, wie heißt sie nochmal, *cette putain de boulevarde, sur l'autre côté*, ich komm' jetzt nicht d'rauf, *et tout ce fromage*, daran glauben doch nur irgendwelche *Xanthippen*, doch keine wahren Schönheiten wie du eine bist! Ein paar Liasons hatte ich hier an der *Sorbonne*, so mit einer Schülerin aus *Brügge* — man hat mittlerweile einen Damm im Meer errichten und das städtebauliche Kulturerbe retten können — na ja, sie war gerade achtzehn geworden, blutjung, na ja, ich hab' zugegriffen, wie wir Männer eben sind. Ihr schlagt die Bettdecke auf und wir folgen euch, nehmen euch, schwitzen mit euch, leiden mit euch. Ihr zieht euch aus und wir halten euch frei. So ist das `mal! Das ist Gesetz! Und Emanzipation ist Illusion! Auf jeden Fall war ich froh, als das mit *Brügge* vorüber war, aber im Bett war die Kleine erste Klasse! Lieben vermochte sie wie eine läufige Hündin und genug konnte sie einfach nicht bekommen! Bekam den Hals nicht voll, dieses Lasterweib! Fesseln musste ich sie einmal, auf einem *Thonet*-Stuhl*, splitternackt hockte sie da mit ihrem süßen Hintern auf der kalten Buchenholzplatte, nur mit einem sündhaft teuren Büstenhalter bekleidet, den ich ihr irgendwann kaufen musste, weil sie wie üblich ihre Migräne hatte, um sie zu trösten. Und geknebelt wollte sie auch werden von mir. Dreimal hintereinander war der Kanon und danach war Vorlesungsstunde angesagt. Die hat mich ganz schön rangenommen, das kann ich dir erzählen! Dreimal hintereinander! Ich weiß gar nicht, wie ich das überhaupt hinbekommen habe,

---

**Michael Thonet (1796 bis 1871) war deutscher Möbel-Designer und -Produzent, berühmt sind seine Bugholz-Stühle, gemeint hier ist Stuhl Nr. 14 (Wiener Kaffeehaus-Stuhl)*

nach all den intellektuellen Strapazen an unserer ehrwürdigen Universität. Na ja, dann war Vorlesungsstunde, über *Caravaggio* musste ich ihr ständig was erzählen, und weshalb *Caravaggio* sich selbst malte in seiner »*Enthauptung des Holofernes*« und so fort. Mann, war die scharf! Scharf wie ein Messer! Mit einer Eins in der Abschlussprüfung quittierte ich ihre Dienste auf der Matratze. Danach wollte sie promovieren bei mir, lehnte ich aber ab. Das schien mir dann doch etwas zu weit zu gehen. Denn so talentiert wie im Bett, war sie keinesfalls in der theoretischen Lehre, ich meine, was die Geschichte der Kunst anlangt. Ich bin zwar korrupt, aber so korrupt auch wieder nicht, irgendwo hört der Spaß auf! Hat sie mir ziemlich übel genommen und Lügengeschichten verbreitet, von wegen, ich sei eine Niete im Bett und so. Das halbe Quartier wusste nachher Bescheid! Was heißt Bescheid? Bescheid über Lügen, nichts als Lügen! Seitdem ich über *Bernardo von Palermo* habilitiert habe, weiß ich, was Können und Moral sind. Alles hat seine Grenzen! Promovieren bei mir dürfen nur diejenigen, die über genügend Intellektualität und historische Intuition verfügen, und nicht deshalb, weil diejenige es versteht, die Beine breit zu machen. Verzeih mir, *chérie*, meine Offenheit! Aber das Wenigste im Leben ist wahrhaftig!"

Dann verschwand die Welt um ihn herum erneut für einen Augenblick, weil er die Glocken wieder zu hören vermeinte, von dort drüben, von der Insel der Seligen.

„Da musst du dich nicht wundern, wenn du mit kleinen Mädchen ins Bett gehst, die nichts im Kopf haben. So etwas rächt sich eines Tages, und falls diese jungen Dinger sich nicht mehr zu helfen wissen, dann erfinden sie irgendwelche Phantastomorgien, nur um ihre primitiven Instinkte zu befriedigen."

„Sag´ `mal ehrlich, wo hast du *solange* gesteckt?"

„Ach, *Bérnard*, wir wollten doch darüber nicht sprechen, wenigstens nicht jetzt. Na gut, ich hatte jemanden kennengelernt. Eines Tages betrat er unsere Parfümerie und erkundigte sich nach »*Saint Raspoutine*«, irgend so ein Duft aus *Petersburg*. Es sei ein Geschenk für seine Frau. Und irgendwie kamen wir dabei ins Gespräch, über Gott und die Welt. Anfangs wusste ich gar nicht, was er wollte, fand den Duft nicht, doch nach längerem Suchen hielt ich ihn schließlich in den Händen. Spontan verabredeten wir uns für den nächsten Tag, in den *Tuilerien*, irgendwann im Herbst. Und dann erzählte er mir von *Anastasia*, seiner Frau, und dass sie schwer erkrankt sei. Sie litte unter einem Kopftumor. Eine letzte Reise plane er mit ihr, weil sie bald sterben müsse. Die letzten Tage wolle er mit ihr auf der *Île de Bréhat* verbringen. Na ja, zwischen uns war rein gar nichts zu jener Zeit. Einfach nur so, wie das Leben spielt. Doch später erhielt ich einen Anruf von ihm, er nannte sich im Übrigen *Alessandro*, und würde in einem Ingenieurbüro arbeiten außerhalb von *Paris*. Er erzählte mir, dass seine Frau gestorben wäre, und er jemanden bräuchte, mit dem er darüber reden könne. Na ja, wir trafen uns erneut in den *Tuilerien*, und dann hat es irgendwie *Klick* gemacht. Im darauffolgenden August reisten wir nach *Barcelona* und hatten eine wunderschöne Zeit. Ihm schien es wirklich scheußlich zu gehen und irgendwie tat er mir leid, weshalb es dazu kam, was ich anfangs überhaupt nicht wollte, ich meine, dass ich mich auf ihn eingelassen habe. Er verdiente gut, mehr als genug, und besaß mehrere Wohnungen, eine davon in *Moskva*, wohin wir öfters flogen und das Wochenende verbrachten. Obendrein sah er gut aus. Ich weiß nicht, was mich damals geritten hatte, weshalb ich ihm auf den Leim gegangen bin. Denn es dauerte lange, bis ich dahinter kam, dass er noch andere Frauen hatte, und die Geschichte mit seiner krebskranken Gattin nur eine Masche war, um mit mir in Kontakt zu kommen. Im Grunde genommen war er ein richtiges Schwein!"

„Erzähl´ weiter, *Hélène*! Wie ging´s weiter, *Hélène*?"

„Na ja, er war ein Waffennarr, wenn du weißt, was ich meine. Über eine komplette Sammlung alter Duellpistolen verfügte er. Regelmäßig nahm er an geheimen Treffen teil, was selbstverständlich verboten ist. Doch können einige nicht die Finger von diesen tödlichen Spielen lassen, suchen irgendwelche entlegenen Orte auf, um sich gegenseitig zur Strecke zu bringen. Es sind Logen, denen sie angehören, Geheimbünde. Ja, und eines Tages, als wir uns wieder einmal heftig gestritten hatten, und ich ihm eröffnete, ihn verlassen zu wollen, drohte er mir, mich umzubringen. Ich fasste das als einen Scherz auf, nichts weiter. Gerade auch deshalb, weil man vieles, was er von sich gab, nicht für bare Münze nehmen konnte. Doch dann, als er mich bat, ihn zu besuchen — er hatte ein Appartement auf *Montmartre* — ist es dann passiert!"

„Was ist passiert? Was-was-was?"

„Hör´ doch `mal zu! Hab´ doch Geduld!"

„Was-was-was, *Hélène*?"

„Kaum hatte ich die Türe hinter mir zugeschlagen, als er auch schon mit einer seiner Duellpistolen dastand und auf mich zielte!"

Hélène oder Das Geheimnis der Falschen Mona Lisa

„Das ist ja Wahnsinn! Das ist ja der nackte Wahnsinn! Ich hatte es dir ja immer gesagt, dich immer wieder gewarnt! »*Sieh' dich vor, Hélène!*« Habe ich dir das nicht oft genug gepredigt? »*Hab' Acht mit deinen Rendezvous!*« Aber das einzige, was du meintest, dass ich nicht richtig sei im Kopf, nur weil ich dir geschrieben hatte, ich hätte das *Zweite Gesicht**. Ich wusste es, ich habe es immer gewusst, dass eines Tages so etwas passieren würde! Ja, ich habe das *Zweite Gesicht*, gehöre ich deswegen auf die Ledercouch? Ich bin nicht bloß *Professor*, sondern auch Romancier, na und? Damals hattest du mich für nicht ganz normal gehalten und gabst mir zu verstehen, ich täte dir nicht gut, nicht wahr, *Hélène*? Mach den Mund auf! Hatte ich recht oder nicht?"

„Ich weiß, *Bérnard*, aber so jemand wie du war mir vorher noch nicht über den Weg gelaufen, weshalb ich dir nicht traute und dachte, mit dir stimmte irgendwas nicht. Es tut mir leid!"

„»*Es tut mir leid!*« »*Es tut mir leid!*« Dabei bist du selbst alles andere als durchschnittlich und reagierst mitunter vollkommen gegen den Strich, *à rebours*, ich meine *irrational*, abseits jeder Logik! Wenn ich daran denke, als ich dich gebeten hatte, deinen bezaubernden Hut zu tragen — da ich davon ausging, du würdest mich begleiten ins *Musée d'Orsay†* — wenn ich nur daran denke, wie du mich am Telefon abkanzeltest und fragtest, und das mit erboster Stimme, aggressiv eben wie du sein kannst, welchen Hut ich meinte, wo du diesen Hut *so* liebst und du ganz genau wusstest, auf

---

Fähigkeit, in die Zukunft zu sehen
†*berühmtes Pariser Kunstmuseum am Südufer der Seine, gegenüber den Tuilerien, ehemals Bahnhof, gebaut für die Weltausstellung 1900*

welchen Hut ich anspielte, habe *ich* mich gefragt, ob bei *dir* noch alles stimmte! — Ja, und dann?"

„Ich habe mich natürlich zu Tode erschrocken und dachte, nun wäre alles vorbei, ich müsse sterben! Seine Augen hättest du `mal sehen sollen, wie ein krankes Tier, der reinste Psychopath! Mein Glück war, dass es sich um eine sehr alte Pistole handelte, und er das Schwarzpulver falsch angemischt hatte, so dass der Schuss erst gar nicht losging, als er abdrückte. Völlig von Sinnen riss ich die Türe auf, stürzte ins Treppenhaus und, nachdem ich mich hatte die Stockwerke hinunter retten können, auf die Straße, wo ich erst `mal kräftig durchatmete. Tags darauf erstattete ich Anzeige bei der Polizei. Der zuständige Beamte teilte mir aber mit, dass es einen *Alessandro de Kandinsky* nicht gäbe, so hieß er mit vollem Namen, wenigstens schimpfte er sich so. Sie untersuchten den Fall, fuhren zu dem Haus, doch fanden weder diesen Namen noch das Appartement, wo er mich hatte umbringen wollen. Eine merkwürdige Geschichte, nicht wahr? Noch lange danach habe ich in ständiger Angst gelebt, er könne mir auflauern und sein Vorhaben, mich ins Jenseits zu befördern, realisieren. Ich bin ja so froh, dich wiederzusehen, *mon chéri*!"

„Und jetzt erwartest du, dass ich dir das alles verzeihe?

O *Hélène*!

Böse *Hélène*!

Wenn ich dich nicht so sehr lieben würde!"

Dann bestellten sie noch jeder eine Tasse *Heiße Schokolade*.

Regen kam auf.

Hélène oder Das Geheimnis der Falschen Mona Lisa

Ohne Hélène lebte er nicht

In *Professor Bérnard* obsiegte ein Loch.

In ihm klaffte ein Graben, und diesseits und jenseits davon die beiden *Feindlichen Brüder* — Depression und Manie.

Einsamkeit, worüber ihn niemand hinwegzutrösten vermochte, seit *Hélène* ihn damals im Stich gelassen, gepaart mit überschwänglicher Freude im Angesicht des *Gelobten Landes*, von dem er wieder zu träumen begonnen, als er *Hélène* im *Café de Flore* aufs Neue getroffen hatte, und an das er immer noch glaubte wie man nur an irgendwas glauben kann: *Kleines Schwarzes*, *Charleston*-Feder-Hütchen mit Schleier und Stiefeln, und roten Rosen: Die pulsierende Plastik der »*Lisa*« von *Bernardo*.

Denn ohne sie meinte er, innerlich verbrennen zu müssen. Ohne sie erschien ihm, was er bisher erreicht hatte, sinn- und nutzlos, seine Dissertation mit anschließender Disputation über die »*Mona Lisa*« des berühmten Malers aus *Palermo*, der mehr als dreihundert Jahre in geweihter Erde lag. Seine in sämtlichen Fachkreisen mit Ehrfurcht aufgenommene Habilitationsschrift über das wohl bedeutendste Gemälde überhaupt, den »*Rückenakt einer aus dem Wasser steigenden Nymphe*«. Dass er der *primus inter pares* war, der erste unter seinesgleichen, die in der Fachwelt zwar hatten sich einen Namen machen, doch ihm bei Weitem nicht das intellektuelle Wasser haben reichen können. Wie viele vor ihm waren aufgebrochen, das Geheimnis des »*Rückenaktes*« zu lüften und kläglich gescheitert? Wie viele Bücher hatte man verlegt bis eines Tages sein Buch über dieses Meisterwerk einschlug wie eine Bombe und den Markt eroberte und dessen Verfasser man darauf in den akademischen Olymp aufnahm? All das bedeutete ihm nichts! Das *Paulinische* Wort, dass ein Allwissender ohne Liebe ein Nichts sei, hatte in seinem Herzen Fuß gefasst und ihn ergriffen wie die Häscher *Christus* auf dem Ölberg, um ihn vor *Pilatus* zu schaffen. Ohne *Hélène* lebte er nicht, war er lebendig begraben und das bedrängte ihn mit unerschütterlicher Macht, schuf den Raum für die Schmerzenssäcke unter seinen Augen, ließ ihn allmorgendlich schluchzen vor seiner *Vladimirskaja*, schickte ihn trotz der Rosenkranzanzahl seiner Gebete in die Hölle der Ungewissheit. Denn obgleich er *Hélène* wiedersehen durfte an jenem Osterfeiertage im *Café de Flore*, wusste er nicht, ob es jemals wieder so sein würde wie es früher einmal war, als er sie kennengelernt hatte, damals in der *Villa Cahn* am Rheine, in *Allemagne*.

Professor Vakulenko's Emeritierung oder Im Zaubergarten (August)

Lauer Sommerabend.

Spät verschwand die Sonne hinter den halbhohen Bergen im Westen und seinen blauen Maaren.

Hier draußen im Hofe des Schlosses war es noch hell, die ersten Laternen ließen ihre Lichter erstrahlen und durchdrangen die Luft mit ihrer goldenen Wärme.

Die Pause hatte das Publikum auf die Terrasse gelockt. Man flanierte unter offenem Himmel, trank Champagner und konversierte. *Wolfgang*

Hélène oder Das Geheimnis der Falschen Mona Lisa

Amadeus Mozart stand auf dem Programm: Sonaten für Klavier und Violine in *Dur* und *Moll*. Ein Kollege aus *Jekaterinenburg* feierte hier seine Emeritierung, wo *Professor Bérnard* an der dortigen Kunstakademie einst eine Gastprofessur bekleidet und seine Frau *Nathalie* kennengelernt hatte, von der er sich — wie der Leser weiß — Jahre später hatte scheiden lassen eines gewissen *Marquis* wegen, von dem er nicht einmal wusste, wer dieses seltsame Phantom überhaupt war.

Nun ja, *Professor Vakulenko* hatte ein Ensemble aus seiner Heimatstadt an der *Isset** engagiert und gab hier unten am Rheine seinen Ausstand. Geladen waren die Sperrspitze der Kunsthistorie, vertreten durch eine Handvoll hochverehrter Koryphäen der Geschichte der Malerei und Bildhauerei, sowie viele internationale Künstler, die sich um das Wohl der Menschheit verdient gemacht hatten. Dazu zählten der berühmte *Italienische* Meißelschwinger *Diavolo da Siena*, der im Stile *Michelangelo's* arbeitete, ohne denselben nachzuahmen, der *Russische* Maler *Professor Michael Stroganovich*, der den vorletzten *Russischen* Präsidenten porträtiert hatte, bevor dieser Opfer eines Attentats wurde, aber ebenso Maler *Claudio da Palermo*, der es zu seiner Lebensaufgabe gemacht hatte, den »*Rückenakt*« immer wieder zu kopieren, was ihm allerdings schwerlich gelang, da er nur bedingt in der Lage war, hinter den abstrusen Brechungs-*Index* zu kommen, den der legendäre Maler aus gleicher Stadt berechnet, auf Grundlage dessen *Bernardo* seine Farben gemischt *hätte*, die seinen Bildern jene Leuchtkraft verliehen, für welche der Künstler aus *Palermo* seit

---

Fluss durch Jekaterinenburg

Jahrhunderten gefeiert wurde. Selbstverständlich wohnten der Gesellschaft weitere Ikonen aus Kunst & Kultur, aber auch Politik bei.

Unser *Professor* war in ein Gespräch vertieft mit *Inspektor Le Trou*, der mit der Aufklärung von Kunstdiebstählen sein Brot verdiente und der noch wenige Monate zuvor die erstmalig gestohlene »*Mona Lisa*« des *Bernardo von Palermo* wieder aufgefunden hatte, als dem *Professor* eine weibliche Eleganz der Extraklasse ins Auge fiel, welche, ganz alleine — über das filigrane Maßwerk einer Brüstung gebeugt — ein Glas Champagner zu ihrem bezaubernden Munde führte und dabei in das Wasser des Flusses schaute, sich gefangen nehmen ließ von der Strömung, sich gefangen nehmen ließ von den Schiffen und sich gefangen nehmen ließ von den vielen Bildern, welche die Strömung stets aufs Neue gebar.

Nicht mehr vermochte er zu folgen den Worten seines Gesprächspartners, der soeben die koloristische Raffinesse des *Bernardo von Palermo* angeschnitten hatte, verabschiedete sich höflich mit dem Vorwand, noch ein wichtiges Telefonat führen zu müssen, schlich im Schutze der heraufziehenden Dämmerung unter das Dach einer Platane und widmete seine Blicke seiner neuen visuellen Eroberung, dem soeben entdeckten Engel an der Brüstung.

Sie trug ein weißes Kleid mit tiefem Dekolleté, und dieses Dekolleté zierte eine *Kleopatranische* Kette, wie man einer solchen bisweilen in Ausstellungen zu historischem *Tiffany*-Schmuck begegnet. Ihr Haar glich einem von Stürmen aufgewühlten Meere, das selbst die hart gesottensten Seemänner in den Abgrund zu ziehen drohte. Welch eine Gnade ergoss sich vom Himmel, welch ein Bild weiblichen Ideals präsentierte sich hier

Hélène oder Das Geheimnis der Falschen Mona Lisa

und welch ein Schauer *Platonischer* Ekstase erfasste jede Pore seines Körpers, so dass er gezwungen war, eine Gartenbank zu suchen, um seine Erschöpfung zu bezwingen, denn soeben hatte jemand *ihn* bezwungen, ihn, dem nicht nur die *Sorbonne* zu Füßen lag!

Der Gong ertönte. Die Gäste nahmen einen letzten Schluck, Gespräche verebbten und man suchte seine Plätze im Inneren des architektonischen Juwels wieder auf.

Neunzehntes Jahrhundert. *Neo-Gotik.*

Gebaut im Schatten der weltbekannten Kathedrale, nur ein Katzensprung.

Nachdem man das elektrische Licht gelöscht, erhob kurzer Applaus und zwei Interpreten-Genies entführten das Publikum aufs Neue in eine Welt aus Traum, Verzweiflung und Hoffnung, aus Bruchwerk, sterbendem Überschwang und Wehmutsklage.

Wie sehr genoss der *Professor* diese Aufführung! Niemals zuvor hatte er jede einzelne Note einer Musik so sehr verstanden wie er es jetzt tat! Bis in die kleinste Kapillare seines Leibes hinein meinte er, ganz nahe bei *Mozart* zu sein, seinen Atem zu spüren, die Funken seines künstlerischen Elans sprühen zu sehen. Und in all diesen zauberhaften Tönen hörte er *Taminos* zauberhafte Flöte und sah sich selbst vor *Pamina*[*] dahinschmelzen in Glut, wurde gefangen genommen von *Konstanzes* Sopran und *Belmontes*[†] Tenor, um in der Rolle *Belmontes* mit seiner Geliebten für immer zu entfliehen!

---

[*]*Liebespaar aus der Oper »Die Zauberflöte« (1791)*
[†]*Liebespaar aus der Oper »Die Entführung aus dem Serail« (1782)*

Alexander Sergejewitsch

Ja, das war der Abend, als er das erste Mal *Hélène* begegnete.

Opéra Garnier & Rodin's Denker

Professor Bérnard schlenderte am Ufer der *Seine* entlang. Es war ein anstrengender Tag gewesen. Am Vormittag hatte er noch einen Termin mit *Professor Le Duc* von der *Académie Française** gehabt und dann seine Vorlesung über die »*Verbindende Ästhetik von Architektur und Skulptur*« gehalten. Dabei lief er jedes Mal zur Hochform auf, denn diese »*interdisziplinäre Konnotation*« — wie er es nannte — gehörte zu den Grundpfeilern seiner These zum Zwei-Dimensionen-Œuvre des *Bernardo von Palermo*.

Danach besuchte er wie üblich das *Café de Flore* und ließ sich *Double Express* und *Crêpe Suzette* servieren, um seine Nerven zu stabilisieren.

An diesem Nachmittag musste er zurückdenken an jenen Abend vor etlichen Jahren, unten am Rheine in der *Villa Cahn*, wo *Professor Vakulenko* seine Emeritierung gefeiert hatte und *Hélène* ihm aufgefallen war. Welch eine bezaubernde Frau, dachte er abermals. Ganz *Paris* hätte er absuchen, doch eine Frau wie sie nicht finden können. Nach *Chartres* hätte er fahren wollen, nach *Rouen* und was wusste er wohin, eine solche Frau war nirgendwo ein zweites Mal aufzuspüren. Keine andere Frau auf der Welt hätte *Hélène* ersetzen können. »*Seelische Geschwister*« seien sie, und jedes Wort, das *Hélène's* Mund entfliehe, gliche einem zu Unrecht verurteilten Sträfling, der seit Ewigkeiten darauf wartete, in Freiheit entlassen

---

prominente Französische Gelehrten-Gesellschaft in Paris (gegr. 1635)

zu werden. Und welches Interesse sie für sein wissenschaftliches Gedankengebäude und seine lyrischen Schriften hegte! Gar überflügelte er ihre Wissbegierde, wenn er davon sprach, dass Architektur aufgeblähte Skulptur sei, in welcher die gleichen Gesetze walteten wie in den Monumenten, die himmelwärts strebten und in denen er nichts anderes sähe als *Babylonische* Türme. Denn in den letzten dreihundert Jahren wäre die Ingenieurkunst dahin gekommen, Türme des Verwaltens und Wohnens so nach oben zu treiben, das sie *Gottes* Firmament berührten. Und dann klebte *Hélène* an seinen Lippen und war unersättlich, die Antworten zu erfahren, wenn es um das berühmte »*Warum*« ging. Säße *Hélène* im Himmel und wäre er Architekt, hätte er sein ganzes Leben damit zugebracht, seiner Angebeteten einen *Campanile* zu errichten, welcher derart in die Höhe kletterte, dass er sie erreichte. Wie froh war der *Professor*, dass *Hélène* auf Erden wandelte, wie froh, dass ihm diese schwere Aufgabe erspart geblieben wäre! Das waren seine Gedanken, als er die *Quai Voltaire* hinunterlief und auf das Wasser blickte, während die Sonne irgendwo hinter dem *Eiffelturm peu à peu* verschwand.

Am nächsten Tag setzte er seine Lesungsreihe fort. Über die *Opéra Garnier* und ihre künstlerische Affinität zu *Rodin's* »*Denker*« referierte er an jenem Morgen. *Bérnard* vertrat die Auffassung, dass *Garnier's Historismus* zwar *eklektizistisch**, doch letztlich Ausdruck des konstruktiven Bestrebens sei, *Italienisches* Blut in den nordisch geprägten epigonalen Bau-

---

Historismus ist die Nachempfindung vergangener Baustile (Romanik, Gotik, Barock etc.), oft ein Mix und typisch für die Architektur des 19. Jhd., Eklektizismus bezeichnet dieses stilistische Potpourri in der Baukunst

stil des *Neo-Barocks* zu pumpen, mit anderen Worten nicht nur zur Freude der Form, sondern zur Freude überhaupt zurückzufinden. *Rodin's* »*Denker*« hingegen wäre, an der Oberfläche betrachtet, in sich gekehrt — was man verbogen mit »*introvertiert*« bezeichne — doch beherrsche *Rodin's* figürliche Tektonik den Raum mit einer solchen Bravour, dass trotz des inneren Zweifelns des »*Denkers*« an den ewigen Werten derselbe eine spirituelle Materialität verkörpere, welche Grundlage eines potenziellen Sieges über die Leiden des Menschen sei und darin inhaltliche Parallelen mit der »*Sonnenarchitektur*« *Garnier's* — wie er sich ausdrückte — aufwiese.

Stets honorierten seine Schüler seine gewagten Thesen mit frenetischem Klopfen auf ihren hölzernen Pulten.

Bei den Vakulenko's in Nîmes

Am Wochenende waren er und *Hélène* bei den *Vakulenko's* in *Nîmes* eingeladen, wo das *Russische* Ehepaar ein Haus besaß, das auf den Fundamenten einer *Gallo-Römischen* Ruine erbaut ist.

Professor Vakulenko und seine Frau überraschten mit einem *apéritif de bienvenue* samt Häppchen, als *Bérnard* und *Hélène* eintrudelten. Der Empfang an einem frühen Samstagnachmittag im späten August war herzlich. *Professor Vakulenko* hatte sein Grammophon installiert — mit Hunderten von Jahren auf dem Buckel — und *Caruso* aufgelegt. Es gab hausgemachten *Cidre* aus echten *Normannischen* Äpfeln, Baguette und *Parma*-Schinken sowie eine *Creme Fraiche* mit Kräutern der *Provence* und Zitronenstückchen. Als *dessert* schnitt die Gattin Walnusskuchen auf, den sie am Abend zuvor in der fußläufigen Boulangerie bestellt und ganz früh, während ihr Mann noch schlief, bei *Madame Cartier* abgeholt hatte. Danach tranken sie Espresso, gingen auf der Hand damit hinaus auf den Balkon und bewunderten den herrlichen Blick auf das antike Amphitheater, zumindest auf das, was davon übrig war.

„Ja, mit den *corridas, Monsieur Bérnard*, ist das so eine Sache. Wissen Sie, der Stier ist viel zitiertes Symboltier, wenn es darum geht, die Welt zu erklären, die *Sumerer* und die *Ägypter* und die *Griechen* machten reichlich Gebrauch von diesem unschuldigen Tier. Und im *Spanischen* Blutritual lebt vieles von den alten Mythen fort. Und wenn Sie, verehrter *Monsieur Bérnard*, `mal sehen, wie die Leute, die hier wohnen, mit diesem Problem umgehen, merken sie schnell, dass die meisten oft bloß ihre eigenen Vorteile verfolgen, warum sie die Stiere auf grausame Art und Weise töten, aber nach außen hin so tun, als gäbe es das alles nicht. Sie sprechen von sogenannten *sanften* Kämpfen, weil sie insgeheim an den *harten* festhalten, denn die vielen Gäste von auswärts, insbesondere *Japaner* und *Amerikaner*, kommen gerade deswegen hierher, um sich am Blut zu weiden. Und das ganze Gerede von religiöser Tradition und dass die Stiere uns die Sünden nähmen, ist doch nur Gefasel, um das Portemonnaie zu füllen. Niemand glaubt daran. Das einzige, woran die Leute glauben, ist das Geld!"

„Aber sehen Sie, *Monsieur Vakulenko*, so sehr Sie auch irgendwo recht haben mögen, so wenig hilft das den Tieren. Da müssen schärfere Gesetze her beziehungsweise die Gesetze, die bereits zum Schutze dieser stolzen Tiere existieren, strenger befolgt und notfalls mit behördlicher Kontrolle durchgefochten werden, ich meine mit harten Strafen diejenigen belegen, welche sich darüber hinwegsetzen, ich meine die *corrida*-Betreiber, nicht die Züchter, obgleich auch sie nicht ganz unschuldig sind an den Quälereien, wenn man bedenkt, mit wie viel Profit sie nach Hause gehen, nachdem sie auf der einen oder anderen Auktion ihre zu aggressiver Wildheit hochgezüchteten Prachtexemplare verkauft haben. Doch andererseits können Sie die Tradition nicht ohne Weiteres bagatellisieren, und anstelle dessen animalisches Wohlergehen setzen. Was würden erst die *Spanier* dazu sagen? Tradition und Glaube sind aus den Köpfen der Menschen so wenig wegzudenken als wenn man ein Kamel durch ein Nadelöhr laufen lassen wollte."

„Ich weiß, worauf Sie insistieren. Die Leute sind zwar in erster Linie aufs Geld aus, aber irgendwie — und da bin ich ganz auf Ihrer Seite — spielt die Mystik mit hinein wie bei allem, wo der Rubel rollt. Man findet stets einen spirituellen, religiösen oder ethnischen Grund, um irgendetwas zu verkaufen", verteidigte sich der *Russe*.

„Ja, genau das meine ich. Zwar verbringen wir unser Leben unter einem aufgeklärten Himmel, sind nicht mehr zuhause im finsteren Mittelalter — obgleich das Mittelalter gar nicht so finster war, wie viele postulieren, ganz im Gegenteil — doch Glaube und Religion sind aus dem kollektiven Unbewussten nicht herauszupeitschen. Jeder will die Welt erklärt haben, wissen, weshalb das Rad läuft und nicht stillsteht, wissen, weshalb Wasser den Berg hinunterfließt und nicht hinauf, wissen, weshalb Feuer brennt und Erde der Stoff ist, aus dem wir gemacht sind.

Und der Stier, oder besser gesagt, sein Kampf mit dem Menschen, beantwortet ihnen alle diese Fragen. Alle brauchen Religion und hier im Süden glauben die Menschen daran, und sind nicht alleine gelassen mit ihrem »*Warum*«. Stellen Sie sich einmal vor, man nähme ihnen ihre *corrida*, was dann?"

„Das habe ich ja nicht gesagt, aber muss man die Tiere töten?"

„Sie wissen ganz genau wie ich, dass nur der Tod die einzig wahre Antwort auf die Frage nach dem »*Warum*« des Lebens ist!"

Mit diesen Worten hatte der *Pariser* der Debatte den Wind aus den Segeln genommen, und sämtliche Fragen des *Russen* hatten sich damit in Luft aufgelöst.

Hélène und Frau *Professor* waren derweil wieder nach drinnen gegangen und hatten über Pelze konversiert, weshalb es besser sei, Zobel, Bären und Hermeline in freier Wildbahn zu schießen und nicht elendig in Käfigen zu züchten, um sie anschließend abzuschlachten wie es die Fleischindustrie zu tun pflegte, damals um die Millenniumswende. Insbesondere was die Rinder auf *Australischen* Farmen anlangte, die dann lebend nach *Indonesien* verschifft worden wären, wo man ihnen zunächst die Beine gebrochen hätte, bevor man sie tötete, religiöser Gründe wegen.

„Na, worauf haben die Herren der Schöpfung Lust?" meinte Frau *Vakulenko*, die aufgestanden und auf den Balkon geeilt war, um die beiden Gelehrten zu einem Ausflug zu animieren.

„Das Amphitheater könnten wir uns `mal ansehen", erwiderte ihr Mann, „und danach ein Eis essen gehen! Na, was halten Sie davon, *Monsieur Bérnard?*"

„Keine schlechte Idee, nicht wahr, *Hélène?*"

„*Oui, magnifique*! *Je suis de la partie*!"

Im Innern der architektonischen Perle stiegen sie eine Treppe hoch und gelangten auf die Zuschauertribüne, von wo sie einen grandiosen Blick auf die Arena hatten.

„Wir haben seit annähernd sieben Jahren dieses Haus hier in *Nîmes*, obgleich wir nur an den Hohen Tagen hier rüberflogen — Sie wissen, die Entfernung — aber das erste Mal, als ich dieses Theater betrat, überkam mich kalter Schweiß und anschließend hatte ich Herzrasen, *Hélène*. Sie müssen sich vorstellen, was dort unten geschah! Sie hetzten Menschen auf Menschen! Tiere auf Tiere! Und, was das Bitterste ist, Tiere auf Menschen! Leoparden! Löwen! Tiger! Panther! So etwas darf man sich gar nicht vorstellen! Die Spiele oder *spectacula*, wie es die *Römer* nannten, endeten stets im Blutrausch, wobei die Gladiatoren in der Regel in Stücke gerissen wurden! Nur die wenigsten Männer kamen mit dem Leben davon, denen man dann die Freiheit gab, weil es oft Kriegsgefangene oder Sklaven waren, die zur Belustigung des Volkes sterben mussten. Was bin ich froh, dass wir nicht mehr in diesen Zeiten zubringen, *Hélène*!"

„Da haben Sie vollkommen recht, *Madame*", entgegnete *Hélène*, „die Bombe schaffte man ebenfalls ab, nachdem man vor den Toren von *Paris* gestanden hatte und drohte, unsere wunderschöne Metropole ein zweites Mal in Schutt und Asche zu legen, wie schon einmal. Sie verfügten zu jener Zeit, ich meine die *Deutschen* unter einem gewissen *Monsieur Hitler*, zwar nicht über nukleare Waffen, aber immerhin stand bereits damals das kulturelle Erbe der Menschheit auf dem Spiel! Die Kriege,

Madame, die Kriege! Ob im Kleinen, wie hier in der Arena, oder im Großen, als sie im *Dritten Kriege* mit der schrecklichen Bombe der Welt wieder einmal Angst einjagten. *Chinesen*, es waren doch die *Chinesen*, nicht wahr, oder täusche ich mich, *Madame*?"

„Egal ob *Chinesen, Italiener, Briten* oder *Amerikaner, Hélène*, es sind nicht Völker, es sind Menschen, die eines Tages diesen zauberhaften Planeten mit allem, was wir an großen und schönen Dingen geschaffen haben, in die Luft sprengen werden! Mittlerweile basteln sie wieder an einer neuen Höllen-Waffe, irgendwo auf dem *Afrikanischen* Kontinent. Und wenn Sie mich fragen, *Hélène*, bin ich glücklich, nicht mehr zu den Jüngsten zu gehören, um letztlich das miterleben zu müssen, sollten sie eines Tages unseren Planeten tatsächlich vernichten! Nur traurig für diejenigen, die jetzt heranwachsen! Was für schreckliche Dinge stehen der künftigen Generation noch bevor? Gut, dass wir keine Kinder haben!"

„Aber *Madame*, das Leben, das uns der *Herr* schenkte, war schon immer von menschlichen Gräueltaten geprägt, ganz zu schweigen von den Naturkatastrophen, denken Sie nur an die Sintflut und so fort! Unsere Welt ist eben nicht das Paradies und Leben nicht das, von dem wir wünschen, es wäre so oder so! Seit wir Menschen diesen Erdball bevölkern, seit der ersten Stunde unseres Auftretens in der Geschichte, gibt es Mord und Totschlag. In der Bibliothek meines Mannes entdeckte ich neulich ein Buch über die Besiedlung *Australiens* — Sie müssen bedenken, *Australien* war einst vollkommen unbewohnt, nur wilde Tiere und exotische Pflanzen — ein sehr altes Buch, das irgendein *Brite* geschrieben hatte, noch bevor jener *Österreichische* Rassenideologe seine teuflische Weltanschauung in die Tat umsetzte. Nun ja, darin schrieb dieser *Brite*, dass diejenigen, die diesen schillernden Kontinent *Australien* erstmalig besiedelten — ich glaube, sie kamen mit ihren Booten aus dem erwähnten *Indonesien* — sich zu bekriegen anfingen, spätestens als ihre Jagdgründe versiegten, sie ihre Mägen nicht mehr stopfen konnten und ums nackte Überleben kämpften. Selbstverständlich, schrieb der *Brite*, seien die ersten Siedler auch von dem Bestreben besessen gewesen, ihre Nachbarn, das hieße andere Siedler-Stämme in die Schranken zu weisen, zu unterdrücken, Macht über sie zu üben, jenseits leerer Mägen!"

„Ja, das ist bittere Wahrheit, *Hélène*, der Mensch ist und bleibt unverbesserlich! Auf der einen Seite sorgen wir für Sternstunden, wenn wir *Stonehenge** erbauen — selbst heute noch stehen die Archäologen vor ungelösten Rätseln, wenn sie zu ergründen suchen, wie die Steinzeitmenschen diese gewaltigen Monolithen haben aufstellen beziehungsweise zu diesem schamanistischen Wunderkreis zusammenfügen können — und auf der anderen Seite arbeiten wir beflissentlich an unserem eigenen Untergang. Sie erwähnten ja die schreckliche Bombe, eine solche die *Amerikaner* in *Ostasien* zweimal eingesetzt hatten. *Hiroshima*† und *Nagasaki*! Offen gestanden, genieße ich mein Leben zwar in vollen Zügen, komme viel herum mit meinem Mann, lebe mit ihm in diesem paradiesischen Haus, erbaut auf historischen Fundamenten, und kann mir kaum etwas Schöneres vorstellen als mit meinem Mann alt zu werden, aber wenn ich

---

*archaisches Kult-Bauwerk der Jungsteinzeit in Wiltshire, Südwest-England (vielleicht 3000 v. Chr.)
†06.08.45, 80.000 Menschen sofort tot, Nagasaki 09.08.45, 36.000 sofort tot, insgesamt zzgl. Spätfolgen beider Abwürfe ½ Mill. Menschen (geschätzt)

an all das Elend in unserer Welt denke, *Afrika,* das noch immer nicht befriedet ist, die ewige Wunde in *Palästina,* die nicht zu bluten aufhören wird, solange die Extremisten nicht aussterben, ob auf *Jüdischer* oder *Palästinensischer* Seite, das Drama im *Nahen Osten,* der weltweite Terrorismus und-und-und, kommen mir die Tränen und dann habe ich nur noch einen Wunsch und der heißt zu sterben! Verstehen Sie mich, *Hélène,* können Sie mich verstehen?" klagte Frau *Professor* fast unhörbar in sich hinein und weinte Tränen Humaner Empathie, währenddessen ihr Mann und *Professor Bérnard* über den *Römischen* Beton diskutierten, mit dem die *Italischen* Eroberer dieses Theater der *Brot und Spiele* erbaut hatten. Es sei derselbe unverwüstliche Beton, den sie auch für die Kuppel des *Römischen* Pantheons verwendet hätten, und der mit den Jahrhunderten immer fester geworden wäre, so dass *Rom* erst unterginge, wenn *Jupiter* es befehle.

Es war ein zauberhafter Spätnachmittag und die letzten Sonnenstrahlen berührten den Sandplatz in der Mitte der Arena.

Der Louvre-Mantel & Christie's

„Kommen Sie herein, *Inspektor!*"

„Bonjour *Professeur Bérnard!*"

„Bonjour *Commissaire Le Trou!* Ich weiß, weshalb Sie kommen. Sie kommen wegen des verschollenen *Mantels,* nicht wahr?"

„Ja, genau, deshalb bin ich hier. Ich habe noch ein paar Fragen an Sie. Sie wissen ja, dass unser Kommissariat nun schon seit mehr als einer

Dekade mit dem Fall beschäftigt ist, bedauerlicherweise den Fall aber nicht hat lösen können bis heute. Wie mir Ihr Restauratoren-Studio mitteilte, handelte es sich weniger um einen *Mantel* als vielmehr um eine Art *Capa*, einen Umhang, der in der Vitrine des *Louvre* ausgestellt gewesen wäre und den irgendwelche Diebe im Auftrag eines gewissen *Doktor Falconi* aus *Chicago* entwendet haben sollen."

„Ganz richtig, *Commissaire*! Doch definieren Sie dieses Stück Stoff wie Sie wollen, ob *Mantel* oder Umhang. Herausfinden können habe ich nichtsdestoweniger — ich beziehe mich auf meine Forschungen zu *Bernardo von Palermo* und dessen Gemälde »*Rückenakt einer aus dem Wasser steigenden Nymphe*« — dass es ein, wenn Sie so wollen, längerer Umhang, allerdings meiner Interpretation gemäß ein *Mantel* gewesen sein muss, den der *Italienische* Maler getragen haben wird und den er in seinem Bild als antike Toga wiedergibt, wenn der nackte Held — manche deuten ihn als *Odysseus* — das Textil über seine Schulter geworfen hat. Ob *Mantel* oder Umhang, das spielt sowieso keine Rolle, *Commissaire*! Der *Mantel* ist Objekt eines Kunstdiebstahls, den man seit — ach was weiß ich! — aufzuklären beziehungsweise was noch viel wichtiger ist, wiederzubeschaffen sich bemüht. Auf jeden Fall dürfte der *Mantel* ursprünglich einem *Russischen* Dichter gehört haben, einem *Monsieur Puschkin*, der vor etwa fünfhundert Jahren bei irgendeinem dieser albernen Imponier- und Revierkämpfe zu Tode kam, wo in der Regel zwei in ihrer männlichen Eitelkeit gekränkte Rivalen sich gegenseitig nach dem Leben trachten. Nur gut, dass man dieses Messen um der Ehre willen bereits seinerzeit verboten hatte, obgleich es selbst heutzutage noch welche geben soll, die solchen Prügeleien mit der Pistole sich stellen und in abgelegenen Winkeln aufeinander treffen, wobei anschließend oft ein Toter zu beklagen ist! Doch erfährt die Öffentlichkeit davon so gut wie nichts, denn die Politik tut ihr Möglichstes, um diese bösen Kindereien erst gar nicht an die Öffentlichkeit dringen zu lassen. Das ruft nur Nachahmer auf den Plan. In etwa so, als irgendein *Monsieur Goethe* eine glühende Liebesgeschichte zu Papier brachte, die natürlich unglücklich enden musste, und der Verschmähte in diesem Briefroman sich nachher das Leben nimmt, was etliche andere unglücklich Verliebte dazu anspornte, gleichermaßen Hand an sich zu legen. Es artete zur pervertierten Mode aus, sich dann selbst umzubringen. Na ja, ist das ein anderes Thema. Aber kommen wir zurück auf diesen *Mantel* oder, wegen mir, diesen Umhang, wie Sie ihn nennen, über den Sie, wie ich vermute, Näheres wissen wollen."

„Es ist folgendermaßen, *Professor*. Meine Kollegen stießen vor nicht allzu langer Zeit auf einen *Mantel*, der bei *Christie's* in *London* zur Disposition stand. Auch dieser *Mantel*, so spekulierte man, dürfte einem Schriftsteller gehört haben, und das Material — soviel ich weiß, war es Kaschmir mit gefüttertem Pelz — ließ auf ein sehr hohes Alter schließen, so dass wir der Annahme anheimfielen, es könnte sich um das gesuchte Textil handeln. Jemand, der nicht genannt werden wollte, sozusagen ein *anonymus*, wie das bei diesen Auktionen hin und wieder der Fall ist, griff über einen Agenten schließlich zu. Den *Mantel* zierte im Übrigen ein auffälliges Indiz: ihm fehlte ein Knopf!"

„Sind Sie wahnsinnig, *Commissaire*! Sind Sie noch zu retten? Das war der *Mantel*! Lange habe ich mich mit der Biographie jenes Malers aus *Pa-*

Iermo auseinandersetzen müssen und eben das vermochte ich zu eruieren, dass der vermisste *Mantel* Knöpfe besaß. Was man auf dem Gemälde sieht, hat aber nur geringfügig etwas zu tun mit dem Kleidungsstück, das in der Vitrine des *Louvre* ausgestellt war, falls Sie verstehen, was ich meine. Der *Louvre-Mantel* und die in Öl verewigte *Odysseus*-Toga haben kaum etwas miteinander gemein! Die gemalte Toga besitzt zwar keine Knöpfe, jedoch der *Mantel,* dessen sich der Künstler als Modell-Requisit bediente und nach dem wir suchen, hatte welche, von denen einer fehlte! Das verdanke ich einzig und alleine den Recherchen von *Madame Vitale!*[*] Verdammt noch `mal, warum haben Sie mir keine Mitteilung gemacht, *Commissaire?* Ich bin untröstlich! Hinaus mit Ihnen!"

Fast hätte er ihn in den Hintern getreten, so empört war der Boss!

Die Präfektur ist ein dilettantischer Haufen

Der *Professor* drehte im Bette, schlug die Decke auf, tigerte zur Bar, schüttete ordentlich Schlehenlikör, stürzte wieder aufs Lager, schlug zum neunten Male die Decke auf und fluchte wie ein Rohrspatz: «Diese Präfektur, diese Behörde, diese Rasselbande von Tunichtguten, Schlafmützen, Alibi- und Masken-Händlern, diese Präfektur sei zu nichts fähig, aber zu rein gar nichts außer in der Gegend herumzukutschieren, irgendwelches Volk zu interviewen, um anschließend heimzufahren und die Füße hochzulegen!»

---

[*]*VITALE, SERENA: Puschkins Knopf. S. Fischer Verlag, Frankfurt a. M. 1999*

Hélène oder Das Geheimnis der Falschen Mona Lisa

Obgleich *Inspektor Le Trou* alles andere war, nur kein gewöhnlicher Kriminalist. *Le Trou* hatte vor seiner Beamtenlaufbahn an einer Klitsche im *Elsass* ein paar Semester Kunst studiert, war dann zu seinem Stiefvater nach *Paris* gezogen und hatte unter einem späteren Nachfahren des berühmten *Vidocq** sein Handwerk gelernt.

Umso mehr verstand er die Welt nicht mehr, als er die miserable Nachricht zur Kenntnis nehmen musste, dass der geheimnisvolle *Mantel*, hinter welchem der *Louvre* seit Jahren her war, aufgetaucht wäre, aber die Präfektur wieder einmal bewiesen hätte, was für ein dilettantischer Haufen sie sei. Gerade von *Inspektor Le Trou* hätte er anderes erwartet.

Zwischen seinen nervlichen Aufwallungen schaute er immer wieder hinüber zu seiner *Vladimirskaja*, vor der in dieser Nacht gleich mehrere Kerzen brannten. Auch von ihr war er bitterlich enttäuscht. Wie konnte seine *Madonna* es zugelassen haben, dass selbst ein so gewiefter Fuchs wie *Le Trou* sich aufgeführt hatte wie ein dusseliges Kind?

Und dann musste er an seine Tochter denken, die er mit seiner geschiedenen Frau *Nathalie* hatte, als sein eigen Fleisch und Blut eines Abends nicht nach Hause gekommen war, und er die Polizei eingeschaltet hatte. Ebenfalls in jenem Falle hätte die Polizei sich als ziemlich unfähig erwiesen. Und gleich einem Geistesgestörten lamentierte er, wozu diese Leute überhaupt bezahlt würden?

Gegen ein Uhr in der Früh stand er abermals auf, kippte das letzte Glas hinunter, blies die Kerzen nieder und legte sich wieder.

Eugène François Vidocq (1775 bis 1857), Französischer Detektiv

Gerädert von seinen verzweifelten Gedanken fiel er ermattet in einen tiefen Schlaf.

Cristina — Eine Studentenliebe

Diese Nacht träumt er von seiner Jugend, seinen ersten weiblichen Bekanntschaften, damals im *Jardin du Luxembourg*.

Bevor er sein Studium der *Kunstgeschichte, Christlichen Archäologie* und *Philosophie* aufnahm, hatte er wenige Semester *Hispanistik* studiert bei *Professor de la Barca* aus *Cadiz*.

De la Barca lehrte an der *Sorbonne*, wo *Bérnard Cristina* kennenlernte. *Cristina* war aus *Lissabon* und studierte ästhetische Ökonomie. Aufgrund ihrer guten Zensuren war sie *Professor de la Barca* aufgefallen, der sie dann als wissenschaftliche Hilfskraft engagierte. *Cristina* war verantwortlich für die Ausgabe der Unterrichtsmaterialien wie Vokabellisten und grammatischen Übungsaufgaben. Als der seinerzeit noch blutjunge *Bérnard* seine Sprachpapiere von ihr in Empfang nahm, zog sie ihn hinter sich her und presste ihn in einer halbdunklen Ecke irgendwo in der Aula rücklings gegen die Wand, drückte ihren Leib an den seinen und küsste ihn leidenschaftlich ab. Das einzige, was der Student sah, schmeckte und fühlte, waren ihre weit aufgerissenen Augen, die alles zu verschlingen drohten, was sich ihnen in den Weg stellte — und *Bérnard* hatte sich diesen Augen in den Weg gestellt, zumindest war *Cristina* zu dieser Ansicht gelangt — ihr pochendes Herz, das raste wie ein Hurrikan, sowie ihre muskulösen

Lippen, zwischen denen immer wieder eine muskulöse Zunge gierig hervorkroch, um von seiner Mundes Höhle Besitz zu ergreifen. Seine schneeweißen Zähne leckte sie ihm ab, stieß mit ihrer Zungenspitze an die seine, ließ ihre Zunge kreisen, ertastete mit ihr jedes noch so kleinste Versteck in seinem Rachen, dass der Jüngling — völlig übermannt von ihrer sinnlichen Begierde — zusammensank und alles über sich ergehen ließ wie ein Beutetier, auf das ein Raubvogel aus höchster Höhe niederstürzt, in sein Genick seine Krallen schlägt, um es in seinen Horst zu schaffen, wo er seine Jungen damit füttert.

Ja, *Cristina* war solch ein Raubvogel, nach dem sich devote Männer sehnen, von welchem er sich gerne zum Fraße vorwerfen ließ!

Damals, im *Jardin du Luxembourg*, zog sie ihn in ein Gebüsch — Frühlingsabend, mild die Luft und bereits dämmerte es — riss ihm das Beinkleid von den Schenkeln und massierte sein Geschlechtsteil, das sofort in die Senkrechte schnellte. Seinerseits hatte er seine Hand unter ihren Schlüpfer geschoben und begonnen, nachdem er ihr die Pobacken gestreichelt hatte, ihre *Vulva* zu befingern.

Schweißgebadet wachte er auf und schrie:

„*Cristina! Cristina!*"

Das waren seine ersten Worte an jenem Freitagmorgen, bevor er zur *Sorbonne* eilte, um seine Lesungsreihe über die »*Verbindende Ästhetik von Architektur und Skulptur*« fortzusetzen.

Alexander Sergejewitsch

Ah! Mio Cor! oder Georg Friedrich Händel & Der Berliner Reichstag

„*Mesdames et Messieurs*! Letzte Stunde widmeten wir uns der Sonnenarchitektur *Garnier's*, genauer gesagt seiner Oper in unserer Metropole, und berücksichtigten dabei *Rodin's* berühmten »*Denker*«. Heute will ich Ihnen berichten, weshalb *Christo & Jeanne-Claude's* »*Verpackungs-Arien*« — wenn ich einmal akademisch frech sein darf — verhüllte Skulpturen sind, die mehr als nur der Größe eines *Kolosses von Rhodos* gerecht werden. Sehen Sie, der *Berliner Reichstag* von *1894* als steinernes Symbol *Deutscher* Volksherrschaft, oder besser gesagt, als architektonisches Großaufgebot der Herrschaft von unten, und die Arien *Georg Friedrich Händel's*, nehmen wir »*Alcina*« aus der gleichnamigen Oper von *1735*, atmen den gleichen Geist, obgleich *Händel* seine Musik etwas mehr als hundertfünfzig Jahre früher komponierte als *Paul Wallot* den Reichstag konstruierte. Nicht um den konkreten Geist geht es hier, nicht um das konkrete Motiv, bei *Händel's* Libretto der klassische Topos der separierten Liebe, bei *Wallot*, dem Volke einen Demokraten-Palast zu errichten, sondern um die metaphorische Parallele, das abstrakte Motiv, das beide Werke miteinander verbindet: der Schmerz! *Ah! Mio cor*! Oh, mein Herz!" referierte der *Professor* voller Pathos, und fasste sich gedankenverloren an seine Brust, als seine Worte beinahe verebbten, kam wieder zu sich und fuhr fort: "*Ah! Mio cor*! Einem Volke mit einem unglücklichen Los baute *Wallot* dieses Polit-*Palais* — Liebenden, welche füreinander bestimmt, zunächst aber voneinander getrennt, schrieb *Händel* seine Arie! Und glauben Sie mir, *Mesdames et Messieurs*, die Geschichte der Kunst ist nicht alleine jenseits aller Chronologie, das heißt entwicklungs-geschichtlich alogisch, weil sie keine lineare Entwicklung beschreitet, sondern ebenso jenseits aller konkreten Belange. *Händel's* Schmerz kehrt etwa anderthalb Jahrhunderte später wieder in *Wallot's* symbolträchtigem Bauwerk, so verrückt dies auch klingen mag! Geschichte ist nichts anderes als die ewige Wiederkehr gleicher Prinzipien zu ungleichen Zeiten. Wiederholung, Rückkehr und so weiter, Individualschmerz und Kollektivschmerz treffen in einem gemeinsamen Höheren zusammen, und das ist das, was Kunst zu versinnlichen versteht, über gattungsästhetische Grenzen und fest umrissene Inhalte hinweg. *Ah! Mio cor*! Dies ist eines der ewigen Prinzipien, welches die Menschheit seit Anbeginn formuliert. Die Trauer über Verlust, sei es der Verlust der Freiheit eines ganzen Volkes oder der Verlust eines geliebten Menschen! Und *Christo & Jeanne-Claude* machten es sich zur Aufgabe, diesem Schmerz Aufmerksamkeit dahingehend zu zollen, indem sie den *Reichstag* verhüllten wie der Priester das Kreuz *Christi* am fünften Fastensonntag bis zur Osternachtfeier. Wie Sie alle wissen, sollte das Gebäude neun-zehn-hundert-drei-und-dreißig in Brand gesteckt werden. Es sind die Kräfte, die von drinnen nach draußen drängen, die sowohl in Architektur als auch in Skulptur wirken, denn auch Musik ist Skulptur dort, wo der Schmerz am größten ist! *Oh, mein Herz*!" beendete der *Professor* seine Vorlesung und die Studenten bescheinigten ihre Ergriffenheit abermals mit lautem Klopfen auf ihren Pulten.

Dann verließ er die Gelehrten-Anstalt, lief über den *Pont Saint-Michel* und war froh, wieder daheim zu sein, wo *Madeleine* mit dem Abendbrot auf ihn wartete und ihm seine Pantoffeln brachte.

Nach dem Brot setzte er sich an seinen Schreibtisch und widmete sich seinen »*Neuen Studien über Michelangelo*«, weshalb er in der vorlesungsfreien Zeit oft nach *Florenz* und *Rom* gereist war, um die Originale in Augenschein zu nehmen.

Bereits früh zu Bette ging er und schlief sofort ein.

Am folgenden Morgen stand er vorzeitig auf, betete vor seiner Ikone und suchte das Bad. Dann erschien *Madeleine* und servierte wie üblich das Frühstück. — Gerade war er im Begriffe, das Haus zu verlassen, um seine »*Verbindende Ästhetik von Architektur und Skulptur*« zu referieren, als er mit *Inspektor Le Trou* zusammenstieß.

Ein Toter & Der Maskenhändler

„*Professor, Professor*, unbedingt muss ich Sie sprechen!"

„Was gibt es, *Inspektor?* Ich habe nicht viel Zeit, meine Studenten warten!"

„*Professor*, ein Mord, ein Mord!" faselte der *Inspektor* aufgeregt.

„Was für ein Mord, *Le Trou?*"

„Im *Jardin du Luxembourg* hat man eine Leiche gefunden, ganz in der Nähe des »*Maskenhändlers*«*, *Professor!*"

„Und warum kommen Sie mit dieser Neuigkeit ausgerechnet zu mir?"

---

berühmtes Standbild von Zacharie Astruc (1835 bis 1907), wo ein Kaufmann die Masken prominenter Künstler feilbietet, in seiner Hand hält er die Maske Victor Hugo's

Hélène oder Das Geheimnis der Falschen Mona Lisa

„Weil man bei der Leiche die Karte eines gewissen *Alessandro de Kandinsky* fand."

„Das ist etwas anderes, *Inspektor.* Kommen Sie in den Salon, *Le Trou*, ich möchte mehr erfahren, und *Madeleine*, seien Sie so lieb und machen Sie uns einen starken Tee! Sie mögen doch Tee, *Inspektor?*"

„Aber gerne!"

„Und *Madeleine*, unterrichten Sie bitte mein Sekretariat, dass ich einen wichtigen Termin wahrzunehmen hätte und deshalb meine Vorlesungen heute ausfielen!"

Dann setzten sich die Herren, während es draußen zu regnen anfing.

„Soviel man bereits jetzt weiß, muss das Opfer gestern in der Früh´ zu Tode gekommen sein, so gegen eins. Es wies mehrere Stichverletzungen auf, wahrscheinlich Folge einer spitzen Klinge. Ein Messer war es nicht, das konnte uns die Spurensicherung* bestätigen. Sie vermuten ein scharfes *Florett*. Sehr ungewöhnlich! Wer bringt heute jemanden mit einer historischen Waffe um, und das noch mit einem *Florett*, wo man doch an Schusswaffen aller Art jederzeit für billiges Geld herankommen kann? Na ja, wie dem auch sei, ein Passant fand die Leiche, kurz nachdem man dieses florale Kleinod geöffnet hatte und verständigte sofort die Polizei. Die Karte, die man bei der Leiche fand, *Monsieur*, hat mich an Sie verwiesen. Ich weiß, dass Sie mit *Mademoiselle Hélène* bekannt sind, und *Mademoiselle* uns damals um Personenschutz gebeten hatte, weil sie sich von jenem Herrn, dessen Karte wir bei dem Toten fanden, verfolgt fühlte. Er hatte sie umbringen wollen!"

---

*Forensik: med., psych., dgt. u. natw. Daten-Erhebung u. –Auswertung

„Ich weiß, *Inspektor,* mit einer alten Duellpistole, die aber nicht funktionierte, was *Mademoiselle* das Leben rettete."

„Selbstverständlich hatten wir seinerzeit alle Hebel in Bewegung gesetzt, um diesen *Alessandro de Kandinsky,* als den er sich gibt, ausfindig zu machen. Jedoch vergebens, weil dieser mysteriöse Herr dort, wo gemäß seiner *carte de visite* er markiert zu wohnen, überhaupt nicht aufzufinden ist. Weder war *gar damals* sein Name am Hause verzeichnet, geschweige beim Einwohneramt von *Paris,* noch gibt und gab es das Appartement, wo er laut Ihrer Bekannten wohnen sollte, so dass wir an den Aussagen von *Mademoiselle Hélène* Zweifel hegten, was mir im Nachhinein allerdings aufrichtig leid tut, da dieses Phantom ja doch zu existieren scheint. Die aufgefundene Karte wies dieselbe Adresse auf, wie sie uns auch *Mademoiselle Hélène* mitgeteilt hatte: *1 Rue Saint-Éleuthère.* Was wissen Sie über diesen unsichtbaren *de Kandinsky* beziehungsweise was hat *Mademoiselle* Ihnen erzählt, was wir vielleicht noch nicht wissen, *Professor?*" drang der *Inspektor* auf den Gelehrten ein.

„Nun, *Inspektor,* da bin ich überfragt, ich meine, ich werde Ihnen da auch nicht viel weiterhelfen können. *Mademoiselle Hélène* erzählte mir nur, dass er mit seiner angeblich schwerkranken Frau hätte ein paar Tage auf der *Île de Bréhat* verbringen wollen; die beiden, das heißt er und *Hélène,* in *Barcelona* gewesen seien und dass dieser merkwürdige *Monsieur* Duell-Pistolen geliebt und über eine ganze Sammlung dieser albernen Kinkerlitzchen verfügt hätte."

„»*Kinkerlitzchen*«, *Monsieur le Professeur,* ich darf doch bitten, das sind doch keine »*Kinkerlitzchen*«! Fast hätte er Ihre Bekannte mit einem solchen »*Kinkerlitzchen*« aus dem Wege geräumt! So wie mir scheint, war unser *Belphégor* mit diesen »*Kinkerlitzchen*«, wie Sie es nennen, gut vertraut, wenn man 'mal seine chemischen Kenntnisse außer Acht läßt, die Sache mit dem Schwarzpulver. Zu wenig Schwefel hätte er beigegeben gehabt, wie *Mademoiselle* betonte — *Mademoiselle* ist versiert, schließlich arbeitet sie in einem Gerüche-Küche-Gewerbe — und weshalb sie überhaupt noch unter uns weilt, *Monsieur*! Ein Phantom, das in der Vergangenheit lebt, aber der Tatsache wegen, dass wir uns futuristischer Zeiten erfreuen, es nicht zustande bringt, Schwarzpulver anzumischen! Welch ein Glück, *Professor*, welch ein Glück für *Mademoiselle Hélène*! Mit dem *Florett* weiß er schon eher umzugehen, obgleich er einen Degen hätte nehmen müssen, weil der Degen in diesem Falle das passendere Instrument gewesen wäre. Schließlich war und ist das *Florett* schon immer, oder wenigstens in erster Linie, eine Sportwaffe, mit der man niemanden aus dem Leben schafft. Es sei, man macht eine solche Waffe scharf, entfernt die Knospe, den *bouton**, auch als *fleur de laine*[†] bekannt, weshalb diese Waffe auch *Florett* heißt, schärft freigemachte Spitze und Klinge mit was weiß ich — ich bin kein Waffenschmied — und zieht in den Kampf, falls es sich um ein Duell gehandelt haben dürfte. Und dass man mit einer solchen Waffe jemanden töten kann, sehen Sie ja selbst. Das Opfer war sofort tot! Herzstich! Totsicher! Ob es ein Duell gegeben hat, können wir zum jetzigen Zeitpunkt noch nicht sagen, dazu fehlen uns weitere Einzelheiten, wir wissen einfach noch zu wenig. Auf der anderen Seite müssen Sie auch

---

*Knospe
[†]*Blume von Wolle*

berücksichtigen, dass der Park geschlossen war, und die beiden Duellanten, wenn Sie so wollen, über den Zaum gestiegen sein müssen, das heißt aus freien Stücken, was einen beabsichtigten Zweikampf nahelegt. Na gut, *Professor*, wenn Ihnen noch irgendetwas einfällt, benachrichtigen Sie mich bitte! Ich und meine Mannschaft bleiben am Ball und richten Sie *Mademoiselle* Grüße aus!"

Der Tee, den *Madeleine* zwischenzeitlich serviert hatte, war kalt geworden, ohne dass die Herren auch nur einen einzigen Schluck zu sich genommen hätten.

Im Jardin du Luxembourg (Frühherbst)

Nachdem *Inspektor Le Trou* das Haus verlassen hatte, zog der *Professor* seinen Mantel über, nahm den Schirm mit dem Löwen-Knauf, wo eine Phiole stets von seinem Schlehenlikör etwas barg, und machte sich auf zum *Jardin du Luxembourg*.

Der Regen hatte nachgelassen, während er in den *Boulevard Saint-Michel* bog, unter den Bäumen entlanglief und schließlich den königlichen Garten erreichte.

Wie sehr dankbar war er *Maria von Medici*, die dieses Geviert des Lustwandelns zu Anfang des siebzehnten Jahrhunderts hatte anlegen lassen!

Wie oft brachte der Gelehrte hier zu, ob Sonne schien, Regen vom Himmel fiel, Äste grün oder nackt waren, ob Winter, Sommer, Frühling oder Herbst? Und nun ging ein Sommer zu Ende und nach Herbst roch es schon.

Wie oft hatte er am Bassin auf einem der unzähligen Stühle gesessen und den Kindern zugeschaut, wie sie ihre selbst gebastelten Schiffe fahren ließen und dabei ihre eigenen Kapitäne spielten? Denn auch Kinder sehnen sich nach nichts anderem als groß und erwachsen zu werden, um — wie sie meinen — das Leben dann in vollen Zügen genießen zu können, weil für diese Kleinen Leben so etwas sei wie für den Frommen und Anständigen das von *Gott* versprochene Paradies.

Wie oft hatte er hier auf einst königlichem Terrain den jungen Studentinnen hinterher geschaut, die noch alles vor sich hatten? *Diese* mit Füllhörnern voller Gold und Karrieren, *jene* mit *Pandora*-Büchsen, aus denen irgendwann faules Gewürm kriechen würde? Ganz zu schweigen von denjenigen Schülerinnen und Schülern, die dazu verurteilt seien, ihr Dasein in einem Reiche der Schatten zu verbringen, von denen niemand Notiz nähme, die dennoch lebten abseits der großen Brandung, abseits der Sieg verheißenden Flut, die *Brutus* in *Shakespeare's* »*Caesar*« beschwor, welche zu besteigen mahnt, um nicht zu verlieren, eben nicht sein Leben im Reiche der Schatten zu fristen.

Wie oft hatte er seine liebeshungrige Schülerin aus dem glücklicherweise wieder auferstandenen *Brügge* an diesem Orte getroffen und ihr von *Platon's* Ideen-Himmel berichtet, dass ein Reich weit ab aller Schatten existiere, wo ausschließlich die Sonne schiene, die nicht wegzudenken sei und wo eben jene Kinder spielten, die in dem Bassin vor dem *Palais* ihre Träume delegierten?

Alexander Sergejewitsch

Wie oft geklebt hatte sie an seinen Lippen, als er sie darauf in seine Arme nahm, mit seinen Händen über ihre Beine fuhr, `mal bestrumpft verborgen unter Leder, `mal nackt hervorschießend unter Tüll, wenn es bereits warm ward und die Vögel *liberté, égalité et fraternité* zwitscherten?

Und nun — die Eingangspforte lag weit hinter ihm — saß er abermals auf einem dieser vielen von ihm geliebten Stühlen, die jeden *Pariser* einladen, seine Seele baumeln zu lassen, doch hatte er sich heute nicht niedergelassen vor dem großen Bassin mit Blick auf den Palast, sondern vor »*Le Marchand de Masques*«. Vor diesem mirakulösen Marketender prominenter Gesichter, sollte der Mord, von dem der *Inspektor* Mitteilung gemacht, beziehungsweise dem Toten, den man hier aufgefunden hatte, sich ereignet haben. Wie merkwürdig! Ausgerechnet vor der Denkmal gewordenen Apotheose *Victor Hugo's*! Falls es in der Tat ein Duell gewesen sein sollte, fragte er sich, was der Grund dafür gewesen wäre? Was wäre der Grund dafür, nachts unerlaubterweise diesen märchenhaften Park heimzusuchen, irgendein *Florett* zu zücken, um einen Widersacher ins Jenseits zu befördern? Völlig abstrus erschien ihm alles und dass er mit in die Sache hineingerissen worden war, auf die eine oder andere Weise Anteil hatte, nicht an der schändlichen Tat als solcher, jedoch an ihrem Vorkommnis, da er mit *Hélène* befreundet, seiner geliebten *Hélène*, die mit jenem Nostalgiker des Mordens auch hatte bitterböse Bekanntschaft machen müssen, da beinahe ebenso sie selbst Opfer geworden wäre, gefiel ihm ganz und gar nicht. Involviert war er in diese Geschichte, wonach ihm beileibe nicht der Sinn stand, nichtsdestoweniger er von einer Neugierde ergriffen wurde, die seinen Ehrgeiz beflügelte dahinterzukommen, wer dieses seltsame Phantom sein mochte. Dieser Gedanke formte sich in seinem Kopfe wie im Kopfe *Michelangelo's* dessen »*David*«, als der *Florentinische* Bildhauer im Domgarten vor jenem Marmorblocke kniete, aus dem er den Sieger über Leben und Tod herauszuarbeiten begehrte.

Der Gedanke, das Geheimnis zu lüften und denjenigen, der es gewagt hatte, seine eigene Statue aus Poesie und Licht zu zerstören, weckte in ihm den Jäger, während er dasaß, alleine vor der Bronze des »*Maskenhändlers*« des *Zacharie Astruc*, seinen Schirm aufspannte — der Regen hatte wieder eingesetzt — und an den großen Poeten Russlands denken musste, *Alexander Puschkin*, dass dieser über allem stehende Dichter dazu sich hätte herabgelassen, blinder Kinder Eitelkeitswahn wegen in den Tod sich zu stürzen.

Er, neben *Graf Leo Tolstoi*, einer der größten Dichter *Russischer* Seele, hätte es verstanden, die *Russische* Sprache zu reformieren, indem er derselben ihre Würde zurückgab, die das *Russische* seit Anbeginn in sich geborgen, dass gerade er, *Puschkin*, bewiesen hätte, wie zerbrechlich klein und wankelmütig der Mensch letztlich sei, als er seinem Peiniger *d'Anthes* den Fehdehandschuh hinwarf und ihn zum Duell forderte. *Puschkin* hätte seine Ehre in den Schmutz gezogen gesehen, weshalb er der Menschheit weitere Schätze seines dichterischen Schaffens vorenthalten, weil er zu frühe seinen Odem ausgehaucht hätte. Sei das nötig gewesen?

Jetzt machte sich der Philosoph in ihm wieder breit und er die Frage stellte, inwieweit es gerechtfertigt sei, große Kunstwerke auf Altären falsch verstandener Ehre und Egomanie zu opfern? Was hätte *Puschkin* an Poemen, Dramen und Romanen noch hervorgebracht, hätte er der Menschheit dieses »*Kinkerlitzchen*« erspart?

Verstreut in der ganzen Welt seien Denkmäler dieses Genies zu finden, gar im Garten der *Villa Borghese*, vor den Toren *Roms*, stünde *Puschkin*, erweckt durch die Hand *Yuri Orekhov's*.

Der *Villa Borghese* selbst, erbaut von *Giovanni Vasanzio* und *Flaminio Ponzio*, in deren Galerie *Caravaggio* den Besucher in Gefangenschaft nähme mit seinem »*David*« und dem abgeschlagenen Kopfe *Goliath's*, mit dem der *Frühbarocke* Maler sich selbst porträtiert hatte, ein weiterer von Verfolgungswahn Getriebener.

Oder gar der dortige »*David*« *Gianlorenzo Bernini's*!

Ja, *David* zu werden, nahm der *Professor* mit eisernem Willen sich nun vor, um diesen Wahnsinnigen *de Kandinsky* zu enttarnen, ihn auszuliefern und etwaig von der Bühne zu holen.

Zwei Dinge begannen bereits jetzt in seinem Gelehrtenschädel zu dämmern, dass dieser *Belphégor* in einer Welt leben musste, die seit Hunderten von Jahren untergegangen war und Töten sein Lebens-Elixier sei.

Als der Regen nachließ, schloss er seinen Schirm, schraubte den Löwen-Knauf los, öffnete die Phiole und trank seinen Likör.

Frühe Tage & Studentenzeit

Irgendwann daheim leckte er wieder seine Wunden, denn die seelischen Achterbahnfahrten seiner Jugend waren zu nervenaufreibend gewesen.

Hélène oder Das Geheimnis der Falschen Mona Lisa

Seine Tage auf *Château de Combourg* dagegen verliefen wie jedwedes Kind davon träumt, gebettet zu sein in Stille, Geheimnis und Selbstverliebtheit.

Doch was danach folgen sollte, schien als was er nicht ein zweites Mal zu erleben begehrte. Obgleich in pekuniärer Hinsicht er mehr als genug hatte, sich all das zu leisten vermochte, wonach junge *studiosi* sich sehnen, nämlich in Bars, Cafés und im Lichte roter Laternen die Zeit sich zu vertreiben, rumorte irgendetwas in seinem tiefsten Innern. Irgendetwas hatte ihn schon damals mit starker Pranke gepackt und in ein Verlies geworfen, in dem er noch immer gefangen gehalten, aber wusste er weder von wem noch von was.

Begegnet war er auf *Burg Combourg* in *Châteaubriant* *, nachts wenn er im *Roten Zimmer* zubrachte, wo des Dichters Vater zur Ruhe zu kommen pflegte, er — *Bérnard* — heiße Fieberträume träumte, die ihn hochstießen vom Lager und er im Schlafe zu wandeln begann.

Von Turm zu Turme lief er dann, über den halbdunklen Flur, der von wenigen *Ewigen Lichtern* spärlich beleuchtet wurde. Hie und da schmückten Porträtgemälde irgendwelcher angsteinflößenden Notabeln die Wände, unter denen er hinwegduckte. In jenen Nächten bekam er Flügel, die ihn entführten in eine Welt, welche gebauet ward aus Rittern, Kobolden und Geistern und eben jenem mysteriösen *Monsieur Chateaubriand*, von dem er damals keine Kenntnis hatte, das heißt keine Kenntnis

---

ehemalige Wasserburg (12. Jhd.) in der Bretagne, Erwerb durch François-René de Chateaubriand's (1768 bis 1848) Vater (Graf René August de Chateaubriand) im Jahre 1761

von jenem Politiker, Künstler und Schriftsteller, bis er ihm begegnen sollte auf einem seiner Streifzüge im somnambulen Hemde.

Das Attikageschoss unter dem Dache betrat er, hier brannte kein *Ewiges Licht*, hier brannte nur die Schwärze einer Nacht, die darauf wartete, erlöst zu werden von dem Lichte eines herannahenden Tages. Er, der kleine *Bérnard*, steckte eine Kerze in Brand, um den Schauer der Dunkelheit in einer warmen Flamme zu ersticken, als er Schritte hörte, erschrak und den vibrierenden Scherenschnitt eines älteren *Monsieurs* wahrnahm, der stetig auf ihn zu manövrierte:

„*Hab' keine Angst, mein Kind! Chateaubriand bin ich und verbrachte meine Kindheit hier in dieser Burg ebenso wie Ihr es jetzt tut! Zu Diensten werde ich Euch sein, sofern Euch nach mir dünkt und Ihr Gebrauche machen wollt von meiner versprochenen Gewähr des Beistandes!*"

Das waren die Worte, die der merkwürdige Gast an ihn richtete, als die Flamme der Kerze in einem Zuge des Windes erstarb und nur noch das Miauen einer Katze zu vernehmen ward.

Seine Kommilitoninnen und Kommilitonen hatten ihn beneidet, weil er die Sympathie seitens der Scholaren weckte, die ihn darauf zu fördern begannen. Denn die Gelehrten erkannten bereits früh, dass in diesem Kopfe ein Geist zuhause sein musste, der das Alltägliche schon lange hinter sich gelassen hatte, da es ihm als zu unbedeutend erschien. Dieser Geist verlangte nach mehr als nur das, worunter die gewöhnlichen Menschen Leben verstehen, nämlich den lieben Lastern zu frönen, welche da sind das Trinken und die Lust, mit den Weibern sich zu vergnügen.

Hélène oder Das Geheimnis der Falschen Mona Lisa

Das war der Mühlstein, der um seinen Hals gehangen und der ihn daran hinderte frei zu sein, der ihn daran hinderte, Seelenfrieden mit sich selbst zu schließen. *War dieser Mühlstein einem früheren Leben geschuldet?*

Die spätere Ehe mit *Nathalie*, seiner früheren Schülerin an der Kunstakademie in *Jekaterinenburg*, war in die Brüche gegangen, seine Tochter mit einem *Deutschen* verschwunden gewesen und dann hatte *Hélène* ihn verlassen, die er glücklicherweise wiedergefunden, doch wovon er nicht wusste, ob auch diese Freundschaft nicht zum Scheitern verurteilt sei.

Ja, *Quasimodo* war er! Ausgestattet hatte ihn der *Herr* zwar nicht mit anatomischer Hässlichkeit, dafür war er bereits seit früher Jugend zu beliebt bei den Weibern, doch mit eben jenem Mühlstein um den Hals, der sein Leben in eine Richtung lenkte, die er trotz mühevollster Anstrengung nicht umzubiegen vermochte. Sein Herz blutete und mitnichten zu Genüge konnte er bekommen von dem Mull, der diese Wunde zu stillen versprach. Und daher empfand er die Begegnungen mit seinen Geliebten umso erbaulicher als sie für einen nur durchschnittlichen Manne gewesen wären. Er liebte *mit ganzem Herzen*. Er war Romantiker *par excellence* und deshalb ward es ihm auferlegt, diese Masken zu tragen, deren multiple Mienenspiele denen eines Mühlsteines glichen, eines Steines, der geschunden vom ewigen Mahlen des Weizenkorns des Lebens. Als jemand zu irdischer Haft Verurteilten empfand er sich — wie *Quasimodo* eingeschlossen in der Verunstaltung seines Leibes, war er eingeschlossen in der Verunstaltung seiner Seele. Irgendetwas musste sein Seelenleben aus der Bahn geworfen haben, aber er nicht wusste den Grund. Was er zu durchleiden hatte — was ganz und gar nicht dem entsprach, was er an der Oberfläche darzustellen vorgab — war ein Maskentheater mit ihm als *ersten* Schauspieler, ein Theater, dem er mit allen Kräften zu entfliehen suchte. Würde er doch den *Maskenhändler* überreden können, auch *seine* Maske zu verkaufen, an die wahrhaft Besser-Gestellten, für welche es eine Kleinigkeit sei, ein bisschen von seiner Last mit zu ertragen.

Um mit *Hélène* glücklich zu werden, müsste er von den Masken seines Schicksals sich loseisen, seiner gegen seinen Willen aufoktroyierten Rolle, und seine Fährte, die ihn zum Romantiker machte, wieder aufnehmen und die ihn dann ans Ziel seiner Träume brächte: zu *Hélène!*

So erinnerte er sich ein weiteres Mal an jene Zeit, als er noch *studiosus* war und seine Kommilitonen ihm mit Achtung begegneten, da er — wie der Leser erfuhr — von seinen Erziehern des Charakters und Geistes bereits früh als Auserwählter begriffen wurde seines sittlichen Begehrens wegen — er hatte Ideale! — als auch seines *Platonischen Eros**. Er dürstete zu erfahren, weshalb die Erde rund und keine Scheibe, der Himmel gewölbt und die Sonne seine Heimat seien.

Im *Quartier Latin*, nahe der *Sorbonne*, seiner *Alma Mater*, hatte er ein Dache über dem Kopfe gehabt, aber war es kein konventionelles. In einer *historisierenden* Ruine auf Erdgeschoss war sein Karzer — so bezeichnete er seine Novizen-Hütte — hohes Zimmer mit majestätischem Stuck und die Wände bespannt mit violettem Damast sowie einem Wintergarten mit buntem Bleiwerk gleich der Rosette *Unserer Lieben Frau* auf der *Île de la Cité*, wo er jetzt, Jahre später, als Hochschullehrer sein Zuhause hatte. Seine Studenten-Herberge im *Quartier Latin* war düster gewesen, weil

---

**Streben nach Erkenntnis, dem Höheren*

nur selten ein Sonnenstrahl darin kroch. So brannten zu jedweder Tag- und Nachtzeit Orgeln von Kerzen, von denen er welche *Unserer Lieben Frau* zu entwenden pflegte, aber würde sie es ihm verzeihen, wenn der Zeitpunkt käme und er an der Pforte stünde, um Einlass ins Reich der Seligen zu erbitten. Dort, in dem finsteren Gemäuer, im Geflacker der lodernden Lichter, reflektierte er bereits über die Urgründe allen Seienden, über den Impetus, welcher *Michelangelo* bewogen habe, den »*David*«, die »*Vatikanische Pietà*«, das »*Grabepitaph Giuliano's de Medici*« so zu meißeln, wie er meißelte, und die »*Sixtinische Decke*« so zu bemalen, wie er bemalte. Bereits in jener würdevollen angenagten Kammer, was die ermattete Leuchtkraft der Wandbespannung, den verblichenen Stuck und die desolaten Bohlen des Fußbodens anlangten — nicht aber das Kirchenfenster des Wintergartens, es schimmerte so frisch wie am ersten Tage — dort bereits hatte er außerordentliche Einblicke in die *Michelangeleske* Welt, die er nun, vierundzwanzig Jahre später, zu Papier bringen sollte.

Irgendwann war er gezwungen, Zuflucht zu nehmen zu einer Kammer darüber. In seiner früheren Kammer riss die Baubehörde Wände ein und brach Mauern durch, um weitere Kammern aufzunehmen, daraus eine lichtdurchwirkte Wohnung wurde, da die Mauern nun ganze Fronten aus Glas ersetzten, durch welche den ganzen Tag lang die Sonne nun schien. Wechselte sie ihre Position am Himmel, wechselte sie ihre Position in der sanierten Stube. Denn all dies Neue nahm er zur Feststellung, als er das junge Semester kennenlernte, das hinzugezogen: eine hübsche *Kühle Blonde aus dem Hohen Norden* mit *Normannisch* auf der Zunge. Sie hatte soeben ihr Studium der *Kunstgeschichte* aufgenommen und hegte ebenso Interesse für die *Italienische Renaissance* des *Quattro-* und *Cinquecento*, daher mit der neuen Hörsaalschönen er sich anfreundete und das Bett alsbald mit ihr teilte. Das waren die Erfahrungen für einen noch in den Kinderschuhen steckenden Hochschuldozenten, denn bereits jetzt musste er — wie er es später als *Professor* bei seiner Geliebten aus dem auferstandenen *Brügge* tun sollte, wenn er ihr von *Caravaggio* berichtete — der *Kühlen Blonden aus dem Hohen Norden* über *Michelangelo Buonarroti* erzählen, dass derselbe von stürmischem Blute gewesen sei, da ihn seine künstlerische Vision so lange gequält bis er ihrem ungestümen Drängen schließlich nachgegeben, indem er dieses Drängen auf seinen Meißel übertragen hätte, um seine skulpturale Vision aus dem Steine zu befreien wie Gevatter Tod den Menschen von den Qualen des Daseins.

Professor Bérnard hatte schon damals sich zu *Platon* bekannt und deswegen Bruderschaft teilte mit den Künstlern des *Renascimento* und des ästhetischen Kirchenbollwerks des *Barocks** gegen die Ketzer seines *Paulinischen* Credos der Liebe, dass nämlich seiner Auffassung gemäß ohne *Göttliche Transzendenz* der Gelehrte ein Nichts sei. Denn das hatte er unter starken seelischen Qualen erfahren müssen, als *Hélène* davongelaufen war, und weshalb er jeden Morgen vor seiner *Vladimirskaja* betete, damit sie die Schuld von seinen Schultern nähme, die er auf sich geladen hätte, seit er ihr das erste Mal begegnet war, in der *Villa Cahn*.

Dann ging er ans Fenster und schaute ins Antlitz der sinkenden Sonne, wie sie hinter dem Meer der Häuser verschwand.

---

*Barock (ca. 1580-1780), ästhetischer Ausdruck der Gegen-Reformation (fromm-katholisch)

Hélène oder Das Geheimnis der Falschen Mona Lisa

Falsche Mona Lisa wieder aufgetaucht

Die Medien explodierten, im *Louvre* standen die Telefone nicht mehr still! Ob im *Jardin du Luxembourg*, in den *Tuilerien* oder der *Avenue des Champs-Élysées*, ganz *Paris* war aufgekratzt! Die Sensationsnachricht donnerte wie tausend Kanonenkugeln über dem Schlachtfeld von *Waterloo*! Die mit so viel Elan und kriminalistischem Feingespür der detektivischen Riege um *Inspektor Le Trou* schon einmal wiederbeschaffte *»Mona Lisa«* des *Bernardo von Palermo*, die *»Falsche Mona Lisa«*, hatte man abermals von den Wänden des legendären Palais gestohlen und nun war sie aufs Neue da!

Mit *»Falsche Mona Lisa« zum zweiten Mal aufgetaucht! Bernardo von Palermo malte nicht nur mit Pech!* überschlugen sich die ersten Aufmacher an jenem Morgen.

Professor Bérnard war am heutigen Tage, der mit fröhlichem Singsang des frühen Gefieders bravourös begonnen hatte, der gefragteste Mann von ganz *Paris*.

Vor nicht allzu langer Zeit war es Dieben gelungen, die nicht bloß in der Fachwelt gefeierte *»Falsche Mona Lisa«* des berühmten *Sizilianers* aus dem — neben der *Petersburger Eremitage* — größten Museum wiederholt zu rauben!

Der Begriff *»Falsche Mona Lisa«* hatte sich in den Köpfen der *Pariser* eingeschlichen wie in die Küche der des *»Falschen Hasen«**, obgleich *Bernardo's »Mona Lisa«* mit derjenigen des Malers aus *Vinci* nur den Titel teilte, derselben aber künstlerisch in nichts nachstand.

---

*gefüllter Hackbraten

Die *Lisa* des *Palermers* war das ganzfigurige Leinwand-Porträt einer Frau mit schwarzem *Cocktail*-Kleid, *Charleston*-Feder-Hütchen und Stiefeln, die einen Strauß roter Rosen in ihren Händen hält, wohingegen die *Lisa* des *Toskaners* das auf Holz gemalte Dreiviertel-Porträt einer Dame im Stuhle mit Schleier präsentiert.

So ist »*Mona Lisa*« in erster Linie dem gemeinsamen Titel geschuldet und in zweiter dem Kunstbanausentum der *Pariser* Straße, für das zwischen dem Öl eines Malers und dem Öl, mit welchem die Hausfrau den *Falschen Hasen* anbrät, kein Unterschied zu finden ist. Denn man muss bedenken, dass die *Sizilianische* »*Mona Lisa*« mit dem »*Rückenakt einer aus dem Wasser steigenden Nymphe*« zwar nicht konkurrieren kann, weshalb der »*Rückenakt*« der echten »*Mona Lisa*« des *Leonardo* den Rang abgelaufen hat, was die Popularität anlangt, doch ein Meisterwerk eigener Klasse darstellt, warum der *Louvre* aus dem Häuschen war, als der *Professor* die überwältigende Nachricht erfuhr.

Der *Inspektor* hatte sich gegen elf angemeldet. *Dreiviertel elf* war es, als *Le Trou* die königlichen Treppen hinaufstapfte, um von *Monsieur le Directeur* empfangen zu werden.

„Was für ein wundervoller Tag, *Le Trou*, meinen Sie nicht auch?" bekundete der *Professor*, als der Kriminalist die mächtige Bühne eines der bedeutendsten Kuratoren der Welt betrat.

„Ich weiß wie Ihnen zumute ist, *Monsieur le Directeur*! Ich selbst bin in Ehrfurcht versunken, wäre beinahe in Tränen ausgebrochen und war von den Socken, dieses kostbare Bild unter irgendwelchem Gerümpel auf dem Dachboden in der *1 Rue Saint-Éleuthère* zu finden!"

Hélène oder Das Geheimnis der Falschen Mona Lisa

„Setzen Sie sich, *Monsieur l'Inspecteur*! Tee? Wie immer?"

„*Oui, Monsieur le Directeur*!"

„Aber diesmal trinken wir ihn!"

„Selbstverständlich, *Monsieur le Directeur*!"

Der *Professor* befahl seinen Bediensteten nicht nur Tee zuzubereiten, mit dem sie sich besondere Mühe zu geben hätten, sondern auch die Jalousien etwas zu schließen, denn die Sonne überflutete bereits Schreibtisch, Teppiche und Wände des ehrwürdigen Büros. Es waren Blätter* der exquisiten *Ambroise-Vollard-Suite*, viele davon mit Motiven der *Minotaurus*-Sage, welche die kunstpäpstliche Herrscherloge schmückten und weshalb der *Professor* regelmäßig in Aufruhr geriet, wenn die Blätter zu viel des Sonnenlichtes bekamen, das den Grafiken ihre papierne Frische nähme, indem sie nachdunkelten. Heute allerdings agierte der *Professor* mit einer Sanftmut, wie man derselben bei ihm selten begegnete, falls seine *Picassos* wieder einmal Gefahr liefen, von *Helios* in Mitleidenschaft gezogen zu werden.

Das Licht dämpfte seine Dienerschaft, brachte den Tee und dazu Karamellbonbons *au beurre salé à la Henri le Roux*†. Die beiden Herren stießen an mit *Indischem Assam* und nachdem sie das zartdünne Porzellan *Chinesischer* Handfertigkeit von den Lippen genommen hatten, griffen sie zu *Henri le Roux* und eröffneten die Debatte.

„Schießen Sie los, *Inspektor*! Wie kam es zu dem *déjà-vu*-Fund?"

---

*berühmter Zyklus von 100 Radierungen Pablo Picasso's (1881 bis 1973) zwischen 1930 und 1937, den der Kunsthändler und Sammler Ambroise Vollard (1866 bis 1939) in Auftrag gab, offizielle Auflage seien 230 Mappen
†in gesalzener Butter nach Art von Heinrich dem Roten

„Ja, *Monsieur le Directeur*, wir erhielten einen anonymen Anruf vor drei Tagen, und dieser *anonymus*, ich nehme an, er hatte ein Taschentuch vor dem Mund — die Stimme klang wie eine stumpfe Säge — ja, dieses geschundene Sägeblatt riet uns lapidar, so im Vorübergehen, als handle es sich um ein bedeutungsloses *Tiffany-Collier*, er riet uns, wir mögen doch 'mal den *Montmartre* hochsteigen — als seien wir Polizisten alle Sesselfurzer! Verzeihen Sie, *Monsieur*! Na ja, als seien wir von der Präfektur alle Sesselfurzer, die ihren Arsch nicht aus der Wache bekämen — und die *1 Rue Saint-Éleuthère* aufsuchen. Wenn wir es dann schafften, unseren Hintern auf den Speicher zu bewegen, würden uns die Augen übergehen. Dann legte der Schuft plötzlich auf. Natürlich haben wir alles mitgeschnitten, doch der Anruf war zu knapp bemessen, als dass wir den Sprecher hätten orten konnten, das heißt, von wo er telefonierte, und das Telefon, das er benutzte, ist nicht registriert."

Der *Professor* lachte verstohlen in sich hinein, als *Le Trou* vorgab, sich nicht selbst bezichtigen zu müssen, weil man ihm und seiner Riege durch die Blume Sesselfurzerei unterstellt hatte. Denn trotz der Gnade des Tages musste er unweigerlich an den geraubten *Poetenmantel* wieder denken, den der *Inspektor*, detektivischer Schlampereien wegen, den Jordan hatte runterfahren lassen, was ihn andererseits aufs Neue aufwühlte.

„*Bien*, wir erkletterten die tausend Stufen zu den *Picasso's* und *Lautrec's*, klingelten Sturm in der *1 Rue Saint-Éleuthère* und hechteten die Treppen rauf, nachdem uns eine Alte mit schneeweißem Haar geöffnet hatte. Auf dem obersten Podest, unmittelbar unter dem Dach, befand sich eine schmale Tür. Na ja, von Tür kann keine Rede sein, mehr ein

Helene oder Das Geheimnis der Falschen Mona Lisa

besseres Brett aus zusammengenagelten Dielen, das obendrein von einem Vorhängeschloss in Stand gehalten zu werden verlangte. Na gut,
mein Assistent nahm Anlauf, preschte sein Schulterblatt gegen die Bara-
ckenpforte und machte volle Bauchlandung. Als er sich wieder berappelt
hatte, musste er wohl oder übel zur Kenntnis nehmen, dass seine sowieso schon gottlos zerfetzte Lederjacke einen Kratzer mehr bekommen
hatte und klagte, dass er notfalls den Polizei-Präfekten von *Paris* persönlich vor den Kadi zerren wolle, falls man für den Schaden nicht aufkä-
me!"

Professor Bérnard konnte sich lauten Lachens nicht erwehren:

„Berufsrisiko, *Inspektor*! Berufsrisiko! Was meinen Sie, wie oft ich
meine *Armani*-Anzüge habe zum Schneider bringen müssen, weil irgendein Säureattentäter mir die Hosenbeine besudelte? Berufsrisiko, *Inspektor*!
Berufsrisiko! Aber fahren Sie fort, *Monsieur l'Inspecteur*!"

„Eine Bruchbude, keine Tapeten, kein Putz, ausschließlich lose
Heraklith-Platten, Sie wissen schon, diese grauen Platten aus gepresster
Holzwolle, die man unter Dachstühle zimmert, damit man nichts höre
und sehe, falls ein Ziegel sich selbständig mache und der offene Himmel
dreinschaue. *C'est bon! Pierre*, mein Assistent mit der ramponierten *Rambo*-Jacke, fing sogleich an wie ein Berserker überall herumzuwühlen. Ich
sagte bereits, ausschließlich Gerümpel: verrottetes Gründerzeit-Mobiliar,
Thonet-Stühle mit drei Beinen und durchgesessenem Flechtwerk, und
dann unter einer Dachschräge, im Dunkeln, weil in dem Verschlag nur
eine schwache Birne aus *Edison's* Zeiten brannte, in einem kaum zugäng-
lichen Winkel, über den man einen vergammelten Teppich geworfen hat-

87

te, irgendetwas sich bemerkbar machte. *Pierre* riss im Wahn den Ersatz-Perser hoch — dabei die Hand sich noch aufschlitzte an einem Nagel, worauf er ein weiteres Mal zum Polizei-Präfekten marschieren wollte — und erspähte ein sorgsam mit Kordel verschnürtes Paket!"

„Wau, das ist ja Kriminal-Tango, *Inspektor*! Wie im Kriminalfilm, *Le Trou*!"

„Besser noch als Kriminal-Film-Tango, *Directeur*, denn die besten Filme dreht das Leben!"

„Da muss ich Ihnen recht geben, *Le Trou*! Da haben Sie vollkommen recht, *Le Trou*! Wo Sie recht haben, haben Sie recht!"

Der *Inspektor* sonnte sich in dem Schnippchen, das er unserem *Professor* soeben geschlagen hatte, denn zum ersten Male in seiner gottverdammten Beamtenlaufbahn hatte er einen der höchsten Honoratioren von *Paris* belehrt! Das sollte ihm dieser Ersatz-*Rambo Pierre* einmal nachmachen! Er, *Inspektor Le Trou*, den jener dubiose Anrufer zum Sesselfurzer zu degradieren sich erdreistet hatte, konnte es sich gleichfalls nicht verkneifen, in Lachen zu verfallen, als die beiden die Spielfilmkunst angeschnitten hatten.

„Was geschah dann, *Inspektor*?"

„Wir schnappten uns die Überraschung, ohne zu öffnen, wer weiß, vielleicht hätten wir einen unwiderruflichen Fehler gemacht, das darin Befindliche gar zerstört oder zumindest Schaden zugefügt, und liefen damit in die Präfektur. Da der anonyme Anrufer meinte, uns würden die Augen übergehen, vermuteten wir keine Bombe, sondern irgendetwas Kostbares. Mir schwante so was, zunächst dachte ich an diesen mysteriö-

sen *Dichtermantel,* weil wir das Paket in der *1 Rue Saint-Éleuthère* aufgestöbert hatten. Sie wissen, worauf ich hinaus will, *Alessandro de Kandinsky,*
der mutmaßliche Duellant vom *Jardin du Luxembourg.* Denn jener Schriftsteller, dem der geraubte Umhang oder — wie Sie sagen — *Mantel* gehörte, soll ja Ihren Untersuchungen zufolge ebenfalls an einem Duell betei-
ligt gewesen sein und darüber hinaus sein Leben gelassen haben. Na gut,
ein Mitarbeiter der Spurensicherung nahm den *Gordischen Kordelkasten* in
Angriff, zog die Verpackung vorsichtig ab, als wir dachten, der Himmel
öffnete sich: Die »*Falsche Mona Lisa*«!"

„Bravo, bravissimo, *Monsieur l'Inspecteur!* Ich werde Sie vorschlagen
für den »*Orden unserer lieben Frau vom Berge Karamel*«!"

„Sehr liebenswürdig von Ihnen, *Monsieur le Directeur!* Sehr liebenswürdig! Und ich werde bei *Unserer Lieben Frau vom Berge Karmel** ein gutes
Wort für *Sie* einlegen, wenn es soweit ist, *Monsieur!*"

Dann schlürften sie den letzten Rest *Assam,* wobei der *Inspektor* noch
ein Karamellbonbon *au beurre salé à la Henri le Roux* in sich hineinschob,
und verabschiedeten sich.

Die Kühle Blonde aus dem Hohen Norden (Ende Oktober)

In der anschließenden Nacht wird unser *Professor* von messerscharfen
Träumen wieder heimgesucht.

**Karmeliter-Orden (gegr. um 1200), auf dem Berge Karmel im Hl. Land, wo der Prophet
Elija weilte, ließen sich Einsiedler und Eremiten nieder, geistliches Vorbild ist Maria*

Dort, wo er einst als *studiosus* gewohnt hatte, und Sanierungsarbeiten wegen, ein Stockwerk darüber umsiedeln musste — so träumt er — sei eine Geheimtür eingelassen worden, hinter der eine Treppe hinunterführe in einen unterirdischen Bunker.

In dem umgestalteten Karzer war ja die *Kühle Blonde aus dem Hohen Norden* eingezogen gewesen, mit welcher er das Bett geteilt hatte:

*B*ei Professor de la Barca hörte er noch eine Abendvorlesung »El Cantar de Mio Cid«, über das berühmte Spanische Helden-Epos, und anstatt sofort auf seine Stube zu gehen, hätte er bei der Kühlen Blonden angeklopft, welche ihn einließ, die beiden dann das Lager aufsuchten, um bei Kerzenschein, einer Flasche kastilianischen Rotweins und einer dicken Zigarette Marihuana etwas zu kuscheln. Als unser Studiosus auf der Matratze so dalag, mit seiner bereits schlaftrunkenen Kommilitonin in den Armen, in irgendwelchen Gedanken verloren, mit seinen Augen das Zimmer abtastete nach all den baulichen Neuerungen, erblickte er neben einem Schrank, in dem Bücher über El Greco, Rubens und Monet sich türmten, den Ansatz eines in der Wand eingelassenen hölzernen Rahmens. Davon wusste er aber nichts zu jener Zeit, als er selbst in dem Zimmer gewohnt hatte. Er stieg aus dem Bette und lief zu der Stelle, wo er den hölzernen Rahmen erspähte.*

„Das muss eine Tür sein!" redete er auf sich selbst ein, schob den Bücherschrank wenig beiseite, als ihm der Atem stockte. „Tatsächlich, das ist ein Zugang zu was auch immer!"

Seinen Hohen Norden, der bereits dem Schlafe zueilte, rüttelte er wach und gestand ihm seine Entdeckung.

Hélène oder Das Geheimnis der Falschen Mona Lisa

„Ach, die kleine Tür, da hinter den Büchern, hat nichts zu bedeuten. Die Bauarbeiter legten sie an, um einen Zugang zum Heizungskeller zu haben, weiter nichts! Lass mich jetzt bitte schlafen, Bérnard!"

„Nein, dahinter ist etwas! Ich spüre es! Ein Geheimnis!"

„Du studierst zu viel, Bérnard, dahinter befindet sich bloß der Heizungskeller!"

„Nein und nochmals nein! Ich will wissen, was dort ist!"

Er zog sich was über, lotste seinen Hohen Norden vom warmen Laken, der sich nun ebenfalls was überzog, und öffnete nach langem Hin und Her schließlich diese geheimnisvolle Tür.

„Mein Gott!" rief er, als er eine in die Tiefe führende Treppe sah, an deren Ende blaues gedämpftes Licht über den Boden kroch. „Komm. Lass uns schauen, was da unten ist!"

„Nein, ich habe Angst, Bérnard, ich will nicht!"

„Hab´ dich nicht so! Da wird schon nichts Schlimmes sein!"

Dann stapften sie, Hand in Hand und nur mit ihren Pyjamas bekleidet, hinunter in die dunkle Bläue, indessen sie nicht wussten, was diese Bläue mit ihnen vorhatte. Als sie nach einer Weile ebenen Boden unter ihren Füßen spürten und nach oben zurückblickten, war die Türe, durch welche sie gekommen waren, plötzlich nicht mehr da. Die Türe war verschwunden! Blankes Entsetzens machte sich auf ihren Gesichtern breit! Sie waren eingeschlossen! Sie konnten nicht mehr zurück!

In einer überdimensionierten Halle von den Ausmaßen eines Konsumtempels fanden sie sich nun wieder! Wände, Decken und Böden waren aus grauem Beton. Alles wurde indirekt angestrahlt von diesem kühlen blauen Licht, deren Quellen sie nicht zu lokalisieren vermochten. Zwischendurch führten immer wieder Stufen weiter abwärts, Stufen, die so breit waren, dass sie sich von Wand zu Wand schwangen. Kühle

Alexander Sergejewitsch

Düsternis breitete sich nun auch in ihnen aus, den unerbetenen Gästen dieses innenarchitektonischen Geistertheaters. Keine Stühle, Tische, Schränke oder Bilder, geschweige Menschen! Bloße Wände aus Beton! Endlose Leere getaucht in Blau!

„Kennst du Yves Klein*, chérie?"

„Nein, Bérnard!"

„Ein berühmter Französischer Künstler des zwanzigsten Jahrhunderts, der Leinwände vollschmierte mit Blau. Die Farbe Blau war sozusagen sein koloristisches Mantra. In der Art wie hier stelle ich ihn mir als Baumeister vor. Alles in Blau!"

„Das Ganze wirkt aber so kühl!" erwiderte die Kühle Blonde aus dem Hohen Norden.

„Wirken schon, doch du kannst nicht behaupten, dass es hier kalt wäre oder?"

Obgleich vom Gefühl her, die Räume kühl erschienen, waren sie kuschelig temperiert, zumal laut den Bauarbeitern der Weg in den Heizungskeller führen müsste.

„Nein, überhaupt nicht, eher warm würde ich sagen!" meinte der Hohe Norden und streifte sich den Pyjama von seinem makellosen Alabasterkörper.

Hélène war eine Botticellinische Venus — sie, sein Studenten-Flirt, ein Modell aus der Werkstatt Raffael's!

Irgendwann erreichten sie ein großes Zimmer, als sie die undeutlichen Schatten irgendwelcher sich zeitlupenmäßig bewegender Wesen ausmachten. Es waren halbentblößte Jünglinge mit erigierten Phallen und weiblichen Brüsten, die zu Händel's »Ah! Mio Cor!« tanzten!

„Du lieber Himmel, Bérnard! Sieh dir das `mal an, was für ein geiles Schauspiel!"

---

*Yves Klein (1928 bis 1962), Nouveau Réalisme, bekannt für blaue Leinwände und blaue Schwämme

Hélène oder Das Geheimnis der Falschen Mona Lisa

Beider Angst wurde nun aufgesogen von den libidinösen Schauern, die ihnen den Rücken hinunterschossen. Seine Kühle Blonde machte sich los und lief den Zwitterwesen entgegen, die sie sofort in ihren Kreis aufnahmen und auf die Blonde sich zuzubewegen begannen. Hier kniete ein splitternackter Weiberjüngling vor ihr nieder, umfasste mit beiden Händen ihre Oberschenkel und liebkoste ihre Scham. Im selben Augenblicke tanzte ein anderer Hermaphrodit rücklings heran und umgriff, während er seinen Thorax an ihren Rücken presste, ihren Busen. Vom Feuer sinnlicher Leidenschaft in Brand gesteckt, leuchtete sie wie eine Fackel im orgiastischen Sturme. Laut keuchte sie auf, verstummte dann, um einen Klang flehenden Schmachtens aus ihrem Munde zu entlassen, keuchte abermals auf, um sich rücklings auf ein Bett blauer Schwämme fallen zu lassen, wo der cunnilingus einer weiteren Phallusgestalt sie schließlich soweit in die Ekstase trieb, dass es ihr kam!

Derweil hatten sich andere Zwitterjünglinge über ihn hergemacht und waren im Begriffe, ihm seinen Pyjama in Fetzen zu reißen, als ihn ein weiteres Mal blankes Entsetzen fasste, er es schaffte, sich loszueisen, zu seinem Hohen Norden hinüberzulaufen, dessen Hand ergriff, um mit ihm in irgendwelchen dunklen Gängen zu verschwinden, womit sie die seltsamen Wesen endlich abgeschüttelt hatten.

Als sie wieder zur Besinnung gekommen waren, und einen langen Tunnel hinter sich gelassen hatten, kamen sie in einen großen Saal, an dem sich weitere Säle anschlossen. Stille und wieder dieses eigenartige blaue Licht, das überall flutete. Hier war niemand. Keine phantastomorphen Wesen einer fremden Welt. Kein »Ah! Mio Cor!« Nur ausgehöhlte Kuben, deren Innenwände gefasset waren von grauem Beton. Endlose Gräue, die im luziden Griff eines Yves Kleinschen Kolorits leise ihre Gebärden schnitt. Nachdem sie sich abermals hatten gefangen nehmen lassen von jener esoterischen Beweinung Christi vermeintlicher Kühle aber letztlich angenehmer Wärme, schlichen sie um eine Ecke, hinter der sie eine langgestreckte Halle betraten, wo rie-

sengroße Bilder hingen. Es waren Photographien in Schwarz und Weiß des alten

Kölner Rheinau-Hafens, drei mal sechs Meter, eingefrorene Geschichte maritimer In-

dustrie, eines Monsieur Glaser*. Die Exponate waren dezent angestrahlt von unten,

durch Lichter, die im Boden saßen. Und dann, in der Mitte der Halle, bemerkten sie

plötzlich gläserne Platten unter ihren Füßen, die den Blick freigaben auf einen weite-

ren Saal unter ihnen. Was sie sahen, war das gleiche, was sie vorhin noch erlebt hat-

ten: Jünglinge mit erigierten Phallen und weiblichen Brüsten, welche eng umschlungen,

miteinander tanzten. Andere, die ineinander verknäult, sich gegenseitig mit glitschigen

Zungen beleckten wie gierige Schlangen. Ständig strömten aus allen Richtungen weite-

re Hermaphroditen, mischten sich unter, rieben, stießen und leckten mit.

Die beiden standen auf einem Venezianischen Spiegel[†], hinter welchem sie aus

Vogel-Perspektive einer Lüsternheit beiwohnten, die H. R. Giger[‡] nicht hätte besser

sprühen können. Angestachelt von was sie augenblicklich von oben beobachteten,

kniete die Kühle Blonde nieder, griff nach der glühenden Klinge des noch jungen Ge-

lehrten, legte sie auf den Amboss ihrer Geilheit und versetzte ihr nur wenige Ham-

merschläge mit ihrer Zunge, bis sie den Stahl soweit geformt hatte wie sie ihn haben

wollte und führte den Degen schließlich in sich ein . . .

Die große Glocke schlug fünf, als der *Professor* erwachte. Irgendwas Bi-

zarres musste er geträumt haben, doch erinnern konnte er sich wieder an

Nichts. Er blieb noch eine Weile liegen, entzündete eine Kerze auf sei-

---

[*]*Martin Classen (*1959), bedeutender Kölner Lichtbildner*
[†]*Spiegel, hinter dem man andere Personen beobachten kann, ohne selbst gesehen zu werden*
[‡]*bedeutender Schweizer Maler und Skulpteur bizarren Horrors und ebensolcher Erotik*
(1940 bis 2014)

nem Nachttisch — draußen auf der *Île de la Cité* war es Ende Oktober und noch dunkel — und ließ sich treiben von seinen Gedanken. Obgleich er nicht wusste, wovon er geträumt hatte, erahnte er dennoch, dass es ein Lusttraum gewesen sein musste, der ihn in dieser Nacht eingefangen hatte mit seinem wilden Lasso. Nein, der *Apfel der Erkenntnis* war es nicht, den er hatte von welchem Weibe auch immer gereicht bekommen, stattdessen in Kisten gewühlt, die so unterschiedlich waren wie die Epochen und Orte, wo und wann er sich verlief.

Unweigerlich musste er an seine Vorlesung denken, in der er den *Berliner Reichstag* mit *Händel's* Musik verglichen hatte. Sicherlich, ein sehr exponierter Vergleich, nichtsdestoweniger der Möglichkeit von Argumenten geschuldet.

Denn letztlich bestand die Welt für ihn aus der Perspektive, von welcher man dieselbe betrachtet, mit anderen Worten, aus einem subjektiven *Wie*, wozu Bekundungen aus den Elfenbeintürmen beflissener akademischer Gelehrsamkeit fehl am Platze sich erwiesen. Es käme lediglich auf die Argumente an, mit welchen man diese seine Perspektive verficht.

Allerdings es Klippen gäbe, an denen das Schiff des Forschers nicht ohne Weiteres vorbeikomme, und diese seien Urkunden, schriftliche Quellen, in denen etwas zu finden sei, das etwas legitimiere, doch seien viele derselben gefälscht wie überhaupt Urkunden- und Kunstfälscherei Reliquientreiberei derer wäre, die sich etwas versprächen von perfiden Spielen mit Buchstaben und Zahlen um Mächte, Glaubens und Einflusses willen.

Wie viele wissenschaftliche Arbeiten gleichen Themas bekam er in die Hände, wo die Autoren in ihren Resultaten sich widersprachen, aber deren Argumente hieb- und stichfest ihm erschienen? Trotzdessen er sich bewusst war, dass je tiefer man in die Materie eines Themas eindringe, meine, zu einem besseren Urteil zu kommen, letztlich aber immer mehr den Boden unter den Füßen verliere, weil man erkenne, wie wahr doch der *Sokratische* Satz sei, *dass je mehr man wisse, feststellen müsse, überhaupt nichts zu wissen!*

Damals in *Berlin*, als er vor der *neo-klassizistischen* Fassade *Wallot's* gestanden, hörte er *Händel* so wie in der *Villa Cahn* seine *Mozart*-Flöte, als *Hélène* an der Brüstung gestanden hatte. Ihn, obwohl glühender Verehrer Altmeisterlicher Kunst, hatte der *synästhetische** Geist *Kandinskyscher* Größe berührt, *Kandinsky's* Geist, nicht sein mathematischer Linien- und Flächenkosmos, der angereichert ist mit ebensolchem Kalkül chromatischer Emotionszuweisungen.

Letzteres empfand der *Professor* als scheinheilige Theorie, um ein Werk zu begründen, das in seinen Augen keines war, ähnlich wie für ihn ein Großteil der *Moderne* des zwanzigsten Jahrhunderts bloßes Viehfutter darstellte, weil dieses kalter Rationalität bedurfte, um berechtigt zu sein. Um einen *Marcel Duchamp* oder einen *Lucio Fontana†* zu verstehen, behalf man sich der Lektüre irgendwelcher Gelehrtenbibeln, um dahinter zu kommen, was der Künstler eigentlich gemeint haben könne, wobei dem

---

hier: Zusammengehen mehrerer künstlerischer Disziplinen, bspw. Hören Klassischer Musik (Akustik) bewirkt Sehen von Bildern (Optik) als auch umgekehrt usw.
†*Italienischer Avantgardekünstler (1899 bis 1968), bekannt aufgeschlitzter Leinwände wegen*

Kunstwerk an sich in der Regel keine Aura anhaftete. Es ginge mehr um Philosophie als um das Exponat, das für ihn nur Alibi für verhinderte Hinterhof-Philosophen war. Viele Arbeiten der *Moderne* erschienen ihm das visuelle Geschwätz narzisstischer Gehirnakrobaten zu sein. Selbstverständlich meinte er damit nicht den *Impressionismus* oder die *Klassische Moderne* wie *Salvador Dalí* oder *Pablo Picasso* oder *Giorgio de Chirico* und so fort!

Ihm ging es um Sinnlichkeit, nicht um das Rechtfertigungsgebäude abgehobener Möchtegern-Artisten. Denn für ihn war Kunst Poesie und daher sinnlich, weshalb er der Erotomanie verfallen war und die Bildhauerei *Michelangelo Buonarroti's*, die Architektur *Charles Garnier's* und die Gemälde *Michelangelo's da Caravaggio* verehrte sowie die *Vollard-Suite* in seinem Büro im *Louvre* die Wände zierte.

Immerhin er an *Wassily Kandinsky* etwas abgewinnen konnte, aber betraf das — wie eingeräumt — nicht dessen zweidimensionales Œuvre, sondern seine Schriften, in denen der *Russische Bauhaus*-Lehrer stets auf die Verwandtschaft unter den einzelnen Künsten hingewiesen hatte, weshalb es durchaus berechtigt sei, wenn auch gewagt, die Architektur *Wallot's* mit der Musik *Händel's* oder die *Opéra Garnier* mit dem »*Denker*« *Rodin's* zu vergleichen.

Hätte man *Professor Bérnard*, nachdem man ihn auf *Le Cimetière du Père-Lachaise** zu Grabe getragen, ein Denkmal gestiftet, hätte darunter gemeißelt stehen müssen: »*Subjectivité*«!

**berühmter Pariser Prominenten-Friedhof, benannt nach Pater François d'Aix, Seigneur de La Chaise (1624 bis 1709), (Bécaud, Piaf, Bizet, Morrison, Proust etc.)*

Alexander Sergejewitsch

Professor Bérnard war Vollblut-Romantiker! Das hob ihn aus der Masse seiner Gelehrten-Kollegen empor, denn oft stellten sich seine gewagten Thesen am Ende als wahr heraus, und diejenigen, welche zuvor ihren Mund am vollsten genommen hatten mit ihren Verrissen, ihren Kritiker-stühlen — auf denen sie hin und her zappelten wie *Struwwelpeter's* Zap-pelphilippe, um sich mit dem Tischtuch zu begraben — dann in den Bo-den versanken und nicht selten ihren Hut nehmen durften.

Denn nur die *gewechselte Perspektive* bringe die Kunstgeschichts-Schreibung fort, Geschichte, die nicht von einem auf einen Endpunkt gerichteten Gleis diktiert werde, sondern von dem temporär verspreng-ten Auftauchen stets gleicher Prinzipien, wie er ja davon gesprochen hat-te in »*Verbindende Ästhetik von Architektur und Skulptur*«.

Masken-Händler-Toter identifiziert

Mittlerweile war es bereits sieben und *Madeleine* läutete, um das Früh-stück zu servieren. Verschlafen hatte er zwar nicht, aber verdöst die letz-te Stunde, dass vom Lager er sprang, in seinen Rock sich warf und das Frühstück nahm. Dann kniete er wie üblich vor seiner *Vladimirskaja* und betete fromme Gebete.

Gegen zwei suchte ihn der *Inspektor* nochmals auf, weil dieser mit neuen Nachrichten aufwartete, woran der *Professor* bewegtes Interesse zeigte, denn auch er — wie Sie, lieber Leser, wissen — hatte es sich auf seine Fahne geschrieben, denjenigen, der seiner über alles geliebten

Hélène oder Das Geheimnis der Falschen Mona Lisa

Hélène nach dem Leben getrachtet hatte, dingfest zu machen oder zumindest an der Aufklärung des Falles mitzuwirken.

Bis dahin noch hatte der Gelehrte an seinem neuen Buche über *Michelangelo Buonarotti* gearbeitet. Pünktlich erschien der Kriminalist, was für einen *Gallier* nicht selbstverständlich ist, da derselbe das akademische Viertel bekanntermaßen zu schätzen nimmt, was allerdings nicht auf das *Gallische* Blut zurückzuführen, mit anderen Worten in genetischen Gründen wurzle, sondern in der Liebe zum roten Weine zu suchen ist, der die Zeit, das subjektive Übel, vergessen macht.

„Was haben Sie mir denn heute aufzutischen, lieber *Le Trou?*" meinte *Monsieur le Directeur* mit ironischem Unterton.

„Wollen Sie mich auf den Arm nehmen, *Maestro?* Dazu bin ich heute nicht aufgelegt!" entgegnete der Kriminalist forsch, denn dass er den *metropolitanen* Kunstpapst bei ihrer letzten Unterredung darüber aufgeklärt hatte, inwieweit Spielfilme nichts weiter seien als nur Spielfilme, da ja das Leben höher als die Kunst zu bewerten sei, hatte sein Selbstbewusstsein schwellen lassen wie im Aufgange begriffener Hefeteig. „Seien Sie mir doch dankbar, *Professor*, dass ich Sie teilhaben lasse an einem Wissen, das Ihrer Seele vielleicht Genugtuung verschaffen könnte, da — wie Sie wissen — es auch um *Mademoiselle Hélène* geht!"

Das war das zweite Mal, als sich der *Professor* hatte eine Levite[*] anhören müssen von jemandem, der lediglich ein paar Semester Kunst an irgendeiner Klitsche und dazu noch in dem von ihm verhassten *Elsass* studiert hatte. Dass hier ein Novize den *Heiligen Vater* der Szene, dem man

---

[*]*von „Leviten lesen", aus dem biblischen Ermahnungs-Buch »Levitikus« lesen (3 Mose)*

vermeintlich Unfehlbarkeit nachsagt, moralisch in die Schranken gewiesen hatte, vergrößerte umso mehr seinen Wissenshunger nach dem, was der *Inspektor* mitzuteilen wünschte. In seinem Kopfe war ja die Vorstellung zur Blüte gelangt, demjenigen, der es gewagt hatte, seine *Große Liebe* auszulöschen, Revanche zu bieten und ihm alles aufzubürden, worunter er zu leiden begonnen, seit seine *Hélène* mit ihrem Peiniger sich davon gemacht hatte. Leiden sollte er mehr als *Unser Herr* auf *Golgatha*, dieser mysteriöse Schuft, diese Hohle Nuss aus totem Stein, der von Weiberherzen so wenig verstand wie ein Barbier von der Wurstmacherei. An den *Schandpfahl*, auf das *Spanische Pferd*, ans *Rad* gebunden werden sollte dieser Widersacher seiner Glut, mit welcher der *Professor* sich nach *Hélène* ohne Unterlass verzehrte!

„Wir sind der gemutmaßten Ehren-Hexerei im *Jardin du Luxembourg* weiter nachgegangen und konnten den Erstochenen identifizieren! Er ist *Amerikaner* und von Profession Kunsthändler aus *Chicago*, namens *Doktor Falconi*, seines Zeichens *US*-Bürger *Italienischer* Abstammung."

„Interessant, *Inspektor*! Jetzt geht mir ein Licht auf! Das wird aller Wahrscheinlichkeit nach derjenige gewesen sein, der auch diesen *Mantel* aus der Vitrine unseres ehrwürdigen Hauses gefischt beziehungsweise hatte fischen lassen. Sie sind im Bilde, dass man in dieser Branche seine Bediensteten hat und sich nicht selbst die Hände schmutzig macht wie das eben in mafiösen Kreisen gang und gäbe ist. Gerade in der Kunstwelt, oder genauer gesagt im Kunsthandel pflegt man weiße Westen zu tragen, mit schwarzen Kutschen vorzufahren und das Geld so rein zu waschen wie die befehlenden Westen nach außen erscheinen. Die letzten

Hélène oder Das Geheimnis der Falschen Mona Lisa

vierundzwanzig Jahre habe ich mich mit diesem berühmten *Palermer* Maler, namens *Bernardo*, auseinandergesetzt, das heißt bevorzugt mit seinen beiden Gemälden — Sie wissen, weswegen Sie gestern bei mir waren — seiner »*Mona Lisa*«, das heißt der »*Falschen Mona Lisa*«, als auch seinem epochalen »*Rückenakt einer aus dem Wasser steigenden Nymphe*«, darüber hinaus seine Vita fokussieren können. Vor etwa dreihundert Jahren, so um die Millenniums-Wende, wurde im Leben des *Sizilianers* eine Person gleichen Namens vorstellig, allerdings aus *New York* — einst eine legendäre städtebauliche Blüte der *Moderne*, heute, wie jedes Kind weiß, in den Fluten des Meeres begraben. Ein *anderer Doktor Falconi*, wahrscheinlich ein Vorgeborener des Toten. Was diesen Vorfahren angeht, dessen Vater wie unser genialer Maler im Übrigen selbst aus *Palermo* war, vermochte ich zu extrapolieren, dass jener Ur-Ahne den Maler samt seinem Modell, einer *Madame Natalia Domina*, und einem *Russischen Avantgardisten*, namens *Fürst Alexander von Kandinsky*, guillotiniert haben wird, und das des »*Rückenaktes*« wegen. Das Bild bei uns im *Louvre*, das *vis-à-vis* der echten »*Mona Lisa*« des *Leonardo* die Wand ausstattet. Ja, diese Kunst-Mafia, *Inspektor*, ist ein Syndikat von Höheren Töchtern und Söhnen oder denen, die sich dafür ausgeben, weil sie von Minderwertigkeits-Komplexen heimgesucht sind und vom Handel mit ästhetischen Fetischen Heilung sich versprechen, ihre Rettung zu erkennen glauben von der ins Negative gekehrten Auto-Suggestion, ein Nichts zu sein, weshalb sie in der Oberliga spielen, was das Pekuniäre anlangt. Sie handeln nicht mit Kunst, nein, sie handeln mit der Hypochondrie einer überzüchteten Leistungsgesellschaft. Diese Mafiosi der Schönen Künste sollten zurückfinden zu *Unse-*

rer Lieben Frau, von der sie ihre Abkunft zu nehmen beschwören und deren Glockenklang ich so sehr liebe, warum ich es liebe, hier auf der *Île de la Cité* wohnen und unter ihrer Obhut meinen Schlaf finden zu dürfen. Aber sagen Sie, *Le Trou,* weshalb der »*Maskenhändler*«? Weshalb vor den Augen des »*Maskenhändlers*«? Warum nicht unter dem *Eiffelturm*?"

„Sie müssen eines sehen, *Hochwürden,* wenn ich so frei sein darf, Sie müssen sehen, *Professor,* dass dieses Phantom, dieser unsichtbare *Alessandro de Kandinsky,* ein verklärter Nostalgiker ist. Er bringt sein Opfer mit einem *Florett* um, wahrscheinlich in einem beabsichtigten Duell. Das passt ins neunzehnte Jahrhundert, also in die Zeit vor etwa fünfhundert Jahren, wo auch dieses Denkmal seine Abkunft nimmt. Er tötet mit Stil! Wenn ich nicht Ordnungshüter und zur Moral verpflichtet wäre, würde ich von »*Tötungskultur*« sprechen. Denken Sie an die skurrilen Spitzfindigkeiten mancher dieser Bestien! Einige haben eben ausgefallene Ideen! Hier haben wir es mit einem schwarzen Romantiker zu tun, was der Maske *Vicor Hugo's* gut zu Pass steht. *Voila!*"

Parc Naturel Régional des Boucles (Allerheiligen)

Draußen stürmt und regnet es. Am nächsten Tage kommt `mal die Sonne, dann fallen wieder dicke Tropfen wie nasse Tränen vom Himmel.

Was will *Unsere Liebe Frau* damit bekunden? Was hat sie vor mit ihm, einem unbescholtenen Manne, stets der Wissenschaft ergeben, der sein

Hélène oder Das Geheimnis der Falschen Mona Lisa

Leben der *Akademie Platon 's** widmete, und, selbst wenn er *viele* Frauen hatte, *jede einzelne* ihrer liebte als wäre sie die einzige und wahre und größte Liebe überhaupt in seiner Brust. Und dann diese meteorologischen Launen, denen er und *Hélène* heute, am *Allerheiligen*, ausgesetzt waren! Was hatte er verbrochen, von dem er nicht wusste, was es war? Welche Schuld auf sich geladen, für welche nicht nur er alleine, sondern auch seine *Vladimirskaja* aus Fleisch und Blut, seine *Hélène*, nun büßen mussten unter den Wechselstürmen des Wetters?

Waren die Toten wieder auferstanden?

Sie jagten die Landstraße hinunter und wieder hinauf Richtung Meer, Richtung *Normandie*. Der *Professor* hatte ein altes *Jaguar*-Automobil aufgegabelt und den ungestümen Wunsch, den er umgriff mit eiserner Kralle wie der Teufel die vergiftete Oblate, alles hinter sich zu lassen, die *Sorbonne*, seine Schüler, die zweifelhaften zu Papier gebrachten unausgebrüteten Eier verkopfter *Kolumbusse*, die *Île de la Cité*, den *Jardin du Luxembourg*, den *Quai Voltaire*, das *Café de Flore* und so fort. Fort, ganz weit fort, irgendwann *Finistèrre*† sehen und sterben, vielleicht mit *Hélène*? Wie sehr hatte er die letzten Tage all das zu hassen begonnen, was er tagaus, tagein zu ertragen vermeinte? Es war Gewöhnung, die aus seiner von anderen bewunderten Daseinsführung einen Kerker *Bastilleanischer* Prägung gemacht hatte. Frischluft brauchte er, um Atem zu holen, und

---

*von Platon (428 bis 348 v. Chr.) bei dem Akademeia-Hain in Athen um 387 v. Chr. gegründete Philosophen-Schule
†übersetzt mit »Ende der Welt«, geographisch gemeint u. a. der Nord-Westen Spaniens, Galicien (Fisterra Comarca), aber ebenso der Nord-Westen der Bretagne

dazu erschien ihm die Brandung der Kanalküste im dahinklingenden Herbst die beste Therapie zu sein.

Selbst das schönste *Château* kann zu einem finsteren Verliese werden, wenn Bewohner und Gemäuer sich verfeinden, wenn der Geist des Königs darin nicht mehr zu wohnen verlangt, weil es ihn nach anderen Dingen verlangt: nach Liebe!

All das war ihm *Spanischer Stiefel** geworden, der ihn drückte und seinen Fuß zu zermalmen drohte, wenn er nicht wieder ans Laufen käme! Er bestand die *Peinliche Befragung†* seiner Inquisitorin *Hélène*, indem er nicht mehr leugnete, Verursacher, der Übeltäter zu sein, weshalb sie ihn mit diesem Phantom *de Kandinsky* betrogen hatte. Letztlich aber sich nicht darüber im Klaren war, ob er die Wahrheit spreche oder nicht, ob er gestehe oder das Geständnis bloß einer Lüge gleichkäme, um den Qualen zu entkommen, welche *Hélène* ihm ins Ohr flüsterte. Und auch jetzt wieder war er gezwungen zuzugeben, wie erbärmlich klein er dies alles hinnähme, mit dem ungekonnten Griffe eines Dreikäsehochs. Die *Sokratische* Weisheit vom nichtwissenden Wissenden grub sich zunehmend tiefer in sein Herz und er beichtete, verantwortlich gewesen, vielleicht gar der Hauptschuldige zu sein, warum er nun allmorgendlich zu seiner *Vladimirskaja* betete. Nichtsdestotrotz er nicht die Gründe zu fassen wusste. Die Ratio seines Gelehrtentums funktionierte nicht mehr!

Genauso wenig wie er an die mechanischen Kästen von Uhren, glaubte er an einen mechanischen Kasten von Liebe.

---

spätmittelalterliches Folter-Instrument / Ketzer-Verbrennungen in Europa (1000 bis 1900)
†*Verhör der Heiligen Inquisition / in »peinlich« enthalten ist »Pein«, Schmerz, Folter*

Hélène oder Das Geheimnis der Falschen Mona Lisa

Liebe sei kein Klabautermann mit einem blechernen Schlüssel im Rücken, den man nur zu drehen bräuchte, um das Schicksal durch seine Hilfe in gewollte Bahnen lenken, um sein Schiff in sichere Häfen manövrieren zu können. Nein! In dieser Beziehung versagten alle Kinderspielzeuge, Hexenkugeln und Zaubermikroskope! Hier versagte seine *Sorbonne* auf ganzer Linie!

Das waren seine Situation und seine Gedanken, als er mit *Hélène* auf dem Beifahrersitz gen Norden raste.

Strand wollte er sehen, aufgewühlte See und ein Wetterauge leuchten. Ein Schiff untergehen, an einem Felsen zerschellen erleben, um es dann auszurauben, nachdem Mann und Maus hätten ihr Ende gefunden in den wilden Fluten *Poseidon's*. Sich bereichern am Schicksal der anderen, seine Masken loswerden, mit denen er zu leben verurteilt war wie *Hamlet* im Gewand eines von Zweifeln gedemütigten Rächers.

Irgendwo in der *Basse Normandie* im *Parc Naturel Régional des Boucles*, unweit von *Honfleur*, hatten sie ein Haus gemietet. *Hélène* verzichtete auf Komfort und Bedientwerden, sie hatte es eindringlich gefordert! Genau wie unser *Professor* wollte sie `mal abspannen von Luxus, teuren Seifen und Düften, eintauchen in das Wohlbefinden von Einfachheit und Nichtbeachtung, von Persönlichem und Nicht-Persönlichem. Man muss wissen, *Hélène* war von rustikaler Herkunft ähnlich der armen *Johanna** — wenigstens will es die Legende so — und daher an das einfache Landleben gewöhnt, warum ihr dann und wann Saus und Braus, Glanz und Gloria zum Halse heraushängen konnten, nichtsdestotrotz sie Schuhe,

---

*Johanna von Orleans (1412 bis 1431)

Handtaschen und leuchtendes Geschmeide anbetete, wenn ihr der Kopf danach stand. Und jetzt, wo man unserer Märtyrerinnen und Märtyrer gedachte, stand ihr der Kopf nicht danach, denn ihr Kopf einschließlich seines *Botticellinischen* Leibes stand drei Stunden später in der *Cuisine* des *Châtelet*, das sie bezogen hatten, und blaue Kulleraugen einen Blick aus dem Fenster warfen auf die verregnete *Seine*.

Der *Professor* hatte im Wohnzimmer die Füße hochgelegt und blätterte gelangweilt in *Hugo´s »Le Dernier Jour d'un Condamné*«.

„Liebling, das Essen ist fertig! Kannst du bitte den *Portugiesen* aufmachen, den ich mitgebracht habe?"

Der *Professor* schlurfte in die Küche, küsste sie flüchtig und griff nach dem Roten, den er so lässig zu öffnen sich vorgenommen hatte, als wäre lediglich Leitungswasser in der Flasche.

Hélène schickte sich an, *omelette au fromage et jambon* in der Pfanne umzuschlagen, als unser *Professor* die Küche wieder suchte, um die gläsernen Utensilien wie Karaffe und Kelche zu holen. Er kramte in den Fächern der Schränke, durchwühlte die Regale und fluchte vor sich hin:

„Diese *Châtelets*! Nennen sich »*Kastelle*«, sind aber nichts weiter als bessere Hundehütten, wenn man was braucht! Den Korken habe ich bereits mit Schraube und Wasserpumpen-Zange herausziehen müssen! Diese verdammten Nordmänner! »*Charmante Ferienwohnung*«! Wenn ich das schon höre! »*Charmante Ferienwohnung*«! Diese Nordmänner verkaufen alles, notfalls Klopapier und preisen es dann an wie »*parchemin précieux*«[†]

---

*Der letzte Tag eines Verurteilten
†vorzügliches Pergament

Hélène oder Das Geheimnis der Falschen Mona Lisa

These assholes! Eine Wohnung, in der man seine Ferien nicht genießen, dafür aber den Rinnstein `runterschliddern kann! Ja, diese Nordmänner! Raubeine! Alle Raubeine! Die haben ihre Flaschen mit ihren drei Zähnen wohl aufgemacht, die der Herrgott ihnen noch gelassen hatte in seiner unendlichen Güte, falls die schon so etwas wie Flaschen kannten! »*Flaschen*« auf jeden Fall, aber keine, in denen das Blut *Christi* zur Reife gelangt! *Merde!* Kein Korkenzieher, keine Karaffe, keine Gläser! Was hast du denn da eigentlich gebrutzelt, *chérie?*"

„Reg´ dich nicht so auf, *Bérnard!* Einfaches Omelette mit Käse und Schinken, *chéri!*"

„»*Einfaches Omelette*«! »*Einfaches Omelette*«! Und was ist »*zweifaches Omelette*«?"

„Das hier, *chéri!*" erwiderte seine Angebetete mit solch einer bezwingenden Liebenswürdigkeit, dass unserem *Professor* die cholerische Spucke wegblieb und er zu jener anschmiegsamen Katze mutierte, wie *Hélène* sie kannte.

Wenn es um Weine ging, war der *Professor* bisweilen nicht zu bremsen, falls die darum zu inszenierenden Rituale und vor allem Werkzeuge und entsprechendes Gefäßgut fehlten. Obwohl er vorgab, kein Fetischist zu sein wie viele seiner Kollegen, die nur Flaschen preislicher Oberklassen öffneten, weil sie der *Agrippinensischen** Ansicht waren, dass das, was nichts koste, nichts tauge, er manchmal ein wahrhaft komischer Kauz

---

*Colonia Agrippinensis ist römische Titulierung für Köln, Agrippina die Jüngere (15 bis 59 n. Chr.), Mutter von Nero (37 bis 68), soll das Oppidum Ubiorum (Dorf der Ubier = Köln) gegründet haben / »Wat nix koss, dat is och nix« (Kölsche Redensart)

sein konnte. Kaum war er mit seiner Lebensleidenschaft, seiner *Botticellinischen Venus*, wiedervereint, hatte dieses stets aufwühlende *Paris* für ein paar Tage aus den Füßen und alle Vorteile eines Gemütsbettes in Reichweite, dass er nicht umhin kam, irgendwelcher unnichtigen Dinge wegen in missliche Fahrt zu kommen, und er dann schaute wie ein erzürnter Wasserspeier am Dachfirst *Unserer Lieben Frau*. Der Leser wird nun verstehen, weshalb er in der Flasche Leitungswasser vermutete.

Als sie zu Tische saßen, nachdem unser *Professor* zwei ramponierte Schwenker nach Art von gefälschtem *Louis-Seize** aufgetrieben, *Hélène* die Omelettes *en double* auf ein verblichenes Tischtuch gestellt hatte, schenkte *Monsieur le Directeur* den *Portugiesen* ein, probierte die ersten in das Glas kullernden Rebenperlen und brach darauf in eine abbreviierte Ruhmesrede aus, als hätte er eine Ausstellungseröffnung mit *Gustave Courbet* im *Musée d'Orsay* vorzunehmen:

„*Exquise! Plus Exquise! La plus exquise!* Das nenne ich »*L'Origine du Monde*«†. Hiermit ist die Ausstellung eröffnet! *Voilà!*"

Hélène trank gewöhnlich keinen Wein, kannte sich gemäß dem nicht in diesen Liquiditätenläden der Winzersäfte aus, aber der *Portugiese*, der unter ihrer Mithilfe von Zuneigung und Wohlwollen das Professorenherz besänftigt hatte und hochschlagen ließ bis zum Scheitelpunkt, siegte auf ganzer Linie und lenkte den bevorstehenden Abend in Geigen umflorte Bahnen. Mit einem Male wurde unserem *Professor* wieder bewusst, weshalb er überhaupt hier sei, hier in einem *Parc Naturel* irgendwo in der

---

*Französischer klassizistischer Kunststil (2. Hälfte 18. Jhd.)
†berühmtes Akt-Gemälde Courbet's (1819 bis 1877), »Der Ursprung der Welt« 1866

Hélène oder Das Geheimnis der Falschen Mona Lisa

Normandie an seiner geliebten *Seine,* die er allmorgendlich überquerte, wenn er über den *Pont Saint-Michel* lief, um zu seinen Studenten zu eilen, die bereits auf ihn warteten, daher sie Hunger schürten nach Neuigkeiten über die »*Verbindende Ästhetik von Architektur und Skulptur*«.

„Iss `mal Schatz!"

Chéri führte den ersten Bissen zu seinem Munde, nachdem er die Gläser — oder das, was man als solche zu deuten geneigt ist, falls man der Gläser-Kunde nicht mächtig sei — gefüllet hatte mit dem *Portugiesischen* Blutstropfen, als er von einer zweiten emotionalen Kutschfahrt geschüttelt wurde :

„*Exquise! Plus Exquise! La plus exquise! Mon ange!*"

Diese Gemütsumschwünge waren das, was seine Studenten an ihrem *Professor* so sehr liebten. Das eine Mal konnte er sich in hochgestemmter Euphorie verlaufen, wenn es darum ging, die bauliche Lichtgestalt der *Opéra Garnier* zu erklären, das andere Mal in tiefgestemmter Abscheu verlieren, wenn es darum ging, seinen Schülern *Marcel Duchamp* auszureden, denn — wie der Leser weiß — war *Duchamp* für unseren *Professor* ein Rotes Tuch! »*Vom Felde*« eben sei ein solches Kopfsegel, und nicht vom Felde des *Elysiums,* wie er manchmal die *Champs-Élysées* nannte. Schließlich war ein Doktorand der *Duchampschen* Phantastik an *Professor Bérnard´s* wissenschaftlichen Klippen gescheitert und durchgesegelt. Nicht bestanden! Selbst ein »*Rite*«* erschien *Monsieur le Professeur* als Heiligenschein, mit dem er sich bei der intellektuellen Innung selbst in die Nesseln gesetzt hätte.

---

*schlechtestes s Dissertations-Prädikat in Deutschland, entspricht „ausreichend", bestanden

Alexander Sergejewitsch

Die *Champs-Élysées* hatte man, nachdem diese *Pariser* Straßen-Ikone im zwanzigsten Jahrhundert zu einem kapitalistischen Moloch, genähret am Busen von Trunksucht, fleischlicher Sünde und Glücksspiel, heruntergesunken war, auf Vordermann* wieder gebracht, wie der *Alte Fritz* sagen würde, indem man all diesen Schandtaten den Garaus gemacht hatte und — gleich anderen Arrondissements — die Automobile zum Teufel gejagt.

Ja, dieser *Duchamp* war ihm genauso verhasst wie dieses *Elsass*! Wenn *Duchamp* seine Hirnwindungen heimsuchte, musste er stets an diesen Glas-Quatsch denken »*The Bride Stripped Bare By Her Bachelors Even or The Large Glass*«† im *Philadelphia Museum of Art* oder an das Urinal in der *Londoner Tate Modern*, eine Replik von 1964. Obgleich unser *Professor* den einen oder anderen Säurespritzer an seinen *Armani*-Anzügen hatte hinnehmen müssen, und er diese Attentäter der besonderen Art deshalb ebenso hasste wie diesen nationalen Zankapfel im Osten der Republik, kam er nicht umhin, sich vorzustellen, in dieses Pissoir einmal selbst zu urinieren, um es dadurch seiner eigentlichen Bestimmung zuzuführen, einer Bestimmung, für welche ein Museum nicht geeignet, weshalb ein solches Objekt daraus zu eliminieren sei. Aber wäre eine solche Tat Anlass gewesen, ihn vom akademischen Parnass für immer zu stürzen. Die Hohen Köpfe der Kultur waren in diesem Belange und insgeheim zwar selber Meinung wie *Professor le Directeur*, doch wären sie gezwungen gewesen, ihn aus allen Musentempeln hinauszuwerfen, denn *Duchamp* gehörte

---

die Truppeninspektion erfolgt in hintereinander aufgestellten Reihen, wobei die erste Vorbildfunktion ausübt (Haltung, Perfektion der Montur etc.), so dass in besagter Bewandtnis nachlässig zurechtgemachte Kämpfer am Vordermann sich auszurichten haben
†*Braut, von ihren Junggesellen zur Glätte entkleidet, oder Das Große Glas*

zweifelsfrei zu einem der falschen Edelsteine ihrer Reichskrone, von der sie alle profitierten im Hinblick auf Einfluss, Macht und Ehre.

Selbst wenn viele *Duchamp* für einen gekonnten Komiker hielten, der es geschafft hätte, die Kunstwelt an der Nase herumzuführen, indem er derselben ihren Spiegel in Form einer Notdurft-Vorrichtung vorgehalten habe, durften sie sich einem solchen Quacksalber der Kunst nicht gegenüber verschließen, schließlich gehörte *Duchamp* zu den Meilenstein-Meißlern der Kunstgeschichte und mancher ihrer Karieren.

Es sei denn, jemand erdreistete sich, ein Revolutionär zu sein, ein *Robespierre* oder ein *Danton*! Doch *Professor Bérnard* und seine Landsmänner waren zu geschichtsorientiert, als dass sie nicht wussten, wohin das geführt hätte: auf die Guillotine! Und was nütze ein »*Allons enfants de la Patrie — Le jour de gloire est arrivé*!*«, wenn die Glorie aus Hinauswürfen und Degradierungen bestünde. Nein, in diesem Falle hieß es, *Berliner Schnauze* halten, Augen zu und durch, um seinen Kopf nicht irgendwo verscharrt auf irgendeinem Friedhof an der Peripherie von *Paris* liegen sehen zu müssen.

Nachdem *chéri* sein Glas geleert hatte, brach er abermals in Freude aus:

„*Exquise! Plus Exquise! La plus exquise!*"

„Nun iss `mal weiter, *mon excellence*!"

Unser *Professor* war so sehr in Hochfahrt, dass er sogar den Abwasch erledigte und danach mit *Hélène* im strömenden Regen durch Wiesen und

---

Lasst uns gehen, Kinder des Vaterlandes — Der Tag des Ruhmes ist gekommen!

über Felder rannte, und dazu unentwegt trillerte, als wenn er die ganze Litanei aller Heiligen herunter zu posaunen hätte:

„*Exquise! Plus Exquise! La plus exquise!* Das nenne ich »*L'Origine du monde!*« Hiermit ist die Ausstellung eröffnet! *Voilà!*"

Der *Professor* fühlte sich gen Abend zu wie das Sternentalerkind in *Grimm's* Märchen und seine Sterne hießen *Hélène*.

Während sie über die Schwelle ihrer charmanten Ferienwohnung oder ihrer Hundehütte — wie der *Professor* das Châtelet in seiner Zornesanwandlung noch wenige Stunden zuvor beschimpft hatte — stolperten, tropfte von ihren Kleidern ein zweiter Regen. Schnell bildete sich eine Lache nach der anderen auf den Nordmänner-Planken ihres Ferienschiffes.

„Welch eine charmante Ferienwohnung!" lobte *chéri* plötzlich die Hundehütte. „Dieser Charme! Dieser *Normannische* Charme! Wie sehr ich dieses Kastell liebe! Eintausendmal besser als das dunkle Loch in *Combourg*, wo der Allmächtige mich ins Straflager schickte, damit ich mumifizierte Katzen anbetete! Scheußlich! Einfach nur scheußlich!"

Nun log *chéri* sich selbst in die Tasche, denn *Burg Combourg* zählte in seiner Biographie zu den Prägestätten seines wissenschaftlichen als auch dichterischen Kopfes. Das Gemäuer, wo er in seinem teutonenhaften Anflug der inneren Überwältigung meinte, Katzenleichname anzubeten gehabt hätte, hatte ihm verholfen, kühle Eleganz mit in die Geschichte gewandter Schwermut zu verbinden, kurzum die Glashausarchitektur des neunzehnten Jahrhunderts, aber ebenso *Michelangelo's* Fresken in der *Sixtinischen Kapelle* zu begreifen, sowie dieses Château an seine poetische

Lunte den brennenden Feuerspan gehalten hatte, um seinen schriftstelle-rischen Kosmos zur Explosion zu bringen gleich einem Feuerwerke in schwarzer Geisternacht!

Ja, gerne log er sich in die eigene Tasche, wenn er sich auf sicherer Seite wähnte, und dann schaute in ein Kaleidoskop schäumender Träu-me. Aus einem Château wurde ein Gefängnis! Aus einer *Normannischen* Bruchbude architektonischer Charme!

Er hatte sich aufs Neue verliebt! Weswegen er *Paris* hinter sich gelas-sen hatte, und mit *Hélène* geflüchtet war, um das Meer zu sehen.

Schnell befreiten sie sich von den vollgesogenen Schwämmen ihrer Hosen, Jacken und Strümpfe und *chéri*, mit nichts bekleidet als seiner Phantasie, machte den Kamin an und rieb sich die Hände über den ers-ten Flammen.

„Komm, *chérie*, lass′ uns gemütlich sein!" rief er mit architektoni-schem Charme in der Stimme.

In diesem Moment erschien *Hélène* mit ein paar Wolldecken vor ih-rem Leib, tanzte barfüßig über die Nordholz-Bohlen und warf die texti-len Temperaturhalter auf das geblümte Sofa, wo *chéri* sich bereits hinge-fläzt hatte.

Dem blieb zum zweiten Male die Spucke weg, allerdings handelte es sich nicht um eine solche von aufgebrachter Galle, sondern um die Spu-cke eines entwöhnten Kriegers, obgleich der Speichel in seinen Drüsen zu überfluten drohte wie das nicht mehr zu bändigende Wasser hinter einem ohnmächtig gewordenen Damm.

Chéri glaubte, einem Trugbild aufgesessen zu sein, so sehr bewegt war er von dem Anblick seiner *Botticellinischen Venus*, dass er in den Boden von Lust und Anbetung versank. Jetzt war er ganz und gar *Pygmalion*, nachdem er seinem Marmor den letzten Schlag versetzt, ganz und gar *Botticelli*, nachdem er seiner Leinwand den letzten Pinselstrich gespendet hatte, und die Taler aus den Sternen ergossen sich in seinem Schoße aus Passion und narkotisierender Euphorie.

Darauf lief *Hélène* in die *Cuisine* und kam zurück mit einer weiteren Flasche des köstlichen *Portugiesen*.

„Ich glaube, du kannst Gedanken lesen, nicht wahr, *chérie?*“ kommentierte der *Professor* die Einladung.

Für den *Portugiesen* nämlich, hatte *Hélène* gesorgt, einen Tropfen, von welchem ein befreundeter Galerist, der bei ihr den einen und anderen Duft für seine Frau zu kaufen pflegte, ihr stets ein paar Flaschen kredenzte, jedes Mal, wenn er am *Place Victor-Hugo* bei ihr auftauchte.

Er war heimlich verknallt in sie!

„Gedanken lesen zwar nicht, aber in deinen Augen, was du begehrst!“

„So, so! Was ich begehre! Das klingt ja interessant! Was begehre ich denn, *chérie?*“

„Einen Korkenzieher!“

Nach dieser Antwort flog ein leiser Schatten über sein Gesicht, denn sein Begehren hatte sich längst verflüchtigt, fortbewegt von seinem Traubendurst, der ihn stets überfiel, sobald er alle Viere von sich zu strecken vermochte und sein Auge gerichtet sah auf Erholung und innere Bewandtnis.

Hélène oder Das Geheimnis der Falschen Mona Lisa

Nein, Durst hatte er ohne Zweifel, aber galt der nicht der Flasche als vielmehr derjenigen, die dem Inhalt dieser Flasche zum Genusse verhelfen wollte, indem sie mit dem dazu passenden Schlüssel winken sollte, um deren Geist zu entfesseln.

„Du meinst also, ich sei scharf auf einen Korkenzieher?"

„*Oui!*"

„Dann zaubere ihn herbei!"

In Windeseile ließ sie eine Hand hinter ihrem entzückenden Rücken hervorschnellen und winkte mit dem Zieher.

„Her damit, du Dieb! Wo hast du den her?"

„Sag´ ich nicht! Sag´ ich nicht! Geheimnis! *Top Secret!*" sang sie wie ein Schabernack treibendes Kind.

„Sag´ schon, wo hast du das Ding her, das mich fast zur Raserei gebracht, wenn eine schöne Raubkatze nicht meinen Wahn übertölpelt hätte! Nun sag´ schon, wo hast du dieses verfluchte Ding aufgetrieben? Sag´ schon!"

Bei diesem Disput hatte unser *Professor* den *Portugiesen* seit langem in die ewigen Jagdgründe des Vergessens gejagt und seine Aufmerksamkeit auf *Hélène'*s makellose Haut gerichtet, die in ihrer samtenen Sänfte aus Anmut und stiller Freude mit blühender Blöße sich in seinen Blicken ergoss, dass er hätte aufschreien können gleich einem Hunde, der seit Jahren an der Kette gelegen ward und den eine Elfe von dieser Kette zu befreien sich nun anschickte.

»Heiliges *Rom*!« dachte *chéri* nur, während *Hélène* daran ging, den *Portugiesen* zu öffnen und *chéri* ihr bezauberndes Hinterteil dabei bewunderte, das sie bei jeder Drehung des Korkenziehers mit drehte, als wolle sie ihm beweisen wie attraktiv sie noch sei trotz ihrer Jahre. Der *Professor* verschlang sich vor Leidenschaft, tobte innerlich, sprang von der Kette, ließ hinter sich seine *Bastille*, in der er zu lebenslanger Haft verurteilt zu sein meinte, und erfuhr einen Freudentaumel, weil die Zeit der Trennung von *Hélène* ihm länger vorgekommen war als *Jesus* auf Erden wandelte.

Denn damals, unten am Rheine, in der *Villa Cahn*, wo er sie das erste Mal gesehen hatte, fühlte er sich in seine Kindheit zurückversetzt, doch diese Kindheit hatte mit der frühen Kindheit auf *Burg Combourg* nichts gemein, wenn er zu toten Katzen betete. Es war eine Kindheit anderer Art, auf das sein *déjà-vu* am Wasser bei *Mozart* sich gerichtet hatte, wo er nicht eine tote Katze anzubeten begann, aber eine solche aus Fleisch und Blut, die ihn soeben von der Kette gelassen hatte. Wie gebannt schaute er auf dieses Karamell-Bonbon *au beurre salé*, auf dieses Bonbon der Lust, und die Zeit für ihn stillstand.

Adam warf sich eine Decke über, während *Eva* den *Portugiesen* einschenkte und danach ihren *Botticellinischen* Leib ebenfalls mit Wolle umwarf. Es war ein Bild für die Götter, welche hatten geschaffen eine neue *Göttin* und einen neuen *Gott*: Zwei Nackedeis bis zu ihren Hälsen gehüllt in Nordmannswolle auf den Blumen eines Sofas vor den lodernden Flammen eines Kamins.

Peu à peu zog sich die Sonne zurück aus der Stube und Dunkelheit machte sich breit, doch welche die Leuchtkraft des Feuers im Zaume hielt wie das Geschirr ein ausscherendes Pferd. Und beim Funkeln der Flammen im Blute des *Portugiesen* erwachten die Nordmannsgefäße, aus denen sie den Roten zu ihren Lippen führten, zu strahlenden kristallenen Pokalen, wahrhaftig *Louis-Seize*!

Sie prosteten zu, während die Wolle von ihren Leibern kroch und ihre paradiesische Nacktheit zum Vorschein brachte.

Den *Professor* umwehte noch jugendlicher Flair. Kein für die Männer seines Alters schütteres Haar! Keine von Einstürzen des Fleisches gezeichnete Haut, und unversehrte weiße Zähne! Dass er unter seinen Augen den Ansatz von Ringen zeitigte, verlieh seiner maskulinen Attraktivität den anatomischen Wermutstropfen eines schönen Gesichts, das gerade dieses Makels wegen seine Studentinnen so liebten, wie die Zierde des kleinen zweiten Kinns an der statuarischen Schönheit von *Hélène* der Gelehrte.

Fehler, nicht alleine solche anatomischer Art, sofern ausgemessen — wie das Gift der Traube, in Maßen genossen, der Gesundheit förderlich ist — sind das Salz in der Suppe der Liebe!

Wie sehr lieben wir insbesondere die Fehler an denen, die wir wirklich lieben!

Weshalb der *Professor* die Plastische Chirurgie einer falsch verstandenen Schönheitsvorstellung hasste wie die Pest, ausgenommen selbstverständlich die notwendige menschlicher Verunstaltung wegen durch Unfall oder Krankheit.

In der Kunst allerdings sei das anders! Kunst und Leben seien voneinander getrennt zu bewerten, da die Kunst das Leben adle, von ihrer Warte aus, und diese Warte sei das Ideal, und idealisch seien nur die *Ely-*

sischen Felder, welche *Paris* vor nicht allzu langer Zeit zu neuem Leben erweckt hatte.

Chéri kuschelte sich an *chérie*, und wie über die Rundung des verbotenen Paradiesapfels fuhr seine Hand über die weiche Wölbung einer ihrer beiden Pobacken, die gleich geschlüpften Küken — noch halb in der Schale — ihrer Befreiung zujubelten.

„O *chéri*, wie lange habe ich das schon nicht mehr gespürt, *chéri*? Männerhände! Keine Tuntenhände!"

„Aha! Tuntenhände! Interessant! Und wer sind diese Tunten, *chérie*? Ach, dieser seltsame *Monsieur*, dieses Phantom der *Montmartre*-Oper aus dem Luftschloss-Appartement in der *Rue Saint-Éleuthère*!"

„Ich will darüber jetzt nicht reden, Liebling! Versteh´ das bitte, Liebling!"

„Nein, *Hélène*, du bist mir etwas schuldig, *Hélène*! Hier und jetzt, wo wir in dieses Feuer schauen, dieses *Portugiesische* Blut in unseren Adern fließen spüren, unsere *Große Liebe* wiederzufinden im Begriffe sind! Sprich, Liebling! Sprich und sei bitte in dieser Stunde einmal offen zu mir!" forderte der *Professor* seine Angebetete heraus, weil er klaren Tisch zu machen verlangte!

Zu viel gelitten hatte er in der Zeit der Abstinenz. Vor allen Dingen, weil er neu zu starten begehrte, ein neues Leben mit *Hélène*! Und dazu sei Beziehungsschrott fortzuräumen wie alter von Schmutz ergrauter Schnee vor der Pforte einer Höheren Eingebung. Denn seit der ersten Sekunde dieser Höheren Eingebung hatte unseren *Professor* alte Vertrautheit beschlichen, so als ob sie sich seit Kindesbeinen kennten, so als ob sie schon im Sandkasten miteinander gespielt hätten. Es war *déjà-vu* reinster Natur! Und das war der Grund, der den Gelehrten in seine persönliche *Bastille* trieb, weshalb er saß in einem Rattenloch, nachdem sie fortgelaufen. — *Pferde hätte er mit ihr stehlen können, und genau das tat er in seinem Kopfe und dem Ihren, und sie tat es in ihrem Kopfe und dem Seinen!*

Es war diese seltsame Vertrautheit seit dem ersten Tage. Diese Vertrautheit gab ihm die Kraft, an diese Liebe zu glauben, weswegen andere für verrückt ihn erklärten. Ja, verrückt war er im wahrsten Sinne des Wortes, denn *Professor Bérnard* war aus anderem Holze geschnitzt, er war *Rodin´s* »*Denker*« in beider Beziehung, der Steuermann eines Schiffes, von dem er nicht wusste, wohin ihn diese Karavelle brächte.

Doch manchmal hatte er sich so sehr danach gesehnt, in früher Vorzeit ihrer Liebe, dass *Hélène* auch `mal das Rad übernähme oben an Deck ihrer himmelwärts gerichteten Kameradschaft. Wie sehr hatte er sich danach gesehnt? Genau in jenem Augenblicke, als er den Verstand zu verlieren begann, auf dem Deck zusammenbrach gleich einem gebrochenen Kapitän, und alles um ihn herum einstürzte, die hohe Gischt, die über die Planken peitschte, er das Meer nicht mehr sah, weil der Mond sich weigerte zu scheinen, weil der Himmel verhangen, tief verhangen mit Höllenwolken, da hätte er ihrer Hilfe bedurft, der Hilfe eines Ersten Offiziers, der das ihm entrissene Ruder ergriffe, um durch jene stürmische Nacht zu segeln, um auf Gevatter Tod zu speien!

„Was hatte denn diese Tunte an sich, was ich nicht habe, *Hélène?* Na, sag´ schon, was ist es? Wegen einer Tunte, das ist ja unfassbar! Wegen einer Tunte verlässt *Mademoiselle* einen international gefeierten Kunsthistoriker und Dichter! Das darf doch wohl nicht wahr sein? Ich sehe schon die Schlagzeile auf der Titelseite von *Paris Match*:

»*Mademoiselle Hélène verlässt Professor Bérnard wegen Tunte*« oder

»*Professor Bérnard's Geliebte in Tunte verknallt*« oder

»*Professor Bérnard erleidet Alkoholrückfall wegen Tunten-Affäre*«

und so fort!"

„Nimm dir das nicht so zu Herzen, *chéri*!"

„»*Chéri, chéri, chéri*«, was kann ich mir dafür kaufen, wenn du mich mit einer Tunte betrügst, *Hélène*? Und überhaupt, »*Nenn' mich nicht Liebling!*«, ich hab' es noch genau im Ohr, diesen *Napoléonschen* Befehl »*Nenn' mich nicht Liebling!*«, ja bei jenem Telefongespräch, diese Liebenswürdigkeit, bevor du mit deinem Scheißkerl, wie ich annehme, nach *Barcelona* aufgebrochen bist! Auf welchen Verrat hatte ich mich damals bloß eingelassen? Ja, Verrat, *Hélène*! Das nenne ich Verrat, »*Verrat an unserer Kameradschaft*«! An »*fraternité*«, falls du überhaupt weißt, was das ist! Ja, »*liberté*« kennst du, das glaub' ich dir aufs Wort! Und »*egalité*«, nun, ich hatte auch meine Freuden, davon hatte ich dir ja erzählt im *Café de Flore*!"

Aus dem Ruder schien der Abend zu laufen, der so wunderbar begonnen hatte, weil den *Professor* wieder beider Vergangenheit einholte. Geigen umflort eben und ein *Professor*, der kurz davor stand, seine Contenance zu verlieren beziehungsweise bereits zu vermissen anfing. Aber das Feuer im Kamine ließ sich davon nicht beschwichtigen. Es brannte und brannte, als wenn strohtrockenes Reisig verbrannte. Von der einen auf die andere Minute verwandelten sich die kristallenen *Louis-Seize-*

Pokale in jene Nordmannsgefäße wieder, welche er irgendwo aufgestöbert hatte, als sie eingetrudelt waren. Schöne Bescherung!

„Was hat dieses Filou an sich, was ich nicht habe? Das möchte ich wissen, *Hélène*, nur das Eine möchte ich von dir wissen, *Hélène*! Und dann noch eine Tunte! Ich geh´ ins Wasser! In der *Seine* ertränke ich mich auf der Stelle, falls du mir nicht sagst, was an einer Tunte besser sein sollte als an mir! Wie hieß dieser Scheißkerl nochmal´? Ach ja, *Alessandro*! *»Alessandro« »Alessandro«! »Alessandra« »Alessandra«! »Gefalle ich dir, meine Süße?« »Na, wie gefällt dir mein neues Make-up?«"* versuchte unser *Professor* mit diesen Worten einen Effeminierten nachzuäffen, doch sein Versuch blieb in einem solchen stecken, denn dazu hatte er zu viel Bass in der Stimme.

„*Chéri* . . . !"

„Ach, hör´ mir auf mit deinem *»chéri«*!"

„*Bérnard*, versteh´ doch!"

„Was gibt´s da zu verstehen? Eine Tunte! Wenn es wenigstens ein *Sean Connery* unserer Tage gewesen wäre, würde ich ja noch einen Funken von Verständnis aufbringen für deine Abenteuer, aber eine Tunte! Musste es gerade eine Tunte sein?"

„*Liebling* . . . "

Mit diesem einst für einen Frevel bürgenden Wort schien alles Wasser von Güte, Verzeihung und Wohlwollen in sein malträtiertes Herz plötzlich zurückzufluten, als wenn seine *Venus »Mia Donna«* gespielt und der Ebbe abgeschworen hätte, damit *Cäsar* wieder sein Schiff besteigen könne, um nach *Neukaledonien* zu segeln.

„Er hatte mich damals einfach überrumpelt, die Geschichte mit seiner krebskranken Frau und so, dass er an mein Mitgefühl appellierte und ich nicht anders konnte, zumal er einen äußerst interessanten Eindruck auf mich machte!"

„Eine *Tunte* eben! Wie sieht er oder *sie* aus?" insistierte unser Flutenbesteiger wie alle Männer dies tun, wenn sie sich in ihrer Eitelkeit verletzt fühlen ihrer Erscheinung wegen. Darin unterscheiden sich die Herren der Schöpfung kläglich wenig von den Evas, welche sie so gerne mit Spiegel, Lippenstift und Düften in Verbindung bringen. Spiegel, Lippenstift und Düfte sind des Mannes Unterpfand in Form von Ansehen, großer Worte Klangesschwall und Pfauenrad.

„»*Wie er aussieht*«? So wie ich mir *Puschkin* vorstelle."

„Ein effeminierter *Puschkin*! Wenn *Puschkin* das hörte, würde er zum zweiten Male seine Pistole ziehen und dann zum zweiten Male als Nationaldenkmal enden! Weißt du überhaupt, wie der echte *Puschkin* ausgeschaut hat?"

„Nein, wie denn, mein Übervater?"

„Wie ein *Neger*! Das ist wahrscheinlich auch der Grund, weshalb seine *Natalia* ihren Affären nachging. Nichts weiter als ein *Neger*!"

Obgleich *Professor Bérnard* als das Aushängeschild für einen Humanismus *par excellence* galt, konnte man nicht umhin, in dieser Kommentierung einen Zug von Rassismus zu entdecken, der zwar latent in ihm seinen Platz behauptete, doch welcher gerade jetzt sich seinen Weg nach draußen schaufelte, wo es darum ging, einen Nebenbuhler zu diskreditieren. *Voila!* Und da sollte `mal jemand behaupten, Richter seien Unschutzlämmer!

Erinnert sei der Leser an das *Johanneische* Bibelwort *Jesu*, dass *die ohne Sünden seien, den ersten Stein werfen mögen*, als eine Ehebrecherin gesteinigt werden sollte.*

Es ist Einsicht in die eigene Fehlbarkeit, die einen Menschen über sich selbst hinauswachsen lässt, denn des Menschen Natur ist Schwäche.

„Nein, wie ein »*Neger*« sah er mitnichten aus. Eher wie ein *Russe* mit *exaltiertem* Einschlag."

„Da haben wir´s ja wieder! Eine Tunte! *Tuntenhändler*, ä-ä-ä, »*Tuntenhände*« sagtest du . . . ?"

„Ja, seine Hände! Selbst wenn seine Hände schlank und grazil wirkten, wohl geformt, stießen sie mich irgendwann ab. Aber nicht seine Hände waren es in erster Linie, vor denen ich irgendwann Abscheu empfand, als vielmehr seine Koketterie, mit der er um mich buhlte, als sei ich eine Schaufensterpuppe aus seinem weiblichen Kuriositäten-Kabinett, und dabei war er es selbst, der kurios war. Ich erzählte dir ja von seiner Vorliebe für historische Pistolen, mit denen er seine Duelle austrug, obgleich anfangs davon ich nichts wusste. Ich dachte, mit einem Schriftsteller es zu tun zu haben, mit einem *Puschkin* eben oder einem *Tolstoi* oder einem *Gogol*, wenn du verstehst, was ich meine — Haare hatte er aus schwarzem Silberdraht und war groß wie ein *Hüne*."

„Und du seine *Amazone*, nicht wahr? Aber was haben ein *Hüne* und eine *Amazone* gemein? Den Krieg, nicht wahr?"

---

*Johannes 8,7

„Du hast den Nagel auf den Kopf getroffen, *Bérnard*! Wir gerieten irgendwann aneinander, weil es mich fürchterlich nervte, wie er sich verzehrte nach sich selbst und welches Affentheater er veranstaltete in der
Öffentlichkeit, auf gesellschaftlichen Empfängen, wie sehr er sich dann
jedes Mal aufplusterte, als wenn er der Kaiser von *China* wäre! Mir wurde
das zunehmend unangenehm, so dass ich es nachher vorzog, mit *Adélaïde*
auszugehen, wenn sie in *Paris* war. Das meinte ich mit Tunte, tuntenhaf-
tes Benehmen eben! Und im Bett, da kann ich dich beruhigen, war er so
eine Art Ersatz-*Jagger*. Du kennst doch diesen dreihundert Jahre alten
Krawall-Vokalisten, über dessen Beatkapelle, wie man damals ein solches
Gestörten-Ensemble nannte, *Paris Match* in einer historischen Kolumne
ab und an berichtet. Nichtsdestotrotz »*Wild Horses*« selbst heute noch ein
unübertroffener Klassiker der Rockmusik ist. Ich liebe diesen Song,
chéri!“

„Ja, ich weiß, »*Wild horses couldn´t drag me away*«. Na, komm´ `mal her,
mein wildes Pferd!“ meinte ihr Cowboy, zog sie an sich und streichelte
ihre Brüste, indessen sein wildes Pferd zahmer und zahmer wurde . . .

„Nenn´ mich »*Liebling*«, *chéri*!“

Hinter Honfleur (November)

Honfleur, die Perle, wo das Weihwasser der *Seine* in den Kanal fließt, hatten sie weit hinter sich gelassen und bretterten mit dem klapprigen *Jaguar*,
der aus allen Löchern pfiff, die Küstenstraße runter Richtung *Deauville*.

Hélène oder Das Geheimnis der Falschen Mona Lisa

Der Abend senkte sich über das Panorama aus Wolken, See und Promenade.

Regen hatte wieder eingesetzt, durchmischt von zerbrochenen Flocken von Schnee.

Es war, als wollt' der Himmel weinen und die Kälte sich daran gemacht hätte, den Schmerz des Herzens in Weiße zu entlassen, was ihr aber nicht gelang.

Die Wischer kratzten über die Frontscheibe, über der stetig ein Vorhang aus Matsch sich zog, um im nächsten Moment die Sicht wieder freizumachen. Dann erblickten sie abermals dieses von Gräue geschwängerte Firmament, das *Johanna* für alle Zeiten dort oben befohlen zu haben schien, da ihr Tod in *Rouen* immer noch in beider Fleisch schnitt wie das sägende Seil in den Händen eines Matrosen, der in Eile aus seinem Korb nach unten fliegt, weil der Mast zu brechen droht.

Doch hatten sie sich in ihre Mäntel vergraben, dass weder der durch die Ritzen pfeifende Wind noch die Kälte ihnen misslich werden konnten. *Hélène* war es leid gewesen, nach irgendwelchen Kodexen von Moral und Anstand sich zu richten, und nackt in ihren Silberfuchs gestiegen, bevor sie in den Wagen kletterte. Der *Professor* trug unter seiner Tierhaut lediglich Seidenwäsche, die ihm seine Schülerin aus *Brügge* einst zum Geschenke gemacht, nachdem er sie nach einem Stelldichein bei Kerzenschein über die Vorzüge der *Renaissance* aufgeklärt hatte.

Genauso wenig wie die Automobil-Heizung funktionierte das Bordradio, so dass *Hélène* genötigt sich sah, die von Trübe aufgestaute Stille zu durchbrechen mit ihrem zauberhaften Sopran und »*Frére Jacques*«* leise vor sich hin zu summen anfing.

„Wer ist denn dieser *Frére Jacques*, Liebling?"

„Ä-ä-ä . . . *Frére Jacques* war ein alter Mann . . . ä-ä-ä . . . dem eine Raubkatze auflauerte, die sich dann in ein wildes Pferd verwandelte . . . !"

„Ach, ich verstehe, Liebling!" entgegnete der *Professor* mit aufgeräumtem Herzen, und ein vorher noch weinender Himmel schickte ein Lächeln hinunter zu zweien, welche Gefallen aneinander wieder gefunden hatten!

Irgendwann rollten sie hinab an den Strand. Das zähflüssige Gewölle aus Wasser und Schnee hatte für eine Weile seine *Johannaischen* Dienste eingestellt und gelbe, rote, bisweilen blaue Lichter schauten gleich winterlichen Eisblumen aus den Wehen einer herannahenden Nacht.

Das *Britische* Wunder der Technik parkte der *Professor* unten an der See. Nicht umhin kam *Bérnard*, die Erfindung des Automobils zu loben, das trotz hoher Unfallquote und daran gekoppelter Totengräberei als auch der Amputation der Städte wegen, für den Menschen doch ein großer Vorteil sei. Und dieser Vorteil bestünde darin, sich hinters Lenkrad zu schwingen, mit einer *Botticellinischen Venus* auf dem Beifahrersitz an einen Strand hinunterzurollen, wo keine Seele sich verirre und der Wind zu ihnen spreche Worte des Glücks.

Französischer Gassenhauer, zu Deutsch »Bruder Jakob« (17. oder 18. Jhd.)

Hélène oder Das Geheimnis der Falschen Mona Lisa

Er hatte den Motor ausgemacht, und nun schauten sich beide, tief und lange, mit elektrisierenden Blicken in die Augen, indessen *chéri* noch den Zündschlüssel zwischen Daumen und Zeigefinger hielt.

„Sag´ jetzt kein Wort, Liebling!"

Sie stiegen aus, liefen barfuß, Hand in Hand, mit ihren Tierhäuten halbgeöffnet über die nasskalten Kristalle des Sandes, die brannten wie das Salz der Freude unter den Sohlen eines Anfluges von Lust. Dann erreichten sie den Saum des Meeres, das seine Zornesfalten in Wallung gebracht hatte, als wolle *Gott* sie strafen, wonach sie sich verzehrten.

Er fasste unter ihren Fuchs, umgriff ihre Hüften und küsste sie von oben bis unten leidenschaftlich ab.

„O Liebling, wie sehr ich dich liebe!"

Hélène kniete in den Kristallen, wobei die starke Bö immer wieder ihren Mantel aufblähte gleich einem Segel im Sturme und ihre jetzt freiwerdenden Brüste umeiferte, als wenn er ihre Nacktheit befreien wollte von den Fesseln der Begierde, als *chéri*, ebenfalls mit aufgeflattertem Pelz, seinen seidenen Schwarzboxershort nach unten schob, seinen Schwanenhals hervorfingerte und bei seiner *Vladimirskaja* aus Fleisch und Blut auf die Glätte ihrer rosafarbenen Blöße sich ergoss.

Es war das Wasser des Lebens, das da floss über ihr *Botticellinisches* Antlitz, über ihren *Botticellinischen* Leib in ihr *Botticellinisches* Urinal. Darauf umklammerte sie seine prallen Pobacken, presste ihr Gesicht gegen seinen Vogelhals und weinte Vogeltränen.

Dieses Fluidum aus dem Schnabel eines Königs überflutete sie gleich dem Weine aus dem Schlauche eines gefallenen Kriegers, und dieser

Krieger war ein *Siegfried*, heimgekehrt zu ihr, seiner *Botticelli*-Figur, seiner *Simonetta Vespucci.*

Weshalb hatte *Leda*, damals am Rheine im Garten des *Cahnschen* Palais, am Wasser gestanden und voller Sehnsucht danach gedürstet, ihrer Einsamkeit den Rücken zu kehren, es schließlich geschafft, als sie ihn dort kennenlernte, und war dann wieder geflohen, um mit jenem Narzissten namens *Alessandro* Reißaus zu nehmen? Sie wusste selbst nicht, konnte keine Antworten finden auf Tausende von Fragen, die auf sie einhämmerten in einem Augenblicke, der so weit fort war von all den schweren Lasten ihrer späten Jugend, die ihren Tribut verlangt hatten, wo dieses *Enigma* eines vorerst sympathisch wirkenden Mannes die Parfümerie betrat.

Letztlich hatte sie die Liebe zu ihrem Gelehrten und Dichter nicht zulassen wollen, weil sie meinte, er wolle sie nicht! Hélène war gebranntes Kind! Und außerdem war sie gefangen in ihrem Hamsterrad, dem zu entfliehen sie keinen Mut aufbrachte. Ausgetretene Pfade des Bekannten waren ihr lieber als neue Pfade des Unbekannten, sich einzulassen auf das Geheimnis eines geheimnisvollen Menschen, der sie abgöttisch liebte. Sie hatte da wieder angefangen, wo sie aufgehört hatte: beim Scheitern! Wie so oft hatte sie vertraute aber trügerische Gewohnheit unergründlichem Abenteuer vorgezogen! Ihr mangelte es an Courage, auszubrechen aus der Welt ihrer Erfahrung.

Fort schob sie die Reflexion und machte den Weg frei für die Befreiung ihrer Begierde, die ihr der Wind versprochen hatte.

Rücklings auf ihrem Silberfuchse, grätschte sie ihre vor Nässe glänzenden Beine, rieb ihre glitschige *Vulva* und schrie voller Inbrunst:

„*Chéri*, gib es mir noch einmal!"

Sie fand Erlösung!

Dann senkte sich das Grabtuch der Nacht über ihnen. Die See zog zurück. Ebbe im Abmarsch, das Haus der Freude gebaut!

Arm in Arm erreichten sie den Katzen-*Jaguar*, der sie aufnahm um der Beschirmung seiner Liebesbrut willen.

Der *Professor* legte den Rückwärtsgang ein, drehte und dann schossen sie die Küstenstraße runter Richtung *Saint-Malo*.

Hélène schlief neben ihm.

Sein Ein und Alles!

Seine *Simonetta Vespucci*!

Irgendwo in *Deauville* fanden sie noch ein Zimmer.

Am nächsten Morgen stand die Sonne über dem Meer und begrüßte zwei Murmeltiere, die soeben aus den Decken schälten. Ein knappes Frühstück nahmen sie unten in der Lounge:

Heißer Toast mit zerlassener Butter und Rohem Schinken sowie dünnem *Café* und frisch gepresstem Orangensaft.

„Heute zeig´ ich dir *Saint-Malo*, Liebling!"

Am frühen Nachmittage schlenderten sie über eine menschenleere Uferpromenade, während hohe Brecher das Pflaster überspülten. In der *Brasserie du Sillon* wärmten sie, obgleich wenig Anlass dafür bestand — sie trugen ihre Pelze — aber *Hélène* wollte unbedingt ihr Rouge restaurieren und frischen Lippenstift auftragen.

Unser *Professor* hatte sich stets gefragt, weshalb seine Angebetete einen Farbkasten bräuchte, wo sie die Wildheit einer Schönheit verkörperte, die keines künstlichen Aufpäppelns bedurfte.

Sie pflegte aus dem Bette zu steigen gleich einem strahlenden Kometen!

Ja, er liebte sie, warum er an ihrem Gesichte ebensowenige Attribute mochte wie irgendwelche Wäsche an ihrem Leib, es sei denn Kirschrote Spitze in *Gotischem Flamboyant!*

Professor Bérnard war, obgleich er die Gemälde *Caravaggio's* verehrte, alles andere als ein Parvenü verirrten Geschmackes, mitunter vulgär, eben wie sein *Michelangelo Merisi*, der sich Dirnen ins Atelier holte, um Madonnen zu verewigen.

Doch sein nymphomanisches Begehren entrann einer anderen Quelle als derjenigen einer archaischen Erotomanie. Nach Wasser vergaß er sich, nach dem Wasser des Lebens! Aus Schwanenhälsen und weiblichen Grotten und Brüsten! Reines Wasser!

Hélène erschien auf den Klippen, ihre Feuerlippen in Karminrot, ihre Wangen mit wohligen Klängen von Rouge!

Strümpfe, *Flamboyant*, hervorschießend unter ihrem Silberfuchse!

Gefasset in schwarzen Lederschuhen mit goldenen Verschlüssen!

Eine *Botticelli!*

Sprangen in den *Jaguar* und drückten aufs Gaspedal!

Die Nacht senkte sich erneut über ihnen.

Sie erreichten *Cap Fréhel.*

Niemand!

Ein großer leerer Parkplatz gähnte den Mond an —

Der *Professor* machte den Motor aus und fasste ihr dann in den Schoß.

„O, *Hélène!*"

Sie röchelte auf:

„*Chéri*, nimm mich!"

Chéri öffnete seinen Pelz und wühlte in seinem eigenen Schoße, als seine Klinge zum Vorschein kam. *Hélène* umklammerte diese Klinge mit ihren Engelshänden, zärtlich war diese Klinge, aufgerichtet wie ein sprechendes Gedicht. Ein vor Begehren und glühender Liebe tropfender Degen, der nach nichts anderem verlangte als in ein ebensolches Futteral seinen Stoß zu treiben.

Alle Wände dieser Welt hätte er einreißen wollen, nur um mit ihr gemeinsam zu kommen, ihren Kitzler dabei zu reiben, bis sie schreie. Er stürzte aus dem Fahrzeug mit erigiertem Gliede, öffnete die Beifahrertür und zerrte sie nach draußen in die kalte Nacht!

„Leg´ dich hin, Liebling!" befahl er ihr mit despotischem Tone, wobei der Speichel ihm aus dem Munde tropfte.

„Leg´ dich hin!"

Sie legte sich ins Heidekraut, fasste abermals seinen Schwanenhals und bebte, als wenn der gesamte vulkanische Feuergürtel Lava spie. Dann drang er in sie ein, heulte dabei Tränen transzendentalen Glücks und wiederholte pausenlos:

„Liebling, verlass´ mich nicht!"

„Nein, *chéri*, nie . . . mals!"

Und nun dachte er, züchtigen müsse er sie für das, was sie ihm angetan hatte, mit diesem seltsamen Phantom der Oper. Doch war die körperliche Zucht weniger seine Sache, der *Professor* züchtigte zwar nicht

ausnahmslos aber bevorzugt mit der Rute seiner Liebe, mit den züngeln-
den Flammen seiner Anbetung!

Noch nicht waren sie ihren Orgasmen zugeeilt, als er sich vorzeitig
aus ihr befreite, in seinen Pelz sich wieder vergrub und nach oben zog.

„Komm´, Liebling! Komm´, du mein Herzschmerz!"

Hélène hatte kurz vor der Entwallung gestanden, als sie ihren Mantel
zuschlug und von ihm sich führen ließ. Er lief nach unten, wollte ans
Wasser, wo der Mond ihre göttlichen Leiber überflutete.

Durch die Heide rannten sie, *Hélène´s Flamboyant*-Strümpfe zerrissen,
im Halbdunkel der mondenen Szenerie.

„*Chéri*, ich kann nicht mehr!"

„Stell´ dich nicht so an, Liebling!

Ans Wasser!"

Hinterher zog er ein störrisches Maultier, das wieder einmal nackt unter seinem Felle bewegte.

Ein Fell, das er nun endlich zu erlegen begehrte, unten am Strand.

Sie fanden den Strand, wo das Meer peitschte, sie den Pelz sich von
den Schultern riss und in den Sand sich warf, das Wasser seines Schwa-
nenhalses erwartend.

Er gab ihr zu trinken von seinem Elixier, das sie trank als sei es der
Wein *Bacchus*.

Darauf rieb er seinen Hals an ihrem Leibe, drang abermals in sie ein
und brachte sie zum Höhepunkt!

Hélène oder Das Geheimnis der Falschen Mona Lisa

Totentanz im Mondenschein

Eisregen setzte ein.

Tropfen geblasenen Glases stürzten vom nächtlichen Gestade.

Das Meer tobte.

Alles hätte man ihr geben können: Rubine, Smaragde und Saphire, aber nicht interessiert hätten sie die Steine! Sie wollte fort, nach oben, wo die Maschinenkatze wartete. Sie schloss ihren Fuchs gleich einer *Mantelmadonna*, raffte hoch und ließ mitziehen von ihm. Bald hatten sie den Strand hinter sich und einen schmalen Steig erreicht, den sie nun hinaufliefen zum Wagen.

Das milchige Mondlicht warf sich gebrochen herab auf das Paar. Immer wieder schoben Wolken vor die Scheibe, gaben Licht erneut frei, als plötzlich eine Gestalt auf dem Kamm des Felsens erschien!

Schwarzer Schnitt! Größer und größer!

„*Bérnard*, siehst du dort?" schrie *Hélène* in die *brèsche* einer Sturmwelle hinein. „Dort oben!"

Die Figur tanzte auf und ab, vor der Kulisse aus Wolken, Licht und Schwarz. Mal verschluckte Dunkelheit den Tänzer, `mal gab eine fliehende Wolke den Mond frei und hüllte in Helle. Umrisse, die immer wieder änderten, je nachdem wie das Licht gerade beschaffen, und ob überhaupt Licht, wenn ein weiteres Mal weiße Wogen vor den Planeten sich legten. Aufbegehrende Zungen eines schwelenden Feuers, das aufflackert, um im nächsten Moment in sich zusammenzufallen.

Einen Stab schien der Tänzer zu balancieren, denn sobald Helle die Szene ergriff, erblitzte eine Spitze.

Hélène und *chéri* rannten wie wilde eingeschüchterte Tiere die steile Böschung hinan. Herzen schlugen bis zu den Hälsen!

Irgendwann hatten sie es geschafft und warfen sich in den Jaguar!

Chéri drehte den Zündschlüssel und seine Prinzessin hatte ihre von Angstschweiß gegerbten Hände an seinen Mantel geklammert, als sie auch schon losfuhren!

Ein Wirbelwind raste durch die Nacht!

„Was war *das, chéri?*"

„Ich kann es dir nicht sagen, Liebling! Die Gegend hier ist gespickt mit Spukgeschichten. Warst du einmal in *Rothéneuf**, wo dieser Gespensterpfarrer einen kompletten Felsen in ein Fratzen- und Monsterkabinett verwandelt hat? Seeungeheuer, Schlangen und Affen! Ein Wahnsinniger eben!"

„Meinst du, dass wir uns das gerade eingebildet haben? Diesen Totentanz eines dunklen Messias? Diesen Klingen schwingenden Dämon?"

— Der Motor heulte sein Lied von *liberté*!

Doch eine Schraube drehte in beider Köpfe!

Keine Antworten!

Aber hatten genossen orgiastische Fluten, melodramatische Gewitter von Glück! Auf Gipfeln der Lust gestanden, waren geflogen ins Nirwana

---

**Abbé Fouré (1839 -1910), ehemaliger Priester, ließ sich aus gesundheitlichen Gründen mit 30 Jahren in Rothéneuf nieder, nahe bei Saint-Malo, und begann aus den Granit-Felsen direkt am Meer verrückte Monstren zu hauen* der Liebe! Seine *Hélène* und er, gepackt in Pelzen, die Tachonadel bis zum Anschlag, brausten sie dahin. — Je mehr sie den Ort des Schreckens hinter sich ließen, desto mehr machten sich angenehmere Gefühle breit: *„Frère Jacques, Frère Jacques, dormez-vous, dormez-vous? Sonnez les matines, sonnez les matines? Ding, ding, dong! Ding, ding, dong!"*

„Chéri, donne-moi un baiser!"

Der Himmel graute auf!

Richtung *Rennes*, danach *Le Mans* und dann *Paris*!

Zurück in Paris (Anfang Dezember)

Es ist später Nachmittag. Zu schneien hat es angefangen. Bald würde Weihnachten sein und noch nicht einmal hatte er Zeit gefunden, sich Gedanken über *Hélène's* Geschenk zu machen.

Die *Seine* floss sanft und zärtlich durch ihr Bett. Hie und da ein paar Ausflugsschiffe und stets *Chinesen* und *Japaner*.

Heute hatte *Professor Bérnard* keine Vorlesungen halten müssen, wofür er seiner *Sorbonne* dankbar war. In seinem Büro, seinem Administrations- und kunstpäpstlichen Regierungs-Palast verbrachte er die in den winterlichen Abend hineingreifenden Stunden und telefonierte mit Gott und der Welt.

In den wenigen Momenten, wo das Telefon stillstand, dachte er wieder an *Hélène*, was sie wohl in diesem oder jenem Augenblicke treiben würde. Ihn beherrschte die unterschwellige Angst, dass *Monsieur* Unbekannt ihr vielleicht auflauern könne, was ihn bewog, alles nur Erdenkliche zu unternehmen, um dieses Ungeheuer zu stellen, und wenn *Inspektor Le Trou* ihm dabei behilflich sein werde, umso besser! Selbst wolle er diesen Diavolo zur Strecke bringen. Das war er seiner *Großen Liebe* schuldig, und nicht bloß seiner *Großen Liebe*, sondern ebenso seiner Ehre!

Die Wasserspiele an der Kanalküste lagen hinter ihnen. Selten waren solche Augenblicke, wenn sie sich auf jenen in den Augen der Bourgeoise bizarren Wegen liebten.

Hélène war seine *Machine de Marly*, wie er ihre *Machine de Marly*.

Professor Bérnard, bevor er sich auf den Heimweg machte, streifte durch die Gänge seines Musentempels. *Mona Lisa* würde sich gleich zur Ruhe betten, ihr Lächeln einstellen und eintausend Rätsel weiterhin ungelöst lassen. Was schere man sich um die *Florentinische* »*Lisa*«, weshalb um *Leonardo's* »*Vitruvianischen Menschen*«, und nicht um *Théodore Géricault's* »*Floß der Medusa*«*? sinnierte der *Professor*, obgleich er sich der trügerischen Schönheit der »*Mona Lisa*« nicht zu entziehen vermochte. Er war sich zu jedweder Zeit bewusst, dass er auf dem *Medusischen Floß* trieb, und dass seine Liebe zu *Leonardo's* Porträt-Ikone seiner Sehnsucht entsprang, Rettung zu finden, welche er in der Liebe zu einer Frau suchte, einer Frau *Leonardesker* Zartheit im Gemüte. Insofern gab es eine Verbindung zwischen der Harmonie-Religion eines Künstlers aus *Vinci* und der Pech- und Schwefelmalerei *Géricault's*.

Pech und Schwefel waren für *Monsieur le Directeur* die Elixiere der Hölle und harmonisch geformt die Engel im Himmel.

---

*»Le Radeau de la Méduse« (1819), Théodore Géricault (1791 bis 1824), Louvre

Hélène oder Das Geheimnis der Falschen Mona Lisa

Diesen Abend verbrachte er alleine, das heißt auf seiner Kammer, nur mit seiner *Vladimirskaja* und wenigen Gläsern Schlehenlikör.

Auf seinem häuslichen Schreibtische brannten Kerzen, ein noch offener Füllfederhalter lag neben einem Bündel Papier, seinem Manuskripte zu »*Neue Studien über Michelangelo*«, wie der Arbeitstitel seiner Schrift sich schimpfte. Er war nun müde geworden von der geistesgeschichtlichen Expedition in das Werk eines Künstlers, über den die Welt redet, seit der *Renaissance*-Bildhauer geboren ward, den aber niemand verstehe, genauso wenig wie *Leonardo's* »*La Gioconda*«.

Michelangelo sei ein von der Grausamkeit des Lebens angewiderter Mensch gewesen, der zur Überwindung seiner Seelenqual der Feier des Daseins bedurfte, seiner Leidenschaft, seinen *David* zu meißeln.

Um diesen verhassten *de Kandinsky* zur Strecke zu bringen, bräuchte er wie *David* die Steinschleuder.

Alle Kerzen waren heruntergebrannt. Die Glocke *Unserer Lieben Frau* schlug Mitternacht, als der *Professor* zur Ruhe sich begab.

Wie üblich klopfte am folgenden Morgen *Madeleine*, um das Frühstück zu bringen. Sie schob die blutroten Brokatvorhänge beiseite und ein Sonnenstrahl fiel auf das Manuskript seines neuen Buches. —

Einen Blick aus dem Fenster warf *er*.

Schneeverwehungen hatte es letzte Nacht gegeben.

Die *Île de la Cité* trug Weiß.

Jetzt wusste *chéri*, was er *Hélène* zu Weihnachten schenkte: eine Reise in die *Camargue*, zu den wilden Pferden! Das würde *Hélène* in einen Freudentaumel katapultieren, das wusste er, denn seine *Vladimirskaja* aus

Fleisch und Blut war versessen aufs Reisen, abschalten zu können von ihrem nervenaufreibenden Dienst in der Parfümerie am *Place Victor-Hugo*, unweit des berühmten Ingenieurturms, wo *Asiaten* sie regelmäßig heimsuchten und nach diesem verfluchten Duft »*Saint Raspoutine*« sich erkundigten.

Dieses Mal wollte er sie verwöhnen!

Kein klappriger *Jaguar*!

Nein! Erste-Klasse-Flug, Taxi-Chauffeur und Bedien-Herberge!

Ab zu den wilden Pferden!

Wilde Pferde und eine Frage

In *Orly*, Flughafen *Charles de Gaulle*, bestiegen sie die Maschine nach *Nîmes*, von dort ein Taxi nach *Saintes-Maries-de-la-Mer* und dann in eines der besseren Hotels.

Schnee lag in der Luft.

Kräftig zog der Wind über die Ebenen aus Wasser, Seegras und Sand.

Blau war der Himmel.

Die Sonne war im Aufbruch begriffen.

Pferde jagten durch das Panorama.

Die Uferpromenade liefen sie runter. Beide trugen wie gewöhnlich ihre Pelze, hier gar zur Schau, aber kaum Passanten unterwegs waren. Dann verließen sie das befestigte Pflaster und nahmen Reißaus, um ans aufgewühlte Meer zu gelangen. Obgleich es klirrend kalt war, Frühreif

Hélène oder Das Geheimnis der Falschen Mona Lisa

silbern glitzerte und ihnen unablässig der schneidende Wind ins Gesicht blies, liefen sie Hand in Hand in ein Niemandsland märchenhafter Phantasien.

Überlaufen ist *Saintes-Maries-de-la-Mer* im Sommer. Ein Touristen-Lädchen reiht sich an das andere und bietet Souvenirs, Ansichtskarten und *Van-Gogh*-Reproduktionen. Jetzt, wo es auf Weihnachten zuging, die Tage kürzer geworden waren und die Temperaturen alles andere als zum Baden oder Wandern einluden, hielt die auch hier im tiefen Süden bedauerlicherweise umgreifende Gästeflut sich in Grenzen.

Camargue sind für den Boulevard-Besucher — und diese frequentieren in der Überzahl den bezaubernden Landstrich westlich der alten Hafenstadt *Marseille* — Pferde, Flamingos* und Stiere. Doch deshalb waren die beiden nicht hier. Nicht des Beglotzens von Pferden, beeindruckenden Vögeln und schwarzen *corrida*-Futters wegen sind sie gekommen.

Nein! *Chéri* hatte seine *Botticellinische Venus* hierhin entführt, um sie zu betören, zu überreden, zu erobern, sie heimzuführen in seinen Hafen der wieder auferstandenen Seelen, von denen der *Professor* meinte, dieselben in eben den Pferden, Vögeln und Stieren wiedergeboren seien. Seelen derer, über welche die Geschichte ihrerzeit hinweg gepfiffen sei.

Er hatte suchen wollen unbekannte Eroberer und Eroberinnen, Piraten von *Liberté, Égalité et Fraternité*, Heldinnen und Helden *de l'amour*!

Painters!

Sculptors!

Architects of Freedom!

Camargue-Flamingos sind zwar hier beheimatet, überwintern aber in Afrika

Und dafür standen ihm diese geheimnisvollen Tiere, diese geheimnisvolle Region, geheimnisvoll wie die *Normandie,* so geheimnisvoll wie die
Bretagne, aber auf ihre Art und Weise. Waren die *Bretagne* für ihn verwun-
schenes Land der Elfen, Kobolde und Flugsaurier; die *Normandie* christi-
anisiertes Hoheitsgebiet gefallener Heiligen und Märtyrer, gegründet auf
dem Blut ihrer *aborigines;* sah er in der *Camargue* ein *El Dorado* kolonialisti-
scher Fantasien. Waren es doch die *Griechen,* deren Ankunft in vorchrist-
licher Zeit nicht unweit zur Gründung der Hafenmetropole *Marseille* geführt habe, wo allerdings im vierzehnten Jahrhundert auch der *Schwarze
Tod* eingeschleppt worden sei. Oder der Einfall der *Römer* in *Südfrankreich*
überhaupt, auf deren Gründen das Haus des befreundeten Ehepaares
Vakulenko in *Nîmes* gemauert ist. *Romanischer* Baustil der Kirchen, Pilger-
Routen und Marien-Verehrungen. All´ das überschnitt sich in seinem
spirituellen Begehren, Erlösung zu finden. Mit *Vincent van Gogh* in einem
Ansturm von *déjà-vu* zu sterben, vorher zur *Schwarzen Sara** gelaufen zu
sein! Tote Stiere zu sehen, welche zurückgefunden hätten ins Leben, jenseits der Schlächtereien in den Arenen von *Nîmes* und *Arles*! Tote Vögel
zu sehen, welche wieder flögen und wilde Pferde, die ihrem Tod entgangen wären, da sie unsterblich seien!

Und wie sehr sehnte er sich selbst danach, endlich gehen zu können?

Weinende Madonnen, tränenüberflutete Teiche, Salinen, Sümpfe und
Lagunen in Eiseskälte, windumschüttelt, zwischen denen niemals veren-
dende Pferde galoppierten, weil sie wild waren! »*Wild horses couldn´drag him*

**Statue der »Schwarzen Jungfrau« in der Krypta der Kirche »Notre-Dame-de-la-Mer« in
Saintes-Maries-de-la-Mer*

away«! Es war diese Wildheit, der seine Expedition mit *Hélène* galt. Denn letztlich verabscheute er jegliche Fessel von gediegener Zivilisation, neureicher Goldkultur und zur Schablone erstarrter libidinöser Gepflogenheit. An der *Sorbonne* war er Forscher — im Leben ebenso, aber galt sein Forschen im Leben, den Weg zu *Gott* zu finden, und dazu musste er das Gewohnte, das Eingefahrene, alles, was kerzengerade sei, verlassen und in der Wildnis seinen eigenen Weg suchen. Nichtsdestoweniger er an der *Sorbonne* unterrichtete, war *Professor Bérnard* Anarchist, nicht um einer politischen Überzeugung willen, sondern einer des Herzens. Im *Quartier Latin* fesselte ein Gelehrter seine Studenten, weil dort ein lebendes Fossil seine Schüler aufklärte, wie in der Kunst sich das manifestiere, was Leben ausmache. Und dieser Dreh- und Angelpunkt, der die ausnahmslose Bedingung darstelle, sei das eremitische Wissen und die eremitische Leidenschaft, aus sich herauszugehen zu *müssen*, um aus sich herauszugehen zu *können*. Wissen und innerer Drang erschienen ihm als Einheit oder die beiden Seiten einer Medaille. Als um den *Stein der Weisen* Wissender war er „*Der Denker*", als gedrängter Expeditionist der Sinnlichkeit Erbauer der *Opéra Garnier*. In der leiblichen Vereinigung mit einer *Vladimirskaja* aus Fleisch und Blut suchte er sein *Gelobtes Land*. Denn nur in der leiblichen Vereinigung fände er Erlösung, welche allerdings bloß von kurzer Dauer sei, weshalb der *Professor Platoniker* war, der die *ewige* Befreiung suchte, und er lieben konnte im Bette nach einem mehrgängigen Menü mit anschließenden *Cocktails* an der Bar wie ein Stier. Oder unter Monden, bei aufgepeitschter See, nachdem er und seine Geliebte einen klapprigen *Jaguar* zugeschlagen hatten, um sich den Spielen der *Machine de Marly* hinzugeben.

Doch nun war Tag, hell und blau, aber wild in jeglicher Hinsicht!

„Mein kleines wildes Pferd! Was hältst du davon, wenn wir es uns heute Abend wieder gemütlich machen?" drang *chéri* auf sie ein, als am Horizont zwei weiße Pferde sich besprangen.

Und mit ihrem Sopran, den *chéri* so sehr liebte, übertönte sie den von der See her wehenden Wind:

„*Oui! Oui!*"

Damit war das Eis gebrochen, die Erinnerungen ausgeschabt von dunklen Hoffnungen und ein sehnsuchtsvolles Licht im Herzen von *chéri* entzündet. Und jetzt begann *chéri* lauthalsig zu singen:

„*Frère Jacques, Frère Jacques, dormez-vous, dormez-vous? Sonnez les matines, sonnez les matines? Ding, ding, dong! Ding, ding, dong!*"

Hélène stimmte ein.

Während sie *en canon* sangen, stürmten sie hinunter zu ihrer Bleibe.

Bald würde ein Feuer die beiden Verliebten bezirpzen!

Nach einem für die Region typischen Abendessen, nicht üppig wie es die *Alemannen* in der Regel bevorzugen, dafür exquisit und raffiniert, natürlich Meeresfrüchte, mit ausgezeichnetem *dessert* und passendem Wein, verließen sie das hauseigene Restaurant und stiegen hoch auf ihr Zimmer. Die Concierge hatte den Kamin befeuert, das Licht gelöscht und Kerzen entzündet. Das Paar aus der *Französischen* Metropole orderte einen schweren Roten, einen kräftigen *rouge des sables**, und machte es sich bequem auf einem schnuckeligen Sofa.

„Na, Liebling, wie waren die Jakobsmuscheln, *Sœur Hélène*?"

„*Fantastique, Frére Jacques*!"

Sie stießen an auf die Behaglichkeit der herannahenden Nacht. *Peu à peu* kuschelte sich *Hélène* an ihren *déjà-vu*-Schwarm und Geliebten, während sie ihr Weinglas gegen das Flammenlicht hielt, um zu prüfen, wie viel Wahrheit darin stecke. Dann legte sie ihren Kopf auf seine Schulter und vergrub sich mit ihm in einem Plaid, *Mérino d'Arles Antique*.

„*Chéri*, ich bin ja so froh, dass wir wieder zusammen sind! Ich weiß, was ich dir angetan hatte! Wie kann ich das nur alles wieder gut machen, Liebling?" beichtete sie und schaute dabei mit ihren bezaubernden Augen in das Feuer.

Durch das Fenster drang Dunkelheit und dagegen stoben die ersten Flocken von Schnee.

„Du brauchst nichts wieder gut zu machen, Liebling! Dass du nun bei mir bist, hier unten, wenige Tage vor Weihnachten, im Hort unserer weißen Träume, ist mir Genugtuung allein! Niemals möchte ich mehr von deiner Seite weichen!"

„Ich auch nicht von deiner, Liebling-*chéri*! Weißt du, im Grunde habe ich dich von Anfang an geliebt, doch wollte ich es mir damals nicht eingestehen. Du bist einfach so ungewöhnlich! Du hast das *Zweite Gesicht*, aber erst jetzt begreife ich, was ein *Zweites Gesicht* ist. Du bist nicht nur Gelehrter, weißt, mir Geschichte offenzulegen wie eine Hexe die Karten,

---

**Rotwein der Camargue, deren Rebstöcke im Sand wachsen*

weißt, in meinen Blicken zu lesen wie in einem Buch, du bist nicht nur Gelehrter, sondern auch Schriftsteller, ich meine, ein Dichter! Das, wovon alle Frauen in der tiefsten Tiefe ihres Herzens träumen! Aber wenn wir unserem Dichter begegnen, tun wir so, als sei das alles nicht wahr, meinen, aus unseren Träumen zu fallen, weil wir unserem männlichen Ideal begegnet sind, unserem *phallischen* Gegenbild, weil wir meinen, nur uns selbst, das heißt Frauen lieben zu können, schüren Ängste, ins Bekannte uns zu verlieren, keine Hoffnung, keine Sehnsüchte mehr zu verspüren, weil wir meinen, ans Ende der Welt, an unser persönliches *Finistèrre* gelangt zu sein, wo Geheimnisse gelüftet und Illusionen entzaubert sind. Doch heute, erst heute, verstehe ich, dass dem nicht so ist! Dass ein Dichter kein Dichter, da er trotz seines *Zweiten Gesichts*, das heißt trotz Sehens, in seinem Inneren ein Verborgener bleibt! Weil du mir immer ein Geheimnis bleibst, und das ist der Grund, weshalb du meine Träume, von denen ich dachte, du sie entschleiern würdest, nicht entschleiert hast und niemals entschleiern wirst! Obgleich du so viel weißt und mit jeder Stunde unseres Zusammenseins du mich weiter zu mir selbst bringst, du mich stets tiefer in eine Fremde führst, doch eine Fremde wohl temperierter Wärme! Je mehr du mir die Welt erklärst, je größer erscheint mir ihr Rätsel! Je mehr du mich liebst, umso mehr fühle ich wie sehr *ich dich* liebe, *chéri!*"

Und während aus ihrem Munde diese ergreifenden Worte von Liebe, Zärtlichkeit und Bestimmtheit plätscherten, schmiegte sie sich noch enger an ihn und schaute wieder in die Flammen. Der *Professor* fühlte eine Säule aus Licht sich bauen, als wenn er soeben, seine *Vladimirskaja* hätte

Hélène oder Das Geheimnis der Falschen Mona Lisa

sprechen gehört, und erinnert an jenen Sonnennachmittag im *Café de Flore*, wo er ihr gestanden hatte, dass sie für ihn seine *Madonna* sei, welche auf der Höhe eines Felsens säße und er sie anbetete.

Ja, es sei *Petrus*, der Fels, auf welchem sie säße, *seine* Kirche, in der er wieder Einlass gefunden habe, nach all den Jahren der Knechtschaft in *Ägypten*, nach all den Jahren seiner Pilgerschaft Richtung *Verheißenes Land*, das *Jahwe Abraham* und seinem Volke versprochen hätte.

Wie viele Kreuze hatte er auf sich nehmen müssen, um sie zu lieben? Ja, damals im *Café de Flore* hatte er ihr beteuert, sie wäre seine *Madonna*, aber gemeint hatte er, sie *sei* seine »*Mia Donna*«.

An jenem Sonnennachmittag im *Quartier Saint-Germain-des-Prés* hatte sie eine Tasche mit Malutensilien bei sich gehabt: Farbe, Leinwand und Pinsel, weil sie ein Bild malen wollte. Und doch war *er* es gewesen, der das Bild, das *sie* malen wollte, *für sie* malte.

Mit seinem Bekenntnis zu ihr hatte er sich als Pilger verewigt. In jenem Augenblicke war er ganz und gar *Michelangelo Merisi Caravaggio*, Geist wilder Leidenschaft, heißes Blut, ward über ihn gekommen, in der Rolle des Betrachter abgewandten Schmutzfüßigen, des nach Erfüllung seiner Hoffnungen suchenden Pilgers, um vor ihr niederzuknien, sie um Verzeihung zu bitten — er, dem sie angetan hatte, von dem er meinte, dass er selbst es gewesen sei, weshalb sie mit diesem *Belphégor*, namens *Alessandro de Kandinsky*, ihn betrogen hatte. Letztlich war er zu der Auffassung gelangt, eigener Übeltäter zu sein, verantwortlich für das, worunter er so sehr gelitten seit ihrer Entzweiung, er derjenige, der sie vertrieben, sich selbst kasteit, sich selbst gegeißelt hätte mit der Geißel der Demut als reuiger Büßer, um beider Fluch zu entkommen! Dem Fluch der Hölle! In Wahrheit sei er es gewesen, der das Porzellan ihrer Liebe zerbrochen, ohne sich dessen bewusst gewesen zu sein, wenn er das Gegenteil ihr gegenüber behauptet hatte, dass sie ihn »*belogen und betrogen*«, »*ihre große Freundschaft kaputt gemacht*«, »*Verrat an ihrer Kameradschaft verübt hätte*«. Das war der Moment, als sie ihm mit eisernem Befehl befehligt hatte, nicht »*Liebling*« sie zu nennen.

Aber nun war sie wieder »*sein Liebling*« und kuschelte sich an ihn mehr als jemals zuvor, unterdessen der Schein der Feuersbrünste beider Gesichter erhellte und ihre Augen sich plötzlich trafen, in einem Augenblicke der Übereinkunft, als hätten sie zur selben Zeit, am selben Ort den einen selben Gedanken, und diesen Gedanken er dann aussprach:

„*Hélène*, willst du meine Frau werden?"

Sein Liebling schaute zu ihm auf:

„Ja, *chéri!*"

Das Kaminfeuer knisterte die restliche Nacht vor sich hin, nachdem sie das Bett gesucht, aber keinen Schlaf haben finden können, weil *Amors* Pfeil sie beide ein zweites Mal getroffen hatte.

Im Kaiserpark

Hélène sollte *Professor Bérnard*'s Frau werden. Das stand so feste wie *Professor Vakulenko*'s Haus auf *Römischer* Ruine. Es war sein innigster Herzenswunsch, denn seit er das erste Mal diese überirdische Erscheinung bei der Emeritierung seines Kollegen in der *Villa Cahn* erblickt hatte, war er verzaubert.

Wahrscheinlich würde er sie irgendwo dort zum Traualtar führen.

Professor Bérnard's Vater war ein ranghoher aus *Paris* stammender General gewesen, der nach dem *Dritten Kriege* in der Nähe seinen Dienst geführt hatte. Hier, unweit der *Französischen* Kathedrale*, war der Gelehrte auf den Pfaden seiner späten Kindheit, jedes Mal wenn er einen beruflichen Termin hier unten am Flusse wahrzunehmen hatte.

Und heute hatte er einen solchen.

Mit zwölf Jahren verbrachte er auf dem Boden des einstigen *Römischen* Militärlagers, des *castra Bonnensis*.

Er erinnerte sich, als er mit seinem Vater, dieser seiner Pflichten ledig, durch die Rheinauen spazieren gegangen war, sie flache Kiesel warfen, die dann tanzten zwischen den Bergen und Tälern aufgebrachter Wogen, wenn ein Frachter vorüberfuhr. Sie nannten das »*Wellenreiten mit den Steinen*«. Mit ihm über den *Feenberg* lief, sie Kaminholz sammelten und Kaulquappen beim Spielen in Waldteichen beobachteten. Manchmal sahen sie einen Feuersalamander, hörten Amseln schimpfen im Laub und Bussarde keifen an verhangenem Himmel. Entlang ausgetretenen Wegen kiesgelben Sandes schlenderten sie, passierten rundbedachte hölzerne Unterstellhütten und grüßten *Kaiser Wilhelm* [1], dem ein aus Basalt gefügtes Denkmal mit Profilbüste gewidmet ist.

Kölner Dom (1264 bis Ende 19. Jhd.), Jahr der Grundsteinlegung gilt als Beginn der Gotik im Rheinland

Mit anderen Worten spazierten sie dort, was man vor etwa vierhundert Jahren den *Kaiser-Wilhelm-Park* titulierte.

Gegen Ende des *Kaiserparks*, wo der *Feenberg* steil abfällt, gibt es ein Hotel, das auf viele Vorgängerbauten zurückblickt. Zunächst war es eine mit *Casselsruh* bezeichnete Waldgaststätte gewesen, die man im Laufe der Jahre zu einem Hotelkomplex erweitert hatte. Von dort aus genießt der Ruhesuchende einen traumhaften Blick auf das alte Satelliten-Bäder-Städtchen *Godesberg* mit *Burg*, Rheintal und *Siebengebirge* mit *Drachenfels, Peters-* und *Ölberg*.

Hier war er auch gewesen mit seiner *Caravaggio*-Flamme, seiner Schülerin von der *Sorbonne*, die sich hatte von ihm auf einem *Thonet*-Stuhl entblößt fesseln lassen, um ihm anschließend aufmerksam zuzuhören, wenn die Zweie in der Horizontalen, er ihr über diesen viel zu früh verstorbenen Leinwand- und Lebenskünstler erzählte.

Zu jener Zeit war es später Herbst, zügig wurde es dunkel und das *Sankt-Martins*-Fest stand vor der Tür. Es dämmerte bereits, als er mit seiner kleinen Stute aus *Brügge* den befestigten *Alten Fahrweg* hinauflief.

Weißes Leibchen, schwarzes Lamm-Nappa-Leder und gefütterte Boots, darüber einen *Duffle-Coat**.

Kurzhaarfrisur und knabenhafter Körper.

Bald erreichten sie eine Wetter-Hütte am Saume einer Lichtung.

Blasses Restlicht einer bereits am Horizont verschwundenen Sonne überfing das samtene verblichene Grün einer verwilderten Wiese.

---

*Mantel aus dickem Wollstoff (benannt nach der belgischen Stadt Duffel) mit Kapuze u. länglichen Horn-Verschlüssen

Hélène oder Das Geheimnis der Falschen Mona Lisa

Sie verkrochen sich in die Hütte und fanden Platz auf glatt geschliffenen Fichtenplanken.

Keine Seele von einem Spaziergänger!

Leidenschaftlich küssten sie sich!

Ihre nassen Zungen wetzten einander wie in Gold getränkte Lappen von Silber. In Raserei öffnete sie ihr Lamm, zog die beiden Röhren samt Höschen hinunter bis zu den Boots und hob ihren *Venus*-Hügel, damit er ihn in Angriff nähme, was er mit der ganzen Inbrunst seines Triebes auch tat. Er langte in ihre feuchte Furt, rieb ihr das Ruder hoch und leckte, nachdem er sie mit seinen Fingern zu Genüge angestachelt hatte, ihre Geilheit nieder.

Sie kam sehr schnell und röchelte in den stummen Forst hinein.

Abendnebel senkte sich nieder.

Hier oben im *Kaiserpark* würde er mit *Hélène* die Flittertage verbringen.

Belphégor vor der Cheops-Pyramide

Unser *Professor* hatte letzte Nacht in seinen »*Neuen Studien über Michelangelo*« sich vergraben gehabt und war erst spät ins Bett gekommen. Sein Schreibtisch trug ein Sammelsurium vollgekritzelten Papiers, einen Haufen auf- und wieder zugeschlagener Bücher. Und dem nicht verschlossenen Füllfederhalter drohte abermals die Tinte auszutrocknen, da er, von Müdigkeit übermannt, alles hatte stehen und liegen gelassen.

So erschien *Madeleine* wie üblich.

Doch nachdem sie mehrmals geläutet und der *Professor* keine Antwort gegeben hatte, war sie in eigener Regie in sein Reich gebrochen und fand ihn schlafend in seiner Kammer.

„*Monsieur*, das Frühstück! *Monsieur*, aufstehen! Aufstehen, *Monsieur*!"

Aufgeschreckt drehte der Gelehrte, erblickte *Madeleine* und schaute ganz entgeistert.

„*Madeleine*, was machen Sie denn hier so früh?

„*Professor*, es ist bereits sieben! Um elf müssen Sie in der *Sorbonne* sein! Sie haben verschlafen, *Monsieur*!" diktierte sie ihm und riss die Brokatvorhänge zur Seite.

„Ja, ja, ja, *Madeleine*! Stellen Sie das Frühstück auf den Schreibtisch!" erwiderte der Forscher apathisch, stieg vom Lager und warf sich in den Rock. Dann eilte er zu seinem Altar, kniete und betete zu seiner *Vladimirskaja*, von der er meinte, dieselbe ihn heute Morgen besonders freundlich empfinge. Ihr Gesichtsausdruck dünkte ihm ein außerordentlicher zu sein, beinahe ein Lächeln wie das der »*Mona Lisa*«, welches nicht bloß unserem Heiland vor ihrer Brust gelte, sondern vor allem ihm, ein Lächeln, das sich potenzierte, je länger er zu seiner *Vladimirskaja* aufblickte. Und jetzt hörte er den Jesusknaben leise sprechen:

„*Wenn ich in den Sprachen der Menschen und Engel redete, hätte aber die Liebe nicht, wäre ich dröhnendes Erz oder eine lärmende Pauke.*

Und wenn ich prophetisch reden könnte und alle Geheimnisse wüsste und alle Erkenntnis hätte; wenn ich alle Glaubenskraft besäße und Berge damit versetzen könnte, hätte ich aber die Liebe nicht, wäre ich nichts.

Hélène oder Das Geheimnis der Falschen Mona Lisa

Und wenn ich meine ganze Habe verschenkte, und wenn ich meinen Leib dem
Feuer übergäbe, hätte aber die Liebe nicht, nützte es mir nichts.

Die Liebe ist langmütig, die Liebe ist gütig. Sie ereifert sich nicht, sie prahlt nicht,
sie bläht sich nicht auf. Sie handelt nicht ungehörig, sucht nicht ihren Vorteil, lässt
sich nicht zum Zorn reizen, trägt das Böse nicht nach. Sie freut sich nicht über das
Unrecht, sondern freut sich an der Wahrheit. Sie erträgt alles, glaubt alles, hofft alles,
hält allem stand.

Die Liebe höret niemals auf.'"*

Ja, sein *Paulinisches* Credo, an das er zu glauben begonnen hatte, seit
ihm *Hélène*, dieses wohlklingende Erz, diese sanft schlagende Pauke, über
den Weg gelaufen war.

Zurückgefunden hatte er in den Schoß, weniger in den der offiziellen
Kirche, als vielmehr in den *Gottes*. Von offiziellen Kirchen, Päpsten und
Prälaten hielt er nicht viel, nachdem er sich ausführlich mit den *Borgia's*[†]
beschäftigt hatte.

Er glaubte an das Ewige Wort, das Fleisch geworden ward, er glaubte
an *Hélène's* »*Nenn' mich Liebling!*«.

Irgendwann löste er sich von seinen Gebeten, schwang hoch und
nahm sein Frühstück, als *Madeleine* ihm die „*Le Monde*" brachte.

»*Louvre! Degen schwingender Zoro gesichtet*!« lautete die Schlagzeile auf der
Titelseite.

---

*Paulus-Brief an die Korinther (1 Kor [13, 1 bis 8])
†Spanische Adelsfamilie aus dem Königreich Valencia (Anfang 15. Jhd. bis Anfang 16.Jhd.)
stellte zwei Päpste (Kalixt III u. Alexander VI)

Alexander Sergejewitsch

Professor Bérnard schaute verblüfft zu seiner *Vladimirskaja* hinüber, als möge sie das Geheimnis lüften.

Weiter hieß es:

»Mann mit Maske und Degen tanzt gegen Eins vor der Glaspyramide . . .«

Ausgerechnet vor diesem Glas-Quatsch, dachte der Gelehrte, weshalb nicht vor *Duchamp´s* Glas-Schrott im *Philadelphia Museum of Art?*

Und je mehr er über diese seltsame *Zorro*-Geschichte las, desto mehr ergriff ihn sein lang gehegter Groll gegen denjenigen, der diesen architektonischen Stachel in das musische Fleisch eines der größten Kunstpaläste der Erde gestoßen hätte.

»Ein vor mehr als dreihundert Jahren zu Grabe getragener *Monsieur le Président* sei es gewesen in Kollaboration mit einem *Chinesen.** Ja, Präsidenten hätten eben keinen blassen Schimmer von der ästhetischen Heroik der Menschheit, gäben irgendetwas in Auftrag, was nicht in Auftrag zu geben wäre, da *Gizeh* genauso wenig reproduzierbar sei wie die *Grotte Chauvet†*. Diese Regenten wollten nur sich selbst ein Denkmal setzen, um der Nachwelt mit ihren vermeintlich großen Taten zu imponieren, welche sie dem *Französischen* Volke hätten angedeihen lassen.«

Nachdem er den Artikel zu Ende gelesen hatte, schmiss er die *Le Monde* wutentbrannt auf den Perserteppich und goss den erkalteten *Café* ein — um sich abzukühlen, herunterzukommen von seiner nervlichen Aufwallung der kulturellen Verbrechen gegen die Menschheit wegen.

---

*François Mitterrand (1916 bis 1996) und Ieoh Ming Pei (*1917)*
†*Höhle in Vallon-Pont-d'Arc in Frankreich im Département Ardèche im Flusstal der Ardèche (Südfrankreich), wo 1994 bedeutende Malereien entdeckt wurden (Alter vermutet auf 36.000 Jahre)*

Hélène oder Das Geheimnis der Falschen Mona Lisa

»Pharaonen blieben Pharaonen, und Präsidenten Stümper!«

Als er durch das große Tor lief, kamen die Studenten ihm entgegen: „*Monsieur, Monsieur,* haben Sie schon gehört? *Zorro* ist wieder auferstanden, *Monsieur!*"

Aber *Monsieur* ließ seine Schüler eiskalt im verbalen Regen stehen und begab sich eilenden Schrittes in den Hörsaal, um seine Vorlesungsreihe über »*Verbindende Ästhetik von Architektur und Skulptur*« fortzuführen. Er wollte mit all dem Sensations-Zinnober, den die Presse tagtäglich veranstaltet, um ihre leere Kassen aufzubessern, nichts zu tun haben.

Heute referierte er über den *Parthenon*-Tempel als bauliches Pendant zur klassischen Skulptur, denn seine Architektur folge derselben an der Schummel-Physik des menschlichen Auges ausgerichteten optischen Täuschung wie die Plastik. Er nannte dies in Abgrenzung zur »*Ausdrucksarchitektur*« schlicht »*Eindrucksarchitektur*«. Das waren die von ihm selbst geprägten beiden Termini für eine Kunst, die entweder das *Werk* oder den *Menschen* in den Mittelpunkt ihrer Bemühungen stelle. Und das Maß der »*Eindrucksarchitektur*« sei der Mensch!

Klassik gründe nicht auf arithmetischer, sondern auf subjektiver Vermessung durch Auge und Gemüt. Auf das »*Wie*« des Bildes käme es an, nicht auf sein »*Was*«. Die Säulen des *Parthenon* seien keine starren Zylinder, entsprächen eher schwellenden Kegeln, um Kraftanspannung zu simulieren. Seine Plattform sei gewölbt, um die aufgrund der zusammenlaufenden Säulenfluchtlinien hervorgerufene Erscheinung des Durchhängens des Bodens visuell auszugleichen, das hieße zu ebnen. Erst das erzeuge beim Beschauer den »*Eindruck*« von tektonischer Vollkommenheit. Analog zur klassischen Statue, bei welcher der Betrachter-Standpunkt in die bildhauerische Konstruktion mit einflösse. *Phidias* sei es um Harmonie, Balance und ausgewogenem Gleichklange gegangen, und dazu hätte er die Mangelhaftigkeit des menschlichen Sehapparates berücksichtigt und Architektur als auch Skulptur künstlerisch verfälscht.

Zum Schlusse empfahl er seinen Schülern den Besuch des *La cour du Mûrier des Beaux Arts** und wie immer bescheinigten sie ihre wissenschaftliche Hochachtung mit Poltern auf den Pulten.

Am folgenden Vormittag saß *Professor Bérnard* hinter seinem Schreibtisch im kunstpäpstlichen Regierungs-Salon des *Louvre*, als das Telefon wiederholt klingelte.

„*Inspector Le Trou*! Bonjour, *Monsieur le Directeur*!"

„Wo brennt´s, *Inspektor*?"

„Haben Sie gehört, vor Ihrer *Cheops-Pyramide* hat man vorletzte Nacht einen maskierten Mann mit Mantel und Degen gesichtet!"

„*Inspektor*, Sie glauben doch nicht im Ernst, dass ich an all das glaube, was Sie mir jetzt wieder auftischen wollen, selbst wenn *Le Monde* davon berichtet! Ja, ich hatte davon Kenntnis bekommen, oder besser gesagt, von diesem Lügenmärchen, das sich das Touristen-Büro wieder einmal hat einfallen lassen, um die Besucherzahlen in die Höhe zu schrauben. Mit »*Zorro sei wieder auferstanden*« und so einem Käse überfielen mich gestern meine Studenten, als ich noch gar nicht unsere Heiligen Hallen betreten hatte. Aber ich gebe nicht viel um dummes Geschwätz! Einmal in

---

*Hof der Pariser Akademie der Schönen Künste (Maulbeer-Hof), wo Abgüsse berühmter Skulpturen sind

Hélène oder Das Geheimnis der Falschen Mona Lisa

der Zeitung, selbst in der *Paris Match*, und die Leute sind aus dem Häuschen! Nehmen alles für bare Münze, was da Schwarz auf Weiß geschrieben steht! Heute ist es *Zorro*, morgen ist es das Phantom der *Opéra Bastille* und übermorgen *Robin Hood* im *Dôme des Invalides*! Das alles nenne ich *Opéra Comique, Le Trou*! Nichts weiter als Ammen-Märchen! Aber wo eine Amme säugt, ist das Kind der Gerüchteküche nicht weit! Manchmal zweifle ich am Verstand der *Pariser*!" konterte der Direktor erregt, während er unweigerlich an jenen von ihm als Urologen der pränatalen *Walt-Disney*-Archäologie verballhornten Schweizer denken musste, diesen *von Däniken*, der irgendwelche ins astronomisch Große gezeichneten Landschafts-Labyrinthe* *à la Amiens*† als Landebahn-Markierungen irgendwelcher außerirdischen *Messieurs Spock´s et Kirk´s* deutete. Seine Bücher verkauften sich immer noch gut, und das nach Hunderten von Jahren! Wie unverbesserlich die Menschheit doch sei!

„Sicherlich, *Professor*, klingt diese neue Geschichte etwas nach *Marne-la-Vallée*‡, *Hollywood* und Werbetrick, aber ich sagte Ihnen ja bereits, dass wir jedem Hinweis nachgehen müssen, der uns Auskunft über das Verbrechen im *Jardin du Luxembourg* zu liefern vermag. Immerhin arbeitet der Mörder aus dem *Jardin* mit einem *Florett*!"

„Ich verstehe das ja, *Le Trou*, doch sollte man den Bogen nicht überspannen, sonst trifft der Pfeil den Schützen! Gerade Ihnen, einem der ausgewiesensten Vertreter des *Pariser* Kriminalkommissariats empfehle

---

* *„geoglyphische" Nazca-Linien in Süd-Peru*
† *gemeint ist das Fußboden-Labyrinth der Kathedrale ebendort*
‡ *künstliches Reisbrett-Viertel östlich von Paris, ein Ort der fünf sogenannten »Villes nouvelles«, hier Disneyland-Park*

ich, was ihr Ansehen und Ihre berufliche Ehre betreffen, nicht jedem Hokuspokus auf den Leim zu gehen, wenn Sie verstehen, was ich meine, *Inspektor!*"

„Leim hin, Leim her, *Professeur le Directeur!* Immerhin gab es *Jack the Ripper!*"

„Ach, *Inspektor*, »*Jack the Ripper*«, »*Jack the Ripper*«! Wer war schon *Jack the Ripper*? Irgendein Phantom, das herhalten musste für irgendwas nicht auffliegen durfte, weil das *Englische* Königshaus in der Sache verstrickt war und dazu brauchte man einen Alibi-Täter und erfand diesen Schlitzer-Hannes! Und das mit dem *Zorro* vor diesem scheußlichen Glas-Prisma, für dessen Abriss mein Team und ich seit Jahren kämpfen, ist genauso eine Phantastomorgie von Retorten-Gehirnen *à la von Däniken* und *Uri Geller!* Sie kennen doch diese beiden Komiker aus dem zwanzigsten Jahrhundert? Der eine, Möchtegern-Professor von der Akademie der Verschwörungs-Theoretiker, der andere, ein schlechter Zauberonkel! Nichts als billige Gerüchte! Stürme in Wassergläsern, in denen kein Wasser stürmt! Denken Sie an Ihr Renommée, *Le Trou!* Sie haben immerhin die »*Falsche Mona Lisa*« wieder beschafft, ich meine die »*Lisa*« von *Bernardo von Palermo*. Das macht Ihnen so schnell niemand nach! Da sollten Sie nicht auf diese billigen Touristen-Tricks hereinfallen! Ich bin oft in *Cologne*, Sie wissen, unten am Rhein, wo unsere mächtige Kathedrale steht — denn nichts ist *Französischer* als dieses Bauwerk — und auf dem Vorplatz dieser extra-terrestrischen Kirche diese seltsamen Marionetten stehen, so

Hélène oder Das Geheimnis der Falschen Mona Lisa

eine Art *Lebende Bilder**, `mal *Casanova,* `mal *Marquis de Sade,* `mal *Monsieur*
Unsichtbar und so fort, so eine Art *Commedia della Commedia,* und den
Gästen, die an den schönen Rhein gekommen sind, um unseren Dom zu
bewundern, das Geld aus den Taschen ziehen, hauptsächlich sind es —
wie bei uns in *Paris* — *Chinesen* und *Japaner,* die von diesem theatralischen
Teufels-Sabbat nicht genug bekommen können, lassen sich ablichten mit
diesen, ach weiß´ ich, mit diesen versteinerten Jahrmarkt-Bettlern! Hier
ein Foto, dort ein Foto, und schon klingelt es im faschen Hut! Karnevalshüte! Nichts als Karnevalshüte! Und dass sie ihre Hüte neben sich zu
stellen gezwungen sind, anstatt auf ihren Köpfen zu tragen, bestätigt nur
deren Erbärmlichkeit! Den Hut nämlich auf hat dort die Polizei! Vor allem in jener bekannt gewordenen Silvester-Nacht von anno dazumal!
Angefangen hatte dieses Bettelstudenten-Drama vor einer der ehrwür-
digsten Kathedralen des Globus gegen Ende des zweiten Millenniums,
also vor etwa dreihundert Jahren, dann hatte man das Spektakel verboten
und mittlerweile sind sie wieder aufgetaucht, diese Hungerkünstler des
Schmierentheaters! Aber wie gesagt, die *Deutsche* Polizei hat den Hut auf
und unternimmt ihr Möglichstes, um solchen *Disney*-Komödianten ihr
Handwerk zu legen! Glauben Sie mir, *Inspektor,* das mit diesem *Zorro* vor
der *Cheops-Pyramide* ist nichts weiter als ein abgeschmackter Werbe-
quatsch, nichts weiter! Denken Sie nur an diese *Son-et-Lumière-*

---

*»tableau vivant«, szenische statuarische Darstellung, i.d.R. mit mehreren Personen, bspw.
Nachstellung bekannter Gemälde

Aufführungen* der *Monuments Historiques de France*! Der gleiche faule Zauber! Geld! Geld! Geld! Lassen Sie sich nicht an der Nase herumführen, *Le Trou*, und rufen Sie mich an, wenn Sie Wichtigeres zu berichten haben! Guten Tag, *Inspektor*!" beendete der Gelehrte das Gespräch mit erzieherischem Tone, warf verärgert den Hörer in die Gabel und dann einen Blick auf seine *Vollard Suite* an den Wänden.

Ja, *Minotaurus* hatte es ihm angetan, insbesondere »*Minotaure Aveugle Guide par une Fillette*«†.

Dann telefonierte er mit *Hélène*, um im *Café de Flore* mit ihr sich zu treffen, Trost zu finden, hinwegzukommen über diesen Gerüchteschund *à la Le Trou*.

---

*nächtliche Ton- und Lichtspiele in und an bedeutenden Französischen Bauwerken (bspw. Mont-Saint-Michele), Touristen-Magnete
†blinder Minotaurus geführt von einem kleinen Mädchen

Hélène oder Das Geheimnis der Falschen Mona Lisa

Bis der Tod sie scheide (März im folgenden Jahr)

*P*rofessor *Bérnard* fühlte sich wie ein Fisch im Wasser, mit anderen Worten dreihundert Jahre jünger. Heute, an diesem milden Tage im *Martius**, brächte er *Hélène* vor den Altar†.

Lange hatte der *Professor* mit sich gerungen, überhaupt die Kirche zu suchen seiner Heirat wegen, weil er — wie der Leser sich erinnert — die offizielle Kirche ablehnte. Er bezeichnete sich selbst als Urchrist, nichtsdestoweniger wie *Hélène* spirituell gefesselt an die Sakramente des *Römisch-Katholischen* Hortes. Doch wenn er hinunterschielte an ihrer Geschichte — das Papsthaus, die aus dem erotischen Ruder laufenden Fresken im Gemache des Vatikanischen Palastes — wenn er die *Heilige Inquisition*, genauer betrachtet, deren harten Bestrafungen mit Foltern jedweder Art von Grausamkeit und menschlicher Verachtung, wenn er *Goyas* »*Desastres de la Guerra*«‡ vor Augen sich führte, kamen ihm erhebliche Zweifel an dem Vollendungswillen der Kirche, den Menschen die *Jakobsleiter* hinaufzuführen ins Paradies.

Jesus hatte das alles nicht gewollt, was im Laufe der Geschichte der Verbeamtung§ einer Liebesreligion stattgefunden habe. Sein *Paulinisches* Credo war ihm innere Richtschnur, nicht Popengezänk, Glaubenskrieg

---

*Martius benannt nach dem römischen Kriegsgott Mars, März
†*obgleich Professor Bérnard geschieden war, hatte die katholische Kirche in dieser futuristischen Zeit es zustande gebracht, auch Geschiedenen das Sakrament der Ehe wieder zu spenden*
‡*Mappe mit 82 Radierungen (1810 bis 1814), welche den grausamen Kampf der Napoleonischen Soldaten mit der Spanischen Bevölkerung thematisieren, die katholische Kirche schürte diesen Krieg*
§*gemeint ist die Amtskirche*

und Formdebatte. Ihm war ein mittelloser Atheist, der seine letzten Groschen zusammenkratzt, um einem verhungernden Clochard unter den Brücken von *Paris* zur Seite zu stehen, lieber als ein vollgefressener Pfeffersack, der das sonntägliche Gotteshaus ausschließlich aus Gründen der Selbstinszenierung aufsucht, eine beachtliche Summe in den Sammelkorb wirft, um sich vor aller Augen zu erhöhen. Er glaubte an den *Barmherzigen Samariter*, die *Fußwaschung* und das *Heilige Lamm*, nicht ans Huren, Saufen und Prassen, nichtsdestotrotz er viele Frauen gehabt hatte, doch hatte er jede einzelne von ihnen geliebt als sei jede einzelne diejenige, die er wahrhaftig liebte unter allen Weibern.

Dennoch konnte der *Professor* des Pompes, Glanzes und Glorias, das die *Katholische* Kirche seit Jahrhunderten zu inszenieren pflegt, sich nicht erwehren. Er sog den Dampf jedes verbrennenden Weihrauchkörnchens ein, den das schwenkende Fass des Priesters an den Hohen Tagen entließ, er verschlang mit seinen Ohren jede einzelne Silbe aus dem Munde desselben, wenn er im Beichtstuhle kniete und, nachdem er das, was er für Sünde hielt, von der Leber sich geredet hatte, um der Absolution zuteil zu werden. Orgelmusik, Mozartgepränge und Kruzifix-Gesänge waren seine Welt, dafür war er zu sehr Kunsthistoriker, der in der Ästhetik sein Heil suchte, weil diese Erlösung verspräche.

Und gleichermaßen dachte *Hélène*. Streng gläubig war sie, streng erzogen in den sakramentalen Häusern dessen, der alles umfängt und bei welchem sie stets Zuflucht suchte, um ihre gestrauchelte Seele zu befreien von dem Dornengestrüpp, in das sie stieß, sobald das Tuch der

Hélène oder Das Geheimnis der Falschen Mona Lisa

Blindheit über sie fiel wie der Schleier einer um der Liebe willen Verschmähten.

Noch vor wenigen Tagen hatte sie gebeichtet, ward gesalbt worden und dann zur *Heiligen Kommunion* gegangen. So hatte sie ihr Blindentuch von den Augen sich gerissen, damit sie es ihm reiche, ihrem künftigen Gemahl, der darin seinen Schmerz kühlen möge, welchen sie ihm zugefügt zu haben glaubte.

Professor Bérnard hatte in *Cologne* beruflich zu tun gehabt in jenem *Martius*, ein paar Tage frei genommen und war mit *Hélène* in dem historischen Hotel im *Kaiserpark* abgestiegen.

Ein paar Steinwürfe entfernt lag die *Barocke* Wallfahrts-Kirche, das architektonische Tabernakel für die *Sieben Schmerzen* der *Gottesmutter**, wo beide sich entschlossen hatten, das eheliche Sakrament gespendet zu bekommen.

Dieser bauliche Edelstein bewahrt eine *Pietà*, ein Gnadenbild von sechzehn-hundert-acht-und-zwanzig aus dem Holze der Eiche von *Foy-Notre-Dame* bei *Dinant*, wo sechzehn-hundert-und-neun ein Holzfäller in eben dieser Eiche eine Statue der *Schmerzensreichen Jungfrau* fand. Das Paar glaubte an dieses besondere Holz, das es verehrte in Imagination wie der frühe Mensch den Stein, *Moses* daraus Wasser schlug und auf *Petrus* der *Herr* seine Kirche baute.

---

*Weissagung im Tempel / Flucht nach Ägypten / Verlust des zwölfjährigen Jesu / Begegnung auf dem Weg nach Golgatha / Ausharren unter dem Kreuz / Kreuz-Abnahme / Grablegung (Pendant sind die Sieben Freuden Mariens = Verkündigung / Heimsuchung / Geburt Jesu / Anbetung der Könige / Wiederaufnahme des 12-jährigen Jesu im Tempel / Auferstehung / Himmelfahrt Mariae)

Hélène und *Bérnard* glaubten nicht alleine an das Holz der jungfräulichen Eiche, sondern auch an dasjenige des Martyriums *Christi*, seinen Leidenspfahl.

Das besagte kleine Gotteshaus, oberhalb des *castra Bonnensis*, beherbergt eine Reliquie dieses Kreuzes, das einst die *Heilige Helena* im Heiligen Lande aufgefunden hätte.

Ja, in Anwesenheit der leidenden *Gottesmutter*, die ihren toten *Sohn* auf ihren Knien birgt, und der *Heiligen Helena*, die vor dem Hauptaltar das Erlösungswerk in Form des Kreuzes mit ihren Händen umklammert, wünschten sie, den Bund der Ehe zu schließen.

Pastellblauer Himmel, vor dem vereinzelt weiße Wolken zogen, und eine Sonne, die sich immer wieder einen Platz eroberte, um mit ihren warmen Strahlen die beiden Häupter einer *Großen Liebe* zu temperieren.

Die ersten Krokusse durchbrachen die braune Erde, das Gelb der Forsythien meldete sich zu visuellem Wort und überall spross es vor und roch es nach Leben.

Es war Tag der Verheißung, des Glückes und Verzeihens.

Der *Professor* hatte darauf bestanden, die Zeremonie in stillster Abgeschiedenheit vonstattengehen zu sehen, im Kreise ausschließlich von ein paar Freunden.

Unverzichtbar waren natürlich die Trauzeugen *Professor Vakulenko* und Gattin.

Hélène standen zur Seite eine Freundin aus *Santo Domingo*, *Adélaide Delacroix*, eine Schönheits-Opérateuse, und ihre Chefin, *Madame Romanowa*, aus *Russischem* Hause. *Bérnard* hatte *Diavolo da Siena, Michael Stroganovich*

Hélène oder Das Geheimnis der Falschen Mona Lisa

und *Claudio da Palermo* sowie den einen und anderen Kollegen von der *Sorbonne* zugeladen, selbstverständlich auch *Madeleine*, die sich für den gesamten Ablaufplan des Festes verantwortlich zeichnete und denselben in die Tat setzte, als heiratete *Heinrich* VIII *Anne Boleyn**.

Verwandte schlossen sie aus, denn diese streuten bei solchen Gelegenheiten nur Salz in Wunden, die für das weiße Paar längst verheilt waren. Kurzum, sie wollten feiern und dazu erschien ihnen die Gesellschaft von Giftmischern, Fehdeschmieden und sonstigem genetischen Halunkenpack vernichtend.

Familie sei Familie und Liebe sei Liebe, das waren zumindest die Erfahrungen des *Professors*. Kardinalsausnahme wäre sein Vater gewesen, mit dem er dort oben auf dem *Feenberg* die späte Kindheit erlebt hatte, doch war dieser *Général de Corps d'Armé*† vor etlichen Jahren verstorben.

Ihre Gäste untergebracht hatte der Gelehrte in jenem Rheinhotel, wo vor etwa vierhundert Jahren ein Parvenü, ehemals Clochard in den Gassen von *Vienna*, einen *Britischen* Premier empfing, ganz in der Nähe der *Villa Cahn.*

Sie selbst wohnten — wie Sie, lieber Leser, wissen — in der romantischen Herberge im *Kaiserpark.* Sie wollten vollkommen alleine sein, abge-

---

Anne Boleyn (Anfang 16. Jhd. bis 1536) war die zweite der sechs Ehefrauen des berüchtigten Heinrich VIII *von England, und die Mutter Königin Elisabeth's* I*. Ihre Weigerung, König Heinrich als bloße Geliebte zu dienen, war Grund für die Englische Kirche (später Anglikanische Kirche), von Rom sich loszusagen, damit Heinrich Anne heiraten konnte. Da sie für keinen männlichen Thronfolger sorgen konnte (lediglich Totgeburt eines Jungen), ließ Heinrich sie möglicherweise unter Vorwand enthaupten, die wahren Gründe ihrer Hinrichtung sind bis heute nicht geklärt*
†*General-Leutnant, 4-Sterne-General*

schirmt von jedem, der die beiden kannte. Denn dieser Tag bedeutete ihnen den Himmel!

„*Bérnard, willst du Hélène zu deiner Ehefrau nehmen, um gemeinsam gemäß Gottes Gesetz im Heiligen Stand der Ehe zu leben? Wirst du sie lieben, ehren und zu ihr stehen, in Krankheit wie in Gesundheit, und allen Anderen entsagen, nur ihr gehören, so lange wie ihr beide lebt?*"

„*Ich will!*"

„*Hélène, willst du Bérnard zu deinem Ehemanne nehmen, um gemeinsam gemäß Gottes Gesetz im Heiligen Stand der Ehe zu leben? Wirst du ihn lieben, ehren und zu ihm stehen, in Krankheit wie in Gesundheit, und allen Anderen entsagen, nur ihm gehören, so lange wie ihr beide lebt?*"

„*Ich will!*"

Nach den Treueschwüren segnet der Priester die Ringe, den einen *Bérnard* an Helene´s Finger steckt und im Angesicht *Gottes* gelobt:

„*Mit diesem Ring nehme ich dich zur Frau. Mit meinem Leib ehre ich dich und teile all meinen Besitz mit dir. Im Namen des Vaters und des Sohnes und des Heiligen Geistes. Amen.*"

Die Ringe, die der *Professor* ausgesucht hatte, waren keine gewöhnlichen! Geschmiedet seien sie aus Ketzerblut und Büßerhemd, aus Sonnenwein und Traubenglut, aus Schwur und edlem Heuchlermut, so hatte es ihm der Juwelier vom *Place Victor-Hugo* zugesichert. Taubenblutrote Rubine besetzt mit Diamanten aus Minen der *Afrikanischen* Erde, lobte der Edelsteinschleifer die beiden Preziosen. Der *Professor* hatte dafür tief in die Tasche fassen müssen, was in seiner Privatschatulle ein beträchtliches Loch hinterließ. Allerdings war *Hélène* es ihm wert, seine kleine

Hélène oder Das Geheimnis der Falschen Mona Lisa

Taubengöttin. Ursprünglich beabsichtigte er, von dieser Summe eine Kopie von *Sandro Botticelli's* Porträt der *Simonetta Vespucci** sich fertigen zu lassen, jedoch sei *Victor Hugo* im Traume erschienen und hätte ihm geraten, seine Kasse bis auf den Hund† zu leeren, und deren Inhalt als Zeugnis seiner *Großen Liebe* in der Herstellung dieser beiden Unikatreifen zu verwenden.

Ja, wie könne ein Mann in die Rolle *Quasimodo's* schlüpfen und eine Frau schildern, die Abkunft von fremden Sternen nähme?

Dann küssten sie sich. Beim Hinausgange, unter prächtigem Geläut und hellem Tagesfackelscheine, warf der *Professor* einen knappen Blick auf das Gnadenbild der *Pièta* gegenüber der Seitenpforte und fasste in diesem Augenblicke ganz feste *Hélène's* Hand, als wenn er eine leise Ahnung verspüre von dem er nicht wusste, was es war.

Den Orgelpfeifen entdrangen *Mozart's* Noten!

Im Hofe ergoss sich ein Regen aus Blüten und Blumen von einer Kinder- und Mädchenschar, welche *Madeleine* engagiert hatte, obgleich der *Professor* mehrmals betont hatte, keine Fisimatenten‡ zu veranstalten. Doch war er wie *Hélène* überglücklich, unter dieser Dusche aus Vorschusslorbeer, Dankeschön und Beileidsbekundung zu stehen.

**Simonetta galt als schönste Frau von Florenz (1453 bis 1476), siehe Profil-Porträt von Sandro Botticelli (1445 bis 1510), eigentlich Alessandro di Mariano Filipepi (Bootticello= Fässchen=Spitzname), wahrscheinlich Modell für „Geburt der Venus" und „Frühling" gleichnamigen Malers*
†*man deutet den Ursprung der Redensart „auf den Hund gekommen" u. a. mit früheren Geldtruhen, auf deren Boden ein Hund abgebildet war. War das Geld weg, sah man den Hund*
‡ *Kölscher Ausdruck für Umstände, aber auch Blödsinn (lat. Ursprungs)*

Alexander Sergejewitsch

Der Vorschusslorbeer galt den guten Taten, die sie einander verüben sollten, nämlich sich zu lieben und zu ehren, bis der Tod sie schiede, das Dankeschön einem Ausnahmetag, den der Allmächtige zur Freude der Gäste und der *Heiligen Jungfrau* ausgerichtet hätte und die Beileidsbekundung den schönen jungen Dorfweibern, die sich unter den Jubelchor gemischt hatten und nun füreinander Empathie empfanden, da eine *Botticellinische Venus* ihnen einen großen Dichter raube, auf welchen sie nun verzichten mussten. Dabei war er doch nur der *Ritter von der traurigen Gestalt*[*], den sie an jenem Morgen im einstigen Bitthort der *Serviten*[†] erblickten.

Allerdings steckte der traurige Ritter in einer textilen *Armani*-Rüstung feinster Qualität in Schwanenweiß, begleitet von seiner *Dulcinea*[‡] in höfischer *Chanel*-Tracht: Hosen-Anzug in tiefem Himmelblau.

Professor Vakulenko hatte einen alten *Celestial Phantom,* einen *Royce,* irgendwo in *Cologne* aufgetrieben, in welchem er zusammen mit seiner Frau das Ausnahme-Pärchen ins Rheinhotel karrte.

Der Russe kannte den morbiden Geschmack seines Kollegen, wenn es sich um maschinengetriebene Fahrzeuge handelte, weil — wie der Leser weiß — dieselben der *Louvre*-Direktor militant ablehnte, bisweilen aber gerne in einem solchen fuhr. Das vermittelte ihm das Gefühl *futuristischer* Geborgenheit, wenn er, überwältigt von seinen »*Neuen Studien über*

---

[*]*Titulierung für Don Quijote*
[†]*in der ersten Hälfte des 13. Jhd. in Florenz gegründeter Orden mit der Richtschnur, Gott und dem Menschen zu dienen (servire) nach dem Vorbild Mariens, Ordo Servorum Mariae (OSM)*
[‡]*eingebildete Geliebte Don Quijote´s*

Hélène oder Das Geheimnis der Falschen Mona Lisa

Michelangelo«, das Bedürfnis verspürte, wieder aufzutauchen in der *Moder-ne*, welche zwar lange tot, aber jünger war als das *Rinascimento* des *Quattro-* und *Cinquecento*.

Selbst nach Hunderten von Jahren produzierten die *Briten* die Karosse kühler Eleganz und mit `ner Portion Understatement-Mobilität immer noch, weil die Klasse der Kultur-Beflissenen mit authentischem Geschmacke nicht auszusterben schien. Und diese Authentizität des Geschmackes, welchem das Beste gerade gut genug sei, duldet nicht den Neureichen, den Geldadel, den aufgesetzten Maskenpopanz verlogener Plastiksehnsüchte *à la Las Vegas* und bedauerlicherweise ebenso *à la Moskva*, zumindest für jene *Moskowitische* Schicht, die nach der kapitalistischen Wende zu Reichtum gekommen war, in der Regel jedoch es nicht verstand, hinter dem Berge zu halten mit dem, über das sie zu verfügen vorgab. Vielen dieser Neu-*Moskowiter* fehlte es zwar nicht an Rubeln, dafür aber an Stil, wenigstens war der *Louvre*-Mann dieser Auffassung.

Wie dem auch sei, *Hélène* und ihr Poet als auch *Professor Vakulenko* samt Gattin kutschten hinunter in die berüchtigte Herberge unten am Rheine, wo man bereits das übliche Procedere vorbereitet hatte: Sektempfang, Austern, Champagner und so fort.

Eine intime Runde von etwas mehr als ein Dutzend Gästen, bestehend aus den genannten Herrschaften, empfingen das Paar aufs Herzlichste, wobei ein Kreis junger Mädchen, die oben vor der Wallfahrtskirche Spalier gestanden und das Blütenlametta in die Frühlingsluft geworfen hatte, rührendes Tränenwasser vergoss, als nicht alleine diese zarten Jungfrauen dieses über alle Maßen strahlende Paar auftauchen sahen.

„*Hélène*, wie sehr ich mich freue! Alles Liebe und Gute und nur das Beste für eure Zukunft!"

„Wie zauberhaft Sie schauen, *Hélène*! Hat die Welt schon einen solchen Engel gesehen?"

„Mir verschlägt es den Atem, *Madame*! Ein wirklich reizender Hosenanzug! Bei welchem *Couturier* haben Sie schneidern lassen?"

„*Monsieur*, darf ich Ihnen meine Aufwartung machen und Sie beglückwünschen zu Ihrer Eroberung, der schönsten Frau seit *Simonetta Vespucci*, eine fabelhafte Augenweide für jeden von uns Männern! Von mir jedenfalls bekommen Sie Bestnote, *Monsieur*!"

„Ach *Bérnard*!" hörte der Bräutigam plötzlich eine weibliche Stimme hinter sich seufzen. Und als er drehte, erkannte er seine frühere Flamme aus *Brügge*, mit der er jene *Thonet*-Spielchen getrieben hatte und war völlig erstaunt, sein *Caravaggio*-Vögelchen hier vorzufinden, wo sie doch auf *Madeleine's* Gästeliste nicht gestanden hatte. Letztlich überfiel ihn der Hauch einer zärtlichen Erinnerung und bereute es plötzlich, sie nicht als Doktorandin genommen zu haben.

„Na, wie geht es Ihnen, *Mademoiselle*? Haben Sie schon etwas zu sich genommen? Kommen Sie! — Champagner, *s'il vous plaît*!"

Und jetzt kam eilenden Schrittes ein Kellner auf *Monsieur* zugelaufen und kredenzte *Mademoiselle* ein bis zum Rande gefülltes Glas dieses edelsten aller Rebensäfte.

„Ich wünsche dir alles Gute für deinen Bund mit *Hélène, Bérnard*! Wirklich! Das ist nicht gelogen!"

Hélène oder Das Geheimnis der Falschen Mona Lisa

„Offen gestanden, glaube ich dir das nicht, meine kleine *Bondage-Künstlerin!*" faselte unser selbstverordneter *Belphégor*-Jäger, als *Hélène* bereits argwöhnisch zu den beiden hinüberblickte.

Wie dem einmal so ist, kaum dass die Herren der Schöpfung während des *Schönsten Tages im Leben* einer Frau kurzen Ausflug nehmen, als sie auch schon an der Schürze einer fremden Anbetung hängen. Wie die Herren der Schöpfung eben beschaffen sind!

Aber kam man nicht umhin, diesen glanzvollsten aller glanzvollen Auftritte unseres *Louvre*-Königs zur Kenntnis zu nehmen. Seine weiße *Armani*-Rüstung, die nichts von Traurigkeit zu vermelden ließ, mit Einstecktuch, frisch saniertem Dentalwerk hinter seinen wulstigen blutroten Lippen und neuer Frisur *à la Bryan Ferry*, Vokalisten-Legende eines Beat schlagenden Sex-Ensembles aus dem zwanzigsten Jahrhundert.

Nostalgie! Nostalgie! Nicht umsonst hatte der Bräutigam die Geschichte der Ästhetik zu seinem Gebet erhoben. Ihn vergrub etwas von einem *Joris-Karl Huysmans**, ein wenig dekadent, mit einem Zuge von Melancholie in seinem Blicke, verführerisch, ohne aufdringlich zu sein. Von erfolgversprechender Strahlung war er auch, doch in sich gekehrt, nichtsdestotrotz von unterhaltendem Esprit.

Er war ein *Casanova!*

Ein neues Haus!

Und das musste *Hélène* hinnehmen, selbst wenn sie wusste, dass er ohne sie nicht leben konnte.

**Französischer Schriftsteller (1848 bis 1907), berühmt sein Buch »À Rebours« (dt. Gegen den Strich)*

„Doch *Bérnard*! Ganz ehrlich! Ich gönne es dir von Herzen! *Hélène* ist wirklich eine bezaubernde Frau! Wirklich! Sei mir nicht böse! Ich weiß, wie dir zumute ist! Lange hast du dich nach einer Frau gesehnt, die *dir* zu Füßen liegt und der *du* zu Füßen liegst, und in ihr hast du nun dein *El Dorado* gefunden. Und das mit uns, das ist doch Vergangenheit, ein kleiner Flirt, na und? Aber was ich dir noch sagen wollte, ä-ä-ä . . . vielleicht passt das nicht hierhin, jetzt, wo, ä-ä-ä . . . was ich dir sagen wollte, es tut mir aufrichtig leid, dass ich hinter deinem Rücken dummes Zeug damals erzählt hatte, ich war einfach sauer auf dich, dass du mich abgewiesen hattest, die Promotion . . . !" beteuerte sein *Thonet*-Stuhl, um bei ihm neues Land zu gewinnen.

Männer flirten gern, Frauen tun dies insbesondere gern, aber jenseits dessen üben sie die Kunst der sanften Intrige, hinter welcher mitunter Liebe stecken mag, die aber manchem *Phallus* seinen Hahnenkopf kosten kann.

„Lass uns darüber später sprechen, meine kleine *Bondage*-Künstlerin! *Hélène* ist bereits sauer, dass ich hier so stehe und über alte Zeiten mit dir quatsche. Bis später!"

Seine ehemalige Schülerin spülte nun das ganze Glas Champagner hinunter und orderte gleich einen Nachguss.

„Na, kann man dich nicht `mal fünf Minuten alleine lassen, ohne mit ansehen zu müssen, dass mein Herr und Gebieter wieder flirtet?"

„Sei nicht so kleinlich, Liebling! Ich kann sie nicht einfach so sich selbst überlassen, wo sie den weiten Weg von *Paris* auf sich genommen hat, um uns zu gratulieren!"

„»*Uns*«? Dass ich nicht lache, *chéri*! Dieses kleine Luder ist hierhin gekommen, ausschließlich wegen dir! Wegen dir alleine! Na ja, ins Bett
wirst du ja wohl mit ihr nicht mehr steigen, vielleicht aber ihr die wissenschaftliche Karriere einfädeln! Deshalb ist sie hier! Sie ist nicht angemeldet! Ich lasse sie rausschmeißen, dieses Flittchen!"

„*Hélène*, beruhige dich! Beruhige dich, *Hélène*! Doch nicht an diesem
zauberhaften Tag! An dem wundervollsten aller Tage, den der *Herr* für
uns geschaffen hat!

Mit diesen Worten hatte er *Hélène's* Herz zurückerobert und zog sie
an sich, als wolle er für seinen *faux pas* sich entschuldigen.

„Es tut mir leid, *Hélène*!

Mea culpa!"

„Verzeih´ mir, *Bérnard*, ich hatte die Fassung verloren. Ich kann es
nicht ertragen, wenn du dich mit anderen Frauen zu lange unterhältst!"

Und nun merkte unser *Professor*, dass die erste Kette des ehelichen
Kerkers um sein Fußgelenk sich gelegt hatte, was ihn jedoch nicht son-
derlich in Missmut zu treiben vermochte, denn war es eine begehrte Zelle, in welcher er nun saß, die Zelle eines Eremiten, eines Eremiten der
Liebe!

Seine Liebe galt seiner *Madonna*, einzig für sie meinte er auf Erden zu
sein, für sie, ausschließlich für sie, für seine *Hélène* wolle er leiden, wie die
Serviten früher auf dem Hügel, wo sie vorhin den Leib *Christi* in Empfang
genommen, sich das Jawort gegeben hatten, wie die *Serviten* das Kreuz
schultern, die *Sieben Schmerzen Unserer Lieben Frau* verinnerlichen. Für
Hélène gäbe er sein Leben, weshalb er gerne litt, ungeachtet seiner maso-

chistischen Ader, aber diente diese, das *Platonische* Licht erblicken zu dürfen, in der Stunde des Hinübertretens in die andere Welt, eine Welt Tausender *Hélène's*, Tausender Tausendfüßler, Tausender Gottesanbeterinnen und Tausender heilender Wunden.

Sie nahmen jeder noch ein Gläschen Champagner und liefen auf die mittlerweile sonnenbeflutete Terrasse. Das Personal hatte die gläserne Bedachung geöffnet und aus den Lautsprechern drang leise *Mozart's* »*Zauberflöte*«.

Sie hatten kein größeres Ensemble mit Pauken und Trompeten engagieren wollen, zu aufwendig erschien ihnen dies alles, obgleich *Hélène* ein paar Musikanten von der *Pariser* Oper kannte, aber *chéri* war entschieden dagegen gewesen. Der *Professor* wollte ja ausschließlich im vertraulichen Kreise feiern, und auf jedes theatralische Ornament verzichten. Schlussendlich war auch *Hélène* darüber froh, so wie sie ebenso darüber Freude empfunden hatte, in der *Normandie* letztes Jahr selbst in der Küche zu stehen anstatt sich von vorne bis hinten bedienen zu lassen, was sie ständig in *Paris* hinnehmen musste, wenn sie mit *Monsieur le Directeur*, mit *chéri*, unterwegs war, nachdem sie in der Oper, im Kino oder im Theater vorher gesessen und dann ein sündhaft teures Restaurant aufgesucht hatten. Nein, es sollte schnuckelig sein, wie der *Professor* neuerdings zu sagen pflegte. Alles sollte mit einem Male »*schnuckelig*« sein als sei es früher nicht »*schnuckelig*« gewesen.

„Ich verstehe dich, *Hélène*! *Nostalgie*! *Nostalgie*! Ich mache dir einen Vorschlag zur Güte. Ich lass´ die Finger von der Kleinen, unter der Bedingung, dass sie bei mir promovieren darf. Was sagst du *dazu*?"

Hélène oder Das Geheimnis der Falschen Mona Lisa

„*Bérnard*, bring´ mich nicht zur Weißglut! »*Bei mir promovieren*«! Was stellst du dir eigentlich vor? *Promovieren*! *Promovieren*! Über was soll sie denn *promovieren* bei dir, diese hohlköpfige *Susanna*? Ich weiß schon über was! »*Der Thonet-Stuhl unter besonderer Berücksichtigung eines nackten Hinterns auf Buchenholzplatte mit anschließender Knebelung*!«"

Jetzt konnten beide nicht mehr an sich halten und brachen in schallendes Gelächter aus. Dann küssten sie einander, weinten Freudentränen und, während sie zuprosteten, schauten sie hinauf zum Petersschloss, über dem der mittägliche Ball der Sonne sich entblättert hatte.

Die übrige Gesellschaft hatte derweil im Garten Revier bezogen. Die einen residierten sitzend in Sesseln, die anderen flanierten oder standen bei seichtem Gespräch an runden Atlas bezogenen *Cocktail*-Tischen. Obwohl die Gesandtschaft von der *Sorbonne*, Künstlern und reizenden Weibsbildern überschaubar war, machte sie nicht den Eindruck, dass sie von der Weitläufigkeit der historischen Anlage verschluckt würde.

Zauberhaft und gar etwas »*schnuckelig*« war alles:

Nicht alleine der Himmel, auch die Braut strahlte in Bläue!

Als wenn die gesamte erlesene Gesellschaft sich darauf geeignet hätte, einer Debütantin des ehelichen Verlieses ihre Bewunderung zu bekunden, rissen die Rosenkranz-Komplimente nicht ab:

„*Madame Klein*, darf ich *Madame Ives Klein* zu Ihnen sagen? Dieses Blau! Ein Blau wie aus dem Bilderbuch des *Nouveau Réalisme**! Aber was

---

**Künstlerische Bewegung 60er Jahre (Klein, Restany, Armand, Dufrêne, Saint Phalle, Spoerri, César, Tinguely etc.) mit der Absicht, das alltägliche Leben zur Kunst zu erheben*

ist der *Nouveau Réalisme* im Vergleich zu einer solchen Schönheit der Extraklasse?"

„*Hélène*, Sie stechen noch den Himmel aus, und der ist heute weit
mehr als was er üblicherweise uns verspricht!" kommentierte eine abgehalfterte Schabracke. „Wissen Sie, *Madame*, mein Mann war stets gegen
Hosen-Anzüge, was ich überhaupt nicht verstehe. Er meint, ich sähe darin aus wie eine Alte Jungfer. Na ja, was Männer alles von sich geben,
wenn ihnen der Tag zu lang wird! Allerdings Ihnen, meine Liebste, steht
der Anzug auf das Vortrefflichste! *Voila*!"

Die beiden Gelehrten, *Bérnard* und *Vakulenko*, standen an marmorner
Balustrade, dem Flusse zugewandt, und hatten sich festgequatscht mit
Claudio da Palermo, der ständig neuen Champagner orderte, da er Rede
und Antwort zu stehen hatte.

„*Señor da Palermo*, was machen die Farben?" drang *Professor Vakulenko*
auf den *Palermer* ein, der es sich zur Lebensaufgabe gemacht hatte, seinen
verstorbenen Landsmann und einstigen Zunft-Kollegen *Bernardo* in
punkto Malerei zu kopieren.

„Wissen Sie, meine Herren der Hohen Fakultät, ich bin Praktiker,
nicht Theoretiker, obgleich die Theorie das Fundament der Malkunst ist,
ich meine immer »*Fett auf Mager*«* wie der alte *Tizian* insistierte, und als
Praktiker schwöre ich nicht auf physikalische Grübeleien in einem abge-
dunkelten Gelehrtenzimmer, wo ein *Monsieur le Professeur* seinen Schülern

---

*(Plakate, Autoschrott, Müll, Maschinenteile, zu Assemblagen zusammengefügte Objekte des
Alltags usw.)*
**bei mehrschichtiger Ölmalerei die oberen Schichten mit mehr Bindemittel vermischen als die
unteren, des Vermeidens des späteren Reißens der Farben wegen*

Hélène oder Das Geheimnis der Falschen Mona Lisa

die famose Welt des prismatischen Kolorits, ich meine die Aufsplitterung, die Zerlegung des weißen Lichts in seine Buntheit einer Nanowellen-Welt vorzuführen sucht, doch das wohlgemeinte Praxis ist. Ich aber meine nicht die Praxis um der Belehrung willen! Nein! Ich meine die Praxis um der Beeindruckung willen!"

Der Begriff »*Beeindruckung*« machte Eindruck auf den *Louvre*-König, da — wie wir wissen — *Professor Bérnard's* Steckenpferd, nicht das Kinderspielzeug des *Dada**, sondern die »*Eindrucks-Architektur*« im Sinne *Phidiasischer Parthenon*-Geburten war.

„Was verstehen Sie unter »*Beeindruckung*«, wie Sie es nennen, *Señor Claudio?*" erkundigte sich der *Russische* Kopf bei dem *Italienischen* Kopisten.

„Das Ergebnis — wir sprechen natürlich über »*Rückenakt einer aus dem Wasser steigenden Nymphe*« — hat unabdingbar gerade zu stehen vor den Augen des Publikums. Der Betrachter muss hineingezogen werden in das Bild, darf nicht außerhalb der Leinwand stehen, ist gehalten, alles um sich herum zu vergessen, ausschließlich beim Gegenstand des Abgebildeten zu verharren. Als wenn er ein Buch läse und so sehr vertieft darin wäre, dass er meine, selbst in der Geschichte involviert zu sein. Das kennen wir doch alle, im Kino, wir sehen Lichtikonen, wahre Schönheiten des Zelluloids, sind dann so sehr gefesselt, dass wir aus allen Wolken zu fallen meinen, wenn der Abspann kommt und die Saalbeleuchtung wieder hochfährt. Wir betreten die Straße und wissen nicht mehr, woher wir

---

Dadaismus ist eine künstlerische Bewegung (gegr. 1916 in Zürich) gegen die Konvention (Hugo Ball, Hans Arp etc.), »Dada« (franz.) übersetzt »Steckenpferd«

175

eigentlich gekommen sind, bevor wir das Filmtheater betraten. Sind aufgelöst, eben »*beeindruckt*!"

„Ja, das kann ich nachvollziehen, *Claudio*", meinte *Monsieur le Louvre*,
„aber was hat das mit Farbe zu tun?"

„Ganz einfach! Was Farben ausmacht, ist ihr Brechungs-*Index*, das
heißt, der Winkel, mit dem Licht auf unsere Netzhaut fällt. Was nichts
anderes bedeutet, als dass Farbe lediglich Fiktion ist, eine *Fata Morgana*,
wenn Sie so wollen, denn was wir sehen um uns herum, nehmen wir dieses Glas Champagner", wobei *Claudius* seinen Schaumwein in die Höhe
stemmte, während die Sonne darin ihr *dadaistisches* Perlenspiel trieb,
„nehmen wir diesen Champagner! Was sehen wir? Wir sehen das Licht
der Sonne wie eine Schlange in dem Traubengeheimnis sich bewegen.
Gelb! Doch ist dieses Gelb nur Illusion, der Champagner ist, rein physi-
kalisch betrachtet, ohne Kolorit, farblos, lediglich die stoffliche Beschaf-
fenheit des Weins bewirkt, dass er gelb erscheint, denn die Rebe schließt
den blauen Anteil des ursprünglich weißen Lichtes aus, so dass ihr gelber
Anteil zurückbleibt, und den sehen wir hier! *Voila!*" holte der *Sizilianische
Dadaist* aus und kippte diese gelbe Schlange in sich hinein.

Unser *Louvre*-König war notgedrungen gezwungen — der Leser möge
uns verzeihen — das abstoßende Kolorit in den Pissoir-Rinnen der Scha-
bernack-Kaschemmen auf *Montmartre* sich vorzustellen, als ihn ein Anflug von Ekel überkam.

Diese *Sizilianer* malten mit Urin und kriminellen Energien, dachte er,
nichtsdestotrotz der »*Rückenakt*« der krönende Schlussstein im Gewölbe
der globalen Malerkathedrale darstelle. Jetzt begriff der Gelehrte auch,

weshalb dieser Leinwandstümper bisher es nicht geschafft hatte, hinter den für Farbe irrelevanten Brechungs-*Index* zu kommen, aufgrund desselben der legendäre Pinselschwinger aus *Palermo* vor drei Jahrhunderten sein *Pariser*-Blau, sein *Indisch*-Rot und selbstverständlich sein *Neapel*-Gelb gemischt *hätte*. Der Brechungs-*Index* bestimme *eben nicht* die Farbe — wie der *King* verifizierte — sondern die *Absorptions*- bzw. *Reflexions*-Eigenschaft der Materie, was der Stümper ja auch kundgetan hatte. Trotz alledem von Gelb dieser *Claudius* wohl überhaupt keinen Schimmer hätte. Gelb nämlich sei das, was das Aktgemälde ausmache, da transparenten Lasuren entsprechend der Bildträger *Neapel*-Gelb grundiert war, obwohl dieses Kolorit den bespannten *Florentiner* Leinen nicht überflutete gleich der mittäglichen Sonne, in welcher der *Pariser* stand.

Das Gelb, wovon dieser *Claudius* um Kopf und Kragen sich redete, war ein Gelb, das *Picasso* in eine mobile Schüssel pinkelte, als er noch unbekannt war, und auf ausgebreitetem Regenbogenpapier seine abgefressenen Fischgräten hinterließ, weil Tischtücher die Potenz seines Geldbeutels überstiegen, dafür aber bereits zu jener Zeit ein *Minotaurus* im Bette gewesen sei, das seine Modelle gerne mit ihm teilten. Der damalige *Picasso* sei selbst als Sack und Stock schwingender Halbsesshafter, weil stets abgebrannt wie ein ehemals herrschaftliches Schloss, ein Frauenheld gewesen, und das möge etwas heißen, falls man wisse, um was die Weiber in der Regel buhlten. Ein *Minotaurus* eben! Um dem Ahnungslosen die Blume zu nehmen, ein *Phallus*!

Dabei hatte von *Claudio da Palermo* der *Professor* etwas anderes erwartet als dieses Dilettanten-Gewäsch und das noch am *Schönsten Tage seines Lebens*!

Unser Kunstpapst stieß darauf an mit *Señor Claudio* — welcher schleunigst von einem Tablett-Schwinger das nächste Glas hatte sich offerieren lassen — wobei er nicht wusste, worauf er hätte anstoßen sollen außer auf ein Ekel erregendes Gelb von Urin und seines Steines in den Pissoir-Kiosken von *Paris*. Aber wahrscheinlich dachte der Kopist an das Gelb in den Gangster-Pissoirs von *Palermo*, als er seine verbale Blendung mit solch einem tonalen Elan an den Mann brachte, dass selbst *Professor Vakulenko* anfangs ergriffen schien von diesem falschen Champagner.

Nein, das Gelb, das der Pinselschwinger hier verkaufte, als betete er zu einer privaten Sphinx, gehöre dahin, wo es hingehöre, in die *Tate Modern* nämlich, in die ausgehöhlte Keramik-Eichel eines *Marcel Duchamp*.

Ja, der *Professor* hasste jenen Holzpferdespaß des zwanzigsten Jahrhunderts, derem Treiben die Geschichte der Kunst glücklicherweise einen Riegel vorgeschoben hatte, indem diese Geschichte darüber hinweggegangen sei wie der Bauer mit seiner Erntemaschine über ein Feld, das keine Früchte barg.

Und Früchte mochte unser *Professor*, nicht von ungefähr hatte er seiner *Vladimirskaja* heute das Jawort gegeben.

Wahrlich, sie sei gebenedeit* unter den Weibern und die gebenedeite Frucht ihres Leibes sei seine abgöttische Liebe zu ihr und mit dieser Liebe, welche sie ihm dort oben auf dem Hügel der *Serviten*, und hier unten

---

*gebenedeit, abgeleitet von lat. benedicere, gut reden, i. e. segnen

Hélène oder Das Geheimnis der Falschen Mona Lisa

am Gestade von *Vater Rhein*, gebar, schuf er seine Schriften, die in der Fachwelt stets Aufsehen zu erwecken vermochten, denn revolutionär waren seine Ansichten, und nicht alleine revolutionär — denn viele Revolutionen fräßen ihre Kinder und brächten oft noch größere Monstren hervor als zuvor — sondern ebenso der Wahrheit verpflichtet.

Stets hatte es Neider der akademischen Innung gegeben — die erwähnten *Struwwelpeterschen* Zappelphilippe eben — die seine Thesen *ad absurdum* zu führen versucht hatten, letztlich jedoch jämmerlich gescheitert waren, was für jene dann den letzten akademischen Sargnagel bedeutete, mit dem ihre wissenschaftliche Totenkiste verschlossen zu werden begehrte. Diese Schwachstrombeleuchter — welche, weiß der Himmel weswegen, die *Alma Mater* hatte zu sich kommen lassen — beziehungsweise deren Karrieren-Särge hatten seit Langem auf diesen letzten Nagel gewartet, um unter die Erde gebracht zu werden. Dabei waren jene Kritiker des *Platonischen* Sonnenlichtes der Meinung gewesen, mit dieser ihrer letzten Kritik an *Professor Bérnard's* Thesenpalast, Eingang in den Olymp sich zu verschaffen. Doch dann stellte ihr berufliches Dasein sich auf den Kopf, auf den sie darauf einen Schlag mit dem Hammer des Bestatters erhielten, um endlich zur Hölle zu fahren.

Und zu jener lausigen Spezies der ästhetischen Theorie gehörte zweifelsfrei dieser Farben-Torero namens *Claudio da Palermo*.

Minotaurus hielt bereits Ausschau nach ihm, um ihn aufzuspießen mit seinen ungeschliffenen Hörnen, um ihn in *Nîmes* der sensationsgierigen Meute vorzuwerfen, gleich einem falschen *Herkules* im *Römischen Kolosseum*.

Bérnard verabschiedete sich höflich unter dem Vorwande, um andere Gäste sich kümmern zu müssen. Sicherlich war das gelogen, denn kümmern wollte er sich um *Hélène*, denn wieder einmal brauchte er Trost, wie damals, als der *Inspektor* ihm jenes nächtliche Possen-Drama vor der *Louvre-Cheops* aufgetischt hatte, an das nur glauben könnten, welche noch nicht ihren Kinderschuhen entwachsen wären und auf Schaukelpferden säßen, anstatt einem Hengst die Sporen zu geben, um in die Schwärze einer nicht enden wollenden Nacht zu reiten.

Beinahe die Contenance verlor unser *Professor*, als er *Hélène* mit seinem *Caravaggio*-Vögelchen beieinander stehen sah. Beide schwatzten auf der Winter-Veranda, welche ja die Kellner von ihren gläsernen Oberlichtern befreit hatten, damit das Sonnenglück dieses sonntäglichen Tages auf die Häupter der Anwesenden unmittelbar strudelte.

Der Bräutigam kam die Stufen *inkognito* hochgestolpert und nachdem er die Veranda-Fliesen erobert hatte, verlangsamte er seinen Schritt demonstrativ und simulierte den Unwissenden. *Zufällig*, so bemühte er seine *one-man*-Schau, würde er hier 'mal soeben vorübergleiten, um am Kalten Büfett sich zu vergreifen.

Aber *Hélène* durchschaute sein Spiel sofort.

Sie war nicht auf den Kopf gefallen wie dieser untalentierte Wundersänger der Ästhetik, der den Gelehrten hatte aufklären wollen über etwas, von dem er selber nicht wusste, was es sei, obgleich er den Pinsel der Praxis führte, als Maler gäbe dieser sich schließlich aus, doch war er nur Nachahmer und obendrein handwerklich genauso schwach wie sein gelbes Geschwätz, wenn es darum ginge, Alte Meister zu kopieren.

Hélène oder Das Geheimnis der Falschen Mona Lisa

Hélène und *Bernard* waren eben ein Paar, oder wie der *Vladimirskaja*-Verehrer es einmal treffend formuliert hatte, »*seelische Geschwister*«, weshalb sie sein Drehbuch zu lesen vermochte.

„Wohin des Weges, *Monsieur le Directeur*?" bekundete *Hélène*, unterdessen ihr Bräutigam sich anschickte, seine Rolle in Szene zu setzen.

„*Madame Hélène*, welch´ Ehre! Und *Madame Brügge*, welch´ zusätzliche Ehre!" erwiderte *Monsieur le Louvre* wie *Molière* auf den Brettern seines eigenen Theaters, darauf er seine obligatorischen Handküsse verteilte, was die beiden Damen in Entzückung versetzte.

„Wir hatten gerade über dich gesprochen, den Herrn der Löwen!" meinte die Braut.

„Ja, und in welchen Löwenkäfig wollt ihr mich sperren?"

„Einen Käfig mit goldenen Stäben bei Brot und Wasser!" gab *Mademoiselle Brügge* zurück.

„Aha! Ihr wollt´ mich bewundern, ohne mich frei zu lassen. Obendrein möge ich noch von Brot und Wasser leben!"

„Ja, genau! Fleisch bekommst du keines, aber Wasser kannst du so viel saufen wie du willst", schob *Hélène* dazwischen und dachte dabei an die bizarren Erlebnisse bei Mondenschein unten am Strand an der Kanalküste, als sie *Machine de Marly* gespielt hatten.

Zwar sei es orgiastisch kalt und schauderhaft düster gewesen, doch diese Mischung aus Kälte und Schauder hätte ihrer Libido den richtigen Kick gegeben, um aus seinem Schwanenhalse das Wasser des Lebens über sich ergießen zu lassen.

Doch jetzt ward Licht wie am ersten Schöpfungstage, bevor am vierten der *Herr* Sonne, Mond und Sterne ans Firmament heftete.

Hélène war genauso von Romanzen durchseelt wie ihr frisch gebackener Ehemann, ein weiterer Grund, weshalb die beiden sich mehr als nur verstanden.

Auch unser soeben aus der Taufe gehobener Löwe musste an die nächtlichen Strandabenteuer denken, als seine *Botticellinische Venus* ihm versprach, so viel Wasser saufen zu dürfen als er wolle. Möge doch ebenso er von ihrer nymphomanischen Flut trinken, ein Gedanke, der ihm Gänsehaut unter seiner *Armani*-Rüstung bescherte. Ja, aus *Hélène's* Allerheiligstem wolle er trinken so wie der *Afrikanische* Häuptling das Blut seines toten Feindes, um sich dessen Kraft einzuverleiben.

„Ja, und weshalb bekomme ich kein Fleisch, wo ich doch ein Löwe bin?" pirschte unser *Casanova* forsch an die Front.

Nun musste das gerade beeidigte Betschwestern-Paar lachen, weil es denselben Gedanken hatte.

Frauen seien irrational, widersprüchlich und spielten Wippe gleich Kindern, die schreien und im nächsten Moment mit ihren Rivalinnen Freundschaft schlössen. Welch´ einen Eimer von Missgunst und Argwohn hatte *Hélène* über *Mademoiselle Brügge* vorhin noch ausgeschüttet? Und nun hatte sie mit ihrer Nebenbuhlerin die Friedenspfeife geraucht und machte den Eindruck, nicht mehr von der Seite ihrer Wahl-Freundin weichen zu mögen!

„Weil Fleisch nur denen vorbehalten ist, die es sich verdient haben, *Monsieur le Louvre*!" setzte *Madame le Louvre* hinzu.

„Ich verstehe! Um mit euch Freundschaft schließen zu dürfen, habe ich zunächst ein paar »*Kinkerlitzchen*« zu bewältigen, nicht wahr?"

Nicht bloß »*schnuckelig*« war für *Monsiuer le Professeur* mittlerweile alles geworden, sondern sei auch alles zur Nebensache herabgesunken wie die historischen Pistolen dieses von ihm verhassten *Alessandro*.

„Nein, wo denkst du hin, *chéri*, keine »*Kinkerlitzchen*«! Ach, wo! Aufgaben, heroische Aufgaben, wie sie eines Mannes würdig sind, ich meine eines Mannes mit Muskeln, Haut und Haaren!" präzisierte *Hélène*.

„Ich verstehe, meine Damen!"

Dann hörte man Champagnergläser gegeneinander schlagen und ein *chérie* hier und ein *chéri* dort und wieder ein *chéri* und noch ein *chérie* und so fort, als drinnen im Bankettsaal ein *Professor* aus *Moskva* um Silentium kämpfte.

In der Zwischenzeit, ohne dass unser *déjà-vu-Trio* dies bemerkt hätte, hatten unsere Hochzeitsgäste an weiß gedeckten Tischen Platz bezogen und ihre Ohren gespitzt.

„Liebstes Brautpaar! Liebste Gäste! Liebste *Hélène* und liebster *Bérnard*! Wie ihr alle wisst, ist *Rom* nicht an einem Tag erbaut worden! Рим был построен не за один день! Rome n´a pas été construite en un jour! Roma non fu costruita in un giorno! No se ganó zamora en una hora! Rome was not built in one day! Jede Stadt bedarf der Maurer, Zimmerer und Maler, um das hervorzubringen, was wir urbane Kultur nennen. Und jeder neu geschlossene Bund fürs Leben, nachdem Liebende Rubinreifen . . . "

Nun hielten die beiden, denen diese Rede galt, ihre frisch beringten Finger in die Höh´, damit jeder im Saale davon ein Bild sich machen könne, wie groß doch ihre Liebe sei. Denn es war ein Meer aus Strahlenglut Rubin besetzter Diamantenträume, in dem eine wohlgemeinte Sonne sich brach, welche soeben den Zenit erobert hatte und einen Tsunami der Wärme in das Gemäuer spülte. Sichtlich ergriffen waren sie alle, die soeben an den Tischen sich niedergelassen hatten.

„Und jeder neu geschlossene Bund fürs Leben", wiederholte *Professor Vakulenko*, „jeder neu geschlossene Bund fürs Leben bedarf der Vergebung, des Verständnisses und der Hinnahme, um das hervorzubringen, was wir Liebe nennen!"

Applaudiert wurde nicht, die Atmosphäre ähnelte mehr derjenigen eines bezeugten Gelübdes, so dass sich Sensationsbeifall erübrigte. Mit anderen Worten, die Lage war von solcher Wahrhaftigkeit, als es sich geziemt hätte, für etwas in die Hände zu schlagen, was noch nicht stattgefunden hatte, aber stattzufinden hätte.

Den Vorschusslorbeer hatte ihnen der junge Mädchenjubelchor auf dem Berge der *Serviten* gepflückt, der nun die Bühne aufsuchte und wieder ein Spalier baute, durch das die Vermählten sich jetzt Beine schwingend hindurch bewegten, während erneut ein Regen aus Blumen und Blüten auf sie niederprasselte. *Hélène* war so überglücklich, dass sie einen Freudeschwall von Tränen nicht zu unterdrücken vermochte und in einer Lache des Glückes sich erbrach.

Als hätte der Allmächtige Regie geführt, erhoben sich alle und stimmten *unisono* ein:

Hélène oder Das Geheimnis der Falschen Mona Lisa

„*Frère Jacques, Frère Jacques, dormez-vous, dormez-vous? Sonnez les matines,*
sonnez les matines? Ding, ding, dong! Ding, ding, dong!

Sœur Hélène, Sœur Hélène, dormez-vous, dormez-vous? Sonnez les matines, son-
nez les matines? Ding, ding, dong! Ding, ding, dong!"

Frère Jacques, Sœur Hélène . . . "

Nachdem das Konsortium ihr Tränen treibendes Ständchen beendet
und *Professor Vakulenko* sein Wortgebaren hinter sich gebracht hatte, kamen auch schon die Kellner mit ihren Servierwagen herangerollt.

Zur Auswahl standen »*Hammel à la Bourgeoise*«, »*Rindfleisch auf Provenza-*
lische Art« und »*Forelle mit Steinpilzen*«, mit den üblichen Beilagen wie »*Pa-*
riser Salat«, »*Salat Carmen*« und so fort, selbstverständlich nicht zu vergessen das *hors d'œuvre* wie »*Savoyer Zwiebelsuppe*« und »*Champignons am Spieß*«,
und das *dessert* wie »*Kreolische Banane*«, »*Gebackene Birne*« oder »*Geflammter*
Eierkuchen«.*

Zu trinken gab es reichlich, in der Hauptsache aber die weiße Rebe
vom *Rheine* und der *Mosel* sowie die rote von der *Ahr*. Diesbezüglich waren im Übrigen einige Sonderwünsche zu berücksichtigen gewesen: Das
Moskowitische Ehepaar hatte auf Wein und Sekt von der *Krim* bestanden,
was der Kunstpapst, ohne mit der Wimper zu zucken, in Auftrag gab;
der *Palermo*-Experte von der Fakultät der falschen Mönche hingegen auf
echten *Ungarischen Tokajer*. Was das nun wieder sollte, wussten nur die
Götter! Dieses Zuckerwasser könne bloß ein Theoretiker der gelben
Ideologie trinken, meinte unser *Professor*, obgleich es auch trockenen *To-*

---

*BOULESTIN, 100-102, 104-109, 111 (Rezepte im März)

kajer gäbe, den jener aber nicht wollte, da er ihm zu trocken sei, schließlich wolle er trinken und nicht verdursten.

Der *Professor* nahm »*Rindfleisch auf Provenzalische Art*«. »*Hammel à la Bourgeoise*« lehnte er ab der Spießigkeit wegen, welche in dem Tiere stecke, dasselbe jedoch am Spieße gebraten werden müsse, was aber die *Deutschen* Köche nicht verstünden.

Darin müssen wir unseren *Louvre*-Experten allerdings berichtigen. Der *Deutsche* ist nicht mehr oder weniger spießig als der *Franzose*, dem man nicht immer berechtigt das berühmte »*le savoir-vivre*«[*] nachsagt, denn selbst in jener *futuristischen* Zeit, in der wir uns befinden, neigt der *Franzose* nach wie vor dazu, unter sich zu bleiben.

Jedoch galt dies nicht für *Hélène* und *Bérnard*, schließlich hatte unser *Professor* auf diesem idyllischen Fleckchen Erde im Windschatten des *Agrippinensischen castrum* seine *späte* Kindheit verbracht; und seine Gemahlin — wie Sie wissen, lieber Leser — reiste sehr gerne und sehr viel, weshalb sie sich sozial in internationalen Gewässern bewegte.

Hélène bevorzugte die »*Forelle mit Steinpilzen*«, zumal sie sich heute fühlte wie das *allegro vivace* des gleichnamigen Quintetts *Franz Schubert's*. Und natürlich die »*Kreolische Banane*«, das einem Leckermäulchen mit dem leichten Ansatz eines zweiten Kinns, in das ihr Bräutigam so verliebt war, gut zu appetitlichem Pass stand.

Ihnen gegenüber saßen die *Vakulenko's*, das *Caravaggio*-Vögelchen, *Hélène's* Freundin aus *Santo Domingo*, *Adélaide Delacroix*, und *Madame Romanova*, ihre Chefin der *Pariser* Parfümerie.

---

[*] »*zu leben wissen*«, Kunst des Genießens

Hélène oder Das Geheimnis der Falschen Mona Lisa

Irgendwo tafelten der Bildhauer *Diavolo da Siena*, der Porträtist *Michael Stroganovich* und der Gelbseher *Claudio da Palermo* zusammen mit ehrenwerten Koryphäen der *Sorbonne*. Doch vermochten diese kaum ihre Suppe auszulöffeln, zu sehr schwafelte der falsche *Claudius* wieder Blech, wahrscheinlich über das Kolorit der Hoffnung, wie unser Universal-Gelehrte vermutete, denn allzu weit fort war der besagte Tisch, als dass man ein Wort klar und deutlich verstehen konnte. Dem gestischen Gespenstertheater aber, das der falsche Kaiser aus *Palermo* dort unter den Augen der *Pariser* Universität aufführte, war immerhin zu entnehmen, wie sehr ihn der Hafer stach. Denn sein Hafer war von derselben grünen Unreife befallen wie sein Bemühen um die künstlerische Anerkennung eines Kopisten.

Dass die Alten Meister kopiert hätten, sei unverblümte Tatsache, doch verfügten dieselben auch über eigene Ideen, welche der *Professor* bei diesem Epigonen[*] allerdings nicht zur Feststellung bringen konnte. Ideen hätte das Männlein, aber diese seien eher Banausentum und Fälscherwerkstätten zuzuweisen als idealischen Ringkämpfen.

„Erst einmal, meinen herzlichsten Glückwunsch, *Monsieur Bérnard*, zu dem Fisch, der Ihnen da ins Netz gegangen ist! Da haben Sie wirklich einen guten Fang gemacht!" meinte *Madame Romanova*.

„*Merci, Madame! Merci pour le compliment!* Ja, die einen fischen Fische, die anderen Menschen, und ich meine Frau!"

---

[*]*abwertend für geistlose Nachahmer*

Unser *Caravaggio*-Vögelchen hörte dem *small talk* zwischen der *Parfumeuse* und dem Thesen-Zimmerer der Künste gebannt zu, als *Hélène's* Chefin äußerte:

„Sehen Sie, *Monsieur*, *Hélène* arbeitet nun schon seit zwölf Jahren bei uns und ist so fleißig wie am ersten Tag, da ich sie einstellte — nicht wahr, *Hélène?*" worauf die Braut ihre Directrice mit großen Wunderaugen anblickte.

„Und überhaupt, ein gestandenes Weib im Hause ziemt sich für jeden gestandenen Mann, der viel zu tun hat, vor allem wenn er der *Pariser* Musenwelt vorsteht!" fuhr sie fort.

„Sehr liebenswürdig, *Madame*! *Hélène* ist eben mehr als nur eine Frau, ich meine, ihr Spiegel-Theater und bedauerlicherweise dein Tuschkasten" — wobei er seine Gattin verliebt anschaute — „gehören zwar auch zu ihrem Handwerkszeug, obgleich du keinen Malkasten nötig hast, mein Engel, wie etwa *Michael Stroganovich* seine Palette" — er darauf mit einem Ausdruck von Zärtlichkeit zum zweiten Male sie ansah — „aber Sie haben es ja soeben ausgesprochen, *Madame Romanova*, der Fleiß, die angebliche Tugend der *Deutschen*, ist wahrlich ihre Tugend, nicht die der *Deutschen*, ich meine die Tugend einer *Parisienne*, und Sie wissen ja selbst, wenn ein Mann, gestresst von einem schweren Arbeitstag nach Hause kommt, bedarf er eines sorgenden und liebenden Wesens so wie *Hélène* eines ist!"

„Da stimme ich Ihnen vollkommen zu, *Monsieur*! Vielleicht wissen Sie oder *Hélène* hat Ihnen davon erzählt, dass bei uns im Geschäft dieser legendäre Duft aus *Petersburg*, »*Saint Raspoutine*«, ständig ausverkauft ist, die

Asiaten sind dahinter her wie Teufel hinter armen Seelen, doch *Hélène* es immer wieder fertig bringt, unsere Kunden zu trösten und zu ermutigen, ein nächstes Mal vorbeizuschauen, wenn wir dieses Wässerchen auf Lager wieder hätten, obgleich das eine geschmeichelte Lüge ist, aber Sie wissen ja, wie Kunden sind: Kunden wollen belogen und betrogen werden" — unweigerlich musste unser *Professor* an diesen verfluchten *Belphégor* erneut denken, mit dem ihn seine Frau vor ihrer Ehe, wie er es ihr wortwörtlich vorgeworfen hatte, »*belogen und betrogen*« hätte — „schließlich sind *sie* die Könige! Und *Hélène* ist ihre Dienerin, und einem solchen Schatz lässt man auch gerne einen zweiten Besuch sich kosten. In der Regel weichen die meisten aus *Beijing* und *Neu Tokyo* auf ein Alternativprodukt dann aus. Na ja, seit *Hélène* bei uns ist, läuft unser Geschäft wie ein emsiges Mühlrad, das pausenlos sich dreht, weil das Wasser, das es treibt, niemals versiegt, nicht wahr, *Hélène?*" als seine Braut zustimmend nickte wie ein Wackeldackel auf der Hutablage im Heckfenster einer Benzinkutsche.

„Welch´ Poesie, *Madame*! Wasser, Mühlrader und ein fleißiges Heimchen!" erwiderte der *Professor* voller Genugtuung und Stolz und spann weiter: „Ja, wissen Sie, *Madame Romanova*, heutzutage eine Frau zu finden, die nicht alleine schön, gebildet und voller Poesie ist, sondern darüber hinaus es zusätzlich versteht, ihrem Mann zu dienen, kommt einem Glücksfall gleich, so einer Art Lotteriegewinn!"

Nun errötete seine Braut leicht und manschte verlegen in ihrer »*Kreolischen Banane*« herum, während in den Augen unseres *Caravagggio-*

Vögelchens ein Glanz von mit Demut streitendem Hochmut sich spiegelte.

Madeleine war im Begriffe, die Kellnerschaft zu bewegen, die Tische abzuräumen und das Tanzparkett vorzubereiten, derweil ein paar Musikanten aus *Paris* mit ihren Instrumenten einzogen. Sein Leckermäulchen mit dem zweiten kleinen Kinn hatte insgeheim die süße Frechheit besessen, ihre Bekannten von der Oper zu engagieren, eine Aufgabe, welche sie selbstverständlich an *Madeleine* delegiert hatte.

Jetzt mischte das Vögelchen sich ein:

„Ja, Mühlräder, Wasser und Fische gehören zusammen. Ohne Wasser kein Mühlrad, ohne Wasser kein Fisch und ohne Fische keine Braut, die ins Netz geht. Da wären wir bei den drei männlichen Übeln: Brot und Wasser und die Liebe!"

Hélène war erstaunt über den intellektuellen Esprit, den ihre soziale Neuerwerbung an den Tag legte, weshalb sie zu fassen begann, mit ihr spontane Freundschaft geschlossen zu haben.

Ihre Busen-Freundin aus *Santo Domingo*, *Adélaide Delacroix*, verschlug es die Sprache und schaute blasiert an beiden herab.

Aber *Madame Romanova* konnte dem Vögelchen aus *Brügge* nicht ganz folgen, nahm noch einen Schluck Rheinwein und widmete sich dem Spektakulum auf der Bühne, indessen *Hélène* und die einstige Professorenflamme verstohlen sich zuzwinkerten.

Der Farben-Beschwörer aus *Palermo* hatte gleich eine ganze Flasche seines Zuckerwassers sich kommen lassen, um nicht zu verdursten, weil ihm vor lauter Redeschwulst der Speichel im Munde wegzulaufen drohte.

Hélène oder Das Geheimnis der Falschen Mona Lisa

Er goss selbst ein, indem er die Flasche lässig an ihrem Halse packte, dieselbe dann auf den Kopf stellte — wie die Möchtegern-Kritiker, die Zappelphilippe, das revolutionäre Thesen-Gebäude von *Monsieur Louvre* — um darauf den flüssigen Sirup einem rauschenden Bache gleich senkrecht in ein Glas zu kompromittieren. Sogleich verwandelte das weiße Tischtuch sich in einen *Plattensee** oberster Couleur, als hätte der koloristische Bootsausflügler — der Leser möge uns die Derbheit im Ausdrucke verzeihen — selbst darauf gepinkelt.

Eine Bearbeitung von Auszügen der *Händel'schen* »*Wassermusik*[†]« gab man zum Besten und *Monsieur* Meistertänzer nahm *Madame* Meistertänzerin zum Griffe und eröffnete die Kür. Einen *Doppelten Rittberger*[‡] hätte das Publikum erwarten dürfen, dazu war es aber nicht kalt genug, und anstatt Kufen hatten die beiden *Liebe* unter den Füßen, welche das Brautpaar gymnastisch so beflügelte, dass die Zuschauer ganz hin und fort waren.

Nachdem er sich das *Caravaggio*-Vögelchen geschnappt hatte, wagte sich nun unser Bootsausflügler und *Tokajer*-Trinker aufs Parkett, und widmete sich der Kunst der Nachahmung, was jedoch in einem verzeihlichen Desaster enden musste. Das Gleichgewicht verlor er und landete auf seinem Hinterteile, unterdessen *Mademoiselle Brügge* pikiert zu ihrem Platze zurücklief, um erwarteten Schandrufen so schnell als möglich zu entkommen. Doch an einem solchen Tage verzieh das Publikum jedes

---

*berühmter großer Süß-Wasser-Binnen-See (Balaton) in West-Ungarn
[†]drei Suiten von G. F. Händel (1685 bis 1759) für den Englischen König Georg [I] Ludwig, George [I], (1660 bis 1727)
[‡]Tanzfigur im Eiskunst-Sport, benannt nach dem Deutschen Werner Rittberger (1891 bis 1975)

erdenkliche Missgeschick. Selbst wenn der *Herrgott* die Sonne vom Firmament geholt hätte, hätte *Madeleine* ihrer Dienerschaft sofort die Sporen gegeben, damit dieselbe den Saal in Kerzenzauber tauche.

Es bestand kein Anlass zur Häme, zumal die anderen Tänzerinnen und Tänzer die gymnastische Einlage aus *Palermo* durch die Akrobatik ihrer Arme und Beine in Blässe entließen.

Anschließend suchten die Gäste Entspannung im Garten.

Schattig wurde es, angemischt mit Kühle, als auf dem gegenüberliegenden Ufer rote Abendsonne Fuß zu fassen begann.

Jetzt rollten die Bediensteten gasbetriebene mobile Glutglocken ins Gras und reichten Kaschmirdecken, in eine solche *Hélène* sogleich sich kuschelte.

Hm, ist das eine Wärme, *chéri*! Komm, setz´ dich zu mir, Liebling!"

„Also, was dieser Hansdampf in der Gasse der Lahmen da wieder veranstaltet hat!"

„Reg´ dich nicht auf, Liebling! *Du* trinkst manchmal auch zu viel! Und sowieso ist heute unser Hochzeitstag!"

„Du hast ja recht, mein Engel!"

„Donne-moi un baiser!"

„Bonsoir, Monsieur Stroganovich! Wie geht es Ihnen? Was macht die Kunst? Was machen die Aufträge, *Monsieur*?" schoss der Bräutigam spontan aus der Hüfte, als der *Russische* Porträtist den beiden sich näherte, und er sich wieder erhob.

„Ach, die Geschäfte, *Monsieur Bérnard*! Die Geschäfte! Die Aufträge! Das Bild unseres vorletzten Präsidenten hat zwar einen Fluss von Rubeln mir zukommen lassen, aber offen gestanden, hätte ich auf diesen Geldsegen verzichten können, wenn dafür unser Präsident noch lebte!" entgegnete *Stroganovich* mit tiefhängender Melancholie in seinen *Moskwa*-Augen.

„Ich kann Ihnen nachempfinden, *Monsieur*. Das gute alte *Russland*!" meinte der *Professor*, ohne damit gesellschaftliche Kokette vorzutäuschen. Der Mann von der *Sorbonne* und Vorsteher des *Louvre* äußerte dies mit aufrichtiger Miene, denn der *Professor* war ein großer Verehrer von *Graf Leo Tolstoi*.

Stroganovich's Gattin und *Hélène* waren einander zugekehrt in geflochtenen Polster-Körben, wobei *Hélène* auf das sonnenbeschienene Ufer gegenüber kurzweilig blickte und *Madame Stroganovicha*, welche ihr *vis-à-vis* saß, die untergehende Sonne in ihrer ganzen Plastizität zwar deutlich wahrnahm, von derselben aber genau so wenig erfasst wurde wie alle anderen Gäste.[*]

„Ja, *Madame Hélène*, die Depression! Die Depression! Mein Mann macht mir manchmal Sorgen. Sie müssen wissen, wir sind nun seit dreiund-dreißig Jahren verheiratet — ich vertraue Ihnen das an, ganz unter uns, weil eine Freundin Ihnen einen guten Rat mit auf den ehelichen Weg geben möchte — und führen im großen und ganzen eine glückliche Ehe, aber neuerdings ist mein Mann so abgewandt, verstehen Sie, innerlich abgewandt, lässt niemanden an sich heran, ich meine gefühlsmäßig, obgleich er alles für mich tut, mir zuhört, mit mir spricht und so weiter. Doch irgendwie hat er sich verändert, seit er das Porträt unseres vorletz-

---

[*]*Sonnen-topographische Situation des rechten u. linken Rheinufers, hier linkes Rheinufer*

ten Präsidenten gemalt hat, der schon bald darauf ermordet wurde. Vielleicht denkt er, durch sein Porträt für seinen Tod mit verantwortlich zu sein. Sie haben ja von dem Attentat gehört? Was ich Ihnen nur sagen möchte, dass Sie auf der Hut sein, sich vorsehen sollten, insgeheim versteht sich, denn Männer sind oft unergründlich, was man uns Frauen ja stets vorwirft, was aber ein Trugschluss ist. Männer können noch viel unergründlicher sein als wir es jemals vermögen! Na ja, seien Sie auf der Hut, meine Teuerste!"

„Ich verstehe Sie, *Madame*! *Je vous remercie de votre aide*!"

Allmählich verschwand die Sonne vom Himmel des *Martius*, als plötzlich eine Gestalt an der Balustrade auftauchte und aufs Wasser schaute. Doch war dieses gestalterische Rätsel nicht zu bestimmen, zu düster war es geworden. Alles, was fort sich trug, mit Scheren geschnitten, größtenteils Silhouetten. Das einzige, was *Hélène* zu erkennen glaubte, waren *Capa* und Silberklinge.

O Schreck! O Graus! Die zarte Haut unter ihrem wundervollen Hosen-Anzug *à la Yves Klein* bäumte sich auf zu einem Teppich kalter Pickel. Wer war diese *persona non grata*?

Doch bereits hatte sie ihre Augen *Madame Stroganovicha* wieder zugewandt und diesen personalen Messerschnitt sofort vergessen, als wäre derselbe überhaupt nicht in ihren Visualkreis getreten.

Bunte Lampions in schillernden Farben, Party-Fackeln und aus den Beschallungsboxen drang gedämpfte Musik. Man spielte Balladen aus dem zwanzigsten Jahrhundert:

»*Wild horses couldn't drag me away*!«

Hélène oder Das Geheimnis der Falschen Mona Lisa

Das *Moskowitische* Ehepaar löste sich aus der Konversation und nahm unten am Flusse, an der Freiluftbar, noch etwas Krimsekt.

„Na, du mein kleines Pferdchen, hast du dich mit *Madame Stroganovicha* gut unterhalten?" suchte der Bräutigam mit diesen Worten die Nähe seiner Braut und setzte sich erneut zu ihr.

„Na, du mein wilder Hengst! Und du, hast du ebenso gut mit *Monsieur Stroganovich* . . . ?"

Nun waren sie allein.

Fern unten an der marmornen Balustrade lehnten Freundinnen und Freunde, tranken eisgekühlten Champagner und Weine, schwangen das leichte Gespräch, flirteten und liebkosten. Die Stunde ward fortgeschritten und immer wieder:

»*Wild horses couldn't drag me away*!«

Dann fielen sie leidenschaftlich übereinander her, hier oben etwas abseits, in Schatten gehüllt.

„Wie sehr ich dich liebe, mein Schatz!"

„Ich dich auch!"

Gegen Mitternacht suchten die Gäste ihre Zimmer auf, das Personal machte Reine und *Professor Vakulenko* fuhr mit dem alten *Royce* vor.

Obgleich der *Russe* angetrunken war, verhielt er sich ganz und gar wie ansonsten, nicht das geringste Anzeichen eines Beschwipstseins. Wie ein unerschütterlicher Mast bei aufgewühlter See, so dass er keine Veranlassung fand, das *Britische* Schiff nicht selbst zu steuern. Er fuhr die Vermählten hoch auf den *Feenberg* ins *Kaiserhotel*, wo noch ein kleiner Empfang auf die beiden wartete. Der Chef der *Herberge* wollte es sich nicht

nehmen lassen, einen Nacht-*apéritif* mit unserem Königspaar zu verkösti-
gen.

Als sie einfuhren, brannte überall Festbeleuchtung. Der Portikus war
in goldenes Laternenlicht getaucht. In der Lounge stand der Direktor
persönlich!

„*Madame! Monsieur!* Kommen Sie doch herein, *s'il vous plaît!* Mein auf-
richtiges Beileid . . . äh, jetzt ist schon wieder so ein Versprecher über
meine Lippen geschlichen! Verzeihen Sie, *Madame!* Verzeihen Sie viel-
mals! Verzeihen Sie, *Monsieur!* Gestern hatten wir Beerdigungs-*Café* auszurichten! Sie müssen verstehen! Natürlich wünsche ich Ihnen nur das
Beste für Ihr gemeinsames Glück!"

Der Hotelier versprach sich Erfahrung wegen. Vierzig Jahre Ehe hatte er immerhin auf dem Buckel!

„Das kann doch jedem `mal passieren, *Monsieur!*" handelte *Botticelli's
Venus* das peinliche Missgeschick herunter.

Ein Hotel-Fräulein überreichte der Braut einen großen Strauß weißer
Rosen, dem Bräutigam offerierte der Chef die komplette Herren-Suite
von »*Saint Raspoutine*«, womit er dem Bräutigam jede Erinnerung an diesen gelungenen *faux pas* in dessen Gehirnwindungen ausradierte.

Selbstverständlich hatte *Hélène* das eingefädelt gehabt, denn — wie er-
innerlich — war an »*Saint Raspoutine*« nur schwerlich dranzukommen, es
sei denn, man traf Vorkehrung mit *Madama Romanova*. Und das hatte
Hélène getan!

Der Hochschul-*Professor* fiel aus allen Wolken. Endlich würde jetzt
auch *er einmal* von dieser kostbaren Marke profitieren, von welcher je-

dermann hörte, die wenigsten aber Zuflucht fänden zu dieser olfaktorischen Noblesse, weil der Erwerb dieses teuflischen Duftes den berühmten sechs Richtigen im Lottoblock gleichkäme.

Professor Vakulenko hatte der Aufforderung zu einem Nachtchampagner bereitwillig Folge geleistet, selbst wenn dessen Traube nicht *Russischer* Provenienz war.

Man stand ein wenig beisammen, unterhielt sich über dieses und jenes und wie es im Rheinhotel gewesen sei, wo sie doch hätten die Feier auch hier oben auf dem *Feenberge* haben können und so fort.

Aber der Chef hatte verstanden: mit dem Rheinhotel, wo vor fast vierhundert Jahren ein *Monsieur Hitler* zu Gast gewesen war, konnte er nicht mithalten, nichtsdestoweniger auch seine Herberge eine mächtige Blickkulisse zu bieten hatte: Bäderstadt, *Vater Rhein* und Sagen-Gebirge mit seinen Immobilien aus Ritterzeit und *Belle Époque*. Obendrein Kaiser umflort!

Doch sei ihm das *Hohenzollern*-Haus lieber als eine kontrovers diskutierte Figur aus *Braun*-Au. Nicht umsonst so frühe verschwände die Sonne dort unten am Bäder-Ufer.

Immerhin würde das Paar die Hochzeitnacht in seinem Etablissement verbringen, was ihn weitaus mehr ehrte als kulinarische, liquide und gymnastische Übung.

Schließlich sei die sinnliche Liebe der Kitt, der ein Paar zusammenhielte gleich der *Russischen* Sprache den *re*-unierten Vielvölkerstaat.

„Das nenne ich *l'Amour!*" erbrach es sich aus dem Munde des *Moskowitischen* Chauffeurs mit raumfüllender Lautstärke, dass nun auch die an-

deren Beistehenden nach ihren Gläsern griffen und mit »*cheers*!« anstie-
ßen, um der zwischen-Tür-und-Angel-Philosophie des Hotelchefs ihre
Hochachtung zu zollen.

Irgendwann suchte das Paar seine Suite auf. Sie hatten ein Zimmer
mit Blick ins mitternächtliche Rheintal, wo jetzt die bunten Lichterlein
blinzelten wie vorhin noch die Lampions im *Dreesen*-Garten.

Professor Vakulenko schwang sich in den *Royce* und düste runter zurück
ins Rheinhotel, um bei seiner Frau zu sein, denn auch er sehnte sich nach
der nackten Haut eines Weibes!

Auf die Schilderung der Hochzeitsnacht verzichten wir, denn diese ist
Tabu!

Wir bevorzugen die Perspektive des *Gentleman* und Hochzeitsnächte
sind in den Blickkanälen von Edelmännern nicht vorgesehen.

Doch werden wir den Leser mit anderen sinnlichen Vorkommnissen
auf dem Laufenden halten und zu gegebenem Anlasse ihn auf *Veneziani-
sche* Art daran Anteil haben lassen.

Ménage à Trois im Kaiser-Hotel (September)

Es war der erste September, ein Tag wie jeder andere, wenn nicht an jenem verhängnisvollen ein Parvenü den *Zweiten* der *Drei Großen Kriege* an-
gezettelt hätte, als er ein *slawisches* Volk heimtückisch überfiel und um
fünf-uhr-fünf-und-vierzig zurückgeschossen wurde.

Hélène oder Das Geheimnis der Falschen Mona Lisa

Den Sommer hatten die Vermählten in der *Camargue* wieder verbracht, wo sie Nach-Flitterwochen erlebten. Den eigentlichen Flitter erlebten sie — wie Ihnen, lieber Leser, bekannt — am Rheine in *Allemagne* und einige Tage in den Wäldern des *Feenbergs*.

In der *Camargue* war *Hélène* Teilnehmerin einer Reitschule gewesen, weshalb sie jedes wilde Pferd zuritt, das man ihr bot, und ein solch wildes Pferd war ihre neue Freundin, des *Professors* alte *Sorbonne*-Flamme. Dieser musste wieder `mal einen wichtigen Termin in *Colonia Agrippinensis* hinter sich bringen, im Schatten der Kathedrale, und er daran dachte, *Hélène* und *Mademoiselle Brügge* mitzunehmen, sozusagen mit den beiden die Entspannung zu suchen.

Chéri mietete sein obligatorisches Schrottmobil einstiger Eleganz und Kühle — diesmal handelte es sich um eine *Daimler-Benz*-Karosse, mit welcher einst ein *Deutscher Kanzler* transportiert worden sei — und traf die Vorkehrungen, als das Telefon klingelte.

„Na, Liebling, bist du soweit?"

„Ach, mein Engel, mein *Smaragd*! Du bist's! Ja, ich sitze auf gepackten Koffern und warte nur noch auf euch!"

Bis dahin machte *Madeleine* ihren Dienst bei unserem *Professor* nach Vorschrift, bald allerdings sollte *Hélène* zu ihm auf die *Île de la Cité* ziehen und *Madeleine* bei den täglichen Hausarbeiten verwaltungstechnisch unterstützen, soweit es ihr möglich schiene, weil sie bei *Madame Romanova* unter Vertrag stand, aber denselben niemals kündigen würde. Zum einen, da sie sich pudelwohl bei ihrer *Parfumeuse* fühlte, welche ja selbst auf dem Hochzeitsball herausgekehrt hatte, wie unverzichtbar *Hélène* für sie und die Parfümerie sei, zum anderen, da *Hélène* ihre Freiheit nicht völlig aufgeben wollte — ein Fehler, den viele Frauen begehen, sobald sie unter der Haube sind und das Ehegespons das Geld nach Hause bringt. Nur etwas kürzer wolle sie treten, nicht weil sie zu hängen begehrte in der ehelichen Matte gekoppelt mit häuslichen Pflichten, deren Ausführungen nach wie vor *Madeleine* oblagen, sondern weil sie in erster Linie *chéri* in Liebesdiensten zur Hand zu gehen gedachte. Das heißt, sein Reich mit Kerzenschein, schwesterlichem Rat und Bettgeflüster zu füllen. Denn *Hélène* war Hure, Schwester, Mutter und Tochter in ein und derselben Person!

Eine Frau, nach der sich alle Männer sehnen!

Auf *Huren*-Dienste legte *Monsieur* großen Wert, aber nicht solche wie dieselben ein gewisser *Toulouse-Lautrec* in Anspruch genommen hatte, als vielmehr unter Aufsicht einer Frau, die er liebte.

Des Beistandes einer *Schwester* bedurfte er, vor allem da in unserem *Professor*, obgleich von maskuliner Schule und ebensolchem Auftritte, seit früher Jugend ein femininer Aspekt zuhause war. Das ermöglichte es ihm, die Weiber weitaus besser zu verstehen als die meisten seiner Geschlechtsgenossen, für welche eine Frau außer an Herd und Bett nirgendwo Aufenthalt zu nehmen hätte, und welche stets an ihr eigenes Vergnügen denken, weil ihnen der feminine Kosmos selbstverständlich wie für jeden Mann ein Rätsel bliebe. Nicht minder der Gelehrte, auch seines Fahndungstriebes wegen, der einen Wissenschaftler auszeichnet jenseits jedweder Disziplin, den Versuch unternahm, in diesen Kosmos aus Widersprüchlichkeit, Hingabe und Perfidität einzudringen. Und das machte ihn für Frauen begehrlich. Sie fühlten instinktiv, dass sie es hier mit einem Manne zu tun hatten, der anders sei. Bereits seine ersten Bett-Bekanntschaften hatten ihm dahingehend Komplimente gemacht, wenn sie meinten, dass er von ihrem Sterne, womit sie nicht der Auffassung waren, dass er etwa von der „anderen Fakultät" oder Eingeborener des bekannten „anderen Ufers"[*], als vielmehr wie zärtlich, verständnisvoll und einfühlsam er doch sei. Der *Professor* war eben ein Weiberschwarm, weswegen auch *Mademoiselle Brügge* sich sofort in ihn verliebt hatte, als sie beiwohnte einem seiner Vorlesungen, den der *Sorbonne-Boss* über *Michelangelo Merisi da Caravaggio* hielt. Jene Vorlesung galt dem dreiteiligen *Matthäus*-Zyklus in der *Contarelli*-Kapelle in *San Luigi di Francesi* in *Rom*: »*Heiliger Matthäus und der Engel*«, »*Berufung*« und »*Martyrium*« des *Evangelisten*.

Aufgrund des femininen Aspektes in seiner Brust bedurfte er der Kameradschaft eines Weibes umso mehr, da er in umgekehrter Hinsicht spürte, dass Frauen ihn besser verstünden als Männer es jemals vermögen. Das Holz, aus dem eine Frau geschnitzt sei, wäre das gleiche Holz, aus dem auch er geschnitzt.

Es sei derselbe Ast, welcher in zwei Zweige sich geteilt, von denen der eine *Hélène* und der andere ihn selbst verleibliche, weshalb er im Übrigen in seinem Innern stets fühlte, wenn auch abstrakt, wie *sie* sich fühlte, selbst wenn sie irgendwo weit fort war — so eine Art *Lassie-Prinzip*.

Die *Mutter* hatte er in ihr gefunden, reflektiert von ihrer schieren Wärme, die von ihr ausging, und die jedes Kind sucht in der Verzweiflung des Herzens des *Verlorenen Sohnes*. *Hélène* war für ihn seine *Schutz-*

---

[*]*»andere Fakultät«, »anderes Ufer«, populäre Umschreibungen für männl. Homo-Sexualität*

mantel-Madonna wie diejenige, geschaffen durch einen *Monsieur Ernemann Sander** gegen Ende des zweiten Millenniums, unter dem Dache einer *zisterziensischen* Chorruine in dem Sagen-Gebirge, auf der anderen Seite des Flusses, jenseits des Rheinhotels, wo die Sonne später untergeht.

Und *Tochter* verkörperte sie für ihn in jedem Falle. *Hélène* könne sein wie ein Kind, das lache und weine und wieder lache. Wenn der Regen es heimsuche, während es mit seinen Gespielinnen Verstecken spiele, und *Petrus* ihrem freudigen Treiben ein Ende setze, sie dann weine, um im nächsten Moment ins Lachen zurückzuverfallen, weil *Petrus* eine Wolke beiseiteschöbe, hinter der das Strahlengesicht unseres Wonneplaneten zum Vorschein wieder käme.

Mit welch kindlicher Verärgerung sie ihm damals vorgeworfen hatte, sie nicht zur Ausstellungs-Eröffnung *Leonardesker* Gemälde im *Petit Palais†* mitgenommen zu haben, und sich bei ihm erbat, sie das nächste Mal berücksichtigen zu mögen, zumal sie ihren über alles bezaubernden Hut, den der *Professor* so sehr liebte, zu tragen beabsichtigt hätte? Wie sehr hatte sie damals darum gebettelt, an seiner Seite sein zu dürfen, zumal die halbe Muserei von *Paris* zu Gast sein würde? Welch innige und heiße Liebe ohne Blumen hatte er in jenem Moment für sie empfunden, als er den süßen Klang ihrer vorwurfsvollen Worte wie eine Glocke im Sturme

---

*Ernst Hermann Friedrich Sander (*1925), bedeutender deutscher Bildhauer (gemeint ist Chorruine Kloster Heisterbach)
†zusammen mit dem Grand Palais für die Weltausstellung 1900 von Charles Louis Girault (1851 bis 1932) in neo-barockem Stil errichtete Ausstellungshalle am nördlichen Seine-Ufer, 8. Arrondissiment

vernahm und er ihr die schönen Tapeten ausmalte, die er an jenem Abend ohne sie in dem kleinen *Palais* zu Gesichte bekommen hätte?

Ja, unser *Professor* hatte neben einer masochistischen auch eine sadistische Ader, und beide Adern im Verein mit seiner Weiblichkeit waren sein Schlüssel der Liebe zu *Hélène*.

Hélène mochte er sich zu Füßen werfen, wenn sie verspätet nach Hause käme, ihr darauf einen fürchterlichen Leviten-Vortrag *à la Caravaggio* und *Michelangelo Buonarotti* in Personalunion hielte, danach voller Reue über die mündlichen Gewittersünden, die er soeben an ihr begangen hätte, auf den Perserteppich sich würfe, am Saum ihres Hosenanzugs sich klammerte und flennte wie ein Hündchen: „*Liebling, verzeih' mir!*" *Hélène* in ihrer Tasche dann kramte, um mit der neuesten Kreation aus dem Hause »*Saint Raspoutine*« aufzuwarten, *chéri* tränenüberströmt in hellste Freude hinüberschwänge, vom orientalischen Flor sich höbe, um sie abzuküssen wie ein Schnuffi-Stofftier, das ehemals er selbst gewesen, und beide danach das Lakenlager suchten.

Es war *déjà-vu*-Liebe!

Seelische Zwillingsschaft!

Seelische Zwillingshaft!

Geschlechtliches Begehren auf höchster Stufe!

Sie gehörten zusammen wie das Pech und der Schwefel, mit denen *Géricault* sein »*Medusisches Floß*«* gemalt hatte!

---

*Französische Fregatte »Méduse« segelt 1816 mit 400 Mann Besatzung nach Senegal und erleidet Schiffbruch. Man baut ein Riesen-Floß aus den Masten und Rachen des untergehen-

Nun saß er auf gepackten Koffern und zerplatzte fast vor Freude bei dem Gedanken, mit seinen beiden Betschwestern dem *Feenberg* einen weiteren Besuch abzustatten, wo er beim Chef des Hauses persönlich die bekannte Suite bereits reserviert hatte.

Der Kongress, auf welchem er einen Vortrag über seine neuen Thesen zu *Michelangelo Buonarroti* halten sollte, rückte in seinem Gedächtnis in weite Ferne. Dieses Referat hatte er zur Nebensache degradiert, war herabgesunken wie die Tat eines Verbrechers auf den Grund der See, nachdem der *Carnifex** dem Delinquenten den Mühlstein umgebunden hätte, damit er qualvoll ersöffe. Ja, der Vortragssaal war ihm tödliche See und die akademische Welt der Stein, den seine Kollegen ihm umzuhängen versuchten, um ihn zu ertränken gleich den tausend *Struwwelpeterschen* Zappelphilippen, die alles besser zu wissen vorgaben und nachher selbst an den Stein gebunden würden.

„*Mademoiselle* ist gerade fertig geworden, wir warten nur noch auf dich, *chéri!*"

„*Oui, oui, chérie*, ich schwing´ mich ins Gefährt! Ihr werdet Augen machen!"

„Wie? Hast du wieder so einen *Oldtimer* aus der *Belle Époque*, wo es aus allen Ritzen pfeift und der Sprit zu wünschen übrig lässt?"

„Lasst euch überraschen, Liebling! Ist es euch recht, so um *dreiviertel elf*?"

---

den Schiffes, das 149 Mann aufnimmt. Kannibalismus bricht aus, 5 Mann können gerettet werden
*Scharfrichter (lat.)

Hélène oder Das Geheimnis der Falschen Mona Lisa

„Oui, oui, cheri!"

Der *Professor* legte auf, zog seinen Pelz über und pflanzte sich seine *Uschanka** auf den Kopf. *Madeleine* hatte alles, so gut es ging, in einem einzigen Koffer untergebracht: drei Beinkleider, eines für gut, das andere für die Freizeit im Walde und eines, wofür es sein sollte, selbst *Madeleine* nicht wusste; sieben Oberhemden; drei Paar Lackschuhe und so weiter. Die *Dinge für besondere Aufgaben* allerdings, von denen *Madeleine* nichts mitbekommen sollte, besorgte er in eigener Regie. Es waren eine Peitsche, Masken *à la Commedia dell'arte* sowie sündhaft teure Spitzenwäsche in *Pariser*-Blau, *Indisch*-Rot und *Neapel*-Gelb, was er dann in einer dunklen Ecke, abseits der Augen seiner *Vladimirskaja*, in Windeseile in einer unauffälligen Reisetasche verschwinden ließ.

„*Madeleine*, hüten Sie das Haus und rufen Sie mich an, falls der *Inspektor* sich meldet. Meine Nummer haben Sie ja, *Hotel Kaiserpark, Feenberg, Allemagne!*"

Dann schnappte er sich Koffer und ominöse Reisetasche und stapfte die Treppen hinunter nach draußen, wo seine abgehalfterte *Kanzler*-Karosse parkte. Als er alles verstaut hatte, startete er den Motor, der aber sogleich schlapp machte, wieder ansprang, um aufs Neue schlapp zu machen und nochmals ansprang, um unseren *Professor* zu seinen beiden Tauben schließlich zu befördern.

Der Verkehr war wie üblich von schwerer Konsistenz und *Pariser* Durcheinander, wenn niemand weiß, wohin niemand fährt.

---

*Russische Fellmütze

Endlich hatte er es geschafft und fuhr majestätisch vor wie der Chef-Chauffeur *in persona*. *Hélène* wohnte im neunten Arrondissement in der *Rue Pierre Fontaine*, einem kleinen Appartement auf Dachgeschoss. Auch wenn *chéri* an diesem verregneten ersten September sich *napoléonisch* selbst gekrönt hatte zum König der Straße, fand er selbstverständlich keinen Parkplatz wie in jeder Metropole, so dass er inmitten der *Rue Pierre Fontaine* laufenden Motors stehenblieb — was unabdingbar war, denn *Paris* wollte er heute noch verlassen — und dreimal hupte, unterdessen die anderen Könige der Straße in das Hupkonzert einstimmten, wobei das halbe Arrondissement einer orchestrierten Dysphonie im Stile eines frühen *Lucien Ferrari** bald glich. Einige Könige, als die beiden Tauben immer noch nicht unten waren, weil *Hélène* mehreren Kontrollen vor ihrem Spiegelbild sich unterzog, verloren die Fassung, hielten mit beiden Händen die Lauscher sich zu und fluchten wie *Adolf*, der braune Initiator des *Zweiten Krieges*. Doch bevor man in den Boxring stieg, waren seine reizenden Augenweiden auch schon da, warfen ihr Gepäck lässig ins bewegliche aber herrschaftliche Elend und stiegen zu. *Hélène* vorn neben unserem *Professor*, *Mademoiselle* hinten und quetschte sofort ihre Nase in die Ritze zwischen den beiden Vordersitzlehnen, um besseren Draht zu haben.

Kavaliersstart und ab ins *Kaiserhotel*

Hélène's textiler Auftritt war mangelhafter Natur: Zwar trug sie ihren Silberfuchs, darunter aber war sie splitterfasernackt, lediglich ihre

---

Luc Ferrari (1929 bis 2005), Französischer avantgardistischer Musiker

schwarzen hochhackigen Stiefeletten mit den goldenen Schnallen um-
fassten ihre *Botticellinischen* Füße.

Mademoiselle Brügge trug ein schneeweißes Kaninchen, darunter wie
Bérnard's Botticelli-Figur ebenso gut wie nichts, etwas spärliche Wäsche,
dazu hohe Stiefel aus geweißtem Krokodilleder, und beide kuschelige
oder — wie unser *Professor* sagen würde — »*schnuckelige*« Pelzmützen derselben Tiere, welche sie am Leibe hatten.

„Mensch Meier! Wo hast du denn diesen Automobilfriedhof wieder
aufgetrieben, Liebling?"

„Ja, Schrott! Aber exklusiv! Sozusagen »*exklusiver Schrott*«! Nicht wie
die Schlitten dieses prähistorischen Jahrmarktkünstlers *Huld* von der Fakultät der Müllmännchen! Nein, von *Professor Vakulenko*! Der hatte diesen Wagen angeboten bekommen von einem älteren *Moskowiter*, dem die
Behörde seines Alters wegen die Fahrerlaubnis entzog. So ein lebendes
Fossil aus der mentalen Klamottenkiste, auch so ein Nostalgiker gehei-
mer Fantasien wie ich."

„Aha, »*geheime Fantasien*«!" wiederholte *Mademoiselle Brügge* mit in die
Ritze gesteckter Vorwitznase. „Das klingt ja interessant, *Professorchen*! Wir
haben uns darauf bereits eingestellt wie Sie sehen!" fuhr sie mit knisternden Nerven fort und öffnete ihr Kannichen, worauf *Professorchen* beinahe
von der Straße abgekommen wäre, da er betäubende Blicke in den Rückspiegel werfen musste.

„Ich sehe, *Mademoiselle*! Ich sehe! Ich bin ja nicht die Blindekuh!"

„Aha, »*Blindekuh*«! Ja, das ist auch eine Variante, *Professorchen*!" entgegnete das *Brügge*-Sternchen.

„Jetzt lass´ ihn mal fahren! Du bringst ihn ja ganz aus der Fassung. Wir bauen noch einen Unfall, wenn du so weiter machst, du geiles Luderchen!" befahl *Hélène* ihrer liebgewonnen Gefährtin und küsste sie auf deren Ludermund.

„Aha, »*Unfall*«! Hört, hört! Ein »*Unfall*«! Ein »*hübscher kleiner Unfall*«!" erwiderte das kleine freche Biest voller Ironie.

In diesem Moment umklammerte eine harte Pranke *Hélène´s* kissen-weichen Leib gleich *King Kong* die *Weiße Frau*, und sie rang nach Sauer-stoff. Wie hatte das Vögelchen aus *Brügge* das wohl gemeint, mit diesem »*Kleinen Unfall*«? fragte sie sich und rief den Kanalküstenurlaub in ihr Ge-dächtnis zurück, als dieser teuflische Schattenriss mit dem schwingenden Messer — oder was es auch immer gewesen sein mochte — oben am Fel-sen plötzlich erschien und sie und *chéri* zu ihrem *Jaguar* dann gerannt wa-ren. Auch in jener Nacht regnete es so wie jetzt.

Dabei hatte sie doch Vertrauen zu ihr fassen können, sie lieb gewon-nen, sie zu sich auf die Stube genommen und das Bett mit ihr geteilt. Waren Frauen vielleicht doch unergründlicher als sie dachte, unergründ-licher als Männer es jemals sein können? Hatte *Madame Stroganovicha* Un-recht gehabt, als sie meinte, Männer seien das größere Rätsel?

Die ersten Zweifel meldeten sich, Zweifel an *Mademoiselle´s* Treue!

Kaum dass sie den *Feenberg* erreichten, als es bereits dämmerte und das *Trio* sofort in seiner Suite verschwand.

Sie rissen sich die überflüssigen Pelze sowie alle anderen Überflüssig-keiten vom Leibe, ließen Wasser in die Wanne laufen und sprangen zu dritt ins heiße Nass.

Hélène oder Das Geheimnis der Falschen Mona Lisa

„So, nun bist du dran, du Brücken-Luder! Jetzt kannst du `mal *Professorchen* zeigen, was du kannst! Promovieren hat er dich nicht lassen, aber das können wir nachholen! Hier und jetzt kannst du promovieren! Nimm `mal seinen Lötkolben in dein speichelgeiles Maul, du verdorbene Hure! Federn sollte man dich! Aber vorher teeren! Damit du verdienst, was du dir eingebrockt hast! Ja, diese Suppe wirst du nun selbst auslöffeln müssen, du notgeiles Stück Brücken-Dreck!" brüllte *Hélène* völlig von Sinnen, wobei ihr der Schleim vor die *Vulva* trat!

Das Brücken-Mäulchen saß in der Wanne und bearbeitete mit ihrem Brücken-Mäulchen den höllischen Schlegel eines Freuden-*Michelangelo´s*, der vor ihr kniete, während *Hélène* mit ihrer Hennen-Kralle durch seinen Schritt seinen Samensackteig knetete. Es dauerte nicht lange, als das Brückenluder seine Suppe auszulöffeln begann, weil sie mit *chéri* es vor ihrer Ehe getrieben habe, wie die vor Eifersucht berstende *Hélène* unter Tränen jammerte:

„Er gehört mir! Ganz alleine mir! Komm, nimm schon von der Suppe, du Schweinchen! Niemals hättest du es mit ihm treiben dürfen! Nun hast du deinen Salat . . . äh. . . Suppe! Er gehört mir auf immer und ewig! So ewig wie alle Flammen auf allen Marsfeldern dieser Erde brennen, so ewig wie alle Ketten der Verdammten in der Hölle rasseln! So ewig wie das Schmachten und Sehnen derer, die arm im Geiste sind! Und dass du nicht arm im Geiste bist, kannst du nun unter Beweis stellen, du niederträchtiges Thesenpapier! Du willst doch promovieren? Dann promovier´ gefälligst und stell´ dich nicht so an! Nimm seine Samenschleuder tiefer in deinen sündigen Rachen, du Nimmersatt!"

Der *Professor* wusste nicht mehr, wo die Glocken hingen, spritzte gleich einem rolligen Kater seinen weißen Strahl auf *Mademoiselle's* niedliche Busenhügel und stöhnte seine Wollustrufe heraus wie *Hélène* ihre Rosenkranz-Gebete in der Mai-Andacht:

„Ja! Ja! Ja! Mein Gott! Ja! Ihr wollt es ja so! Was kann mein Leib, was können eure Leiber dafür, dass wir es brauchen wie den Leib *Christi*! Dass wir es brauchen wie das Blut *Christi* auf *Golgatha*, um uns reinzuwaschen von irdener Verirrung?"

Die Wonneflut aus seinem Schwanenhalse wollte kein Ende nehmen, so sehr ergriffen war er von Gier und leidenschaftlicher Zauberlust, wie es einem Schriftgelehrten steht, wenn er mit zwei Frauen im selben Kahne sitzt. Aber ebenso war *Mademoiselle* ganz außer sich, als *Hélène* ihr die glitschige Milch von den Brüsten leckte und sich dabei selbst befriedigte, *Mademoiselle* ihr den Zeigefinger in die Muschi steckte und ihn wie einen *Phallus* auf und ab bewegte, was *Hélène* in äußerste Heftigkeit trieb und sie schrie wie *chéri*:

„Ja! Ja! Ja! Mein Vögelchen! Ich habe gesündigt! Ja, ich habe Unrecht gestreut, *Mademoiselle*! Gib es mir! Ja! Ja! Ja! Mein kleiner weißer Engel aus der Stadt der toten Seelen! Ja, gib es mir! Du, meine Liebe! Und auch du, *chéri*, komm, *chéri*, küss´ mich!

Mea culpa!

Mea culpa!

Küsst mich, ihr Gefährten der schwarzen Ritter, der schwarzen Höhlen der Lust, der schwarzen Nächte ohne Sonnen! Tote Monde, wo seid ihr?"

Hélène oder Das Geheimnis der Falschen Mona Lisa

Und dann floss es aus *Hélène's* dunklem süßen Hort, der Strahl der Erlösung gleich einem Manne voller Freude, und die Zärtlichkeit strömte zurück in ihre Seele und machte sich daran, ihrer lieben Freundin es mit der Zunge zu besorgen, als auch sie darauf schrie wie eine in Narkose fallende läufige Hündin, um den Stachel des sinnlichen Giftes aus ihrem Leib geschnitten zu bekommen.

Nach dem Wannenabenteuer duschten sie, suchten das große Bett und schlugen schwarze Satin-Wäsche auf. Als erstes verschwanden *Hélène* und ihr Brückenengel unter die Decke. *Michelangelo* entzündete Kerzen, löschte das Oberlicht und orderte eiskalten Champagner, Austern und Langusten.

Der Mond war aufgezogen und blickte durchs Fenster. Unten im Tale flimmerten wieder die bunten Lichter, und Frachter schoben ihre Last gen Norden, stromaufwärts. So wie in ihrer Hochzeitsnacht, als sie sich das Jawort gegeben hatten. Keine Wolke am nächtlichen Gestade, nur der volle Mond und ein Meer Abermillionen von Sternen.

Da läutete der Zimmerservice! Unser *Professor*, nur mit einem leichten Kimono bekleidet, öffnete und der Kellner rollte den Champagner-Wagen in die Suite. *Monsieur* hatte gleich mehrere Flaschen auffahren lassen, schließlich waren sie zu dritt, und er wollte genauso wenig verdursten wie unser *Tokajer*-Affe auf der Vermählungsfeier.

Nachdem auch der *Professor* ins Bett gekommen war, prosteten sie zu und küssten aufs Innigste. Dann wühlten sie die Satin-Decke auf, um die Lagestatt für *Hélène* vorzubereiten, die nun rücklings alle Viere von sich streckte, indessen *Michelangelo* mit seiner Zunge in ihre Mundhöhle drang und *Mademoiselle* ihren wieder aufgerichteten Kitzler zu lecken anfing.

Hélène kam ein zweites Mal, wusste aber nicht, wen sie mehr liebte, *chéri* oder *chérie* aus *Brügge*. Aber gab es da auch noch ihre Freundin *Adélaide Delacroix*, die sie seit ihrer Vermählungs-Feier nicht mehr gesehen hatte. Sie war mir nichts dir nichts weggeschlichen, damals während des fulminanten Festes im Rheinhotel, weil sie vor Eifersucht auf *Mademoiselle* gekocht hatte, denn auch *Madame Delacroix* liebte *Hélène* und das wusste *Hélène*.

Irgendwann nach den Liebesspielen im Bett und reichlichem Genusse von Meeresfrüchten und Champagner, entfernte *Michelangelo's David* sich vom Lager, lief ans Fenster und schaute auf das mondbeschiene Bild der Bäderstadt dort unten im Tale, wo in der *Redoute** *Ludwig van Beethoven*, aber auch *Franz Liszt* einst Hammerklavier gespielt hatten, *Beethoven* aller Wahrscheinlichkeit nach seine berühmte Sonate in *Cis-Moll*[†] und *Liszt* seinen *Liebestraum* in *As-Dur*. Dann schaute er in den Himmel, wo die Abermillionen Sterne funkelten, und begann in sich hineinzuheulen vor Gnade, an der *Gott* habe ihn teilhaben lassen, als er ihm die beiden Nymphen schickte.

Da verstand er das Bild von *Bernardo von Palermo*, das im *Louvre* hing, seinen »*Rückenakt einer aus dem Wasser steigenden Nymphe*«. Er begriff nicht nur die Farben jenes *Sizilianischen* Malers, sondern das Geheimnis von

---

*im klassizistischen Stil von Georg Peter Michael Leydel (1768 bis 1826) errichtetes Ballhaus im Kurfürstlichen Erholungsort Bad Godesberg
[†]»Mondschein-Sonate«

Farbe überhaupt! In dieser Nacht hatte er zu leben angefangen, weil er es bejahen konnte!

Und den *Anfang des Anfangs des Anfangs* seiner Bejahung des Lebens erlebte er an jenem Abend in der *Villa Cahn*, als er *Hélène* zum ersten Male begegnet war.

Den *Anfang des Anfangs* seiner Bejahung erlebte er oben auf dem Berge der *Serviten* in der Kapelle mit *Heiliger Stiege**, nichtsdestotrotz dieselbe *Hélène* und er nicht bestiegen hatten Nichterfordernisses wegen, denn er hatte angefangen zu leben.

Und den *Anfang* dieses Lebens erlebte er nun auf dem *Feenberge*, in einer Märchen-Suite mit zwei zu Leben erwachten Nymphen, die aus dem Wannenwasser gestiegen und ihn vergötterten wie *Walküren†*, um die tapfersten aller gefallenen Krieger auf dem Schlachtfelde zu suchen, um *ihn* nach *Wodan's Walhall* zu bringen.

All die vielen Jahre war er Krieger gewesen, hatte Reiche aufblühen und wieder untergehen gesehen und heute in dieser Götternacht vollendete *Gott* die Kathedrale seines Dichters mit dem Schussstein dreier Seelen, welche sich geliebt hatten im nassen Kahne als auch im Bette als auch im Bette der Poesie.

Und dann weinte er bittere Tränen über all die Leiden, die er hatte über sich ergehen lassen müssen, über all die Toten, denen er begegnet

---

*die Architektur einer »Heiligen Stiege« spielt an auf die Treppe, die Jesus Christus hochstieg zu Pilatus, Proto-Typ ist die »Scala Sancta« in Rom, welche die Heilige Helena 326 in Jerusalem aufgefunden und in die »Ewige Stadt« gebracht haben soll
†Schlacht-Jungfrauen der Nordischen Mythologie, welche die ehrenvoll Gefallenen (Einherjer) in die Helden-Bleibe, nach Walhall bringen*

war, seit er das Licht der Welt erblickt in dunkler vergrämter Niemands-nacht sterbender Soldaten, und dann weinte er erlösende Tränen des Glücks und schaute wieder hinauf zu den Sternen, um sich bei seinen Göttern und Walküren zu bedanken für die Stunde!

„Komm´ ins Bett, *Professorchen* und flenne nicht herum wie ein alber-ner Dackel auf der Hutablage! Komm´ ins Bett und lass dich spüren!"

„Komm ins Bett, *chéri*, mein wilder Hengst!" meinte *Hélène*, getrieben von körperlicher Sehnsucht nach ihrem Pferde-Flüsterer, der das Ker-zenlicht niederblies und mit erigiertem Gliede bei seinen beiden Nym-phen wieder Zuflucht nahm. Mit nassen Wangen küsste er die eine, dann die andere, um von vorne wieder zu beginnen.

Bald würde es tagen und die Röte einer neuen Sonne *Feenberg* überflu-ten.

Ménage à Trois im Kaiser-Hotel oder Nackter Hintern auf Buchenholzplatte

Der Himmel stand in Flammen, als *Michelangelo´s* nackter *David* sich an-schickte, sein Nymphenlager zu verlassen, um Frische an seinen göttli-chen Körper zu lassen. Heute nämlich hatte er in *Cologne* seinen Vortrag über seine neuen Thesen zu seinem Leib-und-Magen-Bildhauer zu hal-ten, was ihm gar nicht gefiel. Ihm raste bereits, obgleich fast noch im Schlafe, das Gespenst der misslungenen Rede im Kopfe herum, als seine beiden Gefährtinnen aus ihren Träumen stiegen.

Hélène oder Das Geheimnis der Falschen Mona Lisa

„Nein, nicht doch, Liebling, bleib´! Du willst doch nicht schon etwa aufstehen?" flehte *Hélène* mit verquollenen halb verschlossenen Augen und schmiegte ihren jugendlichen Leib an den seinen.

„*Professorchen*, wollen Sie uns bereits verlassen? Nein, das lasse ich nicht zu!" flüsterte das Brücken-Engelchen mit beinahe lautloser Stimme ihm zu und schmiegte sich ebenfalls an ihn.

Es war ein Bild für *Wodan´s* Götter und der Himmel, der schon draußen brannte, brannte auch hier drinnen wie ein Feuer, genähret von überirdischen Wonneflüssen.

Déjà-vu suchte ihn heim für den Bruchteil einer Sekunde, als er sich erinnerte, wie er mit seinem *Thonet*-Stuhl-Mädchen einst hier oben im *Kaiserpark* gelaufen war, sie in der Dämmerung zu einer Schutzhütte vorstießen, in der sie sich dann geliebt hatten auf blanken Fichtenplanken, und Abendnebel über die in Gräue gehüllte Lichtung sich breitete. Weniger war es das sinnliche Abenteuer zweier sich liebender Leiber, woran er denken musste, als vielmehr die paradiesisch lodernde Flamme in seiner Brust. Eine Flamme, die nicht von dieser Welt war, jedes Mal wenn er sein *Thonet*-Mädchen in die Arme nahm und mit seinen Gelehrten-Händen über ihren bezaubernden Po fuhr, denselben küsste, *ihre* Hände darauf in *seinen* Schritt griffen und er empfand wie eine Frau empfindet.

Diese Frau, diese feminine Kraft und Glut in ihm waren der Flitzebogen, mit dessen gespannter Sehne *Amor* seine Pfeile schoss, um unser *Trio* zusammenzuschweißen. Hätte der Gelehrte dieses weiblichen Feuers entbehrt, hätte dieses Gnadenfeuer besonderer Lust in ihm nicht gebrannt wie die Röte dort draußen im *Kaiserpark*, wäre diese *ménage à trois* nicht möglich gewesen. Sein feminines Herz hatte ihn zu seinen *sapphi-schen* Nymphen geführt, die nun darum bettelten, dass er das Bett mit ihnen noch ein Weilchen hüte, weil sie ihn beide liebten als auch sich selbst. Seine Weiblichkeit war nicht nur der Schlüssel zu *Hélène*, sondern der Schlüssel zu einer Liebe, von welcher der gewöhnlich Sterbliche meint, dieselbe zum Scheitern verurteilt sei. *Professorchen*, sein wildes Pferdchen und die Vorwitznase aus *Brügge* bewiesen das Gegenteil!

Die Liebe zu dritt sei möglich, falls die Voraussetzungen erfüllt sind und eine dieser Voraussetzungen sei *bi-polares* Begehren, die Fähigkeit, *trans-libidinös* zu empfinden — wahrhaftig eine Kunst, welche *Caravaggio* befähigte, seinen »*Jüngling von der Eidechse gebissen*« zu malen, *Leonardo* »*Lucrezia Crivelli*« zu porträtieren und *Michelangelo Buonarroti* seine »*Brügger Madonna*« zu meißeln.

Sie knutschten noch, raspelten Süßholz und überfielen mit Himmelsküssen sich.

Irgendwann setzte sich *Professorchen* in seine Kutsche, als seine Tauben aufbrachen, um den Tag im *Kaiserpark* zu verbringen. Hier schlenderten sie eine Allee jahrhundertealter Buchen hinunter und genossen die Augenweide von Pferden, die auf grüner Wiese unter den Fittichen von *Helios'* Septembersonne ästen. Ein visueller Traum, der das *sapphische* Paar ins Land von *Sappho** entführte.

Altweiber-Sommer stand vor der Tür.

**berühmte griechische Lyrikerin (etwa 630 bis 580 v. Chr.), geb. auf Insel Lesbos, wird gerne mit lesbischer Liebe in Zusammenhang gebracht*

Hélène oder Das Geheimnis der Falschen Mona Lisa

Es waren ein schwarzer Hengst und zwei weiße Stuten, die dort drüben das Herbstgrass verschlangen und Leben und Natur bejahten. Eine der beiden Mähren stellte sich auf die Hinterhufe und bestieg ihre Kosedame.

Hélène blieb steh'n im Schattenspiel der Buchenzweige, durch das die Sonne immer wieder brach und auf ihrem Gesichte einen Reigen aus in Strahlen verwandelten Elfen zauberte. Sie öffnete ihren Silberfuchs, nahm ihrer Freundin rechte Hand und drückte sie feste an ihren Busen.

„Ich liebe dich, mein kleiner weißer Engel von *Babylon*!" beteuerte sie und führte darauf die fremde Hand hinab an ihre Scham: „Hier ist tiefes Wasser! Hier sind geheimnisvolle Geheimnisse und Tausende Schlüssel zu Tausenden verlassener Schlösser!"

Das *Thonet*-Mädchen fasste abermals nach ihren Brüsten und knetete sie zärtlich.

„*Hélène*, du mein Freudenengel, verlass´ mich nicht! Du weißt, dass ich dich ebenso liebe und dass wir demselben Mann verpflichtet sind und dass diese Liebe mein ein und alles ist, mir mehr bedeutet als alle Güter dieser Erde, mir mehr bedeutet als alles, was ich hatte, was ich habe und jemals haben werde, denn ihr beide seid mein wahres Glück, so wie das wilde Gras das Glück der Pferde ist, der Septemberhimmel das Glück der *Alten Weiber* und diese braune Erde, diese majestätischen Buchen und dieses kleine Rinnlein das Glück Harfen spielender Kinder sind. Verlass´ mich nicht! Bitte, verlass´ mich nicht, mein Schatz! Bitte, mein lieber Engel!"

Dann glitt die rechte ihrer Elfenhände wieder hinunter zu *Hélène's* Allerheiligstem und massierte ihr das Tabernakel nass.

Hélène erbrach sich in des Septembers mittäglicher Sonnenflut, zog sich danach ganz aus und legte sich gleich *Ophelia** in das plätschernde Bächlein. Ihr zarter Po spürte das Bett des Rinnsals, das Wasser, wie es ihre Scham liebkoste und ihre Beine umschmeichelte, dass sie ein zweites Mal erbrach und windete wie *Eva's* Schlange.

Von ferne Wanderer sich näherten.

Ophelia, kaum losgelöst von *Bacchus'* Bache und seinen *pantheistischen* Segens-Spenden, schnellte hoch und hüllte sich in den Silberfuchs, den ihre *sapphische* Kameradin ausgebreitet hielt, damit jene darin steigen möge. Kirschrote *Brüsseler* Spitzen-Wäsche lag im Laube, als die Ausflügler passierten, aber davon keine Kenntnis nahmen, da ihre Blicke auf die beiden Göttinnen-Gesichter geheftet waren, die aus dem Kaninchen und dem Fuchse lugten.

Die Wanderer mögen empfunden haben, einer *Fata Morgana Alter Weiber* aufgesessen zu sein, und gingen ihres Weges grußlos dahin.

Zur selben Zeit war unser *Professor* im Begriffe, vor akademischer Runde seine astronomischen Thesen zu *Michelangelo* als Bildhauer darzulegen.

Er postulierte die Freiheit des Menschen, das berühmte *liberté* seiner Landsmänner. *Michelangelo's* ganzes Bemühen um künstlerische Perfektion sei seinem Begehren geschuldet, den Menschen zurück ins Paradies zu führen, dahin, wo er ihn unter der *Sixtinischen* Decke verewigt habe,

---

Figur aus Shakespeare's »Hamlet«, Ophelia liebt ihn, ertränkt sich aber im Fluss

als er die »*Erschaffung*« schuf. Bildhauer sei er gewesen, und nicht Maler[*], da der Marmor für jenen Künstler das Gefängnis, in welchem er den Menschen sitzen gesehen hätte, um ein Wesentliches mehr zu fassen vermochte als es die Malerei jemals zustande brächte, und er selbst, unser *Professor*, es nicht verstünde, weshalb alle Welt von der *Sixtinischen Kapelle* redete, wenn der Name des Mannes aus *Vinci* fiele, denn an *Sixtus'* Kapelle hätten ebenso andere große Gefängnis-Insassen mitgewirkt. *Michelangelo* hätte seine Lebensaufgabe darin gesehen, die Mauern, die ihn selbst als schwachen Menschen zeitlebens umgaben, mit der ganzen Kraft seiner Physe und Psyche niederzureißen — wie sein Meißel den überschüssigen *Carrara*-Stein von seinen Helden, Heiligen und bereits zu Lebzeiten zu Unrecht verehrten Regenten fortzuhauen, wenn der Meister *Gott* um Erbarmen flehte. Für unseren *Louvre*-König und *Sorbonne*-*Boss* war *Michelangelo* der größte künstlerische Schwerverbrecher aller Zeiten überhaupt gewesen, weil *Michelangelo Buonarroti* versucht hätte, aus Menschen Götter und aus Götter Menschen zu machen, und wahrlich das wäre, was diesen seit der *Renaissance* größten Meiselschwinger aller Meiselschwinger, der ab dato auf unserem sterblichen Planeten jemals gewandelt und gehandelt hätte, auszeichnete. *Michelangelo* selbst sei *Gott* gewesen, der zu uns Menschen auf die Erde herabgestiegen sei wie *Christus*, um Kunde zu tun, wie großartig letztlich Leben sei!

Ja, *Professorchen* wusste, wovon er sprach, das hatte er letzte Nacht erfahren dürfen, als er es im Wannenwasser besorgt bekam und es ebenso

---

[*]*Michelangelo (1475 bis 1564) war auch hervorragender Zeichner und Architekt*

seinen beiden Nymphen besorgte, danach mit ihnen im Laken-Lager lag, Champagner trank, Austern schlürfte und Langusten zermalmte.

Der Umstand, dass ihm dieses private Glück zuteilwurde, hatte ihm nicht nur die Augen für die *Sizilianischen* Farben eines *Bernardo von Palermo* geöffnet, dessen Kenntnis jener *Tokajer*-Affe für sich in fälschlichem Anspruche nahm, sondern auch für die Skulptur *Michelangelo's*.

Das, was *Michelangelo* zeitlebens begehrte, nämlich frei zu sein von allen irdischen Fesseln, war *Professorchen* widerfahren.

Sein Referat im Vortragssaal eines Musentempels[*], wo *Peter Paul Rubens' »Juno und Argus«* hängt, erfreute sich höchster Belobigung und Lorbeerwollens, als er seine Schlussworte mit der Bemerkung unterstrich, dass er *Michelangelo* verstünde, seit er Gast dieser Stadt sei, deren Herzlichkeit und Zuvorkommenheit er bewundere. Man applaudierte wie nach einer Aufführung von *Händel's* Wassermusik.

Und diejenigen, welche gedacht hatten, denjenigen, der für andere Zuhörer ihr Ästheten-Guru war, ihn, den *Louvre*-König, ins wissenschaftliche Aus katapultieren zu können, waren bereits vorher abgezwitschert, weil sie zur Kenntnis haben nehmen müssen, wie jämmerlich ihre Absichten waren, hatten darauf das nächste Brauhaus aufgesucht und sich nach Strich und Faden volllaufen lassen, währenddessen sie *Himmel & Ähd* fraßen und an der *Flönz*[†] sich fast erbrochen hätten, diese Wurst die-

---

[*]*Wallraf-Richartz-Museum*
[†]*Kölsche Bezeichnung für Blutwurst*

Hélène oder Das Geheimnis der Falschen Mona Lisa

se Zappelphilippe als in Sud aus *Gerardus*-Blut* und Pfaffen-Speck ge-
kochtes Gift empfanden.

Der Leser möge davon Kenntnis nehmen, dass *Professorchen* sein Referat in seiner weißen *Armani*-Rüstung, sprich Hochzeits-Anzug mit Einstecktuch, aufs wissenschaftliche Parkett legte.

Es war später Nachmittag und die jungen *Alten Weiber* wandelten
noch immer auf kaiserlichen Spuren, mit anderen Worten die Sonne
schien teuflisch schön vor tiefer Bläue, als später eine *Kanzler*-Karosse
vor dem Portikus aufkreuzte. Die beiden Tauben, die in der Zwischenzeit heimgekehrt waren und mit Wein und Karten-Neckereien sich die
Zeit vertrieben hatten, liefen ans Fenster, schoben die Gardine beiseite
und konnten einen *Armani*-Krieger dabei beobachten, wie derselbe eine
große Kiste aus dem Automobil-Friedhof sich nehmen ließ, die darauf
zwei Kaiserknechte nach oben in die Suite hieven mussten.

„Was ist denn das wieder für ein Hokuspokus, Liebling?"
beneugierdete *Hélène*, als sie die verschlossene Kiste näher betrachtete.

„Was meint ihr denn? Ratet `mal, was der Papa da mitgebracht hat!"

Als erstes stieg *Mademoiselle Brügge* in den Ratering:

„Hm, eine nackte Frau!"

„Hä-hä-hä! Falsch geraten, du Blindschleiche!"

Dann war *Hélène* an der Reihe:

---

*Meister Gerhard (etwa 1210 bis 1271), Kölner Dom-Baumeister, stürzte im Übrigen unter
bis heute nicht geklärten Umständen vom hohen Baugerüst zu Tode

„Hm, ich würde sagen, »*Saint Raspoutine*« in groß, so wie manchmal Champagner-Flaschen sind, Überformat!" versuchte *Hélène* mit dieser Vermutung die harte Nuss zu knacken.

„Hä-hä-hä! Wieder falsch geraten! Wer dahinter kommt, darf als erster in die Wanne!"

„Das war natürlich *die* Herausforderung und die beiden Tauben versuchten ihr Bestes auf Teufel komm raus, doch versagten alle ihre knisternden und prickelnden Vermutungen und Spekulationen, so dass sie schlussendlich aufgaben, und *Professorchen* seine sadistische Ader wieder bluten fühlte, was ihm höchste Vorfreude bescherte.

Dann griff er in die Innentasche seines Jacketts, wo üblicherweise die Geldscheinchen sitzen, und holte zwei Seidentücher hervor: das eine schwarz, das andere weiß.

„So, kommt `mal her, ihr beiden schnuckeligen Schnucki-Pussys!"

Seinem *Thonet*-Mädchen band er vor die Augen das schwarze Tuch, seiner *Botticelli-Venus* das weiße. Dann drehte er die beiden im Kreise wie einen Kreisel die Kinder und soufflierte pathetisch seinem *Alter Ego* gleich einem Zauberkünstler, bevor er das Kaninchen aus dem Zylinder zaubert:

„Abrakadabra! Abrakadabra!"

Man hörte Rascheln, Reißen und Schreddern, unterdessen die schwindeligen Blindekühe erwartungsvoll dastanden wie tote Statuen, die bald wieder lebendig würden, und dann, dass die Damen von ihrer Blendung sich befreien dürften, was diese auch taten und voller Entzückung staunten, als sie einen *Thonet*-Stuhl zu Gesichte bekamen, derselbe etwas ramponiert, was aber ihrer Entzückung keinen Abbruch tat.

Unser *Professor* war Historiker von Berufe, weswegen er nicht die billige Kopie eines Designer-Produkts bevorzugte, sondern dessen Original, so wie andere das Elend von einem Schrank in ihre Bude sich stellen, nur weil derselbe originären Datums sei.

Fetischisten-Begehren, nichts weiter, zumal das Original die Kopie im Preise bei Weitem übersteigt und obendrein die Würmer daran nagen! Fetischisten sind eben Masochisten!

„Spielst du wieder den Wahnsinnigen, *Professorchen?*" meinte sein *Caravaggio*-Vögelchen, nichtsdestoweniger sie in Euphorie geriet, weil sie wusste, was bevorstand, denn sein Wahnsinn hatte sie bereits damals zur höchsten Ekstase getrieben, wenn er ihr den Hintern auspeitschte.

„Den Wahnsinnigen nicht, dafür den Lustmolch!"

„A-a-a! Wir verstehen, Liebling", meinte seine *Vladimirskaja*, „gestern der Löwe und heute der Molch!"

„Molche sind auch Tiere!" erwiderte *Professorchen* mit einem lasziven Blick, der Bände sprach.

„A-a-a! Wir verstehen! Heute ist wieder Tierliebe angesagt, *Professorchen* ", mischte sich das kleine Luder erneut ein, „ja, von Tierliebe verstehen wir sehr viel!" mischte sie weiter.

„Ja, es geht nichts über Tiere, über einen Hengst und zwei Stuten!" bekräftigte *Hélène*.

„A-a-a! Ihr habt eure Hausaufgaben gemacht!" lobte *Monsieur le Professeur* seine Schülerinnen.

„Wir machen stets unsere Hausaufgaben, *Professorchen!*"

„Doch bevor wir die Hausaufgaben durchnehmen, reinigen wir erst `mal die Wanne. Ihr habt ja gestern einen solchen Schmutz wieder hinterlassen, dass *Amor* ein großes Herz haben muss, dass er euch hier so frei noch herumlaufen lässt!"

Jetzt ließen die beiden *Amor*-Dienerinnen ihre leichten Seidenmäntel zu Boden taumeln, um der verblümten Aufforderung zur Freiheit nachzukommen, liefen ins Bad und schrubbten mit Seife und Bürste die Wanne wund.

„Ist es so recht, *Professorchen?*" fragte das kecke Luder von der Brücke und fasste ihm in den Schritt.

„Was erlauben Sie sich, *Mademoiselle?* Erst die Arbeit, dann das Spiel!"

„A-a-a! »*Spiel*«! Hört! Hört! Ein *Spiel*! Welches *Spiel* denn, *Professorchen?*" erkundigte sich das freche Biest.

„Nichts für Vorwitznasen, meine Gnädigste! Machen Sie Ihre Arbeit, sonst gibt´s was hinten d´rauf, *Mademoiselle!*"

Das Vögelchen duckte abermals über den Wannenrand, simulierte Reinemachen und streckte *Professorchen* ihren süßen Hintern zu, der von dem Spitzenhöschen in *Indisch*-Rot befreit zu werden begehrte wie die Figuren in den Marmorblöcken *Michelangelo´s*.

Die Tauben hatten, unterdessen *Professorchen* bei seiner akademischen Wortparade unten in *Cologne* die Schweißperlen hinunterliefen, in seinen Sachen gewühlt — wie Frauen eben sind, wenn der Hahn den Korb verlassen hat — sprich seine ominöse Reisetasche inspiziert und die darin entdeckte Wäsche sofort übergezogen, wie es *Hélène* zu tun pflegte, wenn sie mit *Madame Delacroix* Perücken ausprobierte, allerdings dann feststellen musste, welch einen optischen Affront sie provozierte, falls sie auf die Straße damit ginge.

Öffentlichkeit hin! Öffentlichkeit her! Mit solch einem Schauderwerk künstlicher Haare das Pflaster zu betreten, oblag ihr keinesfalls, denn sie war eitel — wie der Leser weiß — doch insgeheim hegte sie die leise Vorstellung, splitterfasernackt, nur mit ihren hochhackigen Stiefeletten mit den goldenen Schnallen an ihren *Botticellinischen* Füßen, durch das Wasser der Lüsterblicke einer großen Menschenmenge zu waten. Mitunter stellte sie sich dann vor, auf dem *Place de la Révolution* zu sein, während *Charles-Henri Sanson* Hohe Köpfe tief fallen ließ, doch war dies nur eine Vorstellung aus dem Fantasten-Kaleidoskop einer Nymphomanin.

Immerhin hatte *Professorchen* einer solchen Exhibitionierung auf einem Viehmarkt zufällig beiwohnen dürfen, wo er Pferde ins Visier nahm, als eine gut gebaute Blondine, solcherart geschildert wie *Hélène's* Fantasie, durch das Bad der Menge stolzierte und die Blicke der Männer und Frauen aufs Vollste genoss, welche ihre Augen nicht fortzuwenden vermochten von solch einer *Pygmalionischen* zu Leben erwachten wandelnden Statue. Die Blicke rissen sich um die besten Plätze und manch einem Weibe stand dabei der Saft in der Scham.

„*À propos* Hausaufgaben! Gehört das Anlegen aphrodisierender Wäsche beziehungsweise der Raub der textilen *Sabinerinnen** auch zu euren Hausaufgaben?"

---

*Anspielung auf die Sage der geraubten Sabinerinnen, wonach es im frühen Rom an Frauen mangelte, als man mit Sabinern feierte, um deren unverheiratete Frauen zu stehlen

„Jawohl, *Professorchen*!"

„Ihr wart an meiner Tasche, ihre verfluchten Diebinnen!" schrie er plötzlich in Flammen stehend, als die beiden Damen das Wasser in die Wanne ließen und sich von *Indisch*-Rot und *Pariser*-Blau, mit demselben *Hélène* ihre weichen Teilchen verhüllt hatte, losmachten. In den Kahn stiegen sie und schrubbten sich gegenseitig ab. Dann frottierten sie trocken, und suchten die Wohnstube auf, wo das historische Sitzmöbel auf sie wartete.

Professorchen ließ *Café* und Kuchen kommen, vom Schwarzwald nicht den Kuckuck, sondern die Kirsche, kurz *Schwarzwälder Kirschtorte*, und *Café Creme*. Doch möge der Hotelpage das Bestellte vor die Türe setzen, er, der *Louvre*-König sei mit intellektueller Arbeit in Anspruch genommen und wolle deshalb nicht gestört werden. Gedämpftes Klopfen war zu vernehmen, als das *Caravaggio*-Vögelchen pudelnackt die Türe einen Spalt öffnete und das Tablett mit den nachmittäglichen Köstlichkeiten in die Suite zog. Welch einen süßen Hintern sie doch habe, kommentierte das Ehepaar ihren exhibitionistischen Ausritt. *Mademoiselle* hatte gehockt und dabei den beiden Treuebeschwörern — man denke an die Eide des Paares bei den *Serviten*! — demonstrativ ihren Pfirsich-Hintern zugestreckt, derweil sie nass im Schritte wurde, da die *Venezianischen* Blicke, die ihrem nackten Hinterteile galten, Ströme wollüstiger Vorfreude in ihr entfachten.

„Komm `mal her, du geiles Kätzchen!" befehligte *Hélène* wie eine Pferde reitende Amazonen-Anführerin ihre Gespielin. „Komm `mal her, damit ich deinen schönen Hintern besser sehen kann! Du weißt ja, dass ich unter Sehschwäche leide, du verzogene Schülerin von der Zuchtlosen-Anstalt!"

Mademoiselle kam ins Zimmer gelaufen und drehte ihrer Herrin ihren herrlichen Hintern zu.

„So ist recht, du Schandenhure! Nimm dein *Indisch*-Rot und bedecke deine Brüste, schließlich sind wir hier nicht auf *Montmartre*!"

Das Vögelchen ging ins Bad, sammelte die rote Spitzenwäsche ein, zuzüglich *Pariser*-Blau, und kam zurück, wie *Gott* sie geschaffen hatte, lediglich mit den Dessous in ihren Händen. *Hélène* griff nach dem *Indischen* Oberteil und legte es ihrer Freundin mit Sorgfalt an. *Professorchen* hatte nur noch seine Seide auf den Hüften kleben und röchelte wortlos vor sich hin.

„So, du obergeiles Studentinnen-Luder, promovieren willst du also? Mach´ den Mund auf, wenn ich mit dir rede!"

In diesem Augenblicke kam *Professorchen* wieder zu sich, grabschte nach dem schwarzen Tuche, mit dem er seinem Brücken-Mädchen vorhin noch die Augen verbunden hatte und steckte es ihr in den Mund wie der Gitarrero, der das Schallloch seines akustischen Instruments mit einem Kautschuk-Deckel verschließt, um die Töne besser elektrifizieren zu können.

Und weiter fuhr sie fort mit ihrem gewaltigen Verbal-Theater:

„Ich höre nichts! Mach den Mund mehr auf!"

Das ging unserem *Professor* nun doch zu weit und entfernte das Tuch aus dem Vogel-Mund wieder.

„Nun, du willst also popovieren, mein Kind?" schwang sich *Hélène* erneut auf.

„Ja, *Madame le Professeur*!"

„Bei wem willst du denn popovieren, du geiles Flittchen?"

„Bei *Professor Bérnard.*"

„Dann ab auf den Stuhl mit dir und führe `mal vor, was du im *Moulin Rouge* gelernt hast!"

Lediglich mit ihrem *Indisch*-Rot oben herum, setzte sie sich stuhlverkehrt und breitbeinig auf das historische Möbel und streckte ihren Hintern wieder lüstern von sich. *Professorchen*, dessen Schleusentore seine Flut kaum noch zu halten vermochten, versohlte ihr erst einmal ordentlich das Gesäß und holte dann die Peitsche aus seiner Reisetasche. Jetzt jagte ein Hieb den anderen, aber sein *Caravaggio*-Vögelchen konnte nicht genug bekommen von dieser sportlichen Ertüchtigung, dass *Hélène* sie weiter anzufeuern wusste mit Worten aus ihrem Vulgarismen-Farbkasten:

„Du willst also popovieren? Und das bei *Professor Bérnard*?"

„Jawohl, Verehrteste!"

„Gib ihr noch ein paar Hiebe, Liebling! Du siehst doch, dass sie den Hintern nicht vollbekommt!" spornte sie ihn an, unterdessen der Kanarien-Vogel, wie gestern in der Wanne, an ihrer eigenen Knospe hantierte.

„Gib es ihr, Liebling! *Hau´ d´rauf ist Tango!** Gib es ihr ordentlich, diesem Höllenbiest!" und wandte sich wieder an das Brücken-Mädchen:

„Popovieren! Popovieren! Popovieren! Worüber willst du denn popovieren, du Schlange? Mach den Mund schon auf, *Professorchen* hat ja

---

**Anspielung auf „Hau rein is´ Tango" aus Udo Lindenberg´s „Bodo Ballermann"* nicht umsonst deinen Knebel entfernt! Los sag´ schon, du geiles Brü-cken-Stück!"

„Ä-ä-ä-ä . . . . "

„Ich höre nichts! »*Worüber*« habe ich dich gefragt? Bist du etwa schwerhörig oder was?"

„*Über den Thonet-Stuhl unter besonderer Berücksichtigung eines nackten Hin-terns auf Buchenholzplatte mit anschließender Knebelung!*"

„So ist recht! Aber was willst du nochmal berücksichtigen, du hohle Nuss? Sag´ schon! Was? Was, habe ich dich gefragt, ist einer Berücksich-tigung wert, wiederhol´ es nochmal! – Gib ihr noch eins mit der Peit-sche, Liebling!"

Jetzt landete ein weiterer roter Striemen auf ihren exquisiten Poba-cken.

„Die Buchenholzplatte, *Madame*, auf der der nackte Hintern sitzt, *Ma-dame*!"

„So, so, »*die Buchenholzplatte, auf der der nackte Hintern sitzt*«! Die Bu-chenholzplatte! – Ist denn das überhaupt Buche, Liebling?"

„Ja, selbstverständlich, *chérie*! Der Antiquitätenhändler aus der *Friesen-straße** hat mir seine Zusicherung gegeben. »*Buchenholzplatte*« hatte er ge-sagt! Echte Buche von Anno dazumal! Buche sei heute angesagt! Du weißt ja, wie die Bewohner dieses *Agrippinensischen* Lagers gestrickt sind!

---

ehemals Kölner Rotlicht-Straße

Fressen *Ähzezupp, Himmel un Äd, Halve Hahn** und singen, dass einer noch ginge!"

„Dann hau´ noch `mal d´rauf, Liebling!"

Das Vögelchen glühte vor Lust! Die edle Buchenholzplatte war jetzt ganz nass von dem Safte, der ihr aus der Muschi rann.

„Und warum ist »*Buche*« dabei so wichtig, du geiles Luder?"

„Weil »*Buche*« von Buch kommt, und *Professorchen* schreibt doch ein neues Buch oder nicht, *Madame?*"

„Wo sie recht hat, hat sie recht, nicht wahr, Liebling?"

„Das stimmt! Wo sie recht hat, hat sie recht!" röchelte *Professorchen*, denn ihm sollte es gleich kommen! Unter seiner Seide wartete ein scharfes Gewehr!

„So, jetzt darfst du popovieren und wichse schön dazu, du Dummchen!"

Und je mehr *Hélène* ihre Freundin beleidigte, umso geiler wurde das Täubchen, als wenn Erniedrigung den Trieb beflügle! Welche eine Schizophrenie der Natur! Als wollten alle Lebedamen in den tiefsten Kerker der Verachtung steigen, sich an die Kette ketten lassen, damit es ihnen komme!

Hélène, welche nackt in einem der *neo-gotischen* gepolsterten Sessel saß, hatte während der Buchenholz-Sitzung die ganze Zeit über kräftig masturbiert und jagte dem Höhepunkte zu!

**Erbsen-Suppe, Himmel und Erde (=Kartoffelbrei mit Apfel-Kompott und gebratener Blutwurst mit Zwiebeln), Halber Hahn (=Brötchen mit Käse, Senf und Zwiebelringen und saurer Gurke)*

Hélène oder Das Geheimnis der Falschen Mona Lisa

Monsieur und *Mademoiselle* nahmen jetzt die Popotation in Angriff: Der Soldat riss sich die Seide von den Lenden, fasste nach seinem Gewehr und stieß ihr den Lauf in den *Anus*, worauf sein *Caravaggio-*Vögelchen laut aufstöhnte und sich an ihrem Stachel erneut zu schaffen machte. Es dauerte wenige Stoßgebete, bis *Professorchen* krakeelend wie eine Marketenderin, die soeben ein hübsches Sümmchen zusammengebracht hat, den Abzug bediente und ihrem süßen Popo volle Ladung gab!

Hélène, welche zusehenden Auges ihren Masturbations-Appell fortgesetzt hatte, kam nun auch, was für das Vögelchen der Startschuss war, auch kommen zu dürfen! So kamen beide Nymphomaninnen beinahe zur gleichen Zeit, nachdem unser *Anal*-Kämpfer mit seinem Gewehre sich vorgedrängelt hatte.

Vollkommen erschöpft liefen sie wieder ins Bad, duschten und sanken danach glücklich in die Federn.

Aber der *Café Crème* — mittlerweile kalt — und die schöne *Schwarzwälder Kirschtorte*, welche darauf gewartet hatten, getrunken und verspeist zu werden, standen da wie bestellt und nicht abgeholt.

Langsam verdüsterte sich der Horizont und draußen leuchteten die ersten Laternen.

Im Laufe der folgenden Tage fuhren sie fort mit ihren Knister-Spielen. *Professorchen* kramte seine Masken hervor, dieselben den zwei Tauben nicht entgangen waren, als sie in seiner Reisetasche gewühlt hatten, um dahinter zu kommen, weshalb *Professorchen* so sei wie er war. Doch auch die *Commedia dell'arte* konnte ihre Frage nicht beantworten.

Trotzdessen blieb ihnen nichts anderes übrig als auf den Tag zu warten, an dem *Professorchen* diese Masken zum Einsatz brachte.

Das *Thonet*-Täubchen spielte den *Dottore*, *Hélène Colombina* und *Professorchen Arlecchino**.

Auch dieses Mal wurde wieder ordentlich popoviert. Zwischendurch tauschten sie ihre Masken und *Hélène* durfte auch mal popovieren, was ihr im Übrigen großes Vergnügen bereitete.

Irgendwann war Heimfahrt angesagt und zu diesem Anlasse orderte der *Sorbonne-Boss* nochmals *Café Crème* und *Schwarzwälder Torte*, was der Page diesmal aber nicht vor die Türe stellen möge, da *Monsieur le Directeur* seine Studien über die *Michelangeleske* Akrobatik unter besonderer Berücksichtigung von Stand- und Spielbein zum Abschluss gebracht hätte.

Die *Schwarzwälder* Kirsche landete auf *Hélène's* Brüsten, die *Mademoiselle* und *Monsieur* inbrünstig abschleckten, die *Café Crème* dorthin, wo sie hingehörte — in den Magensack — kamen wieder in Fahrt und so fort.

Die Verabschiedung am nächsten Vormittag war herzlich. Wieder stand der Hotel-Chef persönlich in der Lounge und hatte ein paar mit bunten Papier-Sonnenschirmchen garnierte Säfte mixen lassen, mit viel Eis und jeder Menge *Maracuja*, die er den Abreisenden an einem frühen Freitagvormittag offerierte.

**Colombina (ital. Täubchen) ist lebenslustig; Arlecchino ist Spaßmacher Harlekin, mit Colombina zusammen oft ein Liebespaar; Dottore ist Tollpatsch in punkto Wissen*

Hélène oder Das Geheimnis der Falschen Mona Lisa

„Mensch, was haben Sie da oben für einen Krach gemacht, *Monsieur*! Wie Orchester-Schlachten-Musik mit anschließendem Soldateska-Aufmarsch! Ich dachte, Sie säßen an ihren Studien über *Michelangelo*?"

„*Oui, oui, Monsieur*, hab´ ich auch, doch wie Sie wissen, muss man seine Theorien dann und wann `mal in die Praxis überführen."

„A-a-a! Ich verstehe, *Professor Bérnard*! Ich verstehe, *Professor*!"

„Ich sagte ja bereits ihrem Page, dass ich Stand- und Spielbein der antiken Statue untersuche, an denen auch *Michelangelo* sich orientiert hatte, und dazu brauchte ich ein wenig Freiraum, um zu überprüfen, inwieweit das Standbein funktioniere und ob dasjenige des Spieles lang genug sei, damit es die Buchenholzplatte berühre, die einer Skulptur als Sockel diene."

„*»Buchenholzplatte«*! Ich verstehe, *Monsieur*! Da draußen gibt es ein Pferdegestüt, ich weiß nicht, ob Sie die Tage `mal dort waren, wo Sie ein vielbeschäftigter Mann sind und kaum Zeit aufbringen dürften für tierische Dinge. Man läuft eine wunderschöne Allee mit altem Buchenbestand entlang. Wirklich bezaubernd, *Monsieur*! Falls Sie jetzt noch nicht dort waren, holen Sie es das nächste Mal nach, wenn ich Sie und Ihre reizenden Damen wieder bei uns als Gäste begrüßen darf!"

Dann verschlang das Satanisten-*Trio* gleich mehrere Gläser dieser köstlichen Passionsfrucht und schwuren, bei diesem nächsten Mal dieses außerordentliche Pferdegestüt zu besuchen, von denen der Hotel-Boss so sehr schwärmte.

„Aber was ich noch sagen wollte, *Monsieur*", meinte der *Feen*-Chef mit einem Mal mit strenger Miene, „Sie können froh sein", wobei er schimpfte wie *Monsieur Hitler*, als derselbe den *Juden* ihre Vernichtung prophezeite, „dass wir in dieser aufgeschlossenen *futuristischen* Zeit leben! Vor weit mehr als dreihundert Jahren hätte man Sie samt Ihren Gespielinnen ins Zuchthaus gesteckt, Sie Sittlichkeitsverbrecher! Ein Affront gegen die Moral, *Monsieur*! Seien Sie froh, dass Sie *Pariser* sind und nicht so ein prüder *Germane*! *Pariser* können sich ja alles erlauben! Sie Teufelskerl! Aber Sie haben bei mir einen Stein im Brett! Sie sind ja der *Louvre-King* und da drückt man `mal ein Auge zu, und lässt Fünfe auch `mal gerade sein. Schließlich sind die Künstler, die in Ihrem Hohen Hause hängen, alle perverse Schweine gewesen! *Voila, Monsieur*!"

Unser *Professor* gab nicht viel um diese verbale Hinrichtung. Zweifelsfrei würde es sich um gelungene Versprecher gehandelt haben wie damals bei dem Nacht-*apéritif* nach dem rauschenden Vermählungs-Fest, als der *Feen*-Chef einen Beerdigungs-*Café* tags zuvor zu organisieren gehabt hatte, und ihm und *Hélène* sein „*Herzliches Beileid*" aussprach.

Zum Schlusse gab es eine Runde Bussis, zumal unser *Louvre*-Direktor zwei Nymphomaninnen im Schlepptau führte, von denen der Hotelier sich nur allzu gerne seine Kaiserwangen abschmatzen ließ.

Die Hotel-Knechte wuchteten das Gepäck und die Kiste mit dem Lustmöbel in den Wagen und noch ein Winken und dann ab zurück nach *Paris*!

Professorchen drückte aufs Gas, während die beiden Turteltauben unter Hitze klagten, obgleich bei dem mobilen Klapperkasten wie ehemals bei diesem Kanalküsten-*Jaguar* die Heizung kaputt war, ganz zu schweigen von einem Bordradio!

Hélène oder Das Geheimnis der Falschen Mona Lisa

Anstelle Bordradio-Geheuls sang irgendwo zwischen *Meckem, Prüm, Pariss* Sœur Hélène* wieder ihr Lied:

„Frère Jacques, Frère Jacques, dormez-vous, dormez-vous? Sonnez les matines, sonnez les matines? Ding, ding, dong! Ding, ding, dong!"

Das kleine Vögelchen aus *Brügge* summte leise mit.

„Frère Jacques, Frère Jacques, dormez-vous, dormez-vous? Sonnez les matines, sonnez les matines? Ding, ding, dong! Ding, ding, dong!"

Seine beiden Schnucki-Pussys setzte er in der *Rue Pierre Fontaine* ab, wo er hatte ein paar Tage zuvor noch das bizarre Hupkonzert *à la* frühem *Lucien Ferrari* mit erleben dürfen, als es beinahe zu einem Kräfte-Messen mit anderen Straßen-Königen gekommen wäre, wenn *Hélène* nicht hätte von ihrem Spiegelbild sich lösen können und früher als *Professorchen* erwartet hatte, mit ihrem Popotations-Mädchen schließlich auf dem Pflaster aufgelaufen wäre.

Dann kämpfte er sich mit seinem exklusiven Schrott durch den Abendverkehr bis er schließlich daheim war, *Madeleine* ihn empfing und seine Pantoffeln brachte.

**rheinische Umschreibung für »einen Umweg fahren«, über Meckenheim, Eifel-Ort Prüm und Paris*

Alexander Sergejewitsch

Eine zweifelhafte Einladung (Ende Oktober / Anfang November)

"*L*assen Sie sich `mal ansehen, *Professor!*" meinte *Madeleine*,
als sie ihm seine Fußtreter reichte.

„Erholt sehen Sie aus, *Monsieur!* Normalerweise wenn
Sie von wichtigen Auswärts-Terminen kommen, schauen Sie als ob Sie
ins Bett gehörten, so gestresst sind Sie dann. Mitunter denke ich in solchen Momenten, Ihnen diese Dienstreisen verbieten zu müssen. Aber
nun machen Sie auf mich den Eindruck, von einer Kur heimzukehren,
so frisch schauen Sie wie schon lange nicht mehr!"

„*Merci pour le compliment, Madeleine!* Ja, alles halb so wild! Na ja, Sie sind
im Bilde, *Michelangelo* — die Innung war entzückt von meinen Thesen! —
und danach war Ausspannen angesagt, oben im *Kaiserpark* auf dem
Feenberg, in dem alten Hotel, wo man diesen bezaubernden Blick auf die
Bäderstadt hat!"

„Ja, ich weiß, *Monsieur*, ich durfte diesen herrlichen Flecken letzten
März ja kurz kennenlernen, am *Schönsten Tag Ihres Lebens*, wenn ich mir
das `mal herausnehmen darf, *Monsieur!*"

„Sie dürfen, *Madeleine*, schließlich sind Sie mir eine große Hilfe!
Manchmal erwäge ich, in der *Seine* mich zu ertränken, wenn ich Sie nicht
hätte, *Madeleine!*"

„Seien Sie nicht so bescheiden, *Professor!* Bald kommt *Hélène* ins Haus
und geht mir ein wenig zur Hand, falls es nötig sein sollte, und dann
kann ich auch etwas an mich denken. Offen gestanden, habe ich Sie beide beneidet, ich meine Sie und Ihre Gemahlin, der halb *Paris*

236

hinterherschaut, sobald sie sich in der Öffentlichkeit zeigt!" redete *Madeleine* auf ihren gelehrten Zögling ein, und ihr Zögling über *Hélène's* exhibitionistische Fantasien reflektieren musste, wenn seine Frau sich vorstellte, auf dem *Place de la Révolution* pudelnackt zwischen dem Pöbel herumzustolzieren, während *Sanson Louis* ^{XVI} enthaupte, wobei *Hélène* innere Genugtuung verspüre, aber weniger ihres Frondienstes für die voyeuristische Sensationsgier des Publikums wegen, was natürlich ihren Exhibitionismus zu befriedigen vermochte, als vielmehr des fallenden Hauptes eines Monarchen, nichtsdestotrotz *Hélène* von Parlamenten und sonstigen demokratischen Übeln nicht viel hielte, da das Volk dumm sei. Das sähe man schon alleine daran, mit welch´ voyeuristischen Inbrunst der damalige Pöbel dem grausigen Spektakel beigewohnt und gar seine Kleider mit Blauem Blute sich besudelt hätte, nur um seine primitiven Instinkte der Stillung zuzuführen wie bei *Louis* ^{XVI} und *Marie Antoinette Sanson** an der *machine*.

Doch insgeheim profitierte *Hélène* bei solchen Fantasien gerade von diesen niederen Instinkten, die es ihr erlaubten, in ihrem Fuchse, völlig entblößt darunter, im Herbst durch den *Jardin du Luxembourg* zu spazieren, dem *Maskenhändler* Luftküsse zufliegen zu lassen, um im nächsten Moment ihren Mantel zu öffnen, sobald eine Gartenschöne erschiene und sie dann, vollgesogen von deren Garten-Blick, eines paradiesischen Prickelns in ihrer Schamgegend sich nicht erwehren konnte. Das war *Hélène*! Von dem, was sie nach außen hin zu verabscheuen vorgab, profi-

---

**Charles-Henri Sanson (1739 bis 1806), Scharfrichter an der Guillotine während Französischer Revolution*

tierte sie nach innen hin! Denn was wäre *Hélène* ohne Publikum? Ohne Sensation? Ohne *seine Große Liebe*?

„Beneidet habe ich Sie beide um Ihre Liebe, und dann die ehrenwerte Gesellschaft, die Musikanten von der *Pariser Oper* und-und-und . . . !"

„Nun seien *Sie* `mal nicht so bescheiden, *Madeleine*! Manchmal beneide ich *Sie*! Wissen Sie, die Verantwortung! Die Verantwortung! Der *Louvre*, die *Sorbonne* und neuerdings die Verantwortung für *Hélène*, die ich zu tragen habe! Manchmal sehne ich mich danach, in Ihrer Lage sein zu dürfen, um nach getaner Arbeit alle Viere von mir strecken und schwerelos ins Bett fallen zu können, ohne die Last von Gedanken an den folgenden Tag, ob denn meine Schüler sich mit dem einverstanden sähen, was ich ihnen über *Garnier*, *Rodin*, *Wallot* und so weiter erzählte, ob noch alle Bilder hingen im *Louvre* und nicht der *Inspektor* auf der Schwelle erneut stünde, um mir *Hiobs*-Botschaften zu überbringen, dass die »*Mona Lisa*« sich wieder selbständig gemacht hätte und so fort. All das übersteigt mitunter meine Kräfte, so dass ich mich freue, wenn *Hélène* zu mir stößt, Sie dann etwas an sich selbst denken können, und ich mich ein wenig ausruhen darf an ihrer Seite, nachdem ich habe die Pforten der Musenanstalten ins Schloss fallen hören!"

„Ja, ja, ja, so ist das Leben, *Monsieur*! Niemals ist man zufrieden mit dem, was man hat! Glauben Sie mir, gäbe man einem Bettler heute eine Burg, wo er sein müdes Haupt legte und am gedeckten Tische säße, klagte er alsbald, in keiner größeren Herberge residieren zu dürfen, gäbe man ihm darauf ein Schloss, klagte er über die zu wenigen Zimmer und legte man ihm ganz *Paris* zu Füßen, klagte er, dass ihm unsere Stadt zu laut

und zu dreckig sei, wo dieser Mensch selbst sein halbes Leben unter unseren Brücken zugebracht hat! Glauben Sie mir, *Monsieur*, der Mensch ist
nicht zufriedenzustellen! Vor dreihundert Jahren nannten das die *Alemannen »Jammern auf hohem Niveau«*! Also jammern Sie nicht, *Monsieur*, und
danken Sie *Unserer Lieben Frau*, dass Sie die große Karriere gemacht haben, um die Sie alle Welt beneidet! Denn wer darf sich glücklich schätzen, der Herr der *»Mona Lisa«* zu sein, *Monsieur*, der Herr seiner Schülerinnen und Schüler, die ständig anrufen, um mit Ihnen zu sprechen, weil
irgendwas auf ihrer Seele brennt? Wer, *Monsieur*! Wer, wenn nicht Sie?"

Mit diesen Weisheiten hatte *Madeleine* unseren *Professor* wieder zurück
nach *Paris* geholt, dort wo er hingehörte, in die urbane Museroi!

„Was gibt es sonst, *Madeleine*? Haben Sie Neuigkeiten?"

„Ja, ein Brief ist gekommen, der mir sofort auffiel, das besondere Papier, Pergament oder so was, und das Couvert mit Wachs gesiegelt! Ich
habe ihn oben auf Ihren Schreibtisch gelegt, *Monsieur*!"

Monsieur schlurfte die Treppen hoch, betete vor seiner *Vladimirskaja*
und setzte sich an seinen Schreibtisch, als *Madeleine* hereinkam und ihm
seinen Tee servierte.

„*Merci, Madeleine! Vraiment! Je vous remercie de votre gentillesse chaleureuse,
Madeleine!*"

Ein seltsames Couvert, das ihm da in die Augen stach, starkes festes
Papier, wahrlich, Pergament, und die Anschrift mit richtiger Tinte, wo
doch alle nur noch der Elektronik des vermeintlich wundersamen Re-
chen-Apparates sich aussetzten und das Handschreiben verlernt hätten,
weshalb die Verdummung solch ein Ausmaß genommen habe, dass es

neuerdings Schreibstuben gäbe, wo man dieses ausgestorbene Handwerk wieder erlernen könne.

Dann beschaute er die Rückseite und sein Blick fiel auf das rote wächserne Siegel. An die Kerze, die vor seiner *Vladimirskaja* brannte, ging er damit und entdeckte in dem Siegel sieben Buchstaben gedrückt: »HELMETS«. Der bestimmte Artikel »LES« davor gesetzt: »LES HELMETS«. Merkwürdig! Sofort dachte er an den *Maskenhändler*! An *Victor Hugo* und dann an seinen *Smaragd Hélène*, um ihre seelische Wärme ins Herz sich zurückzurufen, denn es schauderte und ängstigte ihn.

Er nahm sein Papiermesser aus der Schublade — mit dem er uralte Schinken zu entblättern pflegte, wenn diese vor vier- bis fünfhundert Jahren gedruckten Bücher niemand gelesen hatte, weshalb ihre Seiten noch voneinander zu trennen waren — setzte die Klinge in den schmalen Spalt, wo die Knickfalte der Zunge zu fassen ist, fuhr die Falte bis ans Ende entlang, legte das Messer fort und fingerte den Brief hervor. Auch der Brief war von Pergament, aber nichts darauf zu lesen! Ach, dachte unser *Professor*, wieder einer von diesen *teenager*-Späßen seiner Studentinnen, die ihm ihre feuchten Fantasien auf mit Zitronentinte beschriebenem Pergament zu übermitteln wünschten! Ein Stein fiel ihm vom Herzen! Und er hatte an eine Morddrohung oder ähnliches gedacht!

Ja, seine Schülerinnen verehrten ihn, nicht nur in wissenschaftlichem Belange! Manche verzehrten sich nach ihm, sobald er ans Katheder trat, um sie über *Michelangelo's* nackten *David* aufzuklären. Dann hörte man ein leises Tuscheln, verbales Krabbeln und leises Kichern und unser *Professor* wusste Bescheid!

Hélène oder Das Geheimnis der Falschen Mona Lisa

Na ja, dann wolle er `mal sehen, was seine kleinen Lieblinge ihm schrieben und ging mit dem Brief wieder zurück zu seiner *Vladimirskaja*, wo er ihn über die Kerze hielt und Schrift sichtbar wurde, selbstverständlich ebenso von Hand, aber von Schülerinnen-Späßen konnte keine Rede sein:

Ehrwürdiger Professor!
Hoher Direktor der Schmuckschatulle der Ewigen Lisa!

Kommen Sie Allerheiligen, Punkt Mitternacht, in die Rue de l'Ancienne Comédie, sechstes Arrondissement, nahe Café Procope*. Das Haus, es ist sehr alt, wo ich Sie erwarte, verfügt über ein winziges Fenster, unmittelbar neben dem Eingang, in dem Sie ein Bild, eine kleine Kopie der Kreuzigung Petri nach Caravaggio, sehen werden. Klopfen Sie siebenmal an die Pforte! Und kommen Sie bitte in Begleitung Ihrer Gattin und des Thonet-Mädchens, mit dem Sie und Ihre Frau sich so gut verstehen! Ich habe Ihnen Wichtiges mitzuteilen! Alle Ihre Fragen, auf welche Sie seit Jahren Antworten suchen, werden transmutieren wie die Schwefelsäure für den Stein der Weisen! Sie werden es nicht bereuen, Monsieur!
Ich erwarte Sie um Punkt Mitternacht!

In tiefster Verehrung!
Ein unbekannter Apotheotiker Ihres Genies!

---

*berühmtes Pariser Café von 1686 im Quartier Latin (Voltaire, Rousseau, Balzac, Hugo, Verlaine, Napoléon Bonaparte etc.)

Alexander Sergejewitsch

Dem *Professor* stand der kalte Schweiß auf der Stirn! »*Punkt Mitternacht*!«
»*Stein der Weisen*!« »*Beantwortung aller Fragen*!« »*Hélène und das Caravaggio-
Vögelchen*!«

Zunächst dachte er daran, die Präfektur aufzusuchen, fußläufig gegenüber, um dem *Inspektor* Mitteilung zu machen, aber dann entschied er
um, schließlich wolle er *David* mit der Schleuder sein und *Goliath* zur
Strecke bringen, falls das mysteriöse Rendezvous etwas zu tun haben
sollte mit dem Toten im *Jardin du Luxembourg*.

Am folgenden Morgen telefonierte er mit *Hélène*, die in ihrem Ober-
Geschoss in der *Rue Pierre Fontaine* es sich »*schnuckelig*« gemacht hatte und
in *Edgar Allan Poe's* »*Die Grube und das Pendel*« vertieft war — sie hatte
noch ein paar Tage frei, *Madame Romanova* war verreist und hatte das Geschäft kurzweilig geschlossen, was *Hélène* sehr gelegen kam, denn immer
schon wollte sie wissen, was es mit dieser gruseligen Geschichte auf sich
habe.

„Na, mein Schatz, wie geht es dir? Habt ihr wieder gut eingefunden?
Wie geht es unserer *Thonet*-Künstlerin? Macht sie sich wenigstens ein
bisschen nützlich, mein Engel?"

„Ja-ja-ja, alles im Lot, *chéri*! Schöne Tage waren es, nicht wahr, Liebling?"

Als er »*Liebling*« vernahm, wurde ihm wieder ganz warm ums Herz.
Wie sehr er sie liebte, seinen *Botticellinischen* »*Liebling*«!

„Das Vögelchen ist soeben ausgeflogen und trifft sich mit ein paar
Freundinnen aus *Brügge* im *Café Procope*."

„*À propos, Procope*! Ich habe eine Einladung für dich, *chérie*!"

Hélène oder Das Geheimnis der Falschen Mona Lisa

„Wau! Dann rück´ `mal `raus mit der Sprache! Dieses Mal lässt du mich aber nicht wieder sitzen wie mit den *Leonardesken* Gemälden im *Petit Palais?*"

„Ach, wo! Wo denkst du hin? Nein! Doch ist es eine etwas ungewöhnliche Einladung!"

„Für das Ungewöhnliche bin ich stets zu haben! Das weißt du doch, *chéri!*"

Nun musste unser *Professor* lachen und zurück sich erinnern ans *Kaiserhotel,* wo sie es getrieben hatten wie in einer versauten Zelluloid-Version von »*Madame und . . .* «. Ja, diese bezaubernden Hintern! Erst der eine, dann der andere! Das war Hochgenuss *par excellence* für einen Ästheten des erotischen Ateliers, in denen er schon viele Hintern hatte kommen und gehen geseh´n!

„Wir mögen *Allerheiligen* in die *Rue de l'Ancienne Comédie* kommen. Dort erwarte uns etwas Außerordentliches!"

„Und wer ist dieser Gastgeber des Außerordentlichen, *chéri?*"

„Das weiß ich selbst nicht, irgendjemand, der vorgibt, mein Genie zu »*apotheotisieren*«, wie er schreibt, ich habe einen Brief erhalten, oberste Couleur!"

„*À propos* apopovieren? Um welche Uhrzeit, *chéri?*"

„Punkt Mitternacht, Liebling! Und *Mademoiselle* mögen wir auch mitbringen!"

„Das klingt ja wirklich gruselig! Wie die Geschichte, die ich gerade lese, weißt du, über das *Pendel** von diesem Dichter aus *Boston*!"

„Ach, dieser Schmarren! Du solltest lieber `mal was *Anständiges* dir zu Gemüte führen, anstatt mit Gruben, schreienden Jungfrauen und schwarzen Katzen dich zu beschäftigen!"

À propos anständiges Popovieren! Nun musste *Professorchen* an die *Unanständigkeiten* wieder denken, welche er mit ihr und ihrer gemeinsamen Freundin aus *Brügge* ausgeheckt hatte, oben auf dem *Feenberg* in *Allemagne*. Statt schwingender Messer hatte er Designer-Möbel, Peitschen und Masken in seinem Repertoire gehabt! Dinge des Lebens! Nicht welche des Todes aus dem Land, wo jeder mit einem Schießeisen `rumliefe. Nicht von ungefähr käme jener Dichter aus *Amerika*.

„Na, das kann ja heiter werden! Was soll ich denn anziehen, *chéri*?"

„Deinen azurnen Hosen-Anzug! Und unsere *Thonet*-Künstlerin ihr *Indisch*-Rot und ihre Krokodile! Du weißt ja, was ich meine!"

„Na gut, wenn du meinst, *chéri*!"

„Ich komme euch abholen mit meinem exklusiven Schrott, so gegen *viertel zwölf*, und sei bitte fertig, wenn ich komme, und steh´ nicht wieder stundenlang vor dem Spiegel! Und sag´ dem Vögelchen, es solle sich benehmen, wer weiß, wer hinter der Einladung steckt, vielleicht *Monsieur le Président* persönlich, wer weiß?"

„*Oui, oui, chéri*! Deine Wünsche sind mir Befehl!"

**Poe's Geschichte spielt während des Spanischen Befreiungskrieges (1807 bis 1814), als die katholische Kirche besonders grausam die Inquisition betrieb und den Krieg schürte*

Hélène oder Das Geheimnis der Falschen Mona Lisa

Um *viertel zwölf* tauchte der *Louvre*-King mit seinem *Alemannen*-Schlitten der Vorzeit in der *Rue Pierre Fontaine* auf. Dasselbe Theater wie gewöhnlich: Parkplätze waren Luxus und wieder ein frenetischer Jubelchor wutentbrannter *Pariser*, weil *Monsieur* seinen exklusiven Schrott mit laufendem Motor in der Mitte der *Rue* erneut präsentierte!

Doch dann kamen sie auch schon runter und kletterten in die ruinierte Blechbüchse. Nun waren die Geheimbündler der *ménage à trois* abermals beisammen, der *Louvre*-King hinter dem Steuer — was man so als Steuerrad bezeichnen kann, denn auch dieses hing schon auf *viertel zwölf** — der schlaue Fuchs neben ihm und das Kaninchen auf der Rückbank, natürlich wieder mit seiner Vorwitznase in der Lehnenritze.

„Na, sind wir nicht pünktlich, *chéri?*"

„*Oui, oui!* Pünktlich wie immer!"

Nun konnte sich das Kaninchen ein Lachen nicht verkneifen und meinte:

„Pünktlichkeit ist die Mutter der Porzellankiste, nicht wahr, mein Fuchs?"

„Willst du wieder frech werden, Schneehase?" erwiderte *Hélène* mit liebenswürdiger Ironie.

„Lass es sich doch ruhig ausquatschen, das kleine Biest! Noch sind wir nicht in *Finistèrre!*" mengte der *King* dazwischen.

„Schau `mal *Professorchen*, was ich mitgebracht habe!" worauf *Mademoiselle* ihr Kaninchen öffnete, wo unter dem *Indisch*-Rot die Nobles-

---

umgangssprachliche Anspielung »auf halb acht hängen« (=schief hängen)

se ihrer Entblößung sich aufmachte, die Rückspiegelblicke von *Professorchen* ein weiteres Mal zu erobern.

Professorchen war von seinem Rückspiegel so fasziniert, dass es plötzlich *Bums* machte und sie eine brennende Straßenlaterne begutachten durften, vor der sie soeben einen Parkplatz gefunden hatten.

„Ich hatte es Ihnen ja gesagt, *Professorchen*! *»Ein kleiner Unfall*!« *»Ein hübscher kleiner Unfall*!"

„Wenn das alles ist, na bitte! Lasst uns aussteigen, *Hélène*, die letzten Meter gehen wir zu Fuß! Den Karren können wir gleich hier stehen lassen, wo hätten wir den Karren ansonsten stehen lassen sollen? Dieses verfluchte *Paris*! Und diese verfluchte Göre! Die geht mir langsam auch auf die Nerven! Die mag ihre ungewaschene Klappe gefälligst halten, sonst setzt bei mir noch was aus!"

„A-a-a! *Professorchen*! *»Aussetzen*«! Wo wollen Sie mich denn *»aussetzen*«, *Professorchen*? Im *Moulin Rouge*, um zu zeigen, was ich gelernt habe? Dazu ist es zu spät! *Moulin Rouge* ist bereits in weiter Ferne. Sie hätten sich *dort* einen Laternenpfahl aussuchen müssen, *Professorchen*! Oder meinten Sie, etwas anderes setze aus? Nicht doch, *Professorchen*! Sie wissen doch, dass wir Tiere lieben: Stuten, Hengste, Löwen, sogar Molche, gerade solche!"

„Jetzt reicht es aber langsam, *Thonet*-Stühlchen!"

„Sie hat noch nicht genügend popoviert, *chéri*!"

„Das holen wir gleich nach, wenn wir dieses *Kinkerlitzchen*-Rendezvous hinter uns gebracht haben! Dann kann sie sich auf was gefasst machen, das schwöre ich dir! Die wird noch ihr Blaues Wunder erleben, diese teuflische Bestie! Die ist doch nur wieder geil, dieser verkommene Brückendreck!"

Sie liefen in die *Rue de l'Ancienne Comédie* ein. Der *King* und seine beiden bepelzten Gespielinnen warfen flüchtige Blicke durch die Fenster des *Procope* und flanierten die Gasse weiter hinunter.

Sie wurden begafft und beglotzt wie Tiere hinter Gitterstäben.

Auch das ist *Paris*! Man glaube es kaum! Eine Weltmetropole, nichtsdestoweniger verständlich, wenn man in Rechnung stellt, wie schön *Hélène* war! Wie schön *Mademoiselle Brügge*! Und wie prominent der *King*!

„Irgendwie kommt mir das alles bekannt vor! Ja genau! In dieser Straße hatte ich ein Zimmer, als ich noch ein kleiner Student war. Ach, da ist es ja, das alte Haus! Wie lange war ich schon nicht mehr hier? Wie lange ist das her?"

Als sie sich der *historistischen* Architektur näherten, überfiel den *King* *déjà-vu* seiner Studententage mit der *Kühlen Blonden aus dem Hohen Norden* und staunte nicht schlecht, diesem mysteriösen Fenster plötzlich gegenüber zu stehen, von dem der anonyme Schreiber geschrieben hatte: winziges Fenster mit der »*Kreuzigung Petri*«! Ihn traf ein Blitz aus Heiterem Himmel! Welch ein Leiden! Wie der Heilige kopfabwärts dort hing auf zwei gekreuzten Balken, Hände und Füße genagelt, doch gab es kein Blut zu seh'n! Wo war das Blut? Wo die Schuld? Wo das Himmelreich, auf das *Petrus* wartete, wo er unseren *Herrn* dreimal verleugnet hatte, bevor der Hahn dreimal krähte?

Seinen beiden Freundinnen lief kalter Schauer über den Rücken, suchten Zuflucht hinter *seinem* Schauer-Rücken und vergruben sich in ihre Tierkrägen.

„Hier ist es, *Hélène*!"

Er klopfte siebenmal an die Pforte, als eine gänzlich in schwarzes Tuch gehüllte Person öffnete. Sie hielt eine brennende Kerze, deren Flamme zu verlöschen drohte, wenn die Türe nicht wieder schlösse, da der Wind sich aufmachte, in die Stube zu fahren.

„Kommt rein, ihr schönen Kinder! Der Meister wartet bereits auf euch! Und schließt bitte die Pforte, sonst stehen wir im Düstern!" wies die in der Nonnentracht einer *Servitin* gekleidete Person das *Trio* an.

Den beiden Stuten, nachdem der Hengst die Türe geschlossen hatte, wurde flau vor Augen im Angesicht drohender Finsternis und taumelten zu Boden.

Der *Professor* machte Knie und rüttelte an den Tieren.

„Habt keine Angst, Euer Gnaden! Das kennen wir alles! Was meinen Sie, wie viele unerbetene Gäste hier schon zu Boden gegangen sind und nachher nicht mehr aufgestanden! Hä-hä-hä-hä-hä! Ihr müsst Euch eines merken! Solange Ihr im Hause des Meisters seid, bestimmt der Meister, wer über den Jordan geht! Sie wissen doch, die Selektierung vor den Kammern mit den Gasen, wo diejenigen, die *Unseren Herrn* ans Kreuz geschlagen haben, keinen Sauerstoff mehr bekamen! Hä-hä-hä-hä-hä! Ja, wer den *Herrn* ans Kreuz schlägt, ist des Todes! Hä-hä-hä-hä-hä!"

Nun wurde auch unser *Professor* von Schwindel ergriffen und rang nach Luft.

„Ja-ja-ja, Euer Gnaden! So ist es denen ebenso ergangen, zuerst rangen sie nach Sauerstoff, aber dann . . . !"

„*Hélène*! *Mademoiselle*! Aufwachen! Ihr müsst aufwachen!" flehte er seine unbeweglichen Gespielinnen an. „Ihr müsst aufwachen! Bitte!" worauf er zu beten anfing:

„*Gegrüßet seist Du, Maria, voll der Gnade, der Herr ist mit Dir*!

Du bist gebenedeit unter den Frauen,

und gebenedeit ist die Frucht Deines Leibes, Jesus!

Heilige Maria, Mutter Gottes, bitte für uns Sünder

jetzt und in der Stunde unseres Todes! *Amen*!"

Dann wiederholte er seinen Rosenkranz, doch die teuflische *Servitin* fiel ihm ins Heilige Wort:

„Das nützt Euch gar nichts! Ich sagte ja bereits, hier befiehlt der Meister!"

Seine beiden Spießgesellinnen kamen allmählich wieder zu sich.

„Lasst uns frei, Ehrwürdige Mutter! Bitte, lasst uns frei!" bebettelte der *Professor* die falsche Nonne.

„Wie oft muss ich mich noch wiederholen wie ein krankes ewiges Uhrwerk, das quietscht und knarrt so lange bis die toten Katzen aus ihren Gräbern steigen? Der Meister befiehlt! Basta!"

„Wer ist der Meister, Ehrwürdige Mutter?" insistierte der bleiche Gelehrte.

„Den werdet Ihr bald kennenlernen! »*Kennenlernen*« habe ich gesagt!"

Nun riss er hoch, zog seine Gespielinnen mit und schleppte zur Tür, die er verzweifelt zu öffnen versuchte.

Alexander Sergejewitsch

„Hä-hä-hä-hä-hä! Die Türe ist verschlossen wie ein Grab! Hä-hä-hä-hä-hä! Ihr könnt noch so viele Fisimatenten* — oder wie sagen diese Karnevals-Deppen da unten in *Allemagne*, wo unser *Heiliger Petrus†* steht? — so viele Fisimatenten veranstalten wie Ihr wollt. Ihr kommt hier nur raus, wenn der Meister es will! Und ob er will oder nicht, hängt von seiner Laune ab! Manchmal steht er mit linken Beinen auf, dann dürfen unsere Gäste schon `mal ihr Testament machen! Manchmal aber mit rechten Beinen‡, dann lässt er die Hintertür zum Garten öffnen, so eine Art Paradiesgarten, wo die *Eva*-Äpfel hängen und giftige Schlangen sich im Grase tummeln! Immerhin eine letzte Chance für die Glücklichen, denn die anderen, das wage ich Ihnen gar nicht zu sagen, was diesen blüht, diese Unglücklichen lernen den Meister dann eben kennen! Und wer will schon den Meister »*kennenlernen*«? Ich jedenfalls wollte es nicht, als er mich aus meinem Kloster stahl und mich hierhin verschleppte, wo ich nun ein klägliches Dasein in Dunkelheit friste. Doch gut ist er zu mir! Denkt an mein leibliches Wohl, Sie verstehen, nicht wahr, Sie Teufelskerl! Führt mir an den Hohen Tagen schöne Jünglinge und geweihte Jungfrauen zu! Sie verstehen! Ich darf dann auch selektieren, diejenigen jedoch, die nicht nach meiner Fasson sind, führe ich darauf dem Meister wieder zurück, der seine Freude daran hat, dieses Geschmeiß zu vernichten! Wie sehr hatte ich ihn geliebt, den *Prior* vom Orden der *Prämonstra-*

---

unnötige Umstände, franz. Ursprungs, gebräuchlich in Köln
†Haupt-Patron der Kölner Kathedrale
‡entfernt verwiesen auf die Gespenster-Krimi-Folge von Jason Dark (Helmut Rellergerd
*1945) mit dem Helden John Sinclair:"… rechtes Bein vor, linkes Bein nachziehen"

tenser*, bevor der Meister mich holte und mich ihm wegnahm? Wie sehr!
Oh, du mein geliebter *Antonius*! Mein *Ambrosius*! Mein *Heiliger Bonifatius*!†
Mein süßer Höllenhund!"

Bei diesen Worten fasste das *Trio* sich an die Stirn und empfand gegenüber dieser Fleisch gewordenen Häme Anflüge von Mitleid so wie *Esmeralda* für den Glockenläuter *Unserer Lieben Frau*. Denn was Liebe sein kann, wussten alle drei nur allzu feste, dass sie meinten, ihre Schergin zu verstehen. Und dass ihr sadistisches Gebaren bloß Ausdruck ihrer ins Gegenteil verkehrten Liebesqual sei.

„So, jetzt reißt Euch `mal zusammen! Seht dort! Das Kirchenglas, durch das am späten Nachmittag, wenn die Sonne ganz tief steht, und das ausschließlich im Winter, nur wenige Strahlen irren und meinem wunden Herzen begehrtes Labsal schenken!"

Monsieur kannte dieses Fenster ziemlich genau. Er hätte es aus der Erinnerung malen können, falls er dazu handwerklich befähigt gewesen wäre. So frisch war seine Erinnerung! Jenseits dessen die mächtigen Glasfenster, welche die Baubehörde hatte nachträglich einsetzen lassen, mit schwerem Brokat verhangen waren.

Seine beiden Tauben derweil bei ihm unterhakelten, weil sie erkannt hatten, dass diesem Schicksalspfeil kein Kraut gewachsen war, und einer zweifelhaften Zukunft verzweifelt entgegensahen.

**von Norbert von Xanten 1121 in Prémontré gegründeter Orden, um in der Nachfolge Jesu zu handeln und zu leben*
†*Bonifatius (673 bis 754), Missionar im heidnischen Germanien / Ambrosius (339 bis 397), Kirchenlehrer / Antonius (251 bis 356), Eremit*

„Seht hier! Die Wandbespannung! Violett! Und dort!" wobei sie mit der brennenden Kerze ganz nahe an eine Draperie ging, dass dieselbe fast Feuer gefangen hätte. „Dieses Schwarz! Echte *Normannische* Qualität!" und ging noch näher daran mit der Flamme, als wolle sie durch dieselbe die Schwärze erlösen, und fuhr fort:

„Oh, du mein geliebter *Antonius*! Mein *Ambrosius*! Warum hat er mir das nur angetan?"

Jetzt stieg die *Servitin* drei Stufen hoch auf ein Podest, und machte Halt vor einem Bücherschrank. Das infernale *Trio* schloss sich an. Es roch nach Staub, modernden Teppichen und ledernen Leseschinken, nach Katzenasche, Fleckfieber und Seelentotenkränzen. Der Soldatenprinz und seine beiden *Walküren* blickten der ihnen mittlerweile etwas sympathisch gewordenen Nonne in ihr fahles gespensterhaftes Gesicht und weinten Tränen des Mitleids.

In dem Bücherschrank, der bis zur zwölf Ellen* hohen Decke empor sich schwang, worunter Putten und Göttinnen spielten, entdeckten sie *Charles Darwin's* »*On the Origin of Species*«, ein uraltes in Kalbsleder gebundenes Buch mit dem Titel »*Wir Kinder aus Dornenland*« sowie ein Art Bibel mit der Aufschrift »*Manifest der Pferdekirche*«.

Hélène musste sich ihren *Kaiserberg*-Urlaub ins Gedächtnis zurückrufen, wo sie die beiden weißen Stuten beobachtete, welche sich geliebt hatten im gleißenden Lichte der strahlenden Gülde einer lieb gewonnen Septembersonne, und sich anschließend mit ihrer Freundin ebenso geliebt, um darauf *Ophelianisch* ins Bett eines kühlen Baches zu steigen und

---

*gemeint ist die kleine Elle von etwa 40 cm, i. e. Deckenhöhe 4,80 m

sich von *Pan* verführen zu lassen! Freuden, daran diese elende Gestalt nimmer wird teilhaben können bis in alle Ewigkeit!

Ketten geschwängert sei sie! Pranger erprobt! Und blutbesudelt!

In dieser *Servitin*, die ihnen eine Pforte geöffnet hatte, hinter welcher sie nun gefangen waren, erkannte sie plötzlich ihren *Amor* wieder, ihren Ehemann, der zwischen ihr und ihrer *sapphischen* Komplizin genommen ward, sich gegenseitig wärmend in der Kälte eines seelenlosen Gemäuers. Ja, diese schwarze Nonne, wer auch immer sie sei, war für *Hélène* das personifizierte weibliche Abbild ihres Geliebten geworden.

Wie sehr musste ihr *Bérnard*, ihr *chéri*, gelitten haben? Wie sehr? Den sie verlassen hatte, um mit einem Hallodri der übelsten Sorte, wie sich später herausstellen sollte, durchzubrennen? Wie verblendet, »*verrückt*«, »*geistig umnachtet*«, musste sie damals gewesen sein? Die größte Liebe ihres Lebens in die Wüste zu schicken, weil sie meinte, mit jenem Tunten-Hermann ein besseres Leben haben zu können? Doch hatte sich alles als Luftschloss herausgestellt, das dann Opfer der Flammen wurde. Flammen, die wieder hochloderten in ihr, als sie ihn nach sieben Jahren zum ersten Male wiedersah im *Café de Flore* und weswegen sie überglücklichen Herzens »*ja*« gesagt hatte, als er sie fragte, ob sie seine Frau werden wolle. . . . *und allen Anderen entsagen, nur ihm gehören, so lange wie sie beide lebten.*

Sie war seine Frau geworden!

Und das mit dem *Caravaggio*-Vögelchen machte sie ihm zum Geschenke als Dankeschön für dieses Wunder, nach dem sich alle Frauen sehnen:

Ein Stier im Bett!

Ein Poet im Herzen!

Dazu Einfluss, Macht und Ansehen!

Was wollte sie mehr? Sie gehörte zu den wenigen Auserwählten auf diesem Planeten, denen dieses Wunder widerfuhr!

Dass sie ihm das *Caravaggio*-Vögelchen gönnte, lag auch darin begründet, es selbst mit aller Innigkeit zu lieben. Und je mehr *er* das Vögelchen liebte, umso mehr fühlte *sie* sich geliebt von ihm analog dem, was *Jesus* sagt:

„*Was ihr getan habt einem von diesen meinen geringsten Brüdern, das habt ihr mir getan!*"*

Diese *ménage à trois* war der Perfektion verpflichtet und jetzt drohte dieser Perfektion der *Untergang des Hauses Usher*†!

Das Vögelchen weinte leise und bewies damit, wie ehrlich und brav es eigentlich sei trotz seiner erotischen Disposition, die keine war, nur sein ganz persönlicher Aufschrei nach Liebe, nachdem seine Heimatstadt eine symbolische Ewigkeit lange in den Fluten des Meeres versunken gewesen war wie noch *New York* in jener Zeit, ganz zu schweigen von *Sankt Petersburg*!

Den Bücherschrank rückte die Schergin nun beiseite, als eine Geheimtür sichtbar wurde.

---

*Matthäus [25, 40]
†*Titel einer schwerlich deutbaren Geschichte von Edgar Allan Poe (1809 bis 1849), wo ein Usher-Nachkomme seine Zwillings-Schwester lebendig begraben haben soll, dieselbe nachher wiederkehrt, das Schloss versinkt im See (usher = Platz-Anweiser, Wächter, Pförtner, Gerichts-Diener)*

Hélène oder Das Geheimnis der Falschen Mona Lisa

„So ihr Lieben, es ist soweit!" sprach sie ehrfurchtsvoll und öffnete die Vertäfelung.

Tief hinab führten Tausende von Stufen in unbekanntes Terrain. Am Ende der Treppe sahen sie blaues Licht über den Boden fluten.

„Der Meister erwartet euch bereits! Geht nur! Geht nur!"

Das *Trio* nahm sich gegenseitig an die Hand und stapfte die vielen Treppen hinab in eine Welt, von der es nicht wusste, was für eine dieselbe war.

Darauf die Geheimtür die *Servitin* wieder schloss und nimmer gesehen ward.

Eintritt in die Unterwelt oder Blaues Wunder

Tausende Stufen? Nein! Abertausende Stufen, die unser *Trio* bewältigen musste, um vielleicht doch noch das Licht der Freiheit erblicken zu dürfen. Aber je tiefer sie stiegen, umso mehr verflüchtigte diese Hoffnung sich:

Für den *Professor*, seine Schmuckschatulle abermals zu betreten, wo täglich Massen von Exemplaren des von ihm als Menschen-Gewürm definierten Besucherstroms vor der *Cheops*-Pyramide warteten, um einen Blick auf den »*Rückenakt einer aus dem Wasser steigenden Nymphe*« erhaschen zu können — für *Hélène*, den Schlitzaugen, doch sympathisch, dieses verfluchte aber gerade deshalb begehrte Wässerchen aus der olfaktorischen Werkstatt »*Saint Raspoutine*« zu verkaufen, was natürlich utopischen Wunsches war, nicht der drohenden Aussichtslosigkeit wegen, hier wieder rauszukommen, sondern der Aussichtslosigkeit des Nicht-Vorrätigseins — und für unser *Caravaggio*-Vögelchen zu popovieren.

Das ist die aktuelle *Whistleblower*-Bilanz eines *Venezianers* und seiner spannenden Geschichte, welche sich so zugetragen hat wie in diesem *dadaistisch*-erotischen Theater bis hierhin geschildert.

Anstatt mit flammenden Fackeln an den Wänden, wurde das architektonische Gehäuse indirekt beleuchtet von aus nicht zu ortenden Quellen elektrischen bläulichen Lichtes.

So erkämpften sie Stufe um Stufe, *Mademoiselle Brügge* mit ihren Krokodil-Leder-Stiefeln und *Indisch*-Rot unter dem Kaninchen, der *Louvre*-King ebenfalls in Tierhaut und weißer *Armani*-Rüstung, und *Hélène*, der schlaue Fuchs, in Hosenanzug mit *Pariser*-Blau, bis sie endlich die letzte Stufe schafften und ebene Fläche betraten.

Weniger mit einer verschachtelten Puppenstube, was sie nun zu Gesichte bekamen, waren sie konfrontiert, als vielmehr mit einer solchen für *Zyklopen*. Von Verblüffung ergriffen, dass solch ein unterirdisches Verließ aus Gängen, Sälen und Treppen in *Paris*, und dazu unter dem Studentenviertel, überhaupt existierte, ruderte das infernale *Triumvirat* durch eine bauliche Hybris aus *Jules Verneschen* Fantastereien und *Yves Kleinschen* koloristischen Hirngespinsten.

Überall, wo sie hinschauten, flutete *Kleinscher* Nebel über gräulichem Beton, der bläulich mutete und weniger kalt wirkte als *realiter*, nichtsdestotrotz visuelle Kühle dominierte, nichtsdestotrotz angenehm temperiert war.

Hélène oder Das Geheimnis der Falschen Mona Lisa

So liefen sie Hand in Hand, der *King* mittig, durch dieses surreale In-genieur-Kaleidoskop, gemacht aus den Träumen eines Wahnsinnigen, bis sie unerwartet, irgendwo fern, nicht näher auszumachende in Trance tanzende Gestalten wahrnahmen — während Musik zu ihnen hinüberschwappte. Und je näher sie kamen, umso deutlicher wurde die Musik und umso mehr roch es nach der Süße exotischen Weihrauchs, nach dem Duft von Marihuana, der das ganze Spektakel für sich verein-nahmte wie die Dämpfe und Gerüche des Geheimbündlers in seinem Alchimisten-Labor, um den Stein der Erotomanen zu finden. Denn es waren nackte hermaphroditische Wesen mit erigierten Phallen und Milch speienden weiblichen Brüsten, die sich bewegten zu Klängen, die dem Ehepaar wohl bekannt. Doch handelte es sich nicht um die originäre Version, sondern um eine *futuristisch* instrumentale der *Wilden Pferde*, jene unseren *Louvre*-King gefangen genommen hatte, als er und *Hélène* — im Paradiesischen Vermählungs-Garten und im Schutze heraufziehender Nacht — auf die bunten Lampions unten am Wasser geschaut und mitei-nander geknutscht hatten, so als sei es das erste Mal, dass eine Frau einen Mann und ein Mann eine Frau berühre, so als wenn ein halbstarkes Pär-chen sein Moped, mit dem es gekommen war, vor dem Tanzschuppen geparkt hatte, und in freudiger Erwartung, nachdem es eine schummrige Ecke habe ausfindig machen können, übereinander herfiel.

Das beschreibt *King's* »Beeindruckung«, unterdessen er mit seinen bei-den *Walküren* der Szene sich näherte.

»*Wild horses couldn´t drag me away!*«

257

Diese tiefe Liebe war es, die unseren Krieger der Sterne nun wieder voll und ganz unter ihre Fittiche nahm, ihm zu empfehlen, dass er in Zukunft, falls es eine solche überhaupt noch gäbe, um *Hélène* sich mehr kümmern müsse, dabei aber auf das *Caravaggio*-Mädchen nicht zu verzichten bräuchte, eben weil er *Hélène* so sehr liebte.

Peu à peu erreichten sie die Tanzfläche und dann wurden seine Tauben von dem hermaphrodisischen Rummel mitgerissen. Sofort machten sich einige schwanzgeile Zwitter daran, *Mademoieselle's* Krokodils-Träume als auch ihr Kaninchen abzuziehen, und bewunderten darauf ihre Spitzenwäsche in *Indisch*-Rot, was für einen extragalaktischen Farben-Akkord in Purpur sorgte, nicht alleine für einen solchen in Purpur, sondern auch für einen solchen der Erotomanie. Die rote Glut ihres Hüftgürtels, der ihre bezaubernden Strümpfe in Faltenfreiheit spannte, aufgegangen in der Bläue dieses geheimnisvollen Lichtes, gezückter *Phallus*-Lust und Weiberbrust, entfachte ein Bild — was keines war, weil Wirklichkeit — das *Bernardo von Palermo* nicht besser auf die Leinwand hätte bringen können, doch derselbe es nicht tat, da der berühmteste *Sizilianer* aller Zeiten in einer anderen Epoche gelebt hatte, die so gänzlich verschieden war von dem, was das *Trio*, hier unter den Straßen von *Paris*, aufs visuelle Tablett serviert bekam.

Hélène warf sofort ihren Silberfuchs irgendwohin, riss sich ihren azurnen Hosenanzug vom Leib — *Pariser*-Blau darunter und ohne Strümpfe, ihre *Botticellinischen* Schuhe mit den goldenen Schnallen an ihren *Botticellinischen* Füßen — weil sie es nicht erwarten konnte, ihre göttliche Nacktheit zur Schau zu stellen, welche die Hermaphroditen bewunderten

Hélène oder Das Geheimnis der Falschen Mona Lisa

wie den Sünden-Apfel, von dem sie alle gegessen hatten, bevor sie mit der Ambulanz hier unten eingeliefert worden waren. Letzterer Umstand ihre orgiastische Freudenwelt jedoch nicht zu trüben vermochte, da *Hélène* wahrlich *Botticelli's Venus* glich.

Der *King* hatte sich derweil ebenfalls von seiner Tierhaut befreit und beobachtete die amouröse Szene in seinem weißen *Armani*-Anzug mit Einstecktuch und Wohlwollen.

Einige Phallen warfen sich *Hélène* zu Füßen, andere stachelten das *Brügge*-Mädchen an, damit es sich ihnen hingäbe. Der *King* aber stand, zwar angeheizt von sinnlichem Drängen, doch diszipliniert, daneben und begutachtete die *futuristische* Erotomanie *Neo-Leonardesker* Prägung. Dann machte auch er sich frei, stieg aus Rüstung und Schwarzboxer-Wäsche, suchte die Mitte des Parketts und tanzte wie trunken, als sei dies sein letzter Tanz überhaupt! Ohne Unterlass leuchteten *Indisch*-Rot, *Pariser*-Blau, *Botticelli*-Schuhe, goldene Schnallen, scharfe Phallen und entblößte Brüste, von denen schwerer Schweiß heruntertropfte, vor seinen Augen auf.

Jetzt begrabschten die *she-males* das *Caravaggio*-Vögelchen, legten es aufs Kreuz und befingerten ihre mit *Indisch*-Rot bedeckte Scham. Unser Krieger, noch immer in kinetischer Trance, aber nicht so sehr, als dass er der Gewalt, die das Hermaphroditen-Gesindel dem Vögelchen anzutun im Begriffe war, nicht gewahr wurde, löste sich aus dem Leiber-Kessel, lief in Eiles Tempo zu *Mademoiselle*, zog sie mit biblischer Gewalt aus dem Extremitäten-, Phallen- und Brüstemeer fort, schnappte *Hélène* und

259

flüchtete mit seinen zwei Gespielinnen in die mathematische Tiefe dieses *futuristischen* Labyrinths aus Winkeln, Ebenen und Geraden.

„Ich bin vollkommen am Ende, Liebling! Ich kann nicht mehr! Was machen wir bloß?" meinte *Hélène* aufgewühlt und zähneknirschend im *Pariser*-blauen *Venus*-Kostüm mit ihren schwarzen Stiefelettelchen mit den goldenen Schnällchen.

„Ich weiß es nicht, Liebling! Ihr müsst jetzt tapfer sein! Wir finden schon einen Ausweg!" verlautbarte der *King* besänftigend, underdessen das *Caravaggio*-Vögelchen kniend sein muskulöses Standbein umklammerte, als wolle es die muskulöse Säule nicht mehr loslassen und sich bedanken für die Befreiung aus den Fängen dieser *Gang-Bang*-Gangster, lediglich in *Indisch*-Rot und ohne Krokodil.

„Wir müssen sehen, dass wir irgendwo diese Gartentür finden, von der uns die Nonne erzählt hat!" ermutigte der Bibel-Held sein Freuden-Gespann Hoffnung schürend.

Und so liefen und liefen sie durch diese architektonische Wundernacht aus blauen Ecken und Kanten. Irgendwann kamen sie in ein Zimmer, an dessen Wänden großformatige Photographien eines Fluss-Hafens hingen, die aufwärts gestrahlt waren, ebenfalls mit blauem Licht. Merkwürdig, dachte das *Caravaggio*-Vögelchen, die *Seine* sei es nicht, die sie dort sähe in den Bildern, wo sie doch in *Paris* seien, auch wenn tief unter der Erde. Lieber wären ihr die bunten Ferien-Bötchen, das Becken der lieben *Seine* und der Blick auf die liebe *Notre Dame*.

Dicht unter der Decke bemerkten sie vergitterte Gebläse-Zylinder, durch welche Sauerstoff strömte, die aber zu klein waren, als dass ein

Mensch in dieselben hätte Eingang finden und wohin auch immer kriechen können. Obendrein saßen die Zylinder zu hoch, man hätte eine
Leiter haben müssen.

Ja, Schiffe brächten irgendwas hinaus aus einer Stadt, nachdem Kräne
sie beladen hatten. Wie sehr sehnten sie danach, dass auch für sie ein
Schiff führe, das sie lediglich zu besteigen bräuchten, um diesem unheil-
vollen Desaster zu entfliehen!

Sie liefen und liefen und liefen, Treppen hinauf, Treppen hinunter,
Gänge hinan, Gänge rauf und runter, passierten gähnend leere Hallen
ohne Möbel, Bilder oder Musik, ohne irgendeinem Menschen, geschweige irgendeinem dieser abscheulichen Mutanten zu begegnen, denen sie
glücklicherweise haben entkommen können. Als sie einen gottlos langen
Flur hinuntergestürmt waren, stießen sie auf eine Vertiefung in der Mauer, wo eine Platte aus Stahl etwas verschloss, als diese plötzlich zur Seite
sprang und Zugang zu einem unbekannten Zimmer bot. In der Hoffnung, einen Ausweg zu finden, fasste der *King* seiner beiden Prinzessin-
nen Hände und schlüpfte mit ihnen durch die Öffnung. Sofort schob die
Tür automatisch zu und das *Trio* war gefangen. Bäche von Angst-
Schweiß strömten ihren Leibern herab, und zu allem Unglück fiel das
sapphische Paar erneut in Ohnmacht. Das Zimmer mutete genauso puris-
tisch karg wie all die anderen Räume, die sie bis dahin durchquert hatten,
nur dass dieses keine solch hohen Wände hatte und statt in Blau in Gelb
gestrahlt war, sowie *vis-à-vis* eine Werkbank mit einem Sammelsurium
nicht näher zu verifizierender eiserner Instrumente stand, darüber abge-

wetzte Lederschürzen und seltsames Geschirr und Riemen und Ketten hingen.

Der *King* dachte sofort an das Buch, das er oben bei der Nonne im Bücherschrank gesehen hatte: »*Manifest der Pferdekirche*«.

Unter der Decke wieder diese Belüftungs-Zylinder, außerdem — und das war neu — konvexe Gloriolen, aus denen unerwartet eine Stimme drang:

„*Frère Jacques, Frère Jacques . . . Sœur Hélène, Sœur Hélène ..* ! Na, wie gefällt es Ihnen bei mir, Sie Schattenkrieger und Lustmolch? Sie sollten sich lieber `mal um Ihre Betschwestern kümmern! Sie lassen sie doch sonst nicht im Stich! »*Im Stich*«! Ha-ha-ha-ha-ha! »*Im Stich*«! Los, gehen Sie zu ihnen und helfen Sie ihnen auf die Beine, Sie abgebrühter Möchtegern-Philosoph! Hier ist Ihre Philosophie am Ende! Hier hilft Ihnen niemand, wenn überhaupt meine Wenigkeit, aber dazu muss ich erst einmal darüber nachdenken, ob ich heute Morgen mit dem linken oder rechten Bein aufgestanden bin! Ha-ha-ha-ha-ha! Na, bewegen Sie ihren *Michelangelo*-Arsch gefälligst und kümmern sich um Ihre Gespielinnen!"

„Wo seid Ihr, Meister?"

„Tut nichts zur Sache, Sie Möchtegern-*Casa-Nova*, Sie Tango-Jüngling der Knutscherei . . . ä-ä-ä . . . Muserei! Helfen Sie ihnen gefälligst! Oder muss ich Feuer unter Ihrem *Botticelli*-Arsch machen?"

Darauf kniete er wieder wie oben bei dem Hexen-Empfang, als *Hélène* und *Mademoiselle* zum ersten Male das Bewusstsein verloren hatten, und versuchte sie wachzurütteln. Allmählich kamen seine Gespielinnen zu sich und kauerten dann neben der verschlossenen Stahl-Platte, indessen

sie ihre Arme um ihre Knie verschränkten und mit in Dämonie gerate-
nen Blicken sich gegenseitig anstarrten.

„Gut so! Sie *Samariter*! Hab´ ich´s doch gleich gewusst, wie gütig Sie
sind, Sie Arschloch!"

„Wo seid Ihr, Meister?"

„Muss ich mich wiederholen, Sie aufgeblasener Frauen-Versteher!
»*Aufgeblasen*« Ha-ha-ha-ha-ha! Tut nichts zur Sache, Sie *Papageno**!"

„Wir haben Hunger und Durst, ehrwürdiger Meister!"

„Nur keine Sorge, Sie *Armani*-Krieger vom Orden der Zuckerhut-
Priester! Ja, Sie haben richtig gehört »*Zuckerhut-Priester*«! Denn dieses ganze *Brasilianische* Sex-Pack ist genauso verdorben wie Sie es sind und Ihr
Frischfleisch und Ihre *Hélène* aus der *Rue Pierre Fontaine*! »*Hélène*«, »*Hélène*«,
»*Hélène*«! Wenn ich das schon höre! »*Hélène*«, »*Hélène*«, »*Hélène*«! »*Hélène*«
hier! »*Hélène*« dort! Schlucken Sie Schallplatten oder was? Haben Sie eigentlich mit nichts anderem sich zu beschäftigen als mit diesem Weib?
Sprechen Sie, wenn Sie und Ihre Gespielinnen lebend hier vielleicht noch
rauskommen wollen! Schießen Sie los, Sie Häufchen Scheißdreck!"

Jetzt keimte Hoffnung auf in den Herzen unserer Gefangenen-
Belegschaft in diesem *Serail* der bösen Geister, und *Hélène* und ihre
Freundin tauschten verliebte Blicke miteinander aus.

„Meister, Sie dürfen mich nicht missverstehen . . . . ä-ä-ä . . . !"

„Machen Sie keine Fisimatenten wie dieser Kaiserhof-Chef auf dem
Feenberg! »*Herzliches Beileid*!« Das ist ja nicht zu fassen, dieser Knallesel!
Und das am *Schönsten Tag Ihres Lebens*! Das ist ja lächerlich »*Schönster Tag*

**Figur des Vogelfängers aus Mozart´s »Zauberflöte«*

des Lebens«! Der »*Schönste Tag des Lebens*« ist heute, Sie Hurenbock, und zwar für mich! Heute ist *mein* schönster Tag des Lebens, wenn Sie verstehen, was ich meine! Und insofern hatte der Kaiserchef gar nicht Unrecht, Ihnen und Ihrer *Botticellinischen Venus* »*Herzliches Beileid*« zu wünschen! »*Botticelli-Venus*«! Dass ich nicht lache! Aber wenn ich mir Ihre Frau genauer anschaue, komme ich nicht umhin, Ihnen bei Ihrer Titulierung beipflichten zu müssen! Sie ist wahrhaftig ein Prachtweib!"

„Meister! Meister! Wo seid Ihr?"

Aber der Meister hatte seinen Betrieb eingestellt, wahrscheinlich weil er diese Fragerei nicht mehr ertragen konnte, unser *Trio* unterdessen Schlimmstes befürchtete und zu verhungern und verdursten drohte, falls niemand käme, ihnen was zu bringen.

Da ging die Stahlpforte auf und ein Mönch trat ins Zimmer:

„Hier habt ihr was!" meinte er knapp, stellte einen Eimer Wasser auf und legte trockenes Brot hinzu.

„Danke!" erwiderte der degradierte *King* und erkundigte sich nach was zum Überziehen, da ihnen kühl sei und sie nicht den Erfrierungstod erleiden wollten.

„Da kann ich Sie beruhigen! Hier hat noch niemand den Erfrierungstod erlitten! Andere Tode, mein Herr! Andere Tode! Der Meister, soviel ich weiß, quälte sich heute Morgen zunächst mit seinem linken Bein aus dem Bett, zog aber blitzschnell das rechte nach, so dass ich denke, er in dieser Hinsicht Gnade vor Recht ergehen lassen werde. Ich bring´ Ihnen was!"

Hélène oder Das Geheimnis der Falschen Mona Lisa

Irgendwann fuhr die Schiebetür erneut auf und der Mönch warf ihnen drei Kutten ins betonierte Lager, fußlang mit Kapuze, an denen Pferdehaare klebten: Zwei in Weiß und eine in Schwarz. Der *King* wusste Bescheid!

Sie stiegen in die Leinengewänder und machten sich über das Wasser und das knochentrockene Backkorn her. Das Wasser schmeckte ihnen wie Wein, das Brot wie Manna, so ausgedurstet und ausgehungert waren sie, dass sie auch die Zeit vergessen hatten und sich in Ewigkeit wähnten, wussten weder welcher Tag noch welche Nacht, denn dort unten, im Bauche der Erde, gab es keine Zeit, nur ein zugesperrter Kerker, zugesperrt mit Schrecken, Angst und einem mikroskopwinzigen Schimmer von Hoffnung.

„Na, wie hat es Ihnen und Ihrer Weiber-Clique gemundet?" meldete die Stimme sich zurück.

„Gut, Meister! Danke, Meister!"

„So ist recht! Ich sehe, Ihr lernt schnell! Sie verkommenes Subjekt! Bei mir kriegen Sie nur beste Ware, feinste Qualität! Nicht wie in *Transsilvanien*, wo dieses kranke Häufchen Elend, namens *Renfield*, das keinen Durchblick hat, Maden, Fliegen und Spinnen vorgesetzt bekommt von unserem Ober-Guru, dem ehrenwerten Grafen! Bei mir gibt´s Wein und *Manna*[*]! Und im Übrigen, falls Sie es noch nicht wussten, dieser Graf, mein Herr und Gönner — ja, ebenfalls ich habe einen Meister — hatte einst auch ´mal eine geliebte Frau, die er dann verlor! Nun sehen Sie,

---

[*]*vom Himmel fallendes Brot (2 Mose* [16]*), das den Israeliten als Nahrung diente während ihrer 40-jährigen Wanderschaft durch die Wüste, nach dem Auszug aus ägyptischer Gefangenschaft*

wohin das führt! Sie sollten sich Ihre *Vladimirskaja* aus dem Kopf schlagen, mein Freund! Einfach abschminken! Schluss! Sensemann! Aus! Und überhaupt »*Vladimirskaja*«! Haben Sie sonst noch irgendwelche Albernheiten auf Lager, Sie Schmalspur-Überholer, Dünnbrettbohrer und Geißelschwinger! Wissen Sie denn gar nicht, wer dieser *Vladimir* eigentlich war? Ich denke, Sie sind Historiker? Nein, ein Nicht-Wisser sind Sie, nichts als ein kleiner verbildeter Nicht-Wisser!"

Jetzt dachte der Gelehrte abermals an die *Sokratische* Weisheit des nichtwissenden Wissenden sowie an sein *Paulinisches* Credo des herzkalten Allwissenden, als er sich eingestehen musste, dass dieses Monster mit vielem, was es durch die Gloriole von sich gab, nicht ganz danebenlag.

„Meine Mutter war *Petersburgerin*, wenn Ihnen *Sankt Petersburg* etwas sagt, Sie Stümper! Die schönste aller Städte! Schöner als *Paris*! Der Diamant einer Stadt! Obgleich man nun bereits seit hundert-vier-und-vierzig Jahren damit beschäftigt ist, diese Perle zu retten, sie wiederherzustellen! Ja, die Klima-Katastrophe! Aber ist das ein anderes Thema! Diese Perle! Diese Stadt! Diese Mutter! Diese *Vladimirskaja*! Ach, was rede ich? Meine Mutter stammt aus *Petrograd* oder *Leningrad*, wenn bei Ihnen der Groschen jetzt fällt, Sie Teufels-Anbeter! Diese Perle am *Finnischen* Busen, diese Stadt der Herrlichkeiten! *Großer Peter*! *Großer Petrus*! *Sankt Petersburg* hin! *Sankt Petersburg* her! *Vladimir* war nicht viel besser als der *Schreckliche Iwan*! Also, ich würde mir nicht länger die Pfoten verbrennen an dieser, wie sagten Sie noch? Ach ja, »*Vladimirskaja*«! Was für ein Schwachsinn! Wenn ich das dem Grafen erzähle, dann serviert er seinem blutleeren Harem wieder frische Säuglinge vor lauter Lachanfällen! Hm! Nun ja, diesen Tipp gebe ich Ihnen nur einmal! Verbrennen Sie sich nicht weiter die Pfoten an dieser Verräterin! Nachher brechen Sie sich noch das Genick, stürzen gar eine Treppe runter oder sonst ein kleiner Unfall!" riet die fremde Stimme.

„A-a-a! *Ein kleiner Unfall*! *Ein hübscher kleiner Unfall*!" kommentierte das Vögelchen, und schien sich in Richtung der Person zu bewegen, die es einst gewesen, bevor es hier unten eingesperrt wurde. „Ich hab´ es ja gesagt, *ein hübscher kleiner Unfall*! Ei-ei-der-Daus! Schau `mal einer an!"

Dem *Professor* lief nicht nur das Angstwasser herab, sondern er musste zusätzlich noch das Kreuz einer frechen Göre schultern.

„Wie habe ich das zu verstehen, allmächtiger Meister?"

„Ganz einfach, mein Lieber! Frauen bringen Männern Unglück! Meine eigene Frau fiel einer schweren Krankheit zum Opfer, nachdem sie versucht hatte, mir ans Leder zu gehen! Ihre Schuld! Ich fühle mich für ihren Tod in keinerlei Hinsicht verantwortlich! Hätte sich mit mir eben nicht einlassen sollen, diese Hurentochter, wenn Sie verstehen, was ich meine? Frauen bringen Männer ins Grab, es sei, diese seien aus demselben Lehm geformt wie meine Wenigkeit! Dem Lehm der Unsterblichkeit! Sie Armleuchter! *Ewiges Licht*! Kein Armleuchten in einer runtergekommenen Kapelle, die niemanden interessiert, weil von unseres großen Kaisers wütender Soldateska geplündert, zugepinkelt und vollgeschissen! Jawohl, *vollgeschissen* hab´ ich gesagt! Diese Gauner und Verbrecher, diese Republikaner und Liberalen! Alles notgeiles Pack, wenn´s um´s Huren, Saufen und Prassen geht! Und schon werden die höchsten Ideale verraten! Das wissen Sie auch selbst! Ihre schöne *Hélène* hat Sie ja auch verraten, Sie Wichser! Ich weiß sowieso alles! Ich sah alles, ich sehe alles und werde alles sehen! Ein Spruch, den ich — nebenbei bemerkt — dem Munde unseres Grafen abgehört habe! Ein weiser Mann und nicht so ein *crétin* wie Sie einer sind! Wenn Sie Mumm in den Knochen hätten, würden Sie Ihrer *Botticelli-Venus* den Laufpass geben! Aber dazu sind Sie ja viel zu feige und arschkriecherisch d´rauf, als dass Sie genügend Schneid besäßen, Sie Flachwichser! Ins Verderben wird sie Sie führen! Sie sehen ja, wo Sie hier gelandet sind! Oder meinen Sie etwa, das wäre Ihnen passiert, wenn Sie sie hätten in den Hintern getreten? Bestimmt nicht! *Sie* ist es, *der* Sie und Ihr Karat-Quatscho-Vögelchen das alles zu verdanken haben! Ich kenne die Weiber!"

„Aber, großer Meister . . . !"

„»*Großer Meister*«, »*Großer Meister*«, »*Großer Meister*«! Nehmen Sie `mal Haltung an, wenn ich mit Ihnen spreche, Sie Winzling! Jetzt führen Sie sich genauso auf wie dieser Fliegen fressende Bruch-Pilot bei unserem Grafen! »*Arschkriecherisch*« habe ich gesagt! Jawohl, »*arschkriecherisch*« sind Sie d´rauf! Wollen Ihrer falschen *Sankt Helena* der Himmel auf Erden sein! Das ist ja lächerlich, Sie Hans Wurst!"

„Aber, ehrwürdiger Herr . . . !"

„Ich kann es nicht mehr hören! »*Großer Meister*«! »*Ehrwürdiger Herr*«! Ich meine, Sie haben masturbiert . . . ä-ä-ä . . . habilitiert, Sie Schwachkopf? Und dann benehmen Sie sich wie ein unterwürfiges Waschweib, dass ich nicht lache! Schämen Sie sich nicht? Da geht ja jedes Weib laufen bei einer solchen Unterwürfigkeit! Und dann wollen Sie *David* mit der Schleuder sein? Dass Ihre *Hélène* Ihnen damals davon gelaufen ist, kann ich voll und ganz verstehen! Ich hätte mich an ihrer Stelle auch verdünnisiert bei einem solchen Arsch von Schützen! »*Jawohl, Herr Hauptmann*!« heißt das! Also nennen Sie mich »*Hauptmann*« ab jetzt und nicht dieses lächerliche »*Großer Meister*«, sonst bekomme ich außerdem noch Ärger mit dem Grafen, der diesen Titel für sich selbst in Anspruch nimmt wie der *Herr* die *stehende* Kreuzigung für sich in Anspruch nahm, weswegen *Petrus* hängend sich kreuzigen ließ! Verkehrt 'rum, Sie falscher Schlittenhund! Auf den Kopf gestellt, wie *Sie* auf den Kopf gestellt sind! »*Vladimirskaja*«! Hat so etwas schon 'mal jemand gehört? »*Vladimirskaja*«! Das ist ja so was von lächerlich wie nur irgendwas lächerlich sein kann! Dass ich nicht lache! Ha-ha-ha-ha-ha! »*Vladimirskaja*«! Wenn ich das dem Grafen erzähle, aber der weiß ja sowieso schon alles! »*Vladimirskaja*«! Ha-ha-ha-ha-ha! »*Vladimirskaja*«!"

„Noch eine letzte Frage, Herr *Hauptmann*, wieso können Sie uns sehen?"

„Das ist ja nicht zu fassen! Schon wieder so eine überflüssige Frage! Tut nichts zur Sache, Sie Dornenbusch-Jäger!"

Dann hörte man ein Klacken, dem zu entnehmen war, dass der *Hauptmann*, wer er auch sei, das Mikrofon wieder abgeschaltet hatte.

Das Vögelchen und *Hélène* hatten währenddessen, soweit das Dämmerlicht es zuließ, in der betonierten Kabine sich umgeschaut und in der Ecke, wo die Werkbank mit den merkwürdigen Instrumenten stand und die Lederschürzen und das Geschirr darüber hingen, etwas aufblitzen sehen. Das Vögelchen lief dorthin und entdeckte eine kleine Glaskugel in der Mauer, die so angebracht war, dass sie so gut wie unsichtbar war, wenn man nicht gewusst hätte, dass es sie gab.

„Schau `mal, *Hélène*! Hast du so `was schon `mal gesehen?" meinte das Vögelchen in ihrer weißen Kutte mit übergezogener Kapuze.

„Lass mich `mal sehen, mein Täubchen!" preschte der *King* vor, ging zu der Wand, wo dieses seltsame Etwas saß und erkannte eine Art gläsernes Auge.

„Ein Panorama-Auge, Kinder! Dahinter muss dieses Monster sitzen!" klärte der *King* seine Geliebten auf.

Mit einem Male knackte es in der Gloriole wieder:

„Ich hab´ alles mitbekommen, Schütze Arsch! »*Monster*«! Nicht wahr, Schütze Arsch! »*Monster*« haben Sie mich tituliert! Das wird Ihnen teuer zu stehen kommen, das schwöre ich Ihnen!"

Dann hörte man abermals das Knacken und das Monster hatte sich verabschiedet.

„Was machen wir jetzt?" fragte *Hélène* verunsichert mit blassem Gesichte unter ihrer Kapuze, die auf ihre bezaubernden blauen Augen einen dunklen Schatten warf.

„Abwarten! Einfach nur abwarten! Irgendwas wird schon geschehen!"

„»*Abwarten*«! »*Abwarten*«! Ich will nach Hause! Ich habe Angst!" schluchzte sie vor sich hin und weinte dicke Krokodils-Tränen, während das Licht immer schwächer wurde, dass man fast nichts mehr zu sehen vermochte, bis soweit abgedimmert war, um noch soeben Werkbank, Ketten und Schürzen erkennen zu können.

Hélène oder Das Geheimnis der Falschen Mona Lisa

Eine Sirene heulte plötzlich auf, so wie im *Zweiten Kriege*, als die Bomber sich näherten, um Signal zu geben, in die Luftschutz-Keller zu flüchten. Die Pforte öffnete und dann hörte man ein Ächzen und Stöhnen und Wimmern. Zwei Mönche schleppten einen nackten, kahlköpfigen, nur mit einem Lendenschurz bekleideten Mann herein, der, obgleich noch jung, vom Fleische zu fallen drohte, so ausgemergelt und gezeichnet von blutroten Striemen war er.

Die Türe schnappte zu und die frommen Knechte, welcher Kirche auch immer, legten das todgeweihte Menschenbündel vor der Werkbank nieder. Einer der Kuttenteufel ging zu dieser, kletterte darauf und nahm zwei Lederschürzen, er seinem Spießgesellen eine reichte und die andere, nachdem er sich seiner Kutte entledigt hatte, sich selbst umband. Man hörte das Wetzen gegeneinander reibender Riemen, kurze Schnalzlaute beim Einrasten von Spitzen in die Löcher von Koppeln und so fort, während der Todgeweihte auf dem Betonboden sich krümmte vor Schmerzen, schwerfällig hin und her drehte und mehrmals erbrach. Galle, Blut und ein Gemisch aus Pferdehaaren und verdautem Hafer ergossen sich im fahlen Lichte auf den Estrich.

Die beiden *King*-Lieblinge, die in eine Ecke gekrochen waren, umklammerten mit ihren zarten Händen ihre angewinkelten Beine und verformten ihre geduckten Himmelsgesichter zu verängstigten Masken. Der *King*, der wenig abseits stand und alles andere gab, nur nicht das Bild eines *David's*, geschweige eines solchen mit der Schleuder, schaute, Unheil ahnend, dem makabren Schauspiel zu und raffte seine Kapuze tiefer ins Gesicht. Da öffnete die Türe ein weiteres Mal und man hörte Rasseln und Schleifen und Schnauben und Wiehern. Ein Zwergpferd ohne Führer zog zwei Balken ins Zimmer, die einer der Schergen in Empfang nahm, worauf das Zwergpferd wieder nach draußen trabte und die Pforte schloss.

Das Licht fuhr etwas hoch und die anonyme Stimme meldete sich erneut zu Wort:

„Na, was haltet Ihr *davon*, Sie elender Sackgefährte? Das ist mein Pony-Express, falls Sie wissen, was der *Pony-Express** überhaupt ist, oder besser gesagt *war*, und Sie im Geschichts-Unterricht aufgepasst haben sollten, Sie verbildeter Nicht-Wisser, Sie Wichser! »*Neues vom Wichser*«†, das ist auch so ein Filmchen aus der Steinzeit! Spaß beiseite! Ich erzähl´ Ihnen noch einen Schwank aus meinem Pferde-Evangelium: Treffen sich *Petrus* und der *Herr*, der wieder `mal den Hügel hochsteigt, um sich ein zweites Mal kreuzigen zu lassen, und *Petrus* ihn fragt:

Quo vadis, Domine?

Der *Herr* antwortet: Ins Kino!

Darauf *Petrus*: Was läuft denn?

Der *Herr*: *Quo vadis*!

Petrus: Was heißt denn das?

Der *Herr*: Wohin gehst du!

Petrus: Ins Kino!

**Post-Beförderungs-Dienst in den USA (1860 bis 1861) mit hart gesottenen Reitern als Kuriere auf ebensolchen Pferden*
†*Anspielung auf die Parodie von 2007 „Neues vom Wixxer" auf die Verfilmungen der Kriminal-Geschichten von Edgar-Wallace (1875 bis 1932) der 1950er und 1960er Jahre*

Hélène oder Das Geheimnis der Falschen Mona Lisa

Der *Herr:* Was läuft denn?

Petrus: Quo vadis!

Der *Herr:* Was heißt denn das?

Petrus: Wohin gehst du!

Der *Herr:* . . ha-ha-ha-ha-ha! Ha-ha-ha-ha-ha! Ha-ha-ha-ha-ha! Sie elender Schuft! Sie Gladiatoren-Anwärter! Ich hatte zwei Kunden vor Ihnen,
die haben sich den Witz solange erzählt bis sie krepiert sind! Ihre Skelette
liegen in meinem *Blaubart*-Zimmer, Sie Armleuchter! Ha-ha-ha-ha-ha!
Ha-ha-ha-ha-ha! Ha-ha-ha-ha-ha! *Blaubart*-Zimmer! Ha-ha-ha-ha-ha!
Keine toten Katzen! Nix da! Tote Kunden! Ha-ha-ha-ha-ha! Ha-ha-ha-
ha-ha! Tote Kunden! Ha-ha-ha-ha-ha! Ha-ha-ha-ha-ha! Ha-ha-ha-ha-ha!
Tote Kunden im *Blaubart*-Zimmer! Tote Kunden! Ha-ha-ha-ha-ha . . . !
Ich mache Ihnen und Ihren Harems-Damen mehr Licht, damit Sie bes-
ser sehen können, wie es hier so zugeht bei mir, wenn man die falschen
Fragen stellt! Ha-ha-ha-ha-ha! Ha-ha-ha-ha-ha . . . ! Tote Katzen im
Blaubart-Zimmer! Ha-ha-ha-ha-ha! Ha-ha-ha-ha-ha! Ha-ha-ha-ha-ha . . !"

Nun wurde es heller und heller, und sie konnten das ganze Ausmaß
der Schreckens-Szenerie deutlich erkennen: zwei Leder geschürzte Mus-
kel-Protze legten die beiden Balken zu einem *Lateinischen* Kreuz und trieben etliche Nägel in das unschuldige Holz, solange bis das Gestänge
stabil genug war, um einen Menschen darauf zu befestigen! Im Hinter-
grund blitzte in unregelmäßigen Intervallen das gläserne Auge auf! Das
Vögelchen und *Hélène* drohten erneut in Ohnmacht zu fallen, wenn nicht
der *King* dazwischen gegangen wäre und ihnen Trost gespendet hätte mit

aufbauenden Worten jener mikroskopwinzigen Hoffnung, die vorhin aufgeblüht war, als das Monster meinte, dass das *Trio* eventuell doch noch hier herauskommen könne.

Die beiden Henkersknechte zogen den elenden Kerl auf das Gestänge und schickten sich nun an, ihr blutrünstiges Handwerk zur Ausführung zu bringen, währenddessen der Märtyrer erbärmlich schrie, sich aufzubäumen versuchte, wieder schrie, zwischendurch Blut spuckte, abermals sich aufzubäumen versuchte, doch den langen scharfen Nägeln, die man in die Knochen seiner Hände und Füße trieb, nichts entgegenzusetzen hatte. Auch unser *Trio* hätte der Jammergestalt nicht helfen können, da wäre es gar selbst ans Kreuz genagelt worden, so vor praller Kraft strahlten Hände, Arme und Beine der Satans-Brüder! Als die Ledergesellen ihr Schreckensgeschäft beendet hatten und der Gekreuzigte nur noch röchelndes Gebell von sich gab, lief einer der beiden Brüder zur Werkbank und kam mit einer hölzernen Tafel zurück, die er über dem Kopfe des falschen *Petrus* fixierte. Der *King* erhob, ging an das makabre Geschehen ganz nahe heran und betrachtete die soeben angebrachte Tabula:

Nicht »INRI«* las er!

»LES HELMETS«!

Dann stellten sie das *Petrus*-Gebälk mit dem Sterbenden auf den Kopf und lehnten es an die Wand.

Die Tabula drehte darauf in die Senkrechte und aus »LES HELMETS« wurde »LES CÈDRES«!

---

*I(J)esus Nazarenus Rex I(J)udaeorum, Nazarener Jesus, König der Juden

Hélène oder Das Geheimnis der Falschen Mona Lisa

„Ha-ha-ha-ha-ha! Ha-ha-ha-ha-ha! Ha-ha-ha-ha-ha! Ja, *King*, oder wie nennen Sie sich insgeheim? So kann es einem ergehen, der die falschen Fragen stellt! »*Quo vadis, Domine?*« Dass ich nicht lache! Ha-ha-ha-ha-ha! Der nicht allein´ die falschen Fragen stellt, sondern auch Verrat am *Herrn* übt! Wenn Sie bibelfest sind, wissen Sie auch, dass *Petrus* den *Herrn* dreimal verleugnet hat, bevor der Hahn dreimal krähte! So wie Ihre *Vladimirskaja* Sie verleugnet hatte, als sie meinte, es bestünden weder »*Chemie*« noch »*Anziehungskraft*« zwischen ihr und Ihnen, um mit diesem Hallodri durchzubrennen! Sie Armleuchter! Sie Spätzünder! Und dabei ist Ihre *Vladimirskaja* fromm wie ein Lamm! Geht danach zur *Ölung*, um ihre Seele zu reinigen! Das war doch alles nur Theater, um vor sich selbst gerade stehen zu können! Und Sie merken so `was nicht? Sie krummer Halunke der Wahrheit! Lassen sich an der Nase herumführen wie ein kleines Kind, Sie Dumm-Eisen! Jetzt haben Sie den Salat! Sie sollten `mal Ihren *Caravaggio* besser studieren, Sie *Sokratischer* Hohlkopf! Die »*Verleugnung Petri*«, sechzehn-hundert-und-zehn, Öl auf Leinwand, *Metropolitan Museum of Art NYC*! Sie Arschloch! Wer hat denn hier Kunstgeschichte studiert? Sie oder ich! Da kann man `mal sehen, was man von Experten zu erwarten hat! Nichts, aber auch rein gar nichts! *Ich weiß, dass ich nichts weiß!* *Sokrates* hatte recht und Sie sind nachtblind, mein Lieber! Experten! Experten! Experten! Nichts als Fuß-Wichser, Sie Arschloch! *Hitler*-Tagebücher! *Beltracchi*-Skandal*! Alles um die letzte Millenniums-Wende!

---

*Wolfgang Beltracchi (*1951) fälschte professionell Hunderte von Gemälden der Moderne, Neuerfindungen signiert mit Namen berühmter Künstler wie Max Ernst etc. 2011 zu sechs Jahren Haft verurteilt, viele nicht aufgedeckte Bilder sind noch im Umlauf

Ja, der *Kujau**, das pfiffige Kerlchen, und erst recht der *Beltracchi*, die haben alle sogenannten Experten auch aufs Kreuz gelegt, aber auf deren eigenes! Experten! Nichts als Idioten! Nur Idioten! Und ich lege diejenigen aufs Kreuz, die die falschen Fragen stellen wie der da an der Wand mit seinem Hohlkopf nach unten! Der fragte mich nämlich: *Quo vadis, Domine?* Also, sehen Sie sich vor, mein lieber *King*! Sehen Sie sich vor!"

„Aber, *Ha-ha-ha-hauptmann* . . . !" brachte der *King* nur noch stotternd hervor.

„»*Aber Hauptmann*«! »*Aber Hauptmann*«! Räuber-Hauptmann! Wo haben Sie denn diesen Quatsch wieder her? *Schiller?* Nein, von Ihrer Oma, gell? Nichts »*Aber Hauptmann*«! Ende der Durchsage und damit basta!"

Die Ledergesellen schnallten ihr Zeug ab, warfen sich in ihre Kutten und, nachdem die Pforte geöffnet hatte, flohen sie und ließen das *Trio* mit dem Gekreuzigten alleine zurück.

Die Pforte fuhr zu und das Licht nach unten.

Maler Konrad Kujau (1938 bis 2000) verkaufte 1983 selbst gefälschte Tagebücher Hitler's an das Stern-Magazin

Hélène oder Das Geheimnis der Falschen Mona Lisa

In der Kapelle

Nachdem sie einige Stunden bei spärlicher Beleuchtung in irgendeiner Ecke gehockt, zwischendurch wieder Eimerwasser getrunken und Bodenbrot gegessen und dabei dem falschen *Petrus* zugeschaut hatten, wie dieser kopfabwärts ins Inferno glotzte, fuhr plötzlich das Licht hoch und die Pforte machte offen. In nochmaliger Hoffnung, am Ende ihres Desperado-Tunnels auch ein Licht zu sehen, rannten sie nach draußen, als sie beidseits des langen Flures jeweils eine Wache Haltungs-analog einem Fellmützen-*Guard* vor dem *Buckingham-Palace* stehen sahen. So liefen sie Flur-abwärts, bis sie einer dieser beiden Wachen gegenüberstanden und eine Art Krieger erkannten. Er trug einen schwarzen hautengen *Catsuit** mit Schamkapsel† und hatte weibliche Brüste. In seiner Rechten präsentierte er einen Degen und auf seinem Gesichte saß eine Maske, durch die zwei giftgrüne Augen funkelten. Man schien ihm die Zunge herausgeschnitten zu haben, denn ausschließlich mit Gesten machte er ihnen verständlich, mitzukommen. Der *King* — im Schlepptau seine zwei Leidens-Genossinnen — folgte ihm, als eine Pforte abermals beiseiteschob, und der Jenseits-Wächter das *Trio* aufforderte, in das geöffnete Zimmer zu steigen, was das *Trio* tat. Sofort rastete die Türe wieder ein. Jetzt befanden sie sich in einer mit gewohntem blauen Lichte ausgeleuchteten Kapelle. Dann hörten sie das vertraute Klacken und die Monster-Stimme meldete sich zum soundsovielten Male:

---

* *eng anliegender erotischer „Ganz-Körper-Strumpf"*
† *Penis-Futteral in der Mode des 15 .u. 16. Jhd.*

„Na! Was sagen Sie jetzt, *King*? Da staunen Sie, nicht wahr? Sie sind doch so ein großer Kunsthistoriker, zumindest geben Sie sich dafür aus beziehungsweise hält man Sie für einen solchen, dann sagen Sie mir 'mal, wo Sie sich befinden, *King*!

„Ä-ä-ä, Hauptmann . . . !"

„Ja, so ist recht! »*Hauptmann*«! Jawohl! Ihr Gedächtnis funktioniert ja noch wie ich registriere! Dachte, Ihr Gedächtnis hätte kalte Füße bekommen, ich meine, was Sie und Ihre Betschwestern haben sich mit ansehen müssen bisher! »*Jawohl, Herr Hauptmann*«! Sehr gut! Also, schießen Sie los und erzählen Sie 'mal, was Sie hier sehen! Sie haben doch ä-ä-ä . . . . masturbiert . . . ä-ä-ä . . . habilitiert! Wo haben Sie eigentlich mastur . . . ä-ä-ä . . . *re*-habilitiert, ich meine bei wem? Sprechen Sie, wenn ich mit Ihnen rede, Sie unverschämter Wicht! Sie *a*-soziales Subjekt! Sie wagen . . . . ! Ja, das war *Freisler*, Sie Hohlkopf, falls Sie wissen, wer dieser große Mann war! Und erst recht, dieser *Mengele*! Kapazitäten! Kapazitäten! Und obendrein Pfundskerle! Sie sind doch Historiker! Also, wo befinden sich Euer Gnaden? Machen Sie den Mund schon auf oder muss ich mich schadlos halten an Ihren beiden feinen Mitbringseln, Sie Arschloch?"

Nun schauderte den Weibern wieder, die erneut in eine Ecke krochen und einander klammerten und warteten, was sie erwartete.

„Ä-ä-ä . . . Hauptmann . . . !"

„So ist recht! So ist recht! Jawohl, so ist recht! »*Hauptmann*«! Ich bin der Räuber-Hauptmann! Hä-hä-hä-hä-hä!"

„Ich würde sagen, Hauptmann, in der *Contarelli*-Kapelle, Hauptmann!"

„Richtig, *King*! Eins Null für Sie! Weiter! Was sehen Sie über sich?"

„Ä-ä-ä, ich würde sagen, den *Matthäus*-Zyklus, Hauptmann!"

„Richtig, *King*! Zwei Null für Sie! Na ja, von welchem Maler, das brauche ich Ihnen wohl nicht vorzuflüstern oder? Ich tu´s doch, weil ich heute meinen großzügigen Tag habe! Karat-Quatscho! Karat-Quatscho, mein lieber *King*! Was sagt denn eigentlich Ihr Vögelchen dazu oder Ihre schöne *Hélène*?"

„Die beiden wollen sich heute nicht äußern! Sie sehen ja, Hauptmann, wie elend den armen Geschöpfen ist!"

„*»Die armen Geschöpfe«*! *»Die armen Geschöpfe«*! Dass ich keinen Lachanfall kriege! *»Die armen Geschöpfe«*! Aber nicht arm genug, um mit einem *Armani*-Krieger zu popovieren! Ich hab´ sowieso alles gesehen! Das mit Ihrem Tournee-Stuhl und Ihren albernen Masken! Ich bin der *Pantalone*, ich bin der *Dottore*, ich bin der und der, ach, was weiß ich, wer ich bin! Das hätte ich von Ihnen ja nicht erwartet, wo Sie doch masturbiert . . . ä-ä-ä . . . *re*-habilitiert haben! Wo eigentlich? Bei wem nochmal?"

„Bei Frau *Professor Lamour*, Hauptmann!"

„Sieh´ `mal einer an! Bei *»Frau Professor Lamour«*! Dacht´ ich mir´s doch gleich! So ein Flachwichser wie Sie kann ja nur bei der alten Hure masturbiert haben! Spaß beiseite! Was sehen Sie, *King*?"

„Links die *»Berufung«*, geradeaus schreibt der *Evangelist* auf, was ihm der Engel ins Ohr trichtert, und rechts, wie er fertig gemacht wird!"

„Richtig, *King*! *»Wie er fertig gemacht wird«*! Sehr gut, *King*! *»Wie er fertig gemacht wird«*! Wissen Sie eigentlich, wer dieser Schrapnelli . . . ä-ä-ä . . . *Contarelli* überhaupt war, Sie Wichser? Ja, ich will Neues hören vom

Wichser! Machen Sie das Maul auf, wenn ich mit Ihnen spreche, Sie verkommenes Subjekt, Sie Stückchen Hans-Guck-in-die-Luft!"

„Nein, werter Hauptmann!"

„»*Werter Hauptmann*«! Ich kann nicht mehr, »*Werter Hauptmann*«! Das
heißt, wenn überhaupt, »*Jawohl, Herr Hauptmann*«, Schütze Arsch!
Contarelli war ein Landsmann, Sie Arschloch! *Französischer* Kardinal! Der
hat die Klamotten, die Sie da sehen, in Auftrag gegeben, Sie verbildeter
Nicht-Wisser, Sie! Bevor ich Ihnen alles einzeln aus der Nase ziehen
muss, bete ich es gleich selbst `runter: in der »*Berufung Matthäi*« durch den
Herrn gibt es rechts auch *Petrus*. Wie Sie ja wissen, davon gehe ich `mal
aus, steht *Petrus* für den Kirchen-Fels, und damit mittelbar für den Weg
der Erlösung. *Heilige Kommunion* und dieser ganze Unfug! Das heißt, wer
berufen wird, wird erlöst! Die Handwerker im Übrigen, die den ganzen
Bilder-Zinnober veranstaltet haben, den Sie da sehen, hatte ich auch berufen und danach erlöst! Verbrannt hab´ ich den einen der beiden Arsch-
löcher, hat zu viel gequasselt und zu viele Fragen gestellt! Versprachen
sich ein hübsches Sümmchen von der Arbeit wie der Zöllner*, der sein
Geld zählt links oben! Vorher durfte er noch beichten und dann ab ins
Feuer! Zu viele Sünden, *King*! Zu viele Sünden! Da hilft nur noch reini-
gendes Feuer! Der andere koloristische Quacksalber hat sich in der Hinrichtung rechts verewigt, wo der Heilige »*fertig gemacht wird*«. Der wusste
schon, was ihm blüht! Links oben, da wo rechts ist, ich meine das Fresko
rechts, darin links oben, die Visage, die da so reinglotzt[†], ist er selbst, der

---

*junger Matthäus war Zöllner
[†] in dem originalen Gemälde (1599-1602) ist der „Rein-Glotzende" Caravaggio persönlich

seinen Circus oben auf den Putz gebracht hat! Wissen Sie eigentlich, wer das ist? Ich mach 'mal mehr Licht, damit Sie besser sehen!"

Dann fuhr die Beleuchtung vollends hoch und der *King* stellte sich gegenüber, um erkennen zu können.

„Ach, du Grüne Neune, Hauptmann!"

„Wie,»*Hauptmann*«? Erkennen Sie die Flasche?"

„Ja klar, diese Gelbsucht, die mir fast den *Schönsten Tag meines Lebens* versaut hätte!"

„Richtig, *King*! Mir hat er auch den Tag versaut gehabt mit seiner dummen Quatscherei von seinem mysteriösen Brechungs-*Index*! Ich muss wieder brechen, wenn ich nur daran denke, womit er mir da die Ohren voll gesabbelt hatte!"

„Da muss ich Ihnen recht geben, Hauptmann! Wo Sie recht haben, haben Sie recht, Hauptmann!"

„Jetzt seien Sie 'mal nicht so vorlaut, *King*! Aber heute will ich 'mal über Ihren Schabernack hinwegsehen. Ich hatte heute Morgen ja das rechte Bein nachgezogen!"

„Das ist doch ein ganz abscheuliches Künstler-Gespenst, dieser, wie heißt er nochmal? Dieser *Claudio da Palermo*!"

„»*War*«, *King*! »*War*«, *King*!"

„Wie wahr? Wie »*War*«, Hauptmann?"

„Ganz einfach, *King*! Der Mann ist bereits tot!"

„Wie, »*der Mann ist bereits tot*«, Hauptmann?"

„Sie waren doch selbst Zeuge mit Ihren Betschwestern gewesen! Ans Kreuz genagelt! Schluss! Sensenmann! Aus! *Heil Petri*! Wollte Menschen fischen, hier in meinem Paradies seine Kirche errichten! Hab´ ich ihm aber tüchtig vermasselt! Und obendrein hat er die falschen Fragen gestellt!"

„War das der *Palermer* Kopist, Hauptmann, der da rumjammerte, Hauptmann?"

„Jawohl, *King*! Ja, wir beziehungsweise meine Leute mussten ihm vorher seine Blondhaar-Perücke abnehmen, der trug Kunsthaar, geht ja Ihre Frau auch nicht gerne mit auf die Straße, ich meine mit solchen Perücken. Seine Perücke hatte bereits so viele Motten und Kakerlaken und irgendwelche Mistviecher gefangen, dass meine Leute sich geweigert haben, ihn an den Balken zu nageln, falls sie ihm nicht den falschen August vom Kopf nehmen dürften, so gestunken und gestaubt vor Ungeziefer-Kehricht hat dieser Blondschopf! Der hat ein Theater veranstaltet, mein lieber Scholli, das sag´ ich Ihnen! »*Meine Haare! Meine Haare!*« Als wenn es darauf käme! Haare, Haare! Das sind doch alles nur Attrappen, wie die Farben im Schminkkasten einer Frau, den Ihr Weib glücklicherweise ja nicht nötig hat, *King*! Kompliment! Kompliment, *King*! Da ist Ihnen ja ein großartiger Fisch ins Netz gegangen! Frauenfischer, nicht wahr? Hand aufs Herz, *King*! Sind Sie nicht ein wenig stolz?"

„Ja, das schon, aber auf der anderen Seite hab´ ich mir das ja auch redlich verdient! Ich bin der *Sorbonne-Boss*! Der *Louvre*-King! Der Karat-Quatscho-Experte! Der *Mona-Lisa*-Herr!"

„Und der Popotations-Meister, *King*! Popotations-Meister, *King*! Ich hab´ alles gesehen, *King*! Ja, aber um zurückzukommen auf diesen falschen *Petrus* von der Gelbsucht-Akademie, der sprang auch deshalb über die Klinge, weil er schlecht, wenn nicht »*beschissen*«, wie es im Vulgär-Latein heißt, gearbeitet hätte. Wenn Sie sich sein Selbstporträt ´mal genau anschauen, doch dafür müssten Sie nahe genug sein, bemerken Sie, dass er eine Perücke trägt! Der hat doch tatsächlich die Perücke gemalt, das sieht man an dem falschen Scheitel, den er sich hat gerade ziehen wollen! Kopist eben, *King*! Nichts als ein kleiner jämmerlicher Kopist, *King*! Kunst abstrahiert von der Natur, ist das Höhere! Das, was nicht perfekt ist, adelt die Kunst durch Perfektion. Macht gerade, was ungerade ist, in diesem Falle seinen Scheitel *eben nicht*! Kopist! Nichts weiter als ein kleiner mickriger Kopist aus *Palermo*! Eine widerliche Kreatur, wenn Sie mich fragen, *King*!"

„Wo Sie recht haben, haben Sie recht, Hauptmann! Was ich Sie noch fragen wollte, Hauptmann . . . ä-ä-ä . . . wieso wissen Sie alles?"

„Ganz einfach, *King*! Weil ich stets Ihr Begleiter war, Ihr Kontroll-Auge, wenn Sie so wollen! Sie kennen doch den Kaiser-Chef, nicht wahr? Der da oben auf dem *Feenberg*, wo Sie mit Ihrem Karat-Quatscho-Vögelchen es schon vor Ihrer Hochzeit getrieben hatten, in dieser Fichten-Planken-Hütte! Den Kaiser-Chef kenne ich gut! Ein paar Jährchen älter als ich, aber alter Kumpel von mir, hatten Seite an Seite gekämpft wie *Ritter Blaubart** und die *Heilige Johanna*! Ha-ha-ha-ha-ha! *Ritter-Blaubart*-Zimmer! Tote Katzen! Ha-ha-ha-ha-ha! Rippen-Zimmer! *Jack the Ripper*!

---

gemeint ist Serienmörder Gilles de Rais (1405 bis 1440), kämpfte mit Jeanne d´Arc Seite an Seite im Hundertjährigen Krieg gegen England, ist Vorbild für Frauenmörder Ritter Blaubart

Inspector le Trou! Le Trou du cu! Inspektor Arschloch! Ha-ha-ha-ha-ha! Auch so eine Kanaille, die keinen Durchblick hat!"

„Wo Sie recht haben, haben Sie recht, Hauptmann!"

„Ja, der Kaiserhof-Chef! Der Kaiserhof-Chef ist ein alter geiler Bock, falls Sie das nicht wissen, *King!* Der hat sein ganzes Hotel mit *Venezianischen* Spiegeln ausstatten und mit gläsernen Augen verplomben lassen! Wenn er Zeit hat, und selbst wenn nicht, dann nimmt er sich welche, na gut, wenn er Zeit hat, verbringt er sie damit, durchs ganze Haus zu laufen, hinter Wände, in irgendwelche Trichter und Löcher zu kriechen, hinter diese Spiegel sich zu stellen, durch diese Panorama-Augen zu peilen, und Damen dabei zu beobachten, wie sie sich ausziehen, ihre Brüste massieren, weil sie meinen, alleine zu sein, unbeobachtet, oder Paaren dabei zuzusehen, wie sie es miteinander treiben, oder wie an Ihrer Statt popovieren oder *Colombina* und *Dottore* spielen und so weiter. Dieser Kaiserhof-Chef ist eine ganz abgebrühte Sau! Ein Ferkel! Ein Flachwichser, nebenbei gesagt! Der macht es flach, weil er keine flach zu legen vermag, und seine Schabracke, die bringt es sowieso nicht mehr! Zu alt! Vierzig Jahre Ehe auf dem Buckel! Und fürs Bordell ist er zu geizig! Wollte immer 'mal mit 'ner Negerin, na ja, Sie wissen schon, was ich meine, Sie sind ja auch so ein perverses Ferkel! Sie mit ihrer Popotation! Schämen sollten Sie sich! Was Sie Ihrer schönen *Hélène* alles zumuten! Aber die scheint das ja mitmachen zu wollen! Na ja, wo die Liebe hinfällt! Und dann mit ihrer *Machine* de Marie! Schande über Sie! Und da wollen Sie der *Sorbonne-Boss* sein? Der *Louvre-King, King?* Der Karat-Quatscho-Experte? Der *Mona-Lisa*-Herr? Ich brech' zusammen! Sagte ja bereits, alle Künstler sind perverse Säcke, und Sie sind ein Künstler der Popotation! Ende der Durchsage!"

Jetzt machte es Klack und das Licht fuhr nach unten.

Der schwarze *King* setzte sich zu seinen weißen Liebes-Dienerinnen und besänftigte sie mit aufbauenden Worten, dass sie schon einen Weg fänden, vielleicht gar die Gartentür und so fort.

Im Herren-Zimmer

Plötzlich fuhr das Licht wieder hoch, als unter der »*Berufung Matthäi*« eine weitere Tür beiseiteschob und Zutritt zu einem Raum dahinter gewährte. Das bekannte Geräusch im Lautsprecher und der Unbekannte forderte die Drei auf: „Kommen Sie, *King*! Nehmen Sie ihre beiden Tauben und kommen Sie zu mir ins Herren-Zimmer!"

Erschrocken zog er *Hélène* und das Vögelchen hinter sich her in das neue Zimmer. Nachdem sie durch die Öffnung geduckt hatten, nahm sie ein beschaulicher und wohlwollender Geist in Empfang: etwas mehr temperiert als die anderen Räume, Flure und Gänge. Blaues Licht wie üblich, das aber so hell war, dass man alles scharf gestochen erkennen konnte. Das Zimmer selbst, was die Tektonik betraf, tendenziell zwar *futuristisch*, jedoch mit einer nicht geringen Note von *Historismus*. Gerade Linien, durchbrochen von Stuck, hier und dort eine Hohlkehle bevor die Decke in bezwingender Höhe das Zimmer abschloss und so weiter. *Vis-à-vis* ein ausladender Kristall-Tisch sowie gepolsterte Sessel in *neo-gotischem*

Stil, darüber ein prächtiger Lüster, und auf dem Boden langten Perser mit bunten jedoch zurückhaltenden Farben und Mustern. Rechts dominierte ein schwerer Vorhang, der die komplette Wand überfing und dann noch andere glatt abschließende stählerne Zu- und Abgänge. Die übrigen Wände waren tapeziert mit Gemälden, Stichen und Kartons von Pferden. Eine Kopie von *Leonardo´s* »*Anghiari-Schlacht*«, eine von *Jacques-Louis David´s* »*Bonaparte beim Überschreiten der Alpen am Großen Sankt Bernhard*« und jede Menge *Englische* Malereien mit Pferden vor Pastoraler Landschaft. Ins Auge fiel sofort eine mannshohe Bronze, halb Pferd, halb *homo futuriensis**.

„Na, wie gefällt es Ihnen, *King*? Alles selbst dekoriert! Sehen Sie sich ´mal den *Stubbs†* an, echtes Original, achtzehntes Jahrhundert! Hat mich ein Vermögen gekostet! Sie können erst ´mal Platz nehmen mit Ihren Komplizinnen! Was möchten Sie trinken, *King*?“

„Danke, Hauptmann, uns ist augenblicklich nicht danach!“

„Sie müssen was trinken, *King*! Sie verdursten mir! Ich brauche Sie noch, um Ihnen alle Ihre Fragen zu beantworten. Das hatte ich Ihnen doch versprochen! Sie erinnern sich, der Zitronen-Brief, *King*?“

„Was wollt´ ihr haben, ihr beiden?“ erkundigte sich der *King* bei *Hélène* und *Mademoiselle*.

„*Café Creme*!“ meinte *Hélène*, und *Mademoiselle* stimmte nickend zu.

„Ä-ä-ä . . . drei Tassen *Café Creme*, Hauptmann!“

Siehe „Hybrid Two" by OD 1996
†George Stubbs (1724 bis 1806), Englischer Pferde-Maler, sein Buch »The Anatomy of the Horse« enthält 18 Radierungen sezierter Pferde-Kadaver, erzielt hohe Preise auf dem Kunstmarkt

„Na, warum nicht gleich so, *King*? Ich bring´ Ihnen noch *Schwarzwälder*! Ich weiß, dass Sie ihn mögen. Sie wissen ja, ich weiß alles!"

Darauf öffnete eine andere Tür und eine Atem beraubende Nackte mit einem Tablett betrat das Zimmer! Außer *High-Heels*, Maske und vor ihrer Scham gebundener *Französischer* Dienstmädchen-Schürze, splitternackt und ihr Schädel blank rasiert. Ihre schönen Ohren zierte glänzendes Gehänge.

Wortlos stellte die Unbekannte drei Tassen auf den Tisch und schenkte den *Café* ein, wobei den Anwesenden ihr bezaubernder entblößter Po nicht entging, von dem sie ihre Augen nicht zu lassen imstande waren.

„Na, *King*! Wie gefällt Ihnen meine Kleine? Popoviert auch gerne!" meinte die Lautsprecher-Stimme sarkastisch.

Die Nackte verschwand wieder und kam zurück mit *Schwarzwälder Kirschtorte*. Sie servierte, nahm etwas Sahne von der Torte und schmierte sich die Falte ein.

„Sie dürfen ran, *King*, wenn Sie wollen! Zu Ihrer freien Verfügung! Sie wissen doch, ich habe heute meinen großzügigen Tag!" spornte der Anonyme *Professorchen* an.

Und obwohl der *King* kochte vor Geilheit beim Zuschauen dieses Sahne-Vorgangs, war er Manns genug, um der Versuchung zu widerstehen.

„Sehr großzügig, Hauptmann!"

„Na, dann eben nicht, *King*! Bei mir sind Sie ein freier Mann und können tun, wie´s Ihnen gefällt! »*Freier Mann*«! »*Freier Mann*«! Ha-ha-ha-ha-ha! »*Freier Mann*«! Ha-ha-ha-ha-ha!"

Darauf verschwand die Servier-Dame und unser *Trio* machte sich über den *Schwarzwälder* her. Plötzlich verlöschte das Licht völlig und ein greller Scheinwerferkegel erhellte, in dem mit einem Male eine maskierte Gestalt stand und auf unser *Trio* zuschritt.

Hélène und *Mademoiselle* lief es eiskalt den Rücken hinab, zogen sich das Leinen ihrer Kapuzen ins Gesicht und flüchteten in eine Ecke.

„Aber nicht doch, meine Damen! Aber nicht doch! Ich will doch nur Ihr Bestes! Nur keine Angst! »*Nur Ihr Bestes*«! Ha-ha-ha-ha-ha! »*Nur Ihr Bestes*«! Ha-ha-ha-ha-ha! Setzen Sie sich! Ich bin gleich wieder bei Ihnen!"

Dann wurde es abermals finster, als nach einer Weile nicht nur das blaue Licht hochfuhr, sondern auch die elektrischen Kerzen des Lüsters einschalteten und *peu à peu* an Strahlkraft gewannen.

Eine Tür schnellte zurück und die Gestalt, welche vorhin noch im Scheinwerferlicht gestanden hatte, erschien erneut, ging auf den *King* zu und begrüßte mit Handschlag.

„Seien Sie willkommen auf meinem Gestüt, *King*! Lange habe ich auf diesen Augenblick gewartet, Sie und Ihre Gespielinnen einmal persönlich kennenlernen zu dürfen!"

„Ganz meinerseits, Hauptmann!" erwiderte der *King* gefasst.

„Wollt ihr denn dem bösen Onkel nicht *Guten Tag* sagen, ihr beiden? Wie heißt ihr denn, ihr schönen Kinder?"

„Ich heiße, *Hélène, Monsieur*!"

Hélène oder Das Geheimnis der Falschen Mona Lisa

„Und ich bin *Mademoiselle, Monsieur*!"

„Sie haben aber brave Mädchen, *King*! So ist recht, *King*!"

Der böse Onkel trug wie der Wächter, der sie zur Kapelle geführt hatte, einen *Catsuit*, hier aus dunklem Fohlen-Leder, ebenfalls mit Schamkapsel — allerdings hatte er keine weiblichen Brüste — Stiefel mit Sporen und eine Maske, ähnlich einer solchen gleichnamiger Bälle, durch deren Schlitze Glut erfüllte Augen blitzten. Bemerkenswert war sein ebenfalls blank rasierter Kopfkasten.

„Sehen Sie, *King*, ich verfechte meinen eignen Stil! »*Verfechten*«! Ha-ha-ha-ha-ha! »*Verfechten*«! Ha-ha-ha-ha-ha!"

Als der Hauptmann ein weiteres Mal so dämonisch lachte, dachte der *King*, mit ihm stimme etwas nicht, aber bei dem Gedanken an das *Sokratische* Leitwort des wissenden Nichtwissenden beziehungsweise nichtwissenden Wissenden, das der *anonymus* zitiert hatte, verflüchtigte sich sein Verdacht. Mit einer Person hatte er es hier zu tun, welche zwar von ungewöhnlicher Erscheinung war und in einer makabren Welt zuhause, doch von Intelligenz zu sein schien.

„Kommen Sie, *King*, ich zeig´ Ihnen ´mal was! Nehmen Sie Ihre Schwestern ruhig mit!"

Dann öffnete automatisch wieder eine Türe und sie betraten einen Speicher. Zur Linken kletterte ein Regal in die Höh´, das die gesamte Fläche der Wand einnahm, wo Hunderte von Flaschen lagerten, auf der gegenüberliegenden Seite das gleiche Regal mit aufrecht stehenden Flakons, ebenfalls von beeindruckender Zahl. *Hélène* wusste sofort Bescheid. Nun wurde ihr klar, weshalb das begehrte Wässerchen stets ausverkauft, ihre Chefin aber immer in der Lage war, in Ausnahmefällen an dasselbe heranzukommen.

„Hier *King*, sehen Sie!" worauf er mit seinen halb behandschuhten Händen, deren Fingernägel scharlachrot lackiert waren, gegen das Regal mit den Flaschen schlug. „Hier *King*, sehen Sie! Liköre! Hier unten Ihr Schlehenlikör, hier oben . . . na, was denken Sie, schlauer Fuchs, hat der böse Onkel da? Na, ich sag's Ihnen! Zedern-Likör, was ganz seltenes, bekommen Sie nirgendwo außer bei mir, ganz selten! Nach einem Geheimrezept destilliert! Beste Qualität! Vom Feinsten! Für eine Flasche dieses einzigartigen Wunder-Wassers, müssen Sie etwa so viel aufbringen wie ein gewöhnlich Sterblicher", als sein Blick in Melancholie sich senkte, „müssen Sie so viel aufbringen, wie ein gewöhnlich Sterblicher braucht, um sein ganzes Leben über die Runden zu kommen. Mit anderen Worten handelt es sich um eine Summe, für welche Sie ein Schloss aus der *Belle Époque* erwerben mögen! Nur für Könige, Kaiser und Zaren, aber auch für Ausnahme-Geister wie Sie einer sind, *King*!" unterstrich der Maskierte, unterdessen sich der *Professor* mehr als gebauchpinselt fühlte. „Da können Sie Absinth vergessen! *Van Gogh, Baudelaire* und wie sie alle heißen, diese vorzeitlichen Gestalten der *Platonischen* Kunst- und Poeten-Akademie, tun mir im Nachhinein leid. Der eine schneidet sich die Ohren ab, der andere dichtet für Höllenhunde! *À propos* abschneiden! Haare, mein Freund! Haare!" predigte er und musste dabei genauso lachen wie der *King*, denn beide dachten in diesem Moment an diesen Möchtegern-Kaiser *Claudius*, diesen Brechungs-*Index*-Experten, der zur selben Zeit festgenagelt kopfüber in die Hölle glotzte. „Haare sind nichts weiter als

Ornament. Schauen Sie sich `mal manch langhaarige Herrschaft an, vor deren Anblick die Welt schauderte, nähme man ihr das Haar! Haare sind für manche so etwas, was für das Frauenzimmer der Farbkasten ist. Sie verstehen, *King*, Sie sind doch Frauen-Versteher! Manch ein Weib, sobald es abgeschminkt ist, entpuppt sich als Teufels-Puppe, Schandmal für's Auge! Dann lieber *gläsernes Auge* und nacktes Weiberfleisch, kopulierende Schenkel, na ja, Sie wissen, worauf ich hinaus will! Dann lieber *Venezianischer Spiegel*, *Vulven* so wie bei dem Kaiser-Chef! Der hat stets schöne Weiber auf der Gäste-Liste, alte Schabracken lässt er gar nicht erst ins Haus! Mit »*belegt*« entschuldigt er sich dann! Alles wäre »*belegt*«! Ha-ha-ha-ha! Der Kaiser-Chef! Ha-ha-ha-ha-ha! »*Belegt*«! Wo war ich stehen geblieben? Ach ja, bei den Haaren! Sehen Sie, *King*, mein Großvater hatte zeitlebens eine Glatze tragen müssen, so ist das halt bei uns Männern, von der Natur diktiert, obgleich die schon seit dreihundert Jahren daran basteln, ein Heilmittel zu finden, eine Art Wunderwaffe gegen den genetisch bedingten Haarausfall, sozusagen auf der Suche sind nach dem Stein der Haarkunst. Aber da muss man ganz Mann sein und durch! »*Hart wie Kruppstahl*« und solche Geschichten, die kennen Sie ja, die Führerbibel »*Meine Schlacht*«, Auszüge davon habe ich in mein Pferde-Manifest übernommen. Na gut, hab' mir den Rest einfach wegrasiert! Verstehen Sie? »*Wegrasiert*«! Ha-ha-ha-ha-ha! »*Wegrasiert*«! Ich kann nicht mehr! Ha-ha-ha-ha-ha! Und glauben Sie mir, manch ein Weib kann sich gar nichts Schöneres vorstellen als mit einem Glatzkopf in die Federn zu steigen! Sie verstehen, *King*! Und meiner Gehilfin hab' ich gleich gesagt »*Haare ab*«! Ist sie nicht bezaubernd, meine nackte Sklavin? Und geil ist sie auch! Mein lieber Scholli, ist *die* geil! Den ganzen Tag, den es ja bei mir sowieso nicht gibt, weder Tag noch Nacht! Nur Zeit!" während er ein weiteres Mal melancholisch in sich hineinblickte, als sei Zeit sein größtes Übel, weil dieselbe nicht verginge. „Die ganze Zeit hat sie nichts anderes zu schaffen wie irgendwelche Fetisch-Klamotten überzuziehen, sie dann wieder auszuziehen und danach heftig zu masturbieren! Sie verstehen, *King*! Dieser prachtvolle Hintern, *King*! Sie sind doch auch kein Kostverächter, obgleich vorhin ich an Ihrer Intelligenz gezweifelt habe, als Sie mein Angebot ausschlugen, bei ihr zu popovieren! Ach ja, Sie haben ja schon popoviert, bei dieser alten Hure, dieser *Lamour*, wo jeder popoviert! Verzeihen Sie, *King*, nicht schmälern wollt′ ich Ihr wissenschaftliches Renomée, aber Sie wissen, was ich meine, nicht wahr, *King*? Schließlich sind Sie *re*-habilitiert! Und hier, *King*", während er auf das andere Regal wies, „hier ist »*Saint Raspoutine*«! Da schauen Sie, was? »*Saint Raspoutine*«! Schauen Sie ′mal wie Ihre Kleine guckt! Ha! »*Saint Raspoutine*«! Ha, ganz für mich alleine! Ich sammle keinen Müll wie diese kranken Köpfe von der Kranken-Anstalt, ich sammle höchste Exklusivität! Darauf stehen Sie doch auch, Sie mit ihren prähistorischen Benzin-Schlitten! Ich weiß alles, *King*! Aber jetzt gehen wir wieder ins Wohnzimmer!" forderte der Maskierte seine Gäste auf, als *Professors* Blick an einem Gemälde haften blieb, das an der Stirnwand *vis-à-vis* dem Eingange hing und einen Ritter mit langem Haar und Schnurrbart porträtierte, darauf geschrieben stand »LES HELMETS«.

„Kommen Sie, *King*, kommen Sie! Ach, das sind doch bloße Spielereien! Kommen Sie!"

Hélène oder Das Geheimnis der Falschen Mona Lisa

Hélène und *Mademoiselle* saßen bereits zu Tische und machten sich über den *Schwarzwälder* wieder her.

Die stählerne Tür schnappte zu und der Maskierte und der *Professor* setzten sich zu den beiden Tauben jetzt.

„Ich hab' noch eine ganz besondere Überraschung für Sie, *King*! Wovon Sie nicht einmal in Ihren kühnsten Träumen zu träumen wagen!"

Nachdem *Hélène* und das Vögelchen alles verputzt hatten, rief der Maskierte seine Sklavin:

„Liebling, kommst du, räumst' ab und bringst uns was von dem Zedern-Likör?"

Irgendwo mussten weitere Mikrofone installiert sein, anders hätte die Bitte seine Sklavin nicht hören können, spekulierte der *King*.

„Müssen Sie unbedingt probieren, *King*! Zeder aus dem *Libanon*! Nun gut, hier bei uns im Süden wächst auch Zeder, importiert, gezüchtet, können Sie aber vergessen! Echte *Libanesische* Zeder muss es sein, nur deren Zapfen-Blüten sorgen nicht bloß für das einzigartige Aroma, sondern auch für den einzigartigen Kick, Sie verstehen, *King*, gell? Absinth können Sie vergessen! Kinder-Wasser! Kinder-*Kohla*! Das hier aber ist so eine Art *Assi-Kohla*! Sie verstehen, gell?"

Dann kam die entblößte Fleischeslust wieder rein und goss den Likör in handgeschliffene Römer.

„Mein *Luzifer*, hat sie nicht einen schönen Hintern, *King*? Prost allerseits! Hoch den Lümmel . . . ä-ä-ä . . . den Römer! Mein *Luzifer*, hat *die* einen geilen Arsch! Prost, die Herrschaften!"

Der *King* war hin und fort von dem schönen Hintern, als er sich fast an der Zeder verschluckt hätte und hustete wie ein Frosch am ausgetrockneten Teich. Riss seine schwarze Kutte vom Leib und fasste. Beim Anblick einer solch´ außerordentlichen Grazie fühlten sich auch die beiden Damen herausgefordert, begehrten nicht konkurrenzlos auszugehen und warfen ebenfalls ihre Kutten auf den Teppich. Das Vögelchen kroch zur Fleischeslust hinüber, steckte ihren Kopf unter die Schürze und begann ihr das Ruder hoch zu lecken, indessen es deren wohl geformten Po umgriff.

„Ja, so ist recht, *Mademoiselle*! So ist recht, *Mademoislle*! Ich sehe, Sie verstehen Ihr Handwerk!" kommentierte der Maskierte, dem mittlerweile unter seiner Schamkapsel auch der Hafer brannte.

Der *King*, angestachelt von der wollüstigen Szene, erigierte, schwang nach oben und näherte sich *Mademoiselle´s* süßem Po. Schob ihr *Indisch-Rot* herab und seinen Degen in die nasse Scheide. *Mademoiselle* wieherte auf wie ein Fohlen und steuerte dann mit ihrem Hinterteile die Stiche in die ihr zuträglichen Kurven. Der *King* mutierte jetzt zu *Picasso* auf *Montmartre*, während seine *Vladimirskaja*, heißgelaufen von dem visuellen Rosenkranz, der sich ihren Augen bot, sich des *Pariser*-Blaus entledigte, zwischen ihre Beine fuhr und gottlos hochpeitschte. Entladung folgte auf Entladung, Der Maskierte aber stand Gewehr bei Fuß und verzog nur wenige Mienen, als er meinte:

„Prächtig, prächtig! Gelernt ist gelernt! Ja, wer bei der alten Hure popoviert!"

Hélène oder Das Geheimnis der Falschen Mona Lisa

Nach Reinigung zeigte unserem *Trio* der Hauptmann das Exterieur seines Palastes.

„Ach, lassen Sie! Die Kutten brauchen Sie nicht, draußen ist sehr mild, selbst wenn wir gerade *Allerheiligen* hatten. Fast Frühling!" verwies der Maskierte, als *Hélène* sich anschickte, in ihre Kutte zu steigen.

Von unserem *Trio* trug lediglich das *Caravaggio*-Vögelchen etwas am Leibe und das war ihr *Indisch*-Rot, an den Füßen hatte die ansonsten splitterfasernackte *Hélène* ihre Stiefeletten mit den goldenen Schnallen und der *Professor* spielte weiterhin *Michelangelo's David*.

Des Hauptmanns verführerische Sklavin hatte irgendwo hinter irgendwelchen Türen wieder irgendwas zu schaffen.

Dann schnellte eine Stahlpforte erneut beiseite und die Belegschaft verschwand in einer Schleuse, einer trichterrunden Diele, bevor der Maskierte seine Gäste an die frische Luft führte.

Die Außenpforte sprang auf und der Maskierte, der *King* und seine Gespielinnen betraten nun eine weite Rasenfläche. Es war Tag. Entlaubte Apfelbäume, an denen noch der eine oder andere Apfel hing, und eine Schlange, die meinte *Hélène* gesehen zu haben. Sie befanden sich innerhalb eines himmelwärts fliehenden und nach oben hin sich verjüngenden Quaders, durch dessen Öffnung ein Sonnenstrahl herab zu ihnen schien. Zu beiden Seiten und gegenüber beeindruckte ein Kreuzgang mit Säulen, Bestien-Kapitellen und reichlich Maßwerk. Verschieden von der *futuristischen* Tektonik des bisherigen Interieurs, wo die Eindringlinge durch Gänge und Säle gelaufen und ihnen diese seltsamen Zwitterwesen begegnet waren, oder wo sie der Kreuzigung dieses Kopisten-*Claudius* beiwohnen mussten. *Neo-Gotik*, hie und da durchmengt von *neo-romanischen* Elementen wie gekuppelten Fenstern und mächtigem Gewände mit schweren Eisen-beschlagenen Türen aus Eiche.

„Das ist mein Paradies, *King*! Na, was sagen Sie dazu? Ich zeig´ Ihnen `mal die Stallungen und meine Kirche!"

Sie liefen durch den Kreuzgang unter gegurteten Gewölben, vorbei an aufrecht stehenden Grabplatten mit geheimnisvollen Reliefs von Äbten, Kardinälen und Bischöfen, die vor langer Zeit das Zeitliche gesegnet hatten, von denen sie aber nicht wussten, wer sie waren, warfen bisweilen Blicke in den bewiesten Innenhof und erreichten ein halboffenes Tor in der Wandelhalle des Frommen. Hier roch es nach Schweiß, Hafer und Dung. Zwischendurch hörte man Wiehern und Schnauben, Kettenrasseln und Hufe-Treten. Der Maskierte stieß das Tor ganz auf.

„Hier, *King*, das ist mein Gestüt, alles *Araber*!" schwärmte er, während sie drei Stufen hinabnahmen und die Stallung betraten. „Das ist der ehemalige Kapitelsaal!"

Die beiden Gespielinnen guckten verblüfft, dennoch angetan, aus einer Wäsche, die sie nicht trugen, bis auf das *Indisch*-Rot des Vögelchens, denn der Anblick von Pferden war ebenso ihnen das Paradies.

„Das ist *Genna**, meine Lieblings-Stute! Sehen Sie `mal hier, diese Flanken und diese Drosselgasse† . . . ä-ä-ä . . . *Drosselrinne*! Hat mich ein Vermögen gekostet, in *London*, wollte erst das Doppelte haben, der Züchter, hab´ ich aber `runtergehandelt, weil ich ihm weißmachte, das

---

»Himmel« (arab.), vermutlich auch von »Génevieve«, Schutzheilige von Paris
†*berühmte Weintrinkergasse in Rüdesheim am Rhein*

Exterieur stimme nicht, was natürlich gelogen ist, ich bin eben ein alter Lügenbold! Von nichts kommt nichts! Für seinen Einsatz hat man zu kämpfen, und mein Einsatz ist die Liebe zu den Tieren! Wissen Sie, falls *Luzifer* will und ich irgendwann endlich meinen Schlaf finde, möchte ich mit ihr, meiner *Genna* zusammenliegen. Schauen Sie hier, ihren Schweif! Der steht bei *Arabern* etwas höher als bei anderen Pferden, weil *Araber* einen Lendenwirbel weniger haben! Der Wochenend-Züchter hat sich auf den Kuhhandel dann eingelassen und ich konnte meine *Genna* sofort mitnehmen. Ja, diese Züchter, viele Novizen, die besser daran täten, einen anderen Beruf zu ergreifen, denn mit Pferden umzugehen, kann man nicht lernen, das hat man im Blut, *King*! Sie verstehen mich doch, *King*, gell? Sie sind Frauen-Versteher, ich Pferde-Vorsteher!"

„Wunderbare Tiere, das muss man Ihnen lassen! Wo Sie recht haben, haben Sie recht! Einfach klasse!" bekundete der *King*, während die beiden Jenseits-Prinzessinnen eine Stute streichelten und ihr einen Büchel Hafer ins Maul schoben.

Ein Bild für die Pferde-Götter!

Indisch-Rot und makelloses Weiberfleisch vor makellos gepflegtem Fell einer *Araberin!*

Hélène lehnte ihr Puppengesicht an den Kopf des Tieres und streichelte seine *Laterne.*

„Was wäre *Dschingis Khan* ohne Pferde? Oder *Alexander der Große?* Wissen Sie, worauf ich hinaus will, *King*? Pferde! Es geht nichts über Pferde!"

„Da haben Sie recht! Wo Sie recht haben, haben Sie recht!"

„Sagte ich ja! Wo ich recht habe, traben, galoppieren und schnauben die Pferde! Der sterbliche Mensch ist doch nur eine Episode innerhalb einer zeitlosen Galaxie, nichts weiter! Das älteste jemals aufgefundene Pferd geht zurück bis ins *Eozän*, nummerisch sind das etwas weniger als sechzig Millionen Jahre! Der Mensch hingegen, ein kurzer Furz und darüber hinaus Produkt eines Ingenieurfehlers! Wissen Sie, der *Eiffelturm* heißt ja nicht umsonst »*Eiffelturm*«! Wenn er nicht »*Eiffelturm*« hieße, dann gäbe es ihn erst gar nicht! Eine Meisterleistung der Ingenieurkunst*! Aber der Mensch, *King*, der Mensch! Hören Sie auf! Hören Sie auf, *King*! Mit den Pferden hingegen ist es wie mit dem *Eiffelturm*! Einmal konstruiert, konstruiert für die Ewigkeit!" Jetzt nahm sein Blick wieder jenen melancholischen Ausdruck, wenn er von Zeit sprach, fasste aber und fuhr fort: „Wissen Sie, wer der Ingenieur der Pferde ist oder, wegen mir, deren Erfinder, *King*? Der *Herr der Pferde*! Der *Pferde-Herr*!"

Hélène versuchte jetzt *Genna* zu besteigen, aber das Pferd schüttelte sie ab.

„So geht das nicht, *Madame*! Sie müssen wissen, *Madame*, ein Pferd können Sie zur Tränke führen, aber nicht zum Trinken zwingen! Das ist der erste Grundsatz meines Pferde-Manifests, *Madame*! Pferde sind eben keine Menschen! Dieses opportunistische Geschmeiß von Fliegen-Anbetern und *Herkules*-Tretern! Arschkriechern und Folterern von Königen! Insbesondere die Parvenüs, das sind die Schlimmsten! Beten zur

---

300 m hoher Eisen verstrebter Turm von Architekt Stephen Eugène Sauvestre (1847 bis 1919) u. Bauherr Alexandre Gustave Eiffel (1832 bis 1923) für Weltausstellung Paris 1989 in Erinnerung an Französische Revolution, Vorfahren Eiffel's stammen aus der Eifel

Macht und verdammen die Wahrheit! Pinkeln auf sich selbst wie Sie mit Ihrer *Machine* de Marie! Verzeihen Sie, *Madame*, wenn ich so direkt bin, aber ich hasse Opportunisten, die denen hinterherlaufen, von denen sie sich was versprechen und diejenigen verachten und malträtieren, die ihrer Meinung nach nichts zu bieten hätten. Meist dreht es sich ums Geld! Hat jemand Geld, selbst wenn er der größte Pferdeverbrecher aller Zeiten sei, schauen sie zu ihm hinauf wie eine Hyäne zu einem abgestorbenen Ast! *Kleptoparasitismus, Madame*! Abjagen der Beute anderer, bezeichnet der Verhaltensforscher das, *Madame*! *Kleptoparasitismus*! Aber ist das ein anderes Thema! Und jemanden, der ein unbekanntes Genie ist, vielleicht mittellos, ohne Einfluss und so weiter, verachten sie, treten sie! Opportunisten eben! Diese Speichellecker und Analphabeten der KZ-Wächterei können Sie zwingen, *Madame*, mit der Befriedigung ihrer Gier, indem Sie ihnen ihr Maul vollkoten, aber keine Pferde, *Madame*! Helden sind rar gesät! Einer unter Abertausenden, *Madame*! Kapazitäten! Kapazitäten, *Madame*! Jawohl, mein Führer! *Mengele*! *Eichmann*! Das waren Kapazitäten, *Madame*! Aber suchen Sie 'mal solche Kapazitäten heutzutage! Fehlanzeige! Negativer Befund, *Madame*!"

In jenem Moment dachte *Madame* daran, wie gut es doch sei, wenn diese Bestienbrut den Erdball verließe und ausstürbe, dann jedoch keinen Erdball es mehr gäbe, da die Bestie nur unterginge mit dem Planeten selbst, auf dem sie wohne, ein Planet, der ein Wunder sei, aber entweiht, vielerorts zerstört und moralisch besudelt, eben des Ingenieurfehlers wegen, von dem das Monster sprach, und daher der Mensch alles andere sei, nur kein *Eiffelturm*.

Alexander Sergejewitsch

„Ja, das mit Ihrer *Machine de Marly*, das meinte ich nicht so! Dieses Wässern ist etwas anderes, *Madame*! Diese ganzen Opportunisten gehören an den Galgen, *Madame*! Sie sehen ja, wohin das führt! *Drei Kriege, Madame*! *Drei Kriege!*" brüllte das Monster mit rot unterlaufenen Augen, was unser *Trio* das Schaudern wieder lehrte.

Darauf verließen sie den Stall und der Maskierte führte sie in eine Kirche am Ende des Kreuzgangs. Keine Fenster! Keine Bänke! Der Boden mit Hafer-Heu, toten Kröten und getrocknetem *Sempervivum** ausgelegt. Aber Orgeln von brennenden Kerzen und religiösen Bildern.

An der Stirnwand der Riese eines Altars!

Der Maskierte hatte seine Sprachmaschine abgeschaltet, hielt inne. Es war ein Heiliger Ort, wo Sprechen von selbst sich verbat. Er kniete nieder, faltete die Hände und betete »*in nomine Patri equorum*[†] . . . «. In die Stille brach bisweilen Wiehern und Hufeklappern von draußen.

Auf dem Altar stand ein *triptychaler* Gemäldeaufbau. Die mittlere Tafel zeigte einen Garten, in dem Pferde tollten und spielten und sprangen. Die Tafel zur Linken zeigte Pferde in weißen Gewändern, die auf Wolken zu einer Art Himmel auffuhren. Die rechte Tafel war leere Fläche.

Als sie die Kirche wieder verließen und ihre Köpfe zwischen die Säulen des Kreuzgangs steckten und nach draußen auf die Wiese blickten, begann ein fürchterlicher Regen niederzugehen. Wasser stürzte herab. Tonnen von Wasser ergossen sich aufs Gras, wo *Hélène* so gerne mit

---

**Dickblatt-Gewächs, zu Deutsch »immer lebend«*
[†]*Im Namen des Vaters der Pferde*

Hélène oder Das Geheimnis der Falschen Mona Lisa

Genna geritten wäre wie *Lady Godiva**, um das Dorf von seiner Steuerlast zu befreien. An diesem mystischen Ort mit steinernen Krabben, gemeißelten Teufeln und von der Hölle bemalten Gewölben, galt es von einer anderen Last zu befreien, ein anderes Pfand einzulösen!

Der Maskierte lief in die Stallung und redete auf seine *Araber* ein, schien mit ihnen zu sprechen, als spräche er zu einem fremden Reich, das da komme.

Zwischendurch zuckten Blitze weit oben. Donner erzürnte und ein tiefer Bass sprach:

„*Fürchtet euch nicht! Ich bin der Herr der Zedern! Gebt acht, wohin ihr geht und wie ihr geht! Gebt Acht! Ich bin der Herr der Zedern!*"

Die vokale Erscheinung schien so unwirklich, gerade weil es regnete aus Eimern und es immer wieder blitzte, dass unser *Trio* die Szene herunterspielte und meinte, der akustischen *Fata-Morgana* eines Unwetters aufgesessen zu sein.

Irgendwann kam der Maskierte zurückgelaufen und rief in das meteorologische Desaster hinein:

„Wir müssen rein, *King*! Wir müssen reingehen, *King*!"

Die Pforte, durch welche sie gekommen waren, öffnete und sie gelangten wieder in die Schleuse und von dort ins Herren-Zimmer.

Der Lüster war abgedimmt, auf dem Tisch brannten Kerzen und von irgendwoher zogen abermals Schwaden süßen Rauches durch den Raum.

**Lady Godiva (11. Jhd.) war laut Legende Englisches Blaublut, deren Nacktritt durch Conventry (östlich von Birmingham) die Bevölkerung von ihren Steuern befreite*

Sie setzten sich und seine Sklavin brachte wieder den Zedern-Likör und die bekannten Karamellbonbons *au beurre salé à la Henri le Roux*, von denen der *Inspektor* so gerne genascht hatte.

„Klasse Hauptmann, wie Sie's hier haben! Gefällt mir, Hauptmann!" meinte der *King*, das Zimmer nochmals bewundernd.

„Nennen Sie mich nicht »*Hauptmann*«, *King*! »*Hauptmann*«, »*Hauptmann*«! Wer hat denn diesen Quatsch Ihnen eingetrichtert? »*Hauptmann*«, »*Hauptmann*«! Räuber-Hauptmann! Nennen Sie mich einfach »*Sir*«!"

„Eine Frage, *Sir*! Weshalb ist die rechte Tafel des Pferde-Altars unbemalt, leer?"

„Ganz einfach, *King*! Auf den rechten Tafeln dieser Altar-Triptychen tobt in der Regel die Hölle, also der Ort, wo die Verbrecher, die Schweinezüchter und so weiter landen, bei den Pferden gibt es allerdings keine Hölle, weil Pferde nicht sündigen!"

„A-a-a-a-a! Ich verstehe, *Sir*! Wie schön Sie es hier haben! Oben hatte es mir bereits gefallen, bei der Alten! Diese violette Wandbespannung! Wie in einer Sakristei! Aber es gibt viele, die so etwas ablehnen und einen für verrückt erklären, falls man in solchen vier Wänden lebt, *Sir*!"

„Ja, da haben Sie recht, *King*! Zumeist ist es genetisches Halunkenpack, das stets etwas auszusetzen hat an dem, wie Onkel, Tante, Schwester oder Bruder dekoriert sind in ihrer Burg, in ihrem *castle*!

„Ja, da muss ich Ihnen recht geben! Wo Sie recht haben, haben Sie recht, *Sir*!"

„Sagte ich doch, *King*! Ja, da oben, diese *Servitin*! Ha-ha-ha-ha-ha! »*Servitin*« vom Non-Konformisten-Orden! In der Nachfolge *Mariens*! Hier bei mir kann sie den Weg des *Herrn* gehen und sich erfreuen beziehungsweise dankbar sein, dass es ihr nicht so ergeht wie diesem falschen *Claudius*! Der Kelch an ihr vorüber gegangen ist bisher! Diese alte Hure! Sie verstehen, *King*? Das, was diese Schabracke erleidet, nenne ich den *lebendigen* Kreuzes-Tod, sie wird nicht genagelt, dazu ist sie viel zu alt! »*Genagelt*« Ha-ha-ha-ha-ha! »*Genagelt*« Ha-ha-ha-ha-ha! Sie »*erleidet*«, *King*! Das ist in etwa so, als wenn man einen Mörder nicht hängt oder viertelt oder köpft, sondern ihn vielmehr sein Leben »*erleiden*« lässt! Was heißt »*sein Leben*«! Das ist die bessere Strafe! *Leiden-Lassen*, *King*! »*Leiden und Leiden Lassen*«, *King*! Sie verstehen, *King*, gell? Ursprünglich hatte ich sie hier unten, Sie müssen verstehen, *King*, aber irgendwann wurde mir das zu penetrant, nachdem ich sie den Händen ihres *Priors* entrissen hatte, wurde mir einfach zu bunt! »*Mein Heiliger Ambrosius! Mein Heiliger Antonius! Mein Heiliger Bonifatius!*« Als wenn sie ein Tonband gefressen hätte, *King*! Sie müssen verstehen, diese alte Schabracke war `mal jung, sah damals knackig aus, stand gut im Fleische, wenn Sie verstehen, was ich meine, *King*? »*Im Fleische*«, *King*! »*Im Fleische*«! Ja, und dann hab´ ich sie nach oben getan, da kann sie sich nützlich machen! »*Nützlich machen*«! »*Nützlich*«! Ha-ha-ha-ha-ha! »*Nützlich machen*«! Immerhin, führt mir gutes Frischfleisch zu! Ha-ha-ha-ha-ha! Manchmal auch Säuglinge, so wie beim Grafen! Frisches Blut, *King*! »*Frisches Blut*!« Ha-ha-ha-ha-ha!"

Die beiden Gespielinnen fielen abermals in Ohnmacht, kamen jedoch wieder zu sich und das Monster fuhr fort:

„So, *King*! Jetzt hab´ ich etwas ganz Besonderes für Sie und Ihre Narkose-Schwestern vom Orden der heiligen Geilheit! Ihre Rot-Kreuz-

Schwestern sind doch geil, gell? Geil, wie *Sie* es sind, Sie geiler Bock! Ha-ha-ha-ha-ha!"

Nun fuhr der Vorhang beidseitig auf, allerdings nicht vollständig, aber immerhin soweit, dass eine Film-Leinwand sichtbar wurde.

„So, *King*, Sie werden staunen, was ich da aufgegabelt habe! Aus der Prähistorie, noch vor dem *Dritten Krieg*!"

Verführerische Bilder eroberten die Projektionsfläche. Irgendein *Hermes* saß im Profil und stemmte mehrmals die Flasche eines köstlichen Getränks in die Höh'! Dann sah man nackte Weiber vor einer Scheibe, an der Eis-Wasser oder so etwas herunterlief, als wenn man durch eine Windschutzscheibe blicke und es Schneewasser regne, wie letztes Jahr im November an der Kanalküste, wo sie *Machine de Marly* gespielt hatten.

„Na, *King*, zu viel versprochen, *King*? Das sind doch richtige Weiber, *King*, gell? Nicht wie die alte Schabracke da oben, der *Heilige Antonius*! »*Männerfreiheit*«! »*Männerfreiheit*« ist angesagt! Schauen Sie `mal den Kerl! Wenn ich schwul wäre, *King*! Wenn ich schwul wäre, *King*!"

Jetzt fasste er seinen Zedern-Likör und betrachtete seine rot lackierten Nägel, die durch die fingerlosen Handschuhe lugten.

„Fantastisch, *Sir*! Das ist wirklich fantastisch, *Sir*! Wo Sie recht haben, haben Sie recht, *Sir*!"

„Sagte ich doch, *King*! »*Heirat oder nix Heirat, das ist nicht die Frage*!« *Cool*! Einfach *cool*, *King*! *Shakespeare*! »*Heirat oder nix Heirat*«! Ha-ha-ha-ha-ha! Da gucken Sie, was? Hab´ Ihnen doch gesagt, die Weiber bringen Sie noch ins Grab! Aber Sie meinen, *Luzifer* ein Schnippchen schlagen zu können, aber da täuschen Sie sich! Nix Heirat, *King*! Heiraten ist der Untergang! Sehen Sie sich den Kaiser-Chef an! Vierzig Jahre auf dem Buckel! Seine Schabracke bringt's nicht mehr! Ja, was meinen Sie, weshalb der in seine *Venezianischen Spiegel* so verliebt ist? Ich sag' ja immer »*Männerfreiheit*«, *King*! »*Männerfreiheit*«, *King*! Mein *Luzifer*, hat *die* einen geilen Arsch! Und *die* erst! Und *die*! *Diese* Oberweite! Da wird so manche »*Männerfreiheit*« schwach! Und hier, diese *Kartäuserinnen*, die hätt' ich auch gerne bei mir! Die würd' ich auch `mal gerne . . . na ja, Sie wissen schon, was ich meine, *King*, gell?"

„Wirklich klasse, *Sir*! Wirklich klasse!"

„Sagte ich doch, *King*! Der Kerl, der dieses Filmchen verbrochen hat, den hatte ich `mal hier unten! *Karl Wild*\*, toller Hecht! Einer von unten zwar, wie manche behaupten, aber aus anderem Holz, wenn Sie verstehen, was ich meine, *King*? So `was dreht kein Emporkömmling! Wer weiß, wie alt der war, als er mich besuchte, hat sich im Übrigen für meine Pferde interessiert, und in Erwägung gezogen, so ein ähnliches Filmchen im Stall zu drehen! Toller Hecht, *King*! Echter Künstler!"

Dann kam der Abspann und das Licht fuhr hoch.

„Ja, diese *Assi-Kohla*! Das darf ich Ihnen gar nicht verraten, aber ich tu's trotzdem — hab' ja mein rechtes Bein nachgezogen gehabt beim Aufstehen! Meine Männer", das Monster musste lachen, „na ja, meine Männer, *King*, haben die Rezeptur dieses verfluchten *Assi*-Getränks unter das chemische Mikroskop gelegt und die Bestandteile dieser Säure klassifiziert. Zuckerwasser, aber was für ein Zuckerwasser, *King*! Waren natür-

---

**Charles Paul Wilp (1932 bis 2005) drehte 1968 die legendäre Werbe-Kampagne für Afri-Cola*

lich auch noch andere Bestandteile drin, auf jeden Fall eine geniale Mischung von Bewusstseins-molekularem Aufbau. »*Frau ist Frau*«! »*Geiler Arsch*!« »*Alles ist in Assi-Kohla*!« Sie verstehen, *King*, gell? Ja, was ich sagen wollt′, hab′ was davon für die Zubereitung meines Zedern-Wassers genommen! Eins A! Eins A, sag′ ich Ihnen! Genial! Einfach genial! »*Alles ist in Assi-Kohla*!« »*Frau ist Frau*«! »*Geiler Arsch*!« Und diese Brüste, *King*! Alles ist in *Assi-Kohla*! Aber der Höhepunkt kommt noch, *King*!"

Das Licht fuhr wieder runter und der Vorhang öffnete jetzt ganz. Zu beiden Seiten sah man verglaste Vitrinen.

Das ist ja nicht zu fassen, dachte der *King*, als er einen »*Mantel*« erblickte, der von oben angestrahlt war, und in der anderen Vitrine eine »*Falsche Mona Lisa*«, eine solche von *Bernardo von Palermo* im *Louvre* hing.

Das ganzfigurige Porträt einer Lisa mit Schleier-Feder-Hütchen, schwarzem *Cocktail*-Kleid und Stiefeln, die ein Bouquet roter Rosen in ihren Händen hält.

Sicherlich eine Fälschung, beteuerte er gegenüber sich selbst! Der *Louvre*-Chef war trotz allem fassungslos! Ihm blieb die Spucke weg!

„Na, was sagen Sie nun, Sie verbildeter Korinthen-Kacker? Hätten Sie nicht gedacht, gell? Ja, dieses *Louis-de-Funès-Double**, dieser Möchtegern-*Sherlock-Holmes*, dieses Arschloch von der Präfektur, dieser *Le Trou*! »*Le Trou*«! Ha-ha-ha-ha-ha! »*Le Trou*«! Was Sie da sehen, *King*, ist die *echte* »*Falsche Mona Lisa*«! Und was Sie da oben in Ihrem Bilder- und Skulpturen-Tempel hängen haben, ist nichts als eine ganz billige Kopie! Nichts

---

Anspielung auf Komiker Louis de Funès′(1914 bis 1983), Rolle als Ludovic Cruchot in »Der Gendarm von Saint Tropez« (1964)

als eine ganz billige Kopie! Mir haben Sie das allerdings nicht zu verdanken! Das haben Sie diesem falschen *Claudius* zu verdanken, diesem Kaiser der Brechungs-*Index*-Philosophie, diesem falschen *Petrus*! Der baumelt nicht umsonst am Kreuz kopfüber! Kopieren muss man können, *King*! Ein Dilettant, nichts weiter als ein ganz gewöhnlicher Dilettant! Da lob´ ich mir den *Beltracchi*! Eine Kapazität! Eine Kapazität, *King*! Der ist nur aufgeflogen, weil man ihm das falsche Weiß veräußert hatte! Er selbst, der *Beltracchi*, eine Kapazität! Eine Kapazität, *King*! Nicht von ohne hat der das ganze Ästheten-Geschmeiß aufs Kreuz gelegt. Ja, er *hat* gekreuzigt, nicht kreuzigen *sich lassen*, *King*! Das ist ein großer Unterschied! Er war der Aktive, die anderen die Passiven, er verstand sein Handwerk, diese schöne Zeichnung*, dieser *Beltracchi*! Aber ist das ein anderes Thema!"

„Das ist nicht Ihr Ernst, *Sir*?"

„Doch, doch, *King*! Kommen Sie, ich schenk´ Ihnen noch was nach, damit Sie sich erholen von dem Schock!" ermahnte das Monster unseren *Professor* und füllte sein Glas randvoll mit seinem Zedern-Gebräu.

„Was ich schon immer haben wollte, ist die *Mona Lisa* des *Bernardo von Palermo*, die »*Falsche Mona Lisa*« und den »*Mantek*«! Sie verstehen, *King*, nicht wahr? Den »*Mantek*« sehen Sie im Übrigen in der Vitrine rechts. »*Umhang*«! »*Umhang*«! Das ist ja lächerlich! Dieses Arschloch von *Inspektor*! »*Umhang*«, das sieht doch e´n Blinder mit `nem Krückstock, dass das kein Umhang sein kann! Vielleicht meinte er *Umgang*, und dachte dabei an den Kommunikations-Stil, oder wie Sie sagen würden, an die Kom-

---

*bello, -a (ital. schön); tracciare (ital. Zeichnen, entwerfen); Künstler-Pseudonym

munikations-*Kultur*, mit der man mit Kunst-Sachverständigen zu konver-
sieren pflegt! »*Umhang*«! Ha-ha-ha-ha-ha! »*Umgang*«!"

„Wo Sie recht haben, haben Sie recht, *Sir*!"

„Sagte ich doch, *King*! »*Mantel*«! Genau so ein *Mantel* wie bei *Nikolai
Gogol*, ja, diese Geschichte mit dem Schreib-Kopisten, *King*, Sie verstehen, *King*! Ohne den der Kopist nur ein Kopist, eine blutleere Nummer
war, den niemand beachtete!"*

„Ich bin im Bilde! Schließlich habe ich mich mit diesem »*Mantel*« seit
Kindesbeinen beschäftigt!"

„»*Seit Kindesbeinen*«! Ha-ha-ha-ha-ha! »*Seit Kindesbeinen*«! Blaubart-
Kammer! Tote Ratten! Tote Katzen! — Nun, irgendwann erfuhr ich von
diesem Falken aus *Chicago*, Sie können folgen, nicht wahr?"

„Ich bin im Bilde!"

„Erst hab´ ich bei diesem *Le Cul*, diesem *Commissaire* von der Präfektur anrufen lassen, aber schnell stellte sich heraus, wie unfähig dieser *Le
Trou* ist!"

„Wo Sie recht haben, haben Sie recht, *Sir*!"

„Sagte ich doch! Ja, und dann war ich´s satt, hab´ mich in die nächste
Maschine gesetzt und diesen Falken aufgesucht, diesen *Falconi*, verzeihen
Sie, Euer Ehren, diesen *Doktor*, und der hat mir dann den »*Mantel*« gelassen, der — nebenbei gesagt — authentisch ist, das heißt, es handelt sich
wahrhaftig um diesen mysteriösen »*Mantel*«, den Sie da sehen, der jenem
legendären *Russischen* Dichter, einem *Monsieur Alexander Sergejewitsch*

---

*Novelle von Nikolai Gogol (1809 bis 1852) von 1842, wo der Mantel eines Kopisten die
„Hauptrolle" spielt*

Hélène oder Das Geheimnis der Falschen Mona Lisa

Puschkin, gehört haben soll — abgerissener Knopf, *King!* Hab´ meine Leute, sind auch Experten, allerdings *echte* Experten! Nicht wie Ihr Brechungs-Experte, Kaiser *Claudius* — ja, und die »*Mona Lisa*« des *Bernardo von Palermo,* die »*Falsche Mona Lisa*«, wie ich zunächst annahm! Dieses Bild aber dort, in der Vitrine, ist die *echte* »*Falsche Mona Lisa*«, *King!* Jawohl, Herr Hauptmann! Die *echte* »*Falsche Mona Lisa*«! Aber da kann man ´mal sehen, was für ein Restauratoren-Studio Sie beschäftigen! Nichts als Dilettanten wie dieser *Le Trou!* Hätten d´rauf kommen müssen, dass das zum zweiten Mal geraubte und wieder gefundene Gemälde im *Louvre* eine Fälschung ist! Und was für eine! — Ich sagte ja, *Beltracchi!* Nichts geht über einen *Beltracchi!* Wollte im Übrigen auch in die Ruhmes-Halle der Malerei, hatte es aber nicht geschafft, nichtsdestoweniger so souverän, die sogenannten Experten aufs Kreuz zu legen! »*Experten*«! Das ist ja so etwas von lächerlich wie nur irgendetwas lächerlich sein kann! »*Experten*«! Nichts als Dilettanten! Der *Beltracchi* hatte keine eigenen Ideen, das war sein Verhängnis! Großer Handwerker, Lasur-Technik* und so, Sie verstehen, *King!* Großer Handwerker, aber zu wenig Künstler! Immerhin ins *Guinness*-Buch der Rekorde hatte er es seinerzeit gebracht oder wie man diese damalige Bibel der Superlative nannte! Letztlich ein Buch für Lustmörder der Sensationsgier! Da war alles aufgelistet, was nur irgendwie verdächtig roch nach vermeintlich Außergewöhnlichem! Verzeihen Sie mir meine Vulgarität, aber wenn da jemand war, der zwölf Stunden

---

Mehrschichten-Ölmalerei (subtraktive Farb-Mischung), wobei die Schichten durchscheinender Kirchenfenster-Verglasung ähneln, sehr aufwendiges u. künstlerisch höchstes Ölmaler-Handwerk (Rembrandt, Cranach etc.), i. Ggs. zur à la prima Technik eines van Gogh

auf dem Scheißhaus zugebracht hatte und das nachweisen konnte, nahm man ihn auf in diese papierne *hall of shit*, Sie verstehen, *King*, gell? Da lob´ ich mir meine Pferde-Bibel und diesen *Karl Wild* von der *Assi*-Fakultät! — Wo war ich stehengeblieben? Ach ja, als ich wieder in *Paris* war, musste ich wohl oder übel zur Kenntnis nehmen, dass das Bild, das der *Amerikaner* mir angedreht hatte, die »*Mona Lisa*« des *Bernardo von Palermo*, eine Nachahmung war. Ja, und da ich kein Kind von Kinkerlitzchen bin, Sie verstehen, *King*, »*Kinkerlitzchen*«, hab´ ich diesem falschen Falken, diesem *Falconi*, mitteilen lassen, wenn er mir nicht die *echte* »*Falsche Mona Lisa*« zukommen ließe, er sein Testament machen könne. Sie verstehen, *King*! Ich hab´ meine Leute, selbst mach´ ich mir die Finger nicht schmutzig, meine schönen Finger! Sehen Sie `mal hier, *King*!" worauf er seine lackierten Fingerspitzen ihm unter die Nase rieb. „Er machte den Vorschlag, er verstecke die *echte* »*Falsche Mona Lisa*« auf *Montmartre* in der *1 Rue Saint-Éleuthère*, falls ich ihn dafür am Leben ließe! Sie müssen wissen, *King*, man kennt mich in der Szene, man weiß, dass mit mir nicht gut Kirschen essen ist, schließlich bin ich verwurzelt mit *Palermo*, oder besser gesagt, mein Vater war eine bekannte Größe, Sie verstehen, *King*, gell? Ich ließ ihm mitteilen, ich sei einverstanden, doch eine Bedingung hätte ich noch, und zwar forderte ich ihn zum Zweikampf heraus, Sie verstehen, *King*, so ein kleines *Florett*-Duell, so ein kleiner Unfall! Ich bin eben ein Mann von Ehre, wir haben unseren Kodex, wir Männer von der Loge! »*Männer*«! Ha-ha-ha-ha-ha! »*Männer*«! Dass ich nicht lache! »*Männer*«! Ha-ha-ha-ha-ha!"

Hélène oder Das Geheimnis der Falschen Mona Lisa

Und dann fasste er mit seinen lackierten Nägeln wieder sein Glas, spülte runter und schickte sich an fortzufahren, als das Vögelchen sich einschaltete:

„Ja-ja-ja! »*Ein Unfall*«! »*Ein hübscher kleiner Unfall*«! Laternenpfahl und *Puschkin*-Tod!"

Das Monster verstand nicht recht.

„Nein, *Mademoiselle*, was wir hier trinken, ist nicht dieses *Russische* Schnapswasser, wir trinken auf die Ehre! Auf die Zeder! Kommen Sie, ich schenk´ Ihnen auch was ein!"

„Ja-ja-ja! »*Ein Unfall*«! »*Ein hübscher kleiner Unfall*«!" wiederholte das *Caravaggio*-Vögelchen.

„Na gut, ich lief in die *1 Rue Saint-Éleuthère* und tauschte die *falsche* »*Falsche Mona Lisa*« gegen die *echte* »*Falsche Mona Lisa*«! Und dann hab´ ich in der Präfektur nochmals anrufen lassen, bei diesem dilettantischen Haufen, sie mögen doch ´mal ihren Arsch bewegen, und beim *Heiligen Eleutherus* vorbeischauen; und den Rest der Geschichte kennen Sie ja! — Haben Sie ´mal diesen Lederjacken-Spezi kennengelernt, *Monsieur*, diesen . . . ach ja, diesen *Pierre*, der den Polizeipräsidenten verklagen wollte, weil seine ach so kostbare Lederjacke Schaden genommen hätte, als er *Schimanski*-mäßig* in diese Rattenkammer einbrach? Ein Armleuchter! Seine Lederjacke! Seine ach so kostbare Lederjacke! Die hing doch ebenso schon auf *zweiviertel acht*† wie sein Leuchter, dieser Armleuchter! Aber da kann ´mal sehen, was solche Möchtegern-*Rambos* bei der Polizei ver-

---

*Anspielung auf Tatort-Kommissar Horst Schimanski, Götz George (1938 bis 2016)
†»auf halb acht (=zweiviertel acht) hängen« bedeutet »schief sein« (vgl. Seemanns-Sprache)

dienen! Nichts, *Monsieur*! Nichts! Und genau deshalb arbeiten die so *wie* sie arbeiten!"

„Wo Sie recht haben, haben Sie recht, *Sir*!"

„Sagte ich doch, *King*! *Bien*, nachdem ich die *falsche* »*Falsche Mona Lisa*« gegen die *echte* »*Falsche Mona Lisa*« ausgetauscht hatte, verabredete ich mich mit ihm eine Stunde nach Mitternacht im *Jardin du Luxembourg*. War ein Kinderspiel, *King*! Vollkommen unerfahren, *King*, dieser Falke aus *Chicago*! »*Falke*«, blanker Euphemismus! »*Falke*«! Eine Null! Eine technische Null, sag' ich Ihnen! Genauso eine Null wie Ihr Brechungs-*Index*-Experte, *King*! Eine Null! Zwei, drei Züge und dann Herzstich! Glatter Herzstich, *King*!"

„Ja, bis hierhin kann ich folgen, aber weshalb vor dem *Maskenhändler*?"

„Das sehen Sie doch, *King*! Trage ich eine Maske oder trage ich keine Maske? Maske und *Victor Hugo*! Zunächst einmal ist *Esmeralda* — Sie wissen, *King*, die Schöne Zigeunerin aus *Hugo's* Roman — nur die Maske für *Hugo's Große Liebe* gewesen. Gehen Sie `mal zum *Place de la Concorde* und schauen Sie sich *Madame Strasbourg** an! *Hugo* selbst war unsterblich verliebt, *King*, weshalb er diesen genialen Roman überhaupt schreiben konnte, nur die Liebe befähigt einen großen Dichter, einen wahrhaftigen Romancier, zu großen Taten, *King*! Sie verstehen, Sie sind doch Frauen-Versteher?" erklärte er sich und betrachtete erneut seine scharlachroten Nägel im Kerzengeflacker. „Auch ich war verliebt, damals als ich diese

---

als Bildhauer-Modell für die Allegorie der Stadt Strasbourg, durch James Pradier (1790 bis 1852), vermutet man Juliette Drouet (1806 bis 1883), Victor Hugo's große Liebe

Hexe aus dem Kloster holte, diesen »*Heiligen Antonius*« dort oben! Ja, sie war schön wie die schönste Kurtisane aller schönen Kurtisanen! Aber ständig jammerte sie mir was vor von ihrem *Prior*, ihrem Vorsteher! »*Vorsteher*«! Ha-aha-aha-aha! Von ihrem *Heiligen Ambrosius*, ihrem *Heiligen Antonius*! — *Heiliger Bonifatius*! Sie liebte mich nicht, diese Hure! Diese Hexe! Doch, doch, wenn ich mir´s recht überlege, werd´ ich sie auch noch ans Kreuz schlagen, darauf können Sie Gift nehmen, *King*! Gift, Rattengift, *King*! Erst werd´ ich sie auspeitschen lassen, dass sie nicht mehr weiß, ob sie Weibchen oder Männchen ist! »*Männchen*«! Ha-aha-aha-aha! »*Weibchen*«! Diese verfluchten Weiber! Diese verfluchte Brut! Sie haben´s ja selbst gesehen, alles ist in *Assi-Kohla*! Sexy-Midi-*Minipli*[*]! Ja, den Rest hab´ ich mir weggrasiert! »*Wegrasiert*«! Ha-ha-ha-ha-ha!"

Und dann meldete das Vögelchen sich wieder zu Wort:

„Ja-ja-ja! *Ein Unfall*«! »*Ein hübscher kleiner Unfall*«!"

„Erst auspeitschen, danach kreuzigen und wenn sie so am Balken hängt, Rattengift, aber eines, das langsam wirkt, *King*! Ich hab´ da meine Leute, *King*! Die machen das vorzüglich! Alles natürlich durchs gläserne Auge dann! Ha-ha-ha-ha-ha!"

Nun stand er auf, ging zu den Pferdebildern, als mit seinen lackierten Nägeln er seine Glatze fasste und meinte:

„Na, wie gefällt Ihnen meine neue Frisur? Und erst mein neues *Make-up*! Ach, wie sehr wohl ich mich heute wieder fühle, nicht wahr, mein Liebling? Komm `mal her, mein Liebling!" rieb darauf seine Schamkapsel, und stolperte über einen Perserteppich, wobei er seine Maske verlor.

---

[*]*Frisur mit kleinsten Löckchen, oft mithilfe von Dauerwelle*

Sofort sprang *Hélène* auf, lief hinüber und erschrak aufs Heftigste, als sie *Alessandro* erkannte.

Hélène geriet außer sich, als sie ihren früheren Freund, weswegen sie unseren *Professor* im Stich einst gelassen hatte, dort im diffusen Licht neben der mannshohen Bronze eines Pferdemenschen liegen sah.

„*Alessandro*! *Alessandro*!" herrschte sie das Monster an, das sich krümmte, von der einen Seite auf die andere wälzte, nach Luft rang und das Schlüsselbein sich gebrochen haben musste.

Der *Professor* erhob wortlos, lief zu der unglücklichen Kreatur und schaute in das vor Schmerz verzerrte Gesicht mit geschminkten Lidern über Augen, welche *Hélène* anstarrten.

„*Hélène*, ich weiß, was ich getan habe", stotterte er, „aber es musste sein. Seitdem du mich verlassen hattest, verlor ich den Boden unter den Füßen und flüchtete vor mir selbst. Die Menschen hatten mich enttäuscht und du warst der Tropfen, der mein geschundenes Seelenfass zum Überlaufen brachte. Im *Louvre* fand ich Trost: *Canova, Michelangelo, Bernini* . . . *Delacroix, Gericault, Leonardo* . . . *Bernardo's* »*Mona Lisa*«. Ich entschloss mich, seine »*Mona Lisa*« mir zu nehmen, denn dieses Bild war mir Morphium, um vergessen zu können. Dieses Gemälde gab mir zurück, was du mir genommen, die Lust am Leben, die Kraft zu überleben. Zum Sternengucker war ich geworden, zum Betrachter von Planeten, die unerreichbar zu sein schienen. Die »*Falsche Mona Lisa*«, die »*Mona Lisa*« des *Bernardo* gab dich mir zurück und die Pferde ersetzten mir das, was ich bei den Menschen vergeblich suchte: Liebe und Geborgenheit!"

Hélène oder Das Geheimnis der Falschen Mona Lisa

Dann röchelte er kurz, drehte seinen blanken Kopf, neben dem seine Maske lag, und verschied mit einem letzten Blick in *Hélène's* wunderschöne Augen. Sie weinte, konnte ihre Tränen nicht zurückhalten, obwohl *Alessandro, alias* das Monster, nach ihrem Leben getrachtet hatte und über andere großes Unglück gesät. Seine Enttäuschung vom Menschen, welche Speichellecker und Ungläubige seien, und von *Hélène*, hatte in ihm die dunklen Saiten eines Instrumentes zum Schwingen gebracht, das in der *Bosch'schen* Hölle spielte. Mitleid spürte *Hélène*. Verstehen konnte sie ihn mit einem Male, als sie zurückdachte an die schwierige Zeit *ihrer* Jugend, wo auch sie selbst hatte erleben müssen wie Menschen sein können: brutal, von der Sucht nach sich selbst getrieben, bedacht auf den eigenen Vorteil. Herzlos schienen die Menschen ebenso für sie zu sein, musste sich aber eingestehen, dass auch sie nicht frei war von Fehlern und ab und an das Messer schliff in ihrer Brust. Nichtsdestotrotz *Hélène* ein bezaubernder Engel war, von welchem eine Herzensgüte und Liebe ausströmten, wie man sie bei anderen Menschen nur schwerlich findet, konnte auch sie über Leichen gehen. Auf der einen Seite Brücken bauen, auf der anderen Brücken einreißen, wenn sie meinte, ihr Glück gefunden zu haben, weshalb sie unseren *Professor* verstoßen hatte, um mit diesem Monster, das jetzt gerade vor ihren Augen verschieden war, in vermeintliche Freiheit zu entfliehen. Weshalb sie Freundschaften verriet, welche sie hatte zuvor mit der ganzen Kraft ihrer Zuneigung aufgebaut, weshalb sie abschnitt den Zwillingstrieb des Astes, aus dem sie und der *Professor* geschnitzt waren. Eine Flut von inneren Tränen holte sie ein, Stimmen aus fernen Welten sprachen zu ihr und machten klar, dass neues Latein sie zu erlernen hätte, das Latein der Pferde, dessen sich das Monster bedient hatte, um vorhin noch, als das Unwetter aufkam, mit seinen *Arabern* zu sprechen. Nun wanderten *Hélène'*s Augen zu der bronzenen Skulptur, dem gegossenen Mutanten mit dem Leib eines Menschen und dem Kopf eines Pferdes, und sie erschrak ein weiteres Mal, weil ihr bewusst wurde, dass sie vor einem Toten kniete, der als noch Lebender zum Krieger seines eigenen Krieges seiner eigenen Sterne geworden war. Und zu diesen Sternen zählten seine Vernarrtheit in die Kunst, aber auch seine Liebe zu seinen *Arabern* sowie seine Flucht aus den Fesseln seines biologischen *Sexus.* Er war Ästhet, Pferde-Flüsterer und Hermaphrodit, mit anderen Worten religiös, und die Religion, welcher er diente, hatte er sich selbst gezimmert wie seine Schergen das Kreuz für *Claudio da Palermo*, denn seine Religion, montiert aus sich widerstreitenden Elementen wie dem Glauben an den *Über-Menschen*, seiner Liebe zu den Tieren und seiner pervertierten Besessenheit von künstlerischer Sinnlichkeit, war das destruktive Konglomerat eines zutiefst Enttäuschten.

Da öffnete automatisch eine Pforte und die Sklavin betrat das Zimmer, als *Hélène* auf sie zustürzte, ihr die Maske vom Gesichte riss und ein weiteres Mal erschrak! Es war *Adélaïde Delacroix*, die auf ihrer Vermählungsfeier das Weite gesucht hatte, da ihr die Unterhaltung *Hélène'*s mit *Mademoiselle* zu lange und intensiv erschienen war.

„*Adélaïde*! Was machst du denn hier?" drang *Hélène* auf ihre Freundin ein, mit der sie einst mehr hatte als was man unter einer konventionellen Freundschaft versteht.

Doch *Adélaïde* brachte keinen Ton hervor, auch ihr hatte das Monster die Zunge herausgeschnitten.

In der Zwischenzeit war es unserem *Professor* gelungen, die Vitrinen aufzubrechen und das Gemälde sowie den »*Mantel*« an sich zu reißen, und wartete nur noch auf den Ausbruch. *Hélène* lief zu irgendwelchen Schränken und Truhen, riss Schubladen auf und durchwühlte alles, weil sie irgendetwas suchte, fand aber größtenteils Weiberwäsche, Stöckelschuhe, Ringe und Perlenketten.

Adélaïde hatte begriffen, verschwand hinter einer sich schließenden Tür und kam zurück mit einem Bund großer Schlüssel.

Dann fasste *Adélaïde* unter den Kristall-Tisch, wo die Likörgläser standen, drückte einen Knopf und die Tür zum Hof schob auf. Unser *Professor* warf sich den *Puschkin-Mantel* über, klemmte sich die echte »*Falsche Mona Lisa*« unter den Arm und schnappte sich die drei Nackedeis, als sie auch schon in der Schleuse sich befanden und voller Ungeduld darauf warteten bis der Ausgang freimachte.

Regen stürzte vom Firmament.

„Fürchtet euch nicht! Ich bin der Herr der Zedern! Gebt acht, wohin ihr geht und wie ihr geht! Gebt acht! Ich bin der Herr der Zedern!"

Auf einen mächtigen Donnerschlag folgte ein mächtiger Blitz!

Unsere *Quadriga* flüchtete in den Kreuzgang, wo *Adélaïde* in das Schloss einer alten Tür einen der vielen Schlüssel verschwinden ließ, als alle vier das Quietschen rostiger Angeln vernahmen, unter einem Gewölbe sich wiederfanden und eine nicht enden wollende Wendeltreppe dann emporstürmten in die Freiheit!

Alexander Sergejewitsch

In der Villa Cahn spielte eine Big Band »feelings like I have never lost you« und man

sah den King mit seinen nun drei Gespielinnen das Paradies sich tanzend erobern

Über das filigrane Maßwerk einer Brüstung gebeugt, stand ein Engel, der ein Glas

Champagner zu seinem bezaubernden Munde führte und dabei in das Wasser des

Flusses schaute, sich gefangen nehmen ließ von der Strömung, sich gefangen nehmen

ließ von den Schiffen und sich gefangen nehmen ließ von den vielen Bildern, welche die

Strömung stets aufs Neue gebar . . .

Hélène oder Das Geheimnis der Falschen Mona Lisa

Epilog

N a, wie hat Ihnen meine Geschichte gefallen? Ich berichtete nicht aus Büchern von Ammen, sondern über nackte Tatsachen! Alles hat sich so zugetragen dreihundert Jahre später, nachdem es mir gelungen ward, jener Malerbande um Bernardo von Palermo den Garaus zu machen. Die Köpfe hatte ich rollen sehen — oder besser gesagt — fallen sehen gewollt. Was ist denn schon ein Maler, selbst wenn ihm die Welt zu Füßen liegt? Nichts außer Projektions-Schirm unerfüllter Träume seines Publikums! Mögen er und seine Natalia und dieser Russische Theorie-Konstruktivist in Frieden ruhen!

Ja, die Zeiten haben sich geändert, was ich — Sie mögen mir verzeihen — nur schwerlich zu verkraften im Stande bin, bevorzugte schon damals das seinerzeit aus der Mode gekommene Instrument des Doktor Guillotine, um diese Rasselbande in die ewigen Jagdgründe der Verzweiflung, Schönfärberei und perfiden Hintertriebenentums zu schicken. Doch war es außer meiner Kraft und meines Wollens, solch eine wunderbare Maschine ein zweites Mal zum Leben zu erwecken. Sie verstehen, verehrtes Publikum!

Das Beschaffen des Holzes, welches nicht irgendein Holz sein darf, da es nicht ziehen und nicht lockern darf, wenn die edlen Häupter in die Säcke plumpsen! Das Erfordernis der Beschläge, welche aus Kupfer gefertigt sein müssen, das mittlerweile als eines der edelsten Metalle überhaupt gilt, da die Erde sich weigert, es weiterhin preiszugeben. Ausgeplündert hat der Mensch die Minen, weshalb es den Preis des Silbers und gar des Goldes übersteigt! All dem mich zu unterwerfen, erschien mir eine zu gewaltige Forderung zu sein, so dass ich es in Erwägung gezogen hatte, unseren Professor im Duell zu töten so wie diesen Doktor-Falken aus Chicago.

Alexander Sergejewitsch

Ein wirklich abscheuliches Subjekt, dieser Möchtegern-Falke! Und wie dieser sich angestellt hatte im Jardin du Luxembourg! Wollte vorher noch zu George Washington beten, nachdem ich ihm sein mündliches Testament abgenommen, und er ahnte, dass für ihn das letzte Stündlein geschlagen hatte. Gar vermeinte er die Arbeit Quasimodos zu vernehmen — Sie verstehen, die Glocke Unserer Lieben Frau — als wir zur Klinge griffen. Völlig untalentiert, diese Ästheten-Laus! Wie er die Klinge führte, welch´ Lachtheater! Ja, Kunstbanause erster Couleur! Und obendrein die Frechheit zu besitzen, mir eine Fälschung anzubieten! Aus Chicago eben! Na gut, den Mantel nahm ich in Empfang, so dass mein Flug nicht ohne erhoffte Wirkung für mein Begehren war, wenn man von der Krone meines Begehrens, der »Mona Lisa« des Bernardo von Palermo einmal Abstand nimmt.

Ja — wie Ihnen vermeldet — die Guillotine lag jenseits meiner Absichten, das Florett stand mir im Sinne, diese schönste aller Klingenschwingen! Liegt gut in der Hand, mit Leichtigkeit zu führen, wohlgemerkt für den Geübten, und gehorcht des Kopfes Willen. Er dachte zunächst, den Kampfe zu gewinnen, da ich ihm die Möglichkeit eröffnet hatte, mich niederzumachen, falls er könne, doch war dies nur die Speise meines Lockens, die er fraß! Der »Maskenhändler« im Übrigen hatte seinen Spaß! Er lachte königlich, ließ gar Hugo´s Literaten-Falle fallen und konnte nicht umhin, nach vollendeter Tat, von seinem Sockel hinabzusteigen und mir die Hand zu schütteln ob meines glücklich zu nennenden Erfolges! Zwei bis drei geführte Griffe, dann ein gezielter Stich, das war´s!

So wollt´ ich auch Professorchen erledigen, aber kam das Schicksal mir zuvor, durchkreuzte meine wohl erdachten Pläne, macht´ gar zum Narren mich, doch ist dem irdischen Leibe nicht über den Weg zu trauen, Luzifers Arbeit an dieser Maschine Mensch — verzeihen Sie mir! — mit »dilettantisch« zu apostrophieren ich mir

320

Hélène oder Das Geheimnis der Falschen Mona Lisa

erlaube! Frankenstein, Doktor Frankenstein! Eine Kapazität, verehrtes Publikum! Eine Kapazität! Verstand sein Handwerk weitaus besser als Mephistos Bestreben! Das, was die Quacksalber-Schaft als Wunderwerk bezeichnet, ist nicht minder ein minderwertiges Resultat falsch verstandener Lehre wie die falsche »Falsche Mona Lisa«! Aber nicht umsonst endete dieser Claudius von der Fälscher-Fakultät am Kreuze Petri, dort wo er hingehört, denn auch Petrus verleugnete seinen Herrn wie auch jener verleugnete meine Seherschaft, mein Fähigkeit zu scheiden zwischen Können und Nicht-Können! Ich will sagen, dass jede bisherige als auch künftige Kopie dieses fabelhaften Meisterwerks des Bernardo von Palermo lediglich das Vermögen besitze, in den Rang von Nicht-Können aufgenommen zu werden, da seine echte »Falsche Mona Lisa« mehr als nur aus den Händen eines Könners ist! Und erst die Farben, die jener Clown verwandte, der vorgab, der Meister seines selbst erfundenen Brechungs-Index-Kosmos zu sein — denken Sie bloß an seine stümperhafte Rede über den Urin in seinem Glase, welche er hielt in der Dreesen-Villa unten am Rheine in Allemagne — diese seine Lisa-Farben waren nicht Ergebnis von Lasur als vielmehr eines verblendeten Kopfes!

Wie dem auch sei, Schicksal ereilte mich, musste beißen zu frühe in des Grases erbärmliches Futter, bevor ich meinen Plan zur Ausführung bringen konnte, meinen gelehrten Widersacher zur Strecke zu bringen, wohlgemerkt mit dem Florette, mit welchem ich die taube Nuss im Jardin um die Ecke habe bringen können.

Doch gebührt ihm Anerkennung, dem King!

Wacker geschlagen hatte er sich!

Und seine Ideale! Seien hehre Ideale!

Wie sehr ich ihn beneidete um seinen Glauben, die wahre Liebe im wahren Leben zu finden! Welch´ Illusion! Welch´ Trugbild, wo diese verfluchte Menschenbrut nichts anderes ist als das verunglückte Produkt auf dem Operationstisch Mephistos, der das, was man als »homo sapiens« klassifiziert — dass ich nicht lache, »sapiens«! — an einem Montage zusammenflickte!

Sie sahen ja selbst!

Schlüsselbeinbruch mit anschließender Lungen-Implosion!

Aber — wie insistiert — Professorchen hat seinen Mann gestanden!

Um meine Pferde kümmert sich ein Monsieur aus alten Zeiten. Kein Märchen aus uralten Zeiten nach bekanntem Motto »Was soll es bedeuten?«!

Nein, weit gefehlt!

Nackte Tatsachen, über welche ich Ihnen, mein verehrtes Publikum, das nächste Mal wieder zu berichten beabsichtige, aber auch von Monsieur Chateaubriand und nicht zuletzt dem Herrn der Zedern. Voila!

In tiefster Verehrung!

Ein unbekannter Apotheotiker Ihres Genies!

Hélène oder Das Geheimnis der Falschen Mona Lisa

Alexander Sergejewitsch